성균관
유생들의
나날
2

성균관 유생들의 나날 2
ⓒ 정은궐 2007

초판1쇄 2007년 5월 1일
초판16쇄 2009년 4월 20일
신판63쇄 2010년 11월 30일

지은이 정은궐

펴낸이 박대일
편집 임수진
교정 박준용
마케팅 송재진
디자인 김은희(표지), 신동우(본문)

펴낸곳 파란미디어
출판등록 2004년 9월 14일 제313-2004-00214호

주소 121-886 서울시 마포구 합정동 387-18 현화빌딩 2층
전화 02. 3141. 5589(영업부) 070. 7798. 5589(편집부)
팩스 02. 3141. 5590
전자우편 paranbook@gmail.com
블로그 paranbook.egloos.com

ISBN 978-89-6371-006-8 04810
      978-89-6371-004-4(전 2권)

*이 책의 판권은 지은이와 파란미디어에 있습니다.
 이 책 내용의 전부 또는 일부를 재사용하려면 반드시 양측의 서면 동의를 받아야 합니다.

*잘못된 책은 바꾸어 드립니다.

성균관 유생들의
나날
2

정은궐 장편소설

파란

목차 2권

第五章　장치기 놀이

第六章　추문醜聞

第七章　우중정인雨中情人

第八章　홍벽서

終章　용방龍榜

第五章

장치기 놀이

(5장 계속)

2

반궁 일대가 왁자지껄하였다. 성균관의 행사 중에 입청재入淸齋 다음으로 시끄러운 장치기 놀이 때문이었다. 오늘은 유생들만 바쁜 것이 아니었다. 제일 위의 대사성부터 시작하여, 각종 품계의 학관과 관원, 서리, 수복, 비복, 심지어 재직까지 걸어 다니는 이는 아무도 없었다.

조식을 끝낸 동재생은 수복이 내어 주는 붉은색 전복을 저고리 위에 입고 붉은 띠를 이마에 둘렀다. 그리고 마지막으로 유건을 벗어던지고, 상투를 붉은 끈으로 둘러 감쌌다. 서재생들도 준비는 같았지만, 색깔이 파란색이란 것만 달랐다. 허리의 전대는 양쪽 옷 색깔을 바꾸었다. 이렇게 준비하고 있는 순간까지만 해도 유생들은 물론이거니

입청재(入淸齋) 석채(釋菜) 거행 사흘 전에 성균관 전체를 대청소하고, 친구들을 초청하여 잔치를 하던 행사.

와, 성균관에 있는 모든 사람들은 오늘 세 번의 놀랄 일이 발생하게 되리라는 것을 전혀 예상하지 못하고 있었다.

그 하나는 선준과 윤희와 함께 중이방에서 준비되고 있었다. 선준이 먼저 준비를 마치고 뜰로 나갔다. 그 뒤를 이어 윤희가 나가고, 마지막으로 재신이 뜰에 섰다. 그들과 마찬가지로 뜰로 삼삼오오 나오고 있던 동재생들이 재신을 발견하고 일제히 비명 아닌 비명을 질렀다. 윤희는 그들의 입에서 터져 나오는 소리는 분명 비명인데, 얼굴엔 화색들이 도는 것이 여간 의아한 게 아니었다. 그들은 선준을 향한 눈빛에도 화색을 담았다. 그들의 수군거리는 흥분된 말소리가 그녀의 귀에까지 들려왔다.

"이번에야말로 우리 동재가 이길 수 있겠구먼."

"서재를 이겨 본 게 몇 년 전이었나? 너무 까마득하여 기억조차 안 나네."

"걸오가 무슨 바람이 들어서 이번 장치기 놀이는 도망을 안 한 거지? 오늘 해가 서쪽에서 떴나?"

"이유가 뭐든 뭔 상관인가? 참석하는 것만으로도 서재 놈들의 오금이 저릴 터인데."

"그나저나 가랑도 허우대를 보면 제법 잘할 것 같지 않은가?"

"글쎄, 워낙 서책만 파는 위인이라……."

"그래도 매일 아침 활쏘기는 빠지지 않는다네. 훌륭한 솜씨라고."

"모르긴 몰라도 우리보다는 훨씬 낫지 않겠나?"

용하는 사람들이 하나둘씩 비천당으로 옮길 때쯤 방에서 나왔다. 모두 저고리 위에 전복을 입은 것과는 달리 그는 그 사이에 값비싼 자주색 비단 배자를 덧입고 있었다. 그리고 손에는 다른 날과 다름없이 호화스런 접선을 들었다. 재신이 어이가 없다는 듯 말하였다.

"네놈이 지금 꽃밭으로 화류 놀이 가냐? 흙 밭에 뒹굴러 가는 주제에 그 꼴은 대체 뭐냐!"

"내 이런 꼴은 자네가 이번 행사에 참석하는 거에 비하면 이상한 것도 아니지."

재신이 뜻을 알 수 없는 위협적인 표정을 보낸 뒤, 발걸음을 뗐다. 용하는 그의 뒤통수에 대고 말하였다.

"난 알지, 자네가 왜 이번에는 도망을 가지 않았는지."

그가 계속 무시하고 가자, 선준과 윤희와 더불어 그의 뒤를 따라가면서 끊임없이 말하였다.

"장치기 놀이……. 흙 밭에 뒹굴기만 하겠나? 엎어지고, 까지고, 심지어 터지기도 하는데. 어디 그뿐이랴, 미운 놈 머리통 하나쯤은 깰 수 있는 좋은 기회가 아닌가."

설마 선준의 머리통을 깨려고? 윤희가 걱정스럽게 재신과 선준을 번갈아 보는데, 용하가 다정하게 그녀에게 어깨동무를 하면서 말하였다.

"조심하게, 서재 하재생들! 분명 오늘을 노리고 있을 거네. 그리고 바지 벗겨지는 일도 부지기수로 일어나니까 그것도 조심하고."

윤희는 머리가 어질하였다. 하재생 때문이 아니었다. 벗겨질지도 모르는 바지가 그녀를 긴장시켰다. 그것을 피하는 방법은 따로 없다. 어떤 경기에도 나가지만 않으면 된다. 윤희가 경기에 빠지기 위한 사전 포석으로 얼굴에서 기운을 빼고, 어깨를 축 늘어뜨리고 아픈 양 설렁설렁 걸을 동안, 선준은 용하의 말로 인해 표정이 차갑게 굳어져 있었다.

비천당에 재신이 들어서자, 또 한 번의 놀라움이 터져 나왔다. 서재생들에게서였다. 그들의 얼굴은 동재생들이 화색이 된 거와 반대로 사색이 되었다. 뒤이어 선준도 모습을 보이자, 그들끼리 두런두런 모여 서서 한참 동안 이야기를 나눴다. 그러더니 한 서재생이 잔뜩 기합을 넣고 동재생이 모여 있는 곳으로 다가왔다.

"가랑은 우리 노론이오. 그러니 오늘만이라도 우리 쪽으로 와 줘야겠소!"

동재생도 이에 질세라 소리를 높이며 나섰다.

"또 그 당파 타령이오?"

"우린 지금 노론, 소론을 따지려는 게 아니오! 경기의 공평성을 생각한다면 가랑을 내어 놓든가, 아니면 걸오라도 내어 놓으시오."

재신이 소리를 버럭버럭 지르며 앞으로 발을 내딛었다.

"뭣이 어쩌고 어째! 날 내어 놓으라고? 내가 미쳤다고 노론 놈들 사이로 들어가냐!"

서재생들은 그가 다가온 만큼 뒤로 주춤 물러나며 소리쳤다.

"그, 그러니까 가랑을 달라지 않소!"

재신이 그들 앞으로 가서 팔짱을 끼고, 큰 키로 압도하면서 작은 소리로 말하였다.

"가랑은 노론의 것이 아니라 우리 동재의 것이다. 꿈도 꾸지 마라."

하지만 이 작은 소리는 협박처럼 들렸다. 서재생들의 얼굴이 아연 실색한 반면에 선준의 입 꼬리는 슬쩍 올라갔다. 이상해진 분위기를 아우르며 용하가 경쾌한 목소리로 파고들었다.

"이런 이런, 인재를 영입하려면 처음부터 내게 말을 하지. 내가 서재로 가 줌세."

서재생 일동이 일제히 용하의 반대편으로 고개를 홱 돌렸다.

"아, 아니, 내가 가 준다니까 그러네."

"뒤풀이를 제외하면 쓸모가 있어야 말이지. 장치기 놀이를 하려는 건지, 화류 놀이를 하려는 건지 분간도 안 가는 사람을 끌어들이느니, 관두는 게 낫지."

서재생들이 포기하고 물러나면서 저들끼리 말하였다.

"어차피 여림이 있는 한, 가랑과 걸오가 뛰고 날아도 이기긴 무리지."

"맞아, 대물도 딱히 한몫 거들 것 같진 않고. 잘됐어! 이대로가 오히려 공평할 수도 있겠군."

몇 년 동안 동재가 단 한 번도 서재를 이기지 못한 원인 중의 하나가 용하였던 모양이다. 그 원인은 접선을 만지작거리며 혼자서만 그들의 거절을 이해하지 못하겠다는 듯 입술을 갸우뚱하였다.

비천당 양옆으로 길게 쳐 놓은 천막 아래에, 윤희는 잔뜩 찌푸린 얼굴로 당장이라도 쓰러질 듯한 모습으로 앉아 있었다. 건너편의 천막에서 병춘이 노려보는 것이 느껴지면 질수록 더욱 과장된 엄살을 보였다. 하지만 전혀 먹혀들어 가지 않았다. 이유인즉슨 윤희와 마찬가지로 경기에서 빠져 보고자 하는 유생들이 여기저기서 똑같은 행동을 하고 있었기 때문이다. 선준이 옆에 앉으며 빙그레 웃는 얼굴로 물었다.

"그리도 경기하기가 싫소?"

그는 어떻게 아픈지 걱정해 주리라 생각했는데, 너무 당연히 물어 와서 서운하기도 하였지만, 이내 수긍하였다. 지금껏 멀쩡하였는데, 갑자기 아픈 척한다고 속는 놈이 바보일 테지. 윤희는 엄살을 끝내고 자세를 가다듬었다. 그리고 마지막까지 핑계를 대었다.

"전 예전부터 몸이 좋지 못하였습니다. 요즈음에 조금 나아진 것이라 혹여 오늘 무리하여 악화되진 않을까 조심하는 것뿐입니다."

"활쏘기도 그렇고, 방에서 활인심방도 곧잘 따라 하기에 건강해졌던 줄만 알았는데……. 아무리 그러하여도 한 사람당 반드시 한 경기는 나가야 하고, 또한 아무리 많은 경기에 나가고 싶어도 한 사람당 세 경기 이상은 출전할 수 없소. 장치기는 안 나가더라도 다른 편한 경기가 한두 개는 있을 터이니 그걸로 하시오."

용하가 그녀의 옆에 앉으며 말하였다.

"그런 건 이미 만원일세. 그러게 미리미리 신청을 해 놓았어야지. 며칠 전부터 공고를 하지 않았나!"

선준과 윤희는 전혀 모르는 사실이다. 두 사람의 어리둥절한 표정을 보고 용하가 마치 이제야 생각난 듯이 말하였다.

"아, 맞다! 자네들이 그간 무척 바쁜 듯하여 내가 대신 신청을 하였던 것 같으이."

"저희가 언제 바빴습니까! 매번 여림 사형이 일부러 그러셔 놓고선, 정말 너무하십니다."

"아니야, 이번은 진짜 자네들이 바빠서였네. 경국대전 강의 기간이 얼마 남지 않았는데 진도는 많이 남았다며 연일 야강을 받느라 동재엔 거의 들어오지 못하였잖은가."

"경국대전은 여럼 사형도 마찬가지 아닙니까!"

"앗! 마침 담당 색장이 저기서 달려오는구먼."

 그의 말대로 하색장이 종이와 붓을 들고 눈썹이 휘날리게 달려오고 있었다. 덕분에 그녀의 닦달에서 벗어날 수 있었다. 윤희는 하색장에게 달려가 그의 어깨 너머로 종이를 확인하였다. 매 경기마다 그녀의 이름이 들어가 있었다.

"아니, 제 이름이 왜 이렇게 많습니까?"

"자네가 직접 쓴 게 아닌가?"

"네! 모두 여럼께서 쓰셨습니다."

"걱정 말게, 어차피 걸오 이름이 없어서 자네를 대신 뺄 참이었거든."

 윤희가 종이를 자세히 보니 재신의 이름은 어디에도 없었다. 그는 재신 앞에 서서 그의 의사는 묻지도 않고, 한 치의 망설임도 없이 힘든 경기마다 윤희의 이름을 지우고 재신의 이름을 써넣었다. 그래서 결국 그녀는 별 어려움 없이 가장 쉽고, 모두가 참석하는 줄다리기 한 경기에만 나가게 되었다. 윤희는 선준의 이름을 찾았다. 그도 힘든 경기 세 군데에 이름이 있었다. 선준이 일어나 자신이 나가게 될 경기를 확인하였다. 그의 안색이 난감함을 드러냈다.

"이런, 이건 힘들겠는데……."

"가랑, 힘들겠다는 말씀은 안 되오. 자네가 안 되면, 대물을 내보내리?"

"알겠소. 어쩔 수 없지."

 수정을 끝낸 하색장은 다시 왔던 길로 돌아갔다. 그가 가고 없는 자리에선 용하가 두 사람의 강렬한 원망의 눈초리를 받아야 했다.

"사전에 의논이라도 해 주셨어야지요."

선준의 정중한 꾸짖음에 그는 기가 죽어 목소리가 기어들어 갔다.

"아니, 난 그저 서재를 이기고픈 욕심에 눈이 멀어서……."

이번에는 윤희가 따졌다.

"그런 분이 제 이름을 죄다 넣어 놓습니까?"

"자네는 결국 줄다리기에만 나가게 되지 않았는가. 그럼 된 거지."

"어제만 해도 달아나려던 걸오 사형입니다. 만약에 참석하지 않았다면 어쩌려고 했습니까?"

"난 알고 있다고 하지 않았나, 걸오가 참석하는 이유를 말일세."

재신이 당황하여 고함을 버럭 질렀다.

"야! 무슨 말을 하려는 거냐!"

용하는 이에 굴하지 않고, 누가 말하라고 협박이라도 한 것처럼 술술 털어놓았다.

"내가 어제 '만약에 달아나면 자네 대신 대물이 경기에 나가야 한다네.'라고 달아나려던 걸오를 잡고 귀띔을 하였더랬지. 하하하, 결국 내 계획대로 되었어. 걸오가 이번에 참석하는 걸 서재 쪽에 들키고 싶지 않았거든. 그럼 미리 무슨 수를 써서라도 가랑을 빼 갔을 터이니. 나 잘했지?"

세 사람은 어이가 없어 가만히 있는데, 주위의 동재생들은 모두가 잘했다며 칭찬의 박수를 쳤다. 용하는 박수를 쳐 준 사람들에게 허리를 숙여 과장되게 답례의 인사를 하였다.

이때, 오늘의 두 번째 놀라운 사건이 벌어졌다. 비천당 문이 열리고 오색찬란한 분내를 풍기며 수많은 기녀들이 들어왔다. 장치기 놀이마다 기생이 대동되기에 그녀들의 등장은 놀랄 축에도 들지 않는다. 하지만 이전과 확연히 달라진 걸 모든 유생이 알아차렸다. 이름깨나 있는 기생은 이런 별 볼일 없는 성균관 잔치에 동원 명령이 떨어지면, 갖은 편법을 써 가며 빠졌다. 그런데 오늘은 장안에서 명성 높은 기생들이 죄다 들어 있었던 것이다. 누군가 그 행렬을 향해 떨리는 목소리로 소리쳤다.

"초, 초선이다!"

"뭐? 어디야, 어디? 초선이 대체 어찌 생겼는지 좀 보자."

"진짜 초선인가? 그녀가 고작 이런 잔치에 올 리가 없는데……."

윤희도 단박에 그녀를 발견하였다. 호화찬란하기는 다른 기녀들도 매한가지였지만, 초선은 그 사이에서도 남다른 그 무언가로 눈에 확 들어왔다.

"역시 초선이야. 장안의 일패 기생들 사이에서도 제 매력을 발산하다니, 참으로 명기는 명기일세."

윤희는 옆에서 용하가 뇌까리는 말을 귀로 들으며 눈은 그녀를 좇았다. 도도하게 콧대를 하늘로 향한 것이 왠지 낯설었다. 그런데 비천당의 시선을 모두 모아 쥐고 걷던 그 오만하던 태도가 윤희를 발견하자마자 확 바뀌었다. 언제 그랬냐는 듯 행렬에서 조금 나와서, 멀리 있는 그녀를 향해 다소곳하게 허리를 숙여 인사를 하였다. 초선에게 집중되었던 시선은 자연스레 인사를 받은 쪽으로 건너갔다. 윤희도 고개를 숙여 아는 체를 하였지만, 숙였던 고개는 쉽게 들어지지 않았다. 초선의 마음이 진심임을 느낄 때마다 죄의식으로 괴롭기 때문이었다. 하지만 많은 눈이 있는 이곳에서 이런 태도를 보이면, 초선의 자존심이 뭐가 되겠나 싶어 고개를 들었다. 그리고 환하게 웃어 주었다. 자신의 옆에서 선준이 어떤 눈빛을 하고 있는지 까맣게 모르고서…….

다른 기생들도 한 명씩 아는 유생에게 눈빛으로 알은체를 하였다. 그런데 눈빛을 보내는 기녀들은 수없이 많은데, 그것을 받아 챙기는 유생은 용하, 한 명뿐이었다. 서재생들 사이에서 후회의 속말들이 소리 없이 나왔다.

'이럴 줄 알았으면 경기에 져도 좋으니, 가랑이나 걸오 말고, 대물과 여림을 달랠걸.'

용하는 일일이 인사들을 소리 내어 받았다.

"어 그래, 취련이. 연란아, 너도 왔구나. 오냐, 매양이도 오랜만이다. 난월인 요새 별일 없고? 그래그래, 수향이 널 어찌 잊었겠느냐. 엉? 추월이가 어떻게? 아니, 잘 왔다고. 소화야, 천천히 좀 걸어라. 설창아, 넌 점점 더 예뻐지는구나.……"

그의 인사는 끝이 없어 윤희는 그만 고개를 절레절레 저었다.

"정말 대단하십니다. 어떻게 그 많은 얼굴과 이름을 다 외우십니까?"

"마음이 있는데 어찌 머리에 들어오지 않겠는가?"

"그 마음이 학문에 있었다면 정승이 되었든가, 정 못해도 판서는 되었겠습니다."

"그러게나. 앗! 영초야, 내 곧 한 번 들르마."

용하는 옆의 사람과 대화하랴, 기생들에게 인사하랴 정신이 없었다. 혹시나 한 명의 인사라도 놓칠세라 지극 정성이었다. 그녀들이 다 지나가고 나서, 윤희가 물었다.

"여림 사형은 인사한 이들 중에 진심으로 대하는 여인이 있긴 한 겁니까?"

그는 대답 없이 싱긋이 웃기만 하였다.

"별 시답잖은 계집도 정절이란 게 있는데, 사내의 가운뎃다리도 의리는 있어야 되지 않겠습니까?"

"이 당 저 당 기웃거리는 내게 의리를 묻는 건 실례네."

"당파에 대한 의리가 아니라 인간에 대한 의리를 묻는 겁니다."

"계집도 인간인가?"

계집도 인간이냐고? 그녀는 허탈하게 웃었다. 이 땅에서는 계집은 그냥 계집일 뿐, 인간은 아니다. 하늘과 땅 사이에서 그 운행을 주고받는 건 한낱 사내에 지나지 않는다. 그녀가 올라오는 화를 참지 못하고 입을 다물자, 용하가 웃음을 버린 얼굴로 조용히 말하였다.

"계집도 인간이라고 대답해야지. 그래야 내 어미도, 내 누이도, 그리고 나의 내자도 인간일 수가 있으니……."

"귀형의 실내께선 바람기에 대해 아무 말씀 않으십니까?"

"글쎄다. 어째서 단 한마디 원망도 하지 않는지 나도 궁금하다네. 어릴 때 멋모르고 함께 지낸 가족이어서, 지금도 여인이 아니라 그저 한가족의 감정뿐이어서 그렇겠지. 나도, 나의 내자도……."

"그럼 다른 여인에게 진심이 된 적은 없습니까?"

"내가 사내가 되고서 그 감정을 알았을 때, 이미 한 여인의 지아비이더군. 그래서 진심이었던 여인에게는 나의 존재도 알리지 못하였지 뭔가, 하하하."

어쩐 일인지 그의 웃음이 웃음으로 들리지 않았다.

"어째서……."

"풋! 그 여인과 잘되기라도 하란 말인가? 그러면 지금의 나의 내자는? 연심은 버려도 가족을 버려선 안 되네."

"귀형이라면 대과 급제 후에 소실로 둘 수도 있지 않습니까?"

용하는 그녀의 어깨를 짚고 자리에서 일어서면서 말하였다.

"소실로 둘 수 있는 여인이 있고, 그래선 안 되는 여인도 있다네. 나에게 남은 마지막 미련이 있다면, 조선에서 제일가는 사내의 아내가 되어 평생을 행복하였음 하는 바람일세."

윤희가 그의 뒷모습을 보고 '부용화'를 떠올린 건, 그의 이름 '구용하'와 비슷한 발음 때문이었다. 그래서 그녀의 별명을 그렇게 붙인 이가 누구인지 궁금해하며, 비천당의 가운데로 나가 동재와 서재로 나뉘 줄을 섰다.

시끌벅적한 이런 날에도 대사성의 조회는 길고 또 길었다. 상유들이야 매일을 당하는 일이라 그러려니 하였지만, 비천당 옆에 서서 졸지에 함께 그 연설을 들어야 하는 기생들에게는 미안하기 그지없었다. 하지만 정작 기생들은 상유들을 훔쳐보느라 연설은 듣지도 않았다. 그녀들은 그 속에서 소문으로 들었던 몇몇 상유를 찾으려고 애를 썼지만, 너무 멀어서 분간하기 힘들었다.

대사성이 한참 동안 스스로의 연설에 감동하여 떠들고 있을 때였다. 어떤 간 큰 서리가 뛰어와서 그의 말을 중간에 잘랐다.

"크, 큰일 났습니다!"

"내가 지금 말하고 있는 게 안 보이느냐! 나중에……."

그는 성균관에 있는 모든 사람이 놀랄 소리를 하였다.

"다급합니다. 지금 지, 지, 집춘문이, 집춘문이 열렸습니다!"

"뭐라고 하였느냐? 과것날도 아닌데 그 문이 왜 열려! 어서 가서 무슨 일인지 알아보고 와라."

"벌써 수복 하나를 보냈습니다요."

모두가 어리둥절한 가운데에서 유일하게 장 박사만이 입가에 미소를 참고 있었다. 상유들 사이에서도 일대 소란이 일었다.

"집춘문이 열렸다면, 불시에 친시親試를?"

"그럴지도 모르겠네. 저번 예조월강 때 예조판서께서 불자를 죄다 던지려다가 참는다며 화내고 가시지 않았나. 그나마 가랑의 뛰어난 실력 덕분에 대사성께서도 위기를 모면하셨지. 아마도 상감마마께옵서 전해 들으신 모양이야."

"설마, 그때가 언젠데 이제 와서……."

"아냐, 수시로 친시를 보이러 어거하시니까. 요즘 한동안 뜸하긴 하시었지."

"하필 오늘 같은 날일 건 뭐람! 이렇게 되면 이번 놀이는 시작도 못 하고 끝이 아닌가. 저런 기녀들은 다시 보기도 힘든데. 에구, 춤사위나 한번 구경하고 난 뒤에나 오시지."

"우리도 옷 갈아입고 춘당대에나 오를 준비하세. 성상께옵선 반궁이 노는 꼴을 못 보시는 듯허이, 어휴!"

슬슬 포기하고 자리를 뜨려는데, 수복 하나가 헐레벌떡 달려오면서 소리쳤다.

집춘문 창경궁과 성균관 사이에 난 문으로 임금이 거둥할 때 사용.

"상감마마께옵서 이리로 행차하고 계십니다요!"

대사성이 사색이 되어 그에게 달려갔다.

"이리라니? 반궁으로 납신단 말이냐?"

"네, 그렇습니다!"

"이, 이거 큰일 났다. 어서 영접하러……, 아니지, 청소부터! 아니, 옷부터 갈아입……. 대체 뭐부터 해야……. 잠깐! 친시라면 이선준의 도기 점수는 어떻게 되지? 아직은 입시 자격이 안 될 터인데, 방패막이마저 없으면 또 진노하시겠군. 어떻게 일언반구도 없이 갑자기 들이닥치시냐……."

그는 혼잣말조차 제대로 못 하고 횡설수설하면서 왕이 오고 있다는 곳으로 뛰어나갔다. 윤희도 소란들 속에서 우왕좌왕하였다. 왕은 이미 자신의 존재 정도는 가볍게 잊었을 거라 마음속으로 위로를 하였지만, 어떻게 해서든 숨고 싶었다. 그녀의 다급한 심정은 선준의 옷자락을 꽉 잡는 것으로 나타났다. 그는 가만히 그녀의 얼굴을 보며 아무 일 아니라는 눈빛을 보냈다.

"어째서 귀형은 이 상황에서도 이리 차분할 수가 있는 겁니까? 너무 이상하지 않습니까!"

"상감마마께오서 설마 우리에게 해악을 주시겠소? 그걸 믿을 뿐이오."

윤희는 주위의 다른 사람들도 보았다. 언제나 여유로운 용하와 안하무인인 재신도 불안한 기색이 만연하였다.

"역시 귀형이 비정상입니다. 혹시 귀신을 제외하고 두려워하는 것이 있습니까?"

"귀신을 제외하고? 하하하."

그가 입을 활짝 벌리고 하얀 치아를 드러내며 웃었다. 이렇게 많은 사람이 있는 한가운데서, 그녀의 얼굴이 제멋대로 달아올랐다. 하지만 윤희의 마음을 조급하게 만든 건, 자신의 붉어진 얼굴이 아니라 그의 매력적인 모습을 기생들이 보면 어찌나 하는 거였다.

상유들이 불안에 흔들릴 때, 기생들은 기대를 가지고 매무새를 새로 단장하기에 바빴다.

"오늘 잘하면 천과흥청에 오를 수도 있겠네."

"난 천과흥청보다는 옥당기생이나 되었음……."

"초선은 그 옥당기생 자리는 재미없어 싫다고 거절하지 않았니? 그게 궁녀랑 뭐가 달라?"

"이번 임금은 여인을 별로 좋아하지 않아 궐에 있던 기생도 내보낸다더라. 그래서 중전마마께서도 청상과부와 다를 바 없다고."

"여인을 안 좋아하시는 게 아니라, 믿질 않아 가까이 않으시는 거지."

그중 한 기생이 멀리 있는 상유들을 쳐다보며 진심 어린 한마디를 하였다.

"난 다 싫어. 저기 저, 키 큰 유생님만 가까이서 한 번 뵈었음……."

"어머, 얘! 저분은 이미 내가 눈여겨보고 있었어. 멀리서도 환한 빛이 나는 것이 정말이지, 옥골선풍이 따로 없지 않니?"

"어디 어디? 아! 나 저분 알아. 그냥 포기해라."

"왜? 어떤 분인데?"

"좌상 대감 댁의 그 유명한 아드님 아니니."

천과흥청 임금과 잠자리를 한 기생.

"진짜? 이번 놀이에 온 기생들 대부분 저분을 노리고 왔을 텐데, 어쩜 좋아."

"노린다 한들, 넘어올 위인이 아니니 힘들지. 왜 저런 분은 주색을 멀리하고, 뭣 같은 사내들만 주색에 열을 올리는지……. 우리네 팔자가 억울한 거야."

"쳇! 저분은 사내 아니라니? 안될 게 어디 있어! 난 이제부터 저분한테 모든 걸 걸겠어."

"난 저분 옆의 아름다운 분한테."

"누구? 아! 아까 초선이 인사드린 유생님? 정말 남다르게 생기셨네. 사내들 틈에 핀 한 떨기 꽃이랄까! 그런데 저런 외모인데 양물은 최고라고? 오메, 금상첨화가 따로 없네."

"저분도 오늘 노린 기생들이 꽤나 있을걸! 그래서 초선이 서슬 퍼래져서 소매 걷어붙이고 여기까지 온 거 아니니."

"초선이 이렇게 나올 정도라면 대체 저분 양물이 얼마나 대단하단 거야? 초선이 상대라면 포기하는 편이 낫긴 하지만, 궁금해서 미치겠다."

윤희를 이야기하던 기생들은 일제히 등과 뒤통수를 관통하는 비수에 놀라서 천천히 뒤돌았다. 그러다가 매섭게 노려보고 있는 초선의 눈과 맞닥뜨렸다.

"앗! 아니, 우린 그냥……."

"우리 도련님을 좋게 봐주는 건 기쁜 일이지. 허나 행동은 조심해야 할 것이야. 기생 짓으로 계속 밥 벌어먹고 살고 싶다면 말이지."

그녀들은 새침해져서 속으로 삐죽거렸다. 초선의 콧대를 꺾기 위해서라도 꽃유생을 유혹하고 싶기도 하고, 그녀의 복수가 무서워 포기하고 싶기도 하였다.

멀리서 방울 소리가 들려왔다. 왕의 행차가 반궁에 도착한 것이다. 마중하기 위해선 유생들 모두 반궁을 나갔다 뒤따라 들어와야 옳다. 그런데 어느 누구도 어디로 가라는 지시를 하는 이가 없었다. 어영부영하다 보니 어느새 대성전과 명륜당을 차례로 통과한 왕이 비천당으로 들어서고 있었다.

"주상 전하 납시오!"

행렬이 들어오기 전에 비천당에 모여 있던 모든 사람들은 자신이 서 있던 바닥에 엎드렸다. 윤희도 그들 틈에서 아예 바닥에 이마를 대고 엎드렸다. 이 시간만 지나면 된다. 아직 도기 점수가 모자라니 친시에선 제외될 것이고, 그러면 왕과 부딪칠 일도 없다. 여기에 생각이 미치자, 마음은 조금 편해졌다.

"모두 자리에서 일어나 줄을 서시오!"

장의의 지시와 정돈에 의해 각각 두 줄씩 하여 동·서재가 마주 보고 서서 허리를 숙였다. 그녀의 마음도 가벼웠다. 신입이라 끝머리에 서니 왕은 까마득하였기 때문이었다. 더군다나 하재생들이 뒤를 이어 섰기에 맨끝도 아니니 눈에 띄지도 않는다. 방방례 때처럼 혼이 사대문 밖으로 탈출할 일은 없으리라.

제멋대로 성균관으로 쳐들어온 왕은 상유들로부터 네 번의 절을 받은 뒤, 유쾌한 목소리로 말하였다.

"내가 갑자기 반궁으로 와서 다들 놀랐을 줄로 안다. 오늘 이곳에서 장치기 놀이를 한다는 걸 알고 구경코자 왔으니, 경들은 나에게 구애

되지 말고 마음껏 즐기도록 하라."

고개 숙인 상유들 얼굴에 불만이 가득 차올랐다. 오늘 같은 날의 왕은 명백한 '방해꾼' 그 자체인 것이다. 왕이 버젓이 보는 상황에서 어떻게 '마음껏' 즐길 수 있단 말인가? 이는 어불성설이다. 차라리 놀이는 때려치우고 시험을 보는 편이 낫다. 윤희는 이들과는 다른 불만이 가득하였다. 하지만 모두 같은 옷을 입고, 경기도 모두가 참여하는 줄다리기뿐이니 그다지 위험하지는 않다는 판단이 섰다.

대사성 못지않게 왕의 연설도 길었다. 그나마 대사성은 중간에 끊을 수 있는 존재라도 있지만, 왕의 위에는 아무도 없었다. 게다가 사관과 홍문관 관리들이 피똥을 싼다는 게 이해가 될 만큼 지나치게 현학적인 말들을 끊임없이 쏟아 냈다. 듣도 보도 못한 책 제목들과 구절들로 인해, 과연 저 책들이 실존하는 것인가, 저 어려운 말을 여기 상유 중에 얼마나 알아들을까 궁금할 지경이었다. 모든 사람들은 놀이가 정식으로 시작되기도 전에 이미 서서히 지쳐 갔다. 명실 공히 방해꾼다운 태도라 아니 할 수 없다.

아무리 그리하여도 연설의 끝은 다행히 있었다. 비천당의 문을 열어 높게 친 천막 아래에 수행원들이 가져온 호피를 깔아 왕이 앉고 상유들도 마당 양옆의 천막 아래에 앉은 후, 놀이는 시작되었다. 그 처음을 여는 것이 요란한 음악에 맞춘 기녀들의 춤사위였다. 안타까운 것은 왕의 눈치를 살피느라 온전히 쳐다볼 수가 없다는 점이다. 그도 그럴 것이 현란한 춤사위를 두고 왕의 시선은 줄곧 상유들에게만 돌아다니고 있었기 때문이었다.

이에 바짝 긴장한 이는 윤희였다. 왕은 이미 기억도 못 할 것이라고,

멀어서 식별이 불가능할 것이라고 아무리 위로해도, 그녀의 몸은 자꾸만 선준의 몸 뒤로 숨게 되었다. 왕이 그곳을 보며 용상 아래의 대사성에게 농담처럼 건넸다.

"이선준은 똑같은 차림새임에도 불구하고, 이리 멀리 있어도 눈에 확 들어오는구나."

"그러하옵니다."

"그 옆에서 계속 몸을 숨기는 녀석은 김윤식이군."

"아, 예. 그러하옵니다."

왕은 싱긋이 웃으며 혼잣말로 중얼거렸다.

"저놈은 무슨 지은 죄가 많기에 저리 몸을 숨기려고 안간힘을 쓰는 건지, 원. 저러니 더 눈에 띈다. 그런데 저런 체구에……, 별호가 대물이라고? 쿡!"

대사성은 끝의 웃음 참는 소리만 듣고, 왕이 이곳에 온 게 단순히 놀이를 보기 위한 것이 아니라, 다른 꿍꿍이라도 있는 건 아닐까 걱정되어 잔뜩 긴장을 하였다.

군무를 펼치던 기녀들 사이로 초선이 긴팔과 소매를 펼치며 들어왔다. 그리고 그녀만을 남겨 두고 마치 장막이 걷히듯이 기녀들이 물러났다. 초선의 독무는 조금 전의 화려했던 군무를 압도하였다. 그녀의 머리에서 찰랑거리는 족두리의 장신구들이 햇빛을 받아 눈이 부실 만큼 반짝거렸고, 그녀의 몸짓도 선녀의 것이라 여겨질 만큼 아름다웠다. 용하가 음악 가락에 맞춰 접선을 실랑거리며 말하였다.

"초선이가 가장 못하는 것이 춤이었지, 아마?"

"예? 하지만 지금 저 솜씨는……."

"대물 자네는 여태 초선의 노랫소리도 한 번 못 들어 본 겐가? 저 춤사위에 비할 바가 아니라네. 초선의 명성은 언제 무너져 내릴지 모르는 헛된 소문이 아니라, 지금 눈앞에 보이는 바로 저 실력이야. 왜 많은 상유들이 자네를 부러워하고 시기하는지 알겠는가?"

윤희는 돌고 도는 초선의 춤사위 속으로 홀려 들어갔다. 긴 소맷자락 사이로 살며시 던져 오는 눈웃음도 윤희를 홀렸다. 그래서 진짜 사내였더라면, 자신은 정말 행복한 사람이었을 거라고 생각하였다. 지금도 선준만 아니면 힘들 것 하나 없다. 윤희는 고개를 돌려 선준을 보았다. 그런데 그는 오래전부터 이쪽을 보고 있었는지, 아니면 마침 막 고개를 돌린 참이었는지, 그녀와 눈이 마주쳤다. 잠시 스치듯 그의 눈빛을 본 듯싶었다. 평소와 다른 복잡한 그 무엇인가를 본 것도 같았다. 하지만 금세 미소로 바뀐 그에게서 더 이상을 볼 수는 없었다.

"정말 아름다운 춤입니다. 그렇지 않습니까?"

"그렇소. 귀공 덕분에 좋은 구경을 하오."

"제 덕분이라니요?"

"다른 분들 말씀을 들어 보니 저 기녀가 오늘 여기에 온 건 귀공 때문이라 하여……."

초선이란 이름을 알면서도 굳이 기녀라고 지칭한 것은 그의 질투심에서 비롯된 것이었다. 하지만 그걸 알아차린 사람은 아무도 없었다. 심지어 본인 스스로도 알지 못하였다.

"아, 아니, 반드시 그렇다고는 할 수 없……겠지만, 그렇다고 아니라고 할 수도 없……."

"제가 무어라 할 수 있는 입장은 안 되지만, 아직 관직에 나아가지 못한 상황에서 기방 출입은 조금 자제하는……. 아니오, 내 입이 경솔하였소."

선준은 굳은 표정으로 앞만 쳐다보았다. 그가 워낙 청렴결백한 인간이라, 숨은 사연이야 어찌 되었든 표면으로는 기방에나 들락거리는 자신이 좋게는 보이지 않으리라 생각하였지만, 정작 화난 모습을 접하니 당황스러웠다. 그의 미움을 받고 싶진 않았기에 변명을 하고 싶었지만 그럴 수도 없었다. 그런 윤희의 속내를 마치 읽은 것처럼, 용하가 슬쩍 귓속말을 하였다.

"이보게, 대물. 난 청백리는 딱 싫다네."

"갑자기 무슨 말씀이십니까?"

"헌데 말이지, 이런 내가 가랑은 진정으로 사모하고 있거든. 왜일 것 같나?"

"글쎄요."

"청백리는 그렇지 못한 이들을 향해 항상 비난을 퍼붓거든. 모두가 자기들같이 살기를 바라지. 그런데 언제 저 청백리 가랑이 내게 쓴소리 한번 한 적 있던가? 가랑만큼 개인의 취향 차이를 폭넓게 인정해 주는 이는 없다네. 자네에게 방금 한 말도 기방을 드나드는 것 자체를 비난한 것은 아닐세."

그럼 무엇을 비난한 것인가를 눈으로 물었지만, 용하는 대답할 필요도 없다는 듯 춤사위 쪽으로 고개를 돌렸다.

여러 차례의 춤이 끝난 후, 기생들은 몸단장을 다시 하고 각각 동재와 서재로 나눠서 섰다. 동재 쪽으로 기생이 몰리는 바람에 몇 번의 언성이 오가긴 하였지만, 반반씩 타협을 보았다. 물론 초선은 동재 쪽으로 섰다. 그리고 그녀들의 응원과 더불어 동·서재 간의 경기가 시작되었다.

이때부터 윤희는 외롭게 홀로 천막 아래에 앉아 있어야 했다. 젊은 유생은 모두 경기에 나가고, 그녀처럼 자리를 지키는 이는 몇몇에 불과한 나이 든 유생들이었다. 신기한 것은 아무도 원치 않는데, 용하는 안면 몰수하고 잘도 경기에 참여한다는 거였다.

오전 경기 중에서 가장 비중이 큰 축국에도 용하는 버젓이 나갔다. 물론 선준과 재신도 빠지지 않았다. 그들은 전복 자락을 허리 뒤로 둘러 묶고, 종아리와 허벅지에 끈으로 바짓자락을 걷어 올렸다. 경기 초반에 윤희는 돼지 오줌보 위에 새끼줄을 둥글게 만 공을 서로 빼앗고, 그것을 그물 위로 차 넣는 것에 흥미를 느끼지 못하였다. 도리어 그런 걸 왜 하는지 의아해하였다. 그런데 평소에 썩 친하다고 할 수 없는 선준과 재신이 서로 공을 주고받으며 적진을 향해 돌진하는 것을 보다 서서히 경기에 매료되어, 자신도 모르게 자리에서 벌떡 일어나 응원을 하게 되었다. 그 속에서의 선준과 재신은 십년지기처럼 너무도 호흡이 잘 맞았다. 그래서 둘 중의 하나라도 공을 잡으면 서재 선수들은 긴장하지 않을 수 없었다.

문제는 용하였다. 두 사람이 결정적인 기회를 만들어 내면, 어김없이 용하가 끼어들어 망쳐 놓았다. 공은 다리로 받아야 하는데, 그가 공을 받겠다고 내미는 다리는 평소 그가 즐겨 사용하는 가운뎃다리였다. 그런데 이것이 양쪽 다리 길이 정도만 돼도 가뿐히 받아 내겠지만, 그 길이에는 턱없이 미치지 못하였기에, 매번 가랑이 사이로 지나가는 공을 멍하니 볼 수밖에 없었다. 그러다가 엉거주춤 따라가면 이미 서재 쪽으로 공이 넘어간 이후였다. 그가 돈이 군색한 사람이었으면, 서재 쪽으로부터 돈을 받아먹은 첩자로 오해를 하였을지도 모른다. 그럼에도 불구하고 윤희는 용하가 부러웠다. 그것은 승패를 떠나 그 순간을 즐기는 그의 여유 때문이었다.

경기를 즐기는 건 기생들도 마찬가지였다. 약간의 차이가 있다면, 그녀들은 경기 자체보다 그 안에서 뛰고 있는 유생을 즐기는 것이었다. 특히 선준이 날렵하게 공을 잡으면 귀가 아플 정도로 내어 지르는 그녀들의 고함 소리에 비천당이 떠나갈 듯하였다. 자신이 선 곳을 망각하고 실수로 비명을 지르는 서재 쪽 기생도 다수 있었다. 그리고 유생답지 않게 고삐 풀린 야생마처럼 뛰어다니는 재신에게 던져지는 고함 소리도 차차 늘어났다.

시간이 지날수록 책상 앞에만 앉아 있는 서생들의 체력은 한계를 드러냈다. 그래서 뛰는 사람보다 걷는 사람이 더 많아졌고, 말을 듣지 않는 몸 때문에 상대편을 잡고 늘어지는 몸싸움이 비일비재하게 일어났다. 그와 더불어 부상자도 하나씩 나오기 시작할 즈음, 용하가 제 발목을 움켜쥐며 바닥에 드러누웠다. 공은 그와 상관없이 저 멀리에 있는데, 제풀에 다리를 접질린 것이었다. 이때다 싶었는지 동재생들이 우르르 몰려들어 그를 바깥으로 끌어냈다. 그가 절박하게 외쳤다.

"난 괜찮네. 금방 다시 뛸 수 있어!"

"아니야, 자넨 많이 다친걸세. 움직이면 큰일 나. 그러니 이 이후부터는 천막 아래에서 나오지 말게, 제발."

"이봐들! 멀쩡하잖……."

"어이, 많이 절룩거리는걸. 쉬어, 푹 쉬어!"

그들은 용하를 윤희 옆에 집어던지다시피 넣어 놓고, 다른 사람이 그를 대신하여 경기 속으로 들어갔다. 잠시 중단된 틈을 타서 선준이 다가와서 물을 찾았다. 주전자를 들고 대기하고 있던 수복이 재빨리 다가가 사발에 물을 부어서 건넸다. 그의 목덜미를 타고 뚝뚝 떨어지는 땀방울이 입으로 들어가는 물보다 더 많아 보였다. 윤희는 얼른 수건을 들고 땀을 닦아 주었다. 그런데 그를 밀치고 재신이 제 목덜미를 내밀었다.

"어이, 나도 닦아라."

그녀는 땀을 닦아 주다가 옆을 보고는 깜짝 놀랐다. 다른 선수들의 땀을 닦아 주고 있는 이들은 모두 기생들이 아닌가. 그녀가 주춤하는 사이에 기생들이 떼를 지어, 수건을 들고 이쪽으로 달려오고 있었다. 그녀들의 기세에 놀란 선준과 재신은 당황한 얼굴로 냉큼 경기장 안으로 들어가 버렸다.

용하는 누워 있는 그 잠깐 사이에도 기생을 희롱하고 있었다. 윤희는 그가 왕이 있는 데서 그러는 게 걱정이 되어, 눈치를 살피느라 왕이 있는 곳을 쳐다보았다. 그런데 그만 눈이 딱 마주치고 말았다. 화들짝 놀란 그녀는 고개와 몸을 동시에 휙 돌려 섰다. 그러자마자 자신의 머리를 쥐어뜯었다.

왕과 눈이 마주쳤는데 먼저 고개를 돌리다니, 이건 명백한 불경죄가 아닌가. 아니, 왕과 감히 눈을 마주친 것 자체가 불경죄다. 윤희는 다리가 후들거리는 걸 막기 위해 스스로를 설득해 보았다. 멀어서 절대 못 보았을 거라고, 눈이 마주친 것은 착각일 뿐이라고, 만약에 보았다고 해도 다른 곳을 본 거라고, 왕은 절대 보지 않았다고 우기면 된다고…….

　주문을 외듯 중얼중얼하던 윤희가 갑자기 가슴을 쥐고 앞으로 꼬꾸라졌다. 쓰러진 그녀 앞으로 새끼줄로 엮은 공이 데굴데굴 굴러가고 있었다. 경기 중에 서재생이 찬 공이 그녀의 가슴을 강타한 것이다. 세상이 샛노랗게 변하고, 숨이 쉬어지지 않았다. 서서히 정신이 빠져나가는 틈으로, 몰려든 사람들이 보였다가 사라졌다가 하였다.

　"너, 이 자식! 일부러 그랬지?"

　재신이 멱살을 쥐고 흔들자, 서재생은 새파랗게 질려서 목소리도 못 내고 고개만 저었다.

　"노리고 찬 거잖아! 아무도 없는 곳에 공을 미쳤다고 차냐? 네가 여림이냐?"

　윤희가 막힌 숨을 터뜨리며 겨우 정신을 차렸다. 이 순간에도 그녀의 걱정은 오직 왕의 시선이었다.

　"저, 전 괜찮……. 상감마마께오서 계신데, 소란은……."

　용하가 그녀의 어깨를 잡아 주며 모여든 사람들에게 말하였다.

　"그래, 대물은 내가 돌볼 터이니, 자네들은 어서 경기나 속행하게. 상감마마께오서 이쪽을 보시잖는가!"

　용하의 만류와 경기 재개를 알리는 징소리로 인해 선수들은 경기장으로 돌아갔다. 선준은 계속 윤희를 살피면서 제자리로 돌아갔지만 걱정이 되어 경기에 집중을 못 하였다.

　재신이 악착같이 달려들어 공을 빼앗았다. 그리고 잠시 적진으로 들어가는가 싶더니, 조금 전 윤희에게 상처 입혔던 서재생의 얼굴을 향해 사정없이 공을 찼다. 그것은 그가 노린 곳을 정확하게 때리고 떨어졌다. 서재생이 코피를 터뜨리며 바닥에 주저앉았다. 그것을 본 서재생들이 재신에게 몰려들어 시끄럽게 항의를 하였다. 하지만 그는 줄곧 실수였다며 모르쇠로 일관하다가, 결국 퇴장을 당하고 말았다. 평소 같으면 재신을 말렸을 선준도 이번에는 모른 척하며 종아리에 묶은 끈을 다잡아 다시 묶었다. 용하가 그의 격해진 눈빛을 보며 걱정스러운 듯 중얼거렸다.

"이렇게 되면 오후 경기는 훨씬 거칠어지겠군."

대사성은 안절부절못하며 일부러 왕이 들으랍시고 큰 소리로 떠들었다.

"저, 저놈들! 어느 안전이라고 저런 망나니 같은 짓을!"

"허허, 젊은 치기에 저럴 수도 있는 거지. 난 승부욕을 가진 저런 젊은 패기가 훨씬 보기 좋구나."

"하오나, 상감마마! 저건 젊은 패기라기보다 천없는 싸움이옵니다."

"놔둬라! 피 흘리는 당파싸움보단 철 있는 짓이니까."

"상감마마께오선 성균관 유생들을 지나치게 싸고도시옵니다. 그러니 저들이 오만방자해져서 지금 저렇게……."

"대사성은 성균관 시절에 저러지 않았는가?"

"그, 그렇긴 하오나……."

왕은 대사성의 입을 막아 놓고, 다시 진행되는 경기를 보았다.

선준 혼자 열심히 뛰긴 하였으나 재신이 빠진 구멍을 메우지 못하고, 결국 축국 경기는 서재의 승리로 끝이 났다. 그리고 많은 부상자를 남겼다.

유생들이 천막으로 돌아와 쉬는 동안, 수복이 수레에 음식을 싣고

다니면서 나눠 주었다. 그리고 그사이에 동재와 서재로 나눠진 기생은 포구 경기를 하였다. 그녀들의 점수도 포함이 되기에 이번에는 유생들이 응원을 하였다. 포구악에 맞춰 춤을 추듯 장대 위에 매달린 고리에 공을 던져 넣는 기생을 구경하는 것도 유생들의 유희였다.

윤희는 용하에게서 부채를 강제로 빼앗아 선준에게 부쳐 주었다. 가끔 바람 한두 번은 재신에게 나눠 주긴 하였다. 부채질을 할 때마다 선준에게서 풍겨 나오는 땀 냄새가 좋아서, 괜찮다고 하는데도 멈추지를 못하였다.

그런데 주위를 둘러보던 용하가 그녀의 손에서 부채를 빼앗으며 말하였다.

"대물, 지금 힘 빼지 말게."

"전 어차피 할 일도 없으니까 괜찮습니다."

"아닐지도 모르네. 그러니 체력을 아껴 둬."

그녀도 주위를 둘러보았다. 딱히 부상을 당한 사람은 아니어도 체력이 다해서, 먹을 것도 마다하고 널브러져 쉬는 유생들이 많았다. 왕의 앞이라 긴장한 채로 뛰었기에 더욱 체력 소모가 심한 듯하였다. 윤희는 설마 제 차례까지 올까 의심하며, 떡을 집어 입에 넣었다.

3

"장치기 경기 시작이오!"

징소리가 울리기가 무섭게 긴 채를 든 선수들이 재빠른 동작으로 작은 공을 향해 달리기 시작하였다. 하지만 그들은 공을 잡기 위해 달린다기보다는 싸우기 위해 돌진하는 사람들 같았다. 아니나 다를까 이내 과격하게 몸이 부딪쳐서 넘어지는 선수가 속출하였다. 오전에 용하가 염려했던 일이 현실로 드러났다.

줄줄이 넘어지는 선수들 틈으로 민첩하게 몸을 피한 선준이 눈 깜박할 사이에 채의 고리에 공을 잡아챘다. 재신은 자신을 포위한 두 명을 어깨로 밀치고 그의 뒤를 따라 뛰었다. 하지만 서재 선수들이 온몸을 던져 막아 내는 바람에, 두 사람 모두 바닥에 나뒹굴고 말았다. 선준의 늘씬한 몸이 흙먼지 속에 데굴데굴 구르자, 기생들은 마치 자신의 몸에 상처라도 난 것처럼 비명을 질렀다.

이제 막 시작한 경기에서 벌써 선수 하나가 부축 받아 나가고 새로 교체되었다. 이전 경기에서 부상당한 선수들이 많아서 애초 장치기 명단에 올라 있던 이름과 실제 출전한 사람과 큰 차이가 있었다. 그나마 성한 선수마저도 경기가 이런 상태로 진행되다간 어떻게 될지 짐작할 수가 없었다. 초조하여 자리에 앉지도 못하고 안절부절못하는 윤희에게 용하가 손짓으로 불러서 옆에 앉혔다.

"대물, 아무래도 경기를 어떻게 하는지 자네가 알아 둬야 할 듯싶으이."

그녀는 울상이 되어서 물었다.

"여림 사형이 보시기에도 제 차례까지 올 것 같습니까?"

"아마도가 아니라 확실해. 진즉에 가르쳐 줬어야 했는데, 급하구먼. 아무튼 내 말 잘 듣게."

용하는 전체적인 경기 방법과 세부적인 사항까지 꼼꼼하게 설명을 하였다. 하지만 그의 말이 다 끝나기도 전에 동재 쪽 선수 하나가 어깨를 움켜쥐고 나왔다. 윤희는 떨리는 눈으로 서재 선수들을 보았다. 그런데 그녀에게 적대심을 가지고 있는 이들이 서재 하재생들만은 아니었다. 서재생들의 눈빛도 그러했다. 윤희가 경기장에 들어올 때까지 동재 선수들을 이런 식으로 내보내겠다는 무언의 계략이 그들 눈매와 입 꼬리에서 드러나 보였다.

"여림 사형, 어차피 제가 나가야 한다면, 지금 나가도 되겠습니까?"

"자네, 미쳤나? 저들이 노리는 건 자네. 아, 아니 그게 아니라······."

"귀형은 이미 알고 계셨군요. 역시나······."

"최대한 미루다가 늦게 나가도록 해. 위험해. 장치기는 저 손에 든 채가 바로 무기라고."

"저도 그것이 무섭고 떨려서 이대로 어디라도 도망가고 싶습니다. 하지만 그건 비겁하잖아요. 지금 저 속으로 들어가지 않는다면, 여차하다간 제가 비겁해질지도 모릅니다."

용하는 바르르 떨리는 그녀의 손끝을 물끄러미 보다가, 포기한 듯 환하게 웃었다. 그리고 박수를 치면서 말하였다.

"깨지고 부서지더라도 너의 뜻이 그러하다면 들어가게. 단, 이제부터 넌 나의 벗이다. 음과 양이 바뀐다고 하더라도, 그것은 영원히 바뀌지 않을 것이네. 자네가 날 싫어한다손 치더라도 말이지."

"전 여림 사형을 싫어하지 않는데요?"

"물론 그런 건 알지. 어떤 이가 잘난 것투성이인 나를 싫어하겠는가? 싫어한다면 그건 필시 시기일 터인데. 하하하."

용하는 벌떡 일어나 손을 하늘로 들어올리고 휘휘 저어, 사람들이 자신을 보게끔 하였다. 그리고 막 교체되어 들어가려던 선수를 가로막았다.

"자네가 아니라, 최고의 불알이 들어갈 거네."

용하의 얼토당토않은 농담에 발끈하여, 윤희가 소리를 버럭 질렀다.

"여림 사형!"

"아, 아니, 대물이 들어갈 거라고. 대물이나 최고의 불알이나, 업어치나 메치나 똑같은 걸 갖고 화를 내기는."

윤희가 채를 건네받자, 재신이 경기장 안에서 소리치며 달려왔다.

"야, 나가! 경기 망칠 일 있냐?"

하지만 그가 도착하기 전에, 그녀는 빼도 박도 못 하게 경기장 안으로 얼른 들어가 버렸다.

"젠장! 가뜩이나 험한 경기인데, 골치 아프게 됐잖아."

재신은 투덜투덜하면서 채를 어깨에 걸치고 섰다. 선준과 동재 선수들이 모여들자, 윤희가 씩씩하게 웃으면서 말하였다.

"위험한 거 압니다. 그래서 말인데, 제가 저들의 미끼가 되겠습니다. 어차피 경기 방법도 잘 모르니까, 그거라도 해야죠."

"야! 그런 말도 안 되는……."

버럭 소리치는 재신의 말을 가로막으며 선준이 상냥하게 말하였다.

"귀공이 하고 싶은 대로 하시오."

그리고 재신을 중심으로 움직이기로 결정 내리고 각자 흩어졌다. 흩어져 가는 그 속에서 바들바들 떨리는 윤희의 손끝을 꽉 쥐는 이가 있었다. 따뜻한 손을 지닌 선준이었다.

"마음대로 하시오. 대신, 내가 귀공을 엄호하겠소."

그는 미소와 따뜻한 손의 여운을 남기고 멀리 떨어진 자리에 섰다. 그것이 특효약이었는지 불안한 떨림이 거짓말처럼 잠잠해졌다. 윤희가 경기에 출전을 하자, 이제껏 마치 왕비인 양 거만하게 앉아서 구경하던 초선이 초조한 얼굴로 자리에서 일어나, 경기장 쪽으로 다가가 섰다. 용하는 천막 아래에서 목청을 돋우서 소리쳤다.

"어이, 서재! 정정당당하게 해라! 안 그러면 삼신할미가 불알을 죄다 회수해 버린단다!"

서재 선수들이 발끈하여 용하를 노려보았다. 이에 지지 않고 그는 끊임없이 그들의 신경을 긁는 말을 쏟아 냈다.

"아까울 것도 없지? 어차피 지금도 마땅히 쓸 곳이 없지 않나?"

재신이 피식 웃으며 중얼거렸다.

"저놈은 바깥에서 더 쓸모가 있군."

용하의 말이 짓궂을수록 대사성은 왕의 곁에서 사색이 되었다.

"저, 저, 저놈들이 주상 전하께옵서 친람하시는 걸 잊어버렸나? 내 저놈들을 당장에!"

"대사성도 내가 있다는 걸 잊어라. 그럼 되지 않겠느냐?"

"상감마마! 따끔하게 혼쭐을 내야 함이 옳은 줄로 아옵니다."

"내가 재미있으면 된 것 아니냐?"

"상감마마께옵서 상유의 일에 한하여서는 너무 관대하시니까, 유생이 학관을 우습게 여기는 사태까지 온 것이 아니옵니까!"

"그 무슨 망발이냐? 나의 탓이라니!"

"네? 앗! 소, 소신은 그런 뜻이 아니오라……."

"상유가 학관을 우습게 여기는 것은 성균관의 오래된 병폐로 알고 있다. 어릴 때부터 자신의 학풍과 같은 이를 스승으로 삼다가, 성균관에 들어서는 전혀 다른 당파의 학관에게서 가르침 받기에 스승으로서 인정을 못 하는 것이고, 또한 실력이 월등한 유생을 미처 가르칠 실력이 되지 못하는 학관의 탓도 있다. 이 외에도 여러 가지의 이유로 이러한 사태가 된 것인데, 그것을 어찌하여 나의 탓이라 하는가!"

"송구하옵니다. 이 소신의 입이 경박하였사옵니다."

"처음부터 난 상유들에게 마음껏 하라고 일렀다. 허튼 임금으로 만들지 마라."

"네!"

왕은 넓은 마당에 긴 채를 들고 작은 공을 쫓아서 사력을 다해 뛰어다니는 유생들을 바라보았다. 요란하게 치장한 기생들보다 땀과 흙으로 얼룩진 유생들을 보는 즐거움이 한층 높았다. 때때로 거칠게 몸싸움을 하며 반칙을 하는 것조차, 젊어서 그러겠거니 하면서 마냥 흐뭇해하였다. 그렇게 그들 속에 섞여 뛰고 싶어서 들썩거리는 엉덩이를 힘들게 다독여야 했다.

  윤희는 급격히 차오르는 숨을 감당하지 못하고 헐떡거렸다. 앉아서 보는 것과 달리 체력 소모가 굉장하였다. 거기에는 남자와 여자의 체력 차이도 한몫하였다. 그녀의 눈에 멀리 약방 의원이 보였다. 쓰러지면 달려와 진맥을 할 것이 분명하였다. 그리고 왕도 보였다. 어쩌면 비겁해지는 편이 현명하였을지도 모른다. 하지만 이미 늦었다. 그러니 죽을지언정 쓰러지면 안 된다.

  공이 윤희의 채로 날아와 붙었다. 서재생들이 득달같이 달려와 그녀를 에워싸기 직전에 선준이 달려와서 공을 가로채 달아났다. 아주 짧은 순간을 제외하곤 윤희가 공을 지니고 있도록 내버려두지 않았다. 그것이 가장 위험한 일이기에 그러하였다. 그런데 이미 공이 선준에게 넘어간 뒤인데도 심판의 눈을 피해 긴 채로 그녀의 발목을 때리는 선수가 있었다. 눈 깜박할 사이에 일어난 일이라 윤희를 포함하여 어느 누구도 그 장면을 보지 못한 채, 그녀만 볼썽사납게 앞으로 꼬꾸라져 뒹굴었다. 다행히 빗맞아 다치지 않았지만, 등에서 식은땀이 흘러내렸다. 윤희는 벌떡 일어나 공을 쫓아 뛰면서 주위를 살폈다. 누가 발목을 때렸는지 도통 알 수가 없었다.

  공을 몰고 간 선준이 버들가지처럼 탄력 있는 허리를 힘껏 돌려 구문을 향해 공을 쳐서 넣었다. 공이 들어가서 내어 지르는 함성보다,

군침이 절로 흐르는 그의 몸매에 탄성을 지르는 기생들의 소리가 더 높았다.

 선준은 제일 먼저 윤희에게로 달려왔다. 그리고 마치 자신의 다리로 그녀의 다리를 휘감듯 채와 채를 마주하고 휘감으면서, 그녀의 이마에 자신의 이마를 마주 대었다. 그의 향기가 물씬 났다. 생각지도 않은 그의 밀착으로 인해 그녀의 얼굴이 시뻘겋게 달아올랐다. 눈 깜박할 사이에 그녀와 기쁨을 나누고 돌아선 그는, 다른 동재생들과도 어깨를 얼싸안으며 기쁨을 나누고는 제자리를 찾아 흩어졌다.

 그 이후 더 이상 윤희를 공격하는 일은 발생하지 않았다. 그리고 그녀의 감각은 용하보다 훨씬 뛰어나 제법 경기에 기여를 하였다. 그래서 차차 경기에 몰입되어 경계가 느슨해져 갔다. 그때였다. 공이 여러 선수를 재빠르게 갈아 치우며 윤희에게로 날아왔다. 그것은 정확하게 그녀의 채에 안착하였다. 몸을 숙이고 공을 몰면서 구문으로 돌진하는 그녀의 얼굴을 향해 긴 채가 보이지 않는 속도로 다가왔다. 윤희도 낌새를 알아차렸다. 하지만 이미 피하기에는 늦었다.

 픽!

 소리와 함께 그녀의 두 눈은 불끈 감겨졌다. 그런데 아프지가 않다. 아니, 그 어떤 것도 얼굴에 와 닿은 게 없다. 윤희는 조심스럽게 감았던 눈을 슬그머니 떴다. 바로 앞에 붉은 전복을 입은 어깨가 보였다. 그 어깨는 긴 팔을 뻗어 무언가를 잡고 있었다. 윤희는 눈동자를 옆으로 굴렸다. 긴 팔을 따라 건너간 눈동자가 발견한 것은 그녀를 때리려고 하던 채의 끝을 쥐고 있는 손이었다. 그 손에서는 시뻘건 피가 뚝뚝 떨어져 내리고 있었다. 사람들이 놀라서 소리쳤다.

"가랑!"

윤희는 비로소 선준임을 알아차렸다. 그는 움직이지 않았다. 그래서 조금 전이 얼마나 위험한 상황이었는지 누구나 다 볼 수 있었다. 그의 손에서 떨어져 내리는 피로 인해 그녀의 목소리가 떨렸다.

"가, 가랑 형님……."

멀리서 재신이 눈이 뒤집어져서 달려왔다.

"이 자식들! 다 죽여 버릴 테다!"

긴 채를 휘두르는 그에 아연하여 경기장 밖에서 용하가 외쳤다.

"난투장 된다, 모두들 걸오를 붙잡아!"

순식간에 달려온 그를 여러 명이 달라붙어 말렸다. 하지만 역부족이었다. 그들을 죄다 뿌리친 재신이 채를 높이 치켜든 순간, 그보다 선준의 주먹이 앞서서 윤희를 공격하려던 서재생의 얼굴에 내리꽂혔다. 일순 물을 끼얹은 듯한 정적이 흘렀다. 재신이 아닌, 선준에게서 주먹질을 당하리라는 건 상상도 못 한 터라, 그 싸늘함은 더욱 심하였다.

"적당히 좀 하시오."

이를 갈듯 내뱉은 선준의 말에, 얻어맞고 뒤로 나가떨어졌던 서재생이 얼굴을 감싸 쥔 채 소리쳤다.

"동재에 기거하는 것도 모자라, 이젠 같은 노론에게 주먹질까지 하시오?"

"고작 이따위 짓이나 하기 위해 당파를 나눈다면, 난 어느 곳에도 들어가지 않겠소. 그러니 더 이상 내 인내를 시험하지 마시오!"

그가 차가운 등을 보이며 뒤돌아섰다. 그 뒷모습을 향해 마지막까지 소리를 높였다.

"가랑, 이 자리에서 분명히 하시오! 노론이오, 아니오?"

선준이 우뚝 멈춰 섰다. 그리고 피가 떨어지는 주먹을 꽉 쥐며 조용히 말하였다.

"난 분명히 노론이오. 허나 그에 앞서 지금은 한낱 성균관 유생에 지나지 않소."

심판을 맡은 서리가 모여 선 사람들 틈에서 안절부절못하며 모기만 한 목소리로 말하였다.

"저기, 두 분 모두 퇴장입니다요. 가랑 유생님도 죄송하지만 나가 주셔야……."

재신이 고래고래 고함을 지르며 항의하였다.

"이봐, 심판! 가랑은 아니지. 싸움을 말리느라 그랬는데, 어째서 퇴장이냐? 일부러 위해를 가한 저 서재 놈만 퇴장시켜!"

재신의 위세에 눌린 심판이 아무 말도 못 하고 눈만 찔끔거렸다. 선준이 빙그레 웃으며 그에게 말하였다.

"저도 경기장 안에서 주먹을 휘두른 건 사실이니까 나가는 게 옳습니다. 걸오 사형, 반드시 이겨 주십시오."

"어디서 시건방지게 이래라저래라 하는 거냐? 그렇게 명령하지 않아도 이길 예정이다."

선준은 성한 오른손으로 윤희의 어깨를 슬쩍 쥐면서 소곤거렸다.

"뒤를 부탁하오."

"귀형의 손이 저 때문에……."

그의 입 꼬리가 아름다운 곡선을 그렸다. 불순하게도 그것은 이성을 홀랑 다 쫓아 버렸다. 용하가 그를 큰 소리로 부르지 않았다면, 자칫 그녀의 입술이 넋을 잃고 그곳에 닿았을지도 모르는 위기였다.

선준이 경기장 밖으로 나간 뒤, 경기는 다시 재개되었다. 약방 의원이 다가와 황급히 상처를 살폈다. 용하가 참을성 없이 의원을 닦달하였다.

"어떤가? 뼈는 상하지 않았는가? 피를 너무 많이 흘리는데, 큰 이상이 있는 건 아니지?"

"상처 좀 봅시다. 정신 사납게……."

그는 용하를 타박한 뒤에 수복이 가져온 차가운 물로 상처를 씻어 내면서 말하였다.

"요령 좋게 맞으셨습니다. 다행히 뼈에는 이상이 없네요. 조금 금이 갔을지는 모르겠지만요."

"그런데 무슨 피를 이렇게 많이 흘려? 제대로 살핀 것 맞나?"

"여럼 유생님도, 참! 지금까지 땀을 비 오듯 흘리면서 뜀박질을 하였으니 그렇지요."

의원은 귀찮은 듯이 대꾸하고, 깨끗이 씻은 상처에 약을 바른 뒤 하얀 천으로 동여맸다.

"피가 완전히 멎을 때까지 손을 머리 아래로 내리지 마십시오. 그리고 물에 손 넣어도 안 됩니다. 뼈에는 이상이 없다고 해도, 생살이 터진 거라서 조심하셔야 합니다. 제가 나중에 한 번 더 상처를 보겠습니다."

"수고하였소."

용하가 벌떡 일어나 열심히 뛰고 있는 윤희를 향해 소리쳤다.

"어이, 대물! 가랑은 괜찮단다. 피부만 조금 찢어졌다네!"

윤희는 멈칫하다가 계속 공을 쫓아 뛰었다. 너무 다행이라 입술만 깨물었다.

"못 들은 척하기는. 이보게, 가랑. 대물이 다행이라 안심했다는군. 하지만 정말 다행은 상처가 자네 손바닥에 난 것 아니겠나? 만약에 대물 얼굴에 그런 상처가 났더라면, 정말 섬뜩해."

"얼굴이 아니라, 눈이었을 겁니다."

"뭐? 저, 주리를 틀어 죽일 놈 같으니. 그런 놈을 주먹 한 방으로 끝을 냈나?"

"그래서 아직까지 제 속이 갑갑한가 봅니다. 더 패 줄걸……."

용하는 일어선 채로 슬그머니 아래로 내려가는 그의 손을 잡아 주며 말하였다.

"자네가 동재생이라 좋군. 이렇게 손도 잡을 수 있으니 말일세. 그렇지 않았다면 말이나 한번 걸어 볼 수 있었겠나? 사랑한다 말 못 하고 벙어리 냉가슴 앓는 건 내 생애 단 한 번으로 족하이."

"여림 사형이라면 제가 더 몸 달아서 말을 걸었을 겁니다."

"자네 같은 청백리가 나같이 주색잡기에 열 올리는 놈한테? 하하하."

"배워야 할 것이 많습니다."

"응? 별소리 다 듣겠구먼. 계집질을 배워 뭐 하려고?"

말귀가 밝은 용하였지만, 이번은 진짜 이해하지 못하고 어리둥절하였다. 그런 그를 두고 선준은 설명은 않은 채 웃기만 하였다. 잠시 경기를 관람하던 용하가 어지러운 그의 표정을 읽고 넌지시 물었다.

"혹시 자네, 요즘 심란한 일이라도 있는 겐가?"

선준은 열심히 뛰어다니는 윤희를 눈으로 좇으며 말없이 웃었다. 그 미소가 쓸쓸하다.

"무슨 일인지는 모르나 자네가 그런 표정을 할 정도라면, 걸오 놈은 미쳐서 반궁 몇 채는 박살내고도 남았을 테지. 몸 달아서 먼저 말을 걸고 싶었던 나라면 의논이란 것도 해 보게. 속으로 끙끙 앓지만 말고."

"아무 일도 아닙니다."

언제나 단정하던 그의 말꼬리가 힘없이 잦아들었다.

의논할 수 있는 문제였다면 이미 했을 것이다. 평범한 여인이었다면, 가슴에 싹튼 연정을 어찌하면 좋겠는가, 쉽게 상의하였을 터이다. 이미 여러 번 용하를 귀찮게 하였을 터이다.

하지만 무엇을 어떻게 의논하겠는가? 가슴을 두근거리게 하는 이가 있습니다. 그는 여인이 아니라 저와 똑같은 사내입니다. 그 사내는 바로 저 앞에서 열심히 자신의 몫을 다하고자 뛰어다니는, 심지어 저의 몫까지 하려고 무리하는 저 김윤식입니다. 언제나 함께 있는데 머릿속에서조차 그는 온종일 함께입니다. 그가 초선을 보는 것이 싫고, 걸오 사형이 그에게 가까이 다가가는 것이 싫고, 여림 사형과 친한 게 싫습니다. 제 옆에만 두고, 저만을 보고, 저하고만 이야기하고, 저에게만 웃는 얼굴을 보여 주길 바랍니다. 어쩌면 아무 문제도 없는 것일 수 있겠지요. 사나이끼리의 우정이 좀 과하다고 할 수도 있겠지요. 하지만 아름다운 여인인 부용화 앞에선 얼음처럼 가만히 있던 심장이 왜 저 사람 앞에선 미친 듯이 뛰는 겁니까?

네, 이것도 별로 큰 문제가 아닐지도 모릅니다. 그런데 말입니다, 저 사람 앞에선 심장만 이상한 것이 아니라, 제 몸 모든 곳이 이상합니다. 솟아오르는 욕정에 놀라기도 한두 번이 아닙니다. 새근새근 숨 쉬며 잠든 그의 옆에 누워 있노라면 그 욕정은 더 심해져, 결국 뒤돌아누워 버린 적도 한두 번이 아닙니다. 잠든 손을 쓰다듬고 싶고, 어여쁜 볼을 감싸 쥐고 싶고, 분홍 빛깔의 입술을 훔치고 싶고, 버선 아래의 그 작은 발도 제 손에 쥐어 보고 싶습니다.

군자의 도리와 도덕을 배우고, 공자와 맹자의 위패가 모셔진 이곳 성균관에서 수학하는 제가 사내에게서 색정을 느끼다니요. 제대로 된 선비가 되고자 하는 제가 저 김윤식에게서 색정을 느끼다니요. 그래서 부용화를 만나기로 하였지만, 이것이 더한 고통입니다. 여인을 만나면 그에 대한 마음도 달라질 거라 여겼더니, 오히려 그에 대한 마음이 더 분명해져 버리고 말았습니다. 점점 더 분명해져 가는 이 감정들을 어찌하면 좋겠습니까?

……이러한 의논들을 하란 말인가? 선준은 차마 입 밖에도 꺼낼 수 없었다. 그것은 용하에게 묻지 않아도 세상과 자신의 윤리 안에서 있을 수가 없는 감정이었다.

속에 있는 수많은 말을 삼킨 선준이 고통스럽게 한숨처럼 길지 않은 말을 뇌까렸다.

"아닙니다, 아무 일도 아닙니다."

점수를 주거니 받거니 하면서 손에 땀을 쥐게 하던 경기가 동점인 상황에서 막바지에 이르렀다. 곧 경기가 끝남을 알리는 푸른 깃발이 힘차게 올라갔다. 마지막 기회는 서재 쪽에 있었다. 축국에 이어 장치기마저 서재의 승리로 돌아갈 위기였다. 공을 몰고 가던 그들 사이로 느닷없이 재신이 몸을 던지며 파고들었다. 그는 서재 선수들 속에서 공을 가로채 놓고 바닥에 뒹굴었다. 튕겨 나간 공을 다시 서재 쪽에서 잡을 찰나, 뒹굴던 재신의 몸이 거짓말처럼 튕겨 일어나 공을 완전히 채에 잡는데 성공했다. 그는 잠시의 지체도 않고 허리를 크게 돌려, 공을 적진으로 쳐 올렸다.

갑자기 선준이 자리에서 벌떡 일어섰다. 그 공은 큰 포물선을 그리며 서재 진영으로 넘어갔고, 윤희가 그것을 정확히 잡았기 때문이었다. 그녀의 작은 몸은 지친 나머지, 미처 자신의 진영으로 넘어가지 못한 탓에 구문 가까이에 있었다. 윤희 앞을 가로막은 건 상대편 구문지기 단 한 명뿐이었다. 갑자기 찾아온 기회에 당황한 듯 잠시 망설이는 그녀의 뒤로 양쪽 선수들이 벌 떼처럼 밀려들었다. 그에 놀라서 얼떨결에 공을 때렸다. 그와 동시에 그녀의 몸이 엎어졌고, 그 위에 선수들이 층층이 쌓였다.

환호성이 터져 나와 비천당이 들썩거렸다. 하지만 윤희는 선수들 아래에 깔려 상황이 어떻게 되었는지 볼 수 없었기 때문에, 이 요란한 환호성이 어느 쪽 것인지 분간이 되지 않았다. 덮치고 있던 선수들이 하나둘씩 일어나고 나서야 그녀는 겨우 고개를 들 수 있었다. 눈동자가 급하게 공을 찾아 뛰었다. 그것은 경기장 바깥에 얌전히 멈춰 있었는데, 구문을 지나간 것인지, 아니면 그 옆으로 흘러간 것인지는 알 수 없었다. 윤희는 어리둥절해하며 몸을 일으켜 앉았다. 멍청하게 앉은 그녀의 눈에 기뻐서 날뛰는 동재생들이 보였다.

"드, 들어갔다고? 저게?"

윤희는 공과 자신을 번갈아 가면서 손가락으로 가리키며, 분명한 답을 허공에 물었다. 하지만 그 답은 같이 뛴 동재 선수들이 그녀의 어깨를 때리는 것으로 대신 들었다. 그녀의 눈동자는 허공을 휩쓸며 선준을 찾았다. 그는 윤희를 향해 박수를 보내고 있었다.

그녀의 다리가 자리를 박차고 일어나 달리기 시작하였다. 그리고 그 다리는 그녀의 흙투성이 몸을 선준의 품속으로 던져 놓았다. 윤희가 그의 목을 끌어안고 소리쳤다.

"보셨습니까? 제가 넣었습니다. 저 공을 제가……."

선준도 그녀의 허리를 성한 오른쪽 팔로 세차게 끌어안으며 말하였다.

"남김없이 다 보았소. 귀공이 넣는 걸 내 똑똑히 보았소."

재신이 그들에게 달려와 윤희의 머리통을 쥐어박으며 면박을 주었다.

"실수로 넣은 주제에, 그게 그리 좋냐?"

하지만 목소리에는 웃음이 가득 스며 있었다. 그러면서 그의 손은 선준의 다친 손을 마치 잡듯이 슬쩍 때렸다. 눈길은 전혀 다른 곳을 향해 있었지만, 그런 식으로 승리의 기쁨을 함께하였다.

윤희는 선준의 목을 끌어안고 있던 팔을 풀면서 대꾸하였다.

"실수라도 넣으면 장땡이죠. 다 걸오 사형 덕분이니까 감사합니다."

"네가 넣은 거다. 여렴이었다면 또 가운뎃다리로 받았을걸."

그런데 이상하게 선준의 몸에서 떨어지지 않았다. 그녀의 허리를 휘감은 그의 팔이 놓아주지 않았기 때문이었다. 다친 손은 공중에 들려 있는데, 한 팔만으로도 그녀를 온전히 감싸고도 남아서 벗어날 수가 없었다.

어째서 놓아주지 않는지는 생각하지 못하였다. 심장이 뜀박질할 때보다 더 가쁘게 뛰어 정신이 없다. 펄쩍펄쩍 뛰며 승리를 자축하던 용하가 흥에 겨운 나머지, 세 사람을 한꺼번에 뭉쳐서 끌어안았다. 재신은 입술을 이죽거리며 못 이기는 척하며 그 속에 서 있었다. 하나가 되어 있는 네 사람에게로 동재 선수들이 한 명씩 와서 얼싸안았다.

그렇게 모두가 하나가 되었다. 그리고 겹겹으로 에워싼 동재생들 가운데에는, 승리의 기쁨보다 선준의 품에 안긴 설렘으로 들뜬 윤희가 있었다.

멀리서 그 모습을 지켜보고 있던 초선의 눈이 가늘게 떠졌다. 그리고 제 고개를 갸웃하였다. 서로가 서로를 얼싸안고 있긴 하지만, 선준과 윤희만큼은 그 느낌이 남달랐다. 온몸을 싸늘하게 훑는 이상한 예감을 떨치고자, 그녀는 고개를 세차게 흔들었다.

심각한 표정으로 동재의 승리를 보고 있던 왕이 한숨과 함께 신경질적으로 말을 내뱉었다.

"지겹구나, 지겨워!"

대사성은 또 뭐가 왕의 심기를 건드렸나 걱정되어 간이 졸아들었다. 그는 뒤를 이어 중얼거리는 왕의 말은 듣지 못하였다.

"저들을 기다리기가 지겹다. 저 젊은 피들이 언제 내 옆으로 온단 말인가."

장치기 경기의 승리에 취해 있는 동재생들을 두고, 한쪽에선 마지막 경기인 줄다리기 준비가 한창이었다. 수복 여러 명이 어깨에 걸쳐서 가져온 굵은 동아줄을 길게 펼쳐 놓았다. 그것을 본 윤희가 엉뚱한 말을 하였다.

"아, 순돌이가 보고 싶다."

"순돌이를 왜?"

"그놈이 우리 편이면, 줄다리기쯤이야 쉽게 이기지 않겠습니까? 순돌이 혼자서 대략 몇 명까지 이길 수 있을까요? 못 잡아도 다섯?"

"하하하. 그건 잘 모르겠소. 하지만 순돌이도 귀공을 많이 보고 싶어한다오. 언제 우리 집에 한번······."

윤희는 소매로 얼굴을 닦는 척하면서 대답을 외면하였다. 흙투성이 옷으로 문지른 탓에 얼굴은 더욱 얼룩덜룩해져 버렸다. 용하가 걱정스럽게 물었다.

"이보게, 가랑. 손이 그래서 어디 경기를 할 수 있겠나? 한 사람이라도 빠지면 손해인데······."

"한 손만이라도 해야겠지요. 완전히 빠지는 것보단 낫지 않겠습니까?"

"줄을 서시오!"

심판을 맡은 서리가 목청껏 외치자, 서재생과 동재생은 동아줄을 따라 두 줄로 길게 늘어섰다. 평소 줄을 설 때는 먼저 들어온 순서, 나이 순서였지만, 이번은 힘 좋은 사람이 제일 앞과 제일 뒤에 서고, 힘이 고만고만한 이들이 가운데에 섰다.

선준은 손을 다친 탓에 윤희와 함께 가운데에 나란히 서야 했다. 다친 손을 어디에 둘지 이리저리 궁리하고 있다가, 결국 황송하게도 다친 손을 그녀의 어깨에 두르기로 결정하였다.

선준이 마치 감싸듯 윤희의 어깨를 둘렀다. 기뻐서 가슴이 콩닥거리려는 찰나, 갑자기 용상에서 왕이 벌떡 일어났다. 그리고 느닷없이 경기를 준비 중인 유생들 쪽으로 걸어왔다. 그 뒤를 긴 총과 검을 든 금위병들이 일사불란하게 따라왔다. 왕의 돌출 행동에 놀란 유생들은 일제히 바닥에 엎드렸다. 그들의 머리 위로 왕의 목소리가 근엄하게 울려 퍼졌다.

"이선준은 들으라. 손은 어떠하냐?"

"성은이 망극하옵게도, 상처가 크지 않사옵니다."

"다행이다. 내가 한시름 놓았다. 하지만 줄다리기는 무리인 듯한데?"

"한 팔로만 하면 되옵니다."

왕은 이쪽으로 오기 전부터 준비되어 있던 말을 꺼냈다.

"그건 아니지. 무리하지 마라. 어험! 내가 대신 해 주겠노라."

상유들의 얼굴이 이해를 하지 못하고 어리둥절하다가, 이내 일그러졌다. 아무리 왕이지만 이 무슨 뚱딴지같은 소리란 말인가? 선준 대신 들어간다면, 왕은 소론과 남인, 소북과 함께 노론에 대적하겠다는 의미일 수도 있고, 말 그대로 선준 대신이라면 노론 대신 경기에 임하겠다는 의미도 되었다. 상유들이 왕의 말을 아무 뜻 없이 받아들이기에는 복잡하고도 어려운 문제였다.

"이선준은 이리 나와 서라."

선준은 어쩔 수 없이 제자리를 내어 주고 옆으로 나와 섰고, 왕은 태연히 그 자리를 꿰찼다. 이렇게 되자, 진정 미치고 팔짝 뛸 노릇인 건 윤희였다. 가까워도 지나치게 가깝다. 대사성이 감사하게도 만류에 나서 주셨다.

"상감마마, 이는 아니 될 일이옵니다. 통촉하여 주시옵소서!"

"아니 될 일이라……. 그렇다면 안 되는 이유 세 가지를 말해 보아라."

세 가지씩이나? 대사성은 이유를 급히 찾아내지 못하고 말만 더듬거렸다.

"그, 그러니까 그게……, 이유가 뭐냐면……."

윤희의 속이 터졌다. 평소 조회 때 그리도 많던 말들이 다 어디로 도망을 간 것인가? 왕은 눈을 돌려 바닥에 죽은 듯이 엎드려 있는 그녀를 보면서 말하였다.

"김윤식, 네가 세 가지를 말해 보아라."

그녀는 자신에게 던져진 질문보다 제 이름을 정확하게 부르는 왕에게 소스라치게 놀라서 입도 뻥긋하지 못하였다. 왕은 다시 제일 앞에 있는 재신을 큰 소리로 불렀다.

"문재신! 네가 말해 보아라."

그는 왕이 함께 경기를 하든 말든, 아무 상관없었기에 대답을 하지 않았다.

"구용하! 너라면 대답할 수 있겠구나. 말해 보아라."

용하는 탐탁지 않은 마음으로 입을 열었다.

"상감마마께오서 우리 상유들과 함께하여 주신다는 것만으로도 무한한 영광이라 아니 할 수 없사옵니다만, 자칫 이겨도 이긴 것이 아니고, 져도 진 것이 아닌 경기가 될 우려가 있사옵니다. 또한 이제껏 치른 경기들로 오늘의 승패가 확고해져 있다면 문제가 될 것이 없겠으나, 이번의 줄다리기로 그것을 가려야 하기에 더욱 그러하옵니다."

대사성이 용하 덕분에 겨우 말문을 찾았다.

"그러하옵니다, 상감마마! 통촉하여 주시옵소서."

윤희는 이 상황에서도 왕이 어째서 상유들 이름을 줄줄이 외우고 있는지가 궁금하였다. 이름만 아는 게 아니라, 이름의 주인까지 정확하게 파악하고 있는 건 더 경악스러웠다. 왕은 머리에 쓰고 있던 전모를 벗으며 말하였다.

"이선준! 난 이 경기를 하고 싶다. 그러니 네가 되게 해 줘야겠다."

왕이 말도 안 되는 억지를 부리고 있는 것인지, 일부러 선준을 골탕 먹이려고 그러는 것인지 분간이 가지 않았다. 윤희는 선준이 걱정되었지만, 그는 여유 있게 웃으며 서재를 향해 말하였다.

"경기를 하되, 서재가 일부러 져 주는 일만 없으면 됩니다. 상감마마께오서 최선을 다하라는 어명만 내려 주시옵소서. 우리 상유들은 성심을 다해 어명을 받들겠사옵니다."

"최선을 다하라. 그렇지 않을 시엔 경을 칠 것이다!"

왕은 어명을 내린 뒤, 대사성에게 전모를 벗어서 넘겼다. 그리고 기어코 유생들 틈으로 들어가 섰다. 윤희는 옆에 왕의 신발이 보이자, 심장이 마비되어 죽을 것만 같았다.

엎드린 채로 황급히 용하가 소리쳤다.

"상감마마! 천신, 구용하가 아뢰옵니다."

"말해 보라."

"그곳은 상감마마께오서 계실 곳이 아니옵니다. 이리 앞으로······."

윤희의 혼이 천당으로 들어가는 순간이었다. 그에게 뽀뽀라도 해 주고 싶은 심정이었다. 하지만 그의 말이 채 끝나기 전에 서재생들이 합창을 하듯 일제히 소리쳤다.

"아니 되옵니다! 통촉하여 주시옵소서!"

다시 그녀의 혼은 지옥으로 들어갔다.

"그건 서재 쪽의 말이 옳다. 내가 앞으로 가면 최선을 다해 경기하기가 얼마나 힘이 들겠느냐. 난 이선준을 대신하여 들어온 것이니 애초에 이곳이 내가 있을 곳이다. 시간 지체 말고 어서 경기하자."

순간순간 천당과 지옥을 들락거리던 그녀의 혼은 결국 왕의 결정과 함께 지옥에 안착하고 말았다. 심판이 안절부절못하며 소리쳤다.

"그, 그럼 줄을 잡으시오. 아니, 잡으시옵소서!"

왕이 먼저 줄을 잡았다. 모두가 잡는 통에 윤희도 얼떨결에 줄을 잡았다. 줄 하나를 사이에 두고 왕과 나란히 있는 것에만 온 신경이 곤두섰다. 그런 그녀를 더욱 미치게 만드는 왕의 말이 들렸다.

"대물은 얼굴만 작은 줄 알았더니, 주먹도 조막만 하구나."

윤희의 눈길은 왕의 손과 자신의 손을 왔다 갔다 하였다. 그리고 앞뒤 유생의 손도 비교하였다. 자세히 살펴보지 않아도 확연한 차이가 있었다. 더군다나 줄을 잡은 주먹들마다 시퍼런 핏줄이 툭툭 불거져 있었다. 왕의 손도 마찬가지였다. 핏줄 하나 없이 새하얀 그녀의 손만 두드러져 보였다.

귀 옆과 등줄기를 타고 싸늘하게 식은땀이 줄줄 흘러내리고, 줄을 잡은 손이 덜덜 떨렸다. 숨길 수도 없는 손을 어찌할 수 없자, 그녀는 급기야 모든 근심을 떨치고 하염없이 멍청해졌다.

시작을 알리는 징소리가 윤희의 머리를 깨웠다. 무의식중에 줄을 당기면서 머릿속은 조금 전에 지나갔던 왕의 말 한 토막을 잡아당겼다.

이름이 아니라 언뜻 대물이라고 하지 않았나? 그럴 리가 없다. 왕이 반궁에 들어와서 생긴 별호를 알 리가 없질 않은가. 잘못 들은 게 분명하다.

아무리 부정을 해 보아도 윤희는 불안하기만 하였다. 그렇다고 하늘같은 왕을 붙잡고 대물이라고 불렀냐고 대놓고 물어볼 수도 없잖은가. 줄을 당기느라 제 귀를 쥐어뜯을 손이 없는 그녀의 귓속으로, 온통 요란하게 '영차! 영차!' 외치는 소리가, 죄다 '대물! 대물!'이 되어 들어와서 골을 뒤흔들었다.

비천당에서 서재를 응원하는 소리는 완전히 잠적하였다. 아무도 왕과 대적하고 있는 곳에 소리를 보태 주지 않았다. 그래서 줄을 잡아당기는 서재생들만 안간힘을 써 가며 외롭게 고군분투하였다. 오히려 이것이 이들에게 오기를 불어넣었다. 시간이 지날수록 줄의 한가운데에 매달린 붉은 천이 서서히 서재 쪽으로 넘어갔고, 심판은 결국 승리의 손을 올려 주었다. 하지만 위치를 옮긴 두 번째 판에서는 동재가 서재를 질질 끌고 오는 완벽한 승리를 거뒀다.

마지막 세 번째 판만 남았다. 이 한 번으로 줄다리기의 승리와 더불어 오늘 하루의 승리가 최종 판가름이 난다. 의외로 승부에 집착한 왕이 결의를 다지듯 붉은 소매를 걷어 올렸다. 그러자 다른 유생들도 일제히 왕을 따라 하였다. 그 가운데에 윤희만 가는 손목이 드러날까 조심하여 긴 소매를 내린 채였다.

징소리가 울렸다. 동시에 젖 먹던 힘을 다하여 줄을 당겼다. 눈을 불끈 감은 그녀의 어깨로 왕의 것인 듯한 어깨가 일정 간격으로 부딪쳤다. 그리고 '영차!'를 외치는 소리와 거친 숨소리도 함께 부딪쳤다. 윤희는 이를 앙다물고 속으로 비명을 외쳤다.

'빌어먹을 임금 같으니! 대신 들어오지만 않았어도, 지금 내 어깨에 부딪치는 건 가랑 형님의 것이었을 텐데. 제엔자아앙!'

그녀의 분노가 표출이 된 것인지, 서서히 줄이 동재로 넘어왔다.

한참 동안의 접전 끝에 징소리와 함께 동재생들의 함성과 신발이 하늘 높이 올라갔다. 그 하늘에는 힘찬 햇살과 젊음, 그리고 왕의 검정 목화도 어우러져 있었다. 서로 얼싸안고 기뻐하는 동재생들 틈에 왕도 그러고 싶었지만 꾹 참고, 자꾸만 도망가려고 하는 윤희의 어깨를 격려하듯 툭툭 쳤다. 그 작은 행동은 그러잖아도 심장이 오그라질 대로 오그라진 그녀를 화들짝 놀라게 만들었다. 왕이 재미있다는 듯 웃으며 말하였다.

"넌 간도 작고, 다 작은데, 그곳만 크단 말인가? 재미있구나, 하하하!"

왕은 해괴망측한 그림을 상상해 버리고서는 터져 나오는 웃음을 참지 못하였다. 윤희도 왕의 머릿속에 있는 그림을 떠올리다 말고, 아까의 것을 잘못 들은 게 아님을 퍼뜩 깨달았다. 왕은 대물을 알고 있다. 또 뭘 알고 있는 거지? 그녀의 눈은 힘들게 올라가 눈치를 살폈다. 그러다가 그만 얼굴까지 들어 버리고 말았다.

"겨우 얼굴을 보여 주는구나. 그 얼굴, 잊어버릴 뻔하였다."

윤희의 얼굴을 보며 인자하게 말하는 왕의 말 저변에는 '이 하늘과 같은 임금이 일개 너 같은 유생을 기억하고 계셔 주시니, 성은이 망극하지?' 하는 기색이 깔려 있었다. 대사성이 멀리 던져진 신을 찾아와 발에 신겨 주자, 왕은 등을 돌려 다른 유생들도 차례로 격려하면서 용상으로 돌아갔다. 그녀는 그 뒤통수를 향해 있는 힘껏 외쳤다.

'제발 얼굴만큼은 잊어 주시면 성은이 망극하겠사옵니다!'

하지만 이 말은 목청 안에서만 울릴 뿐 바깥으로 나가지는 못하였다. 그녀처럼 왕의 앞과 뒤에 있었던 유생들은 이 무한한 영광을 자랑하느라, 승리한 기쁨보다 더 침을 튀겼다. 그러니 왕이 말까지 건넨 그녀를 바라보는 부러운 시선은 아찔할 지경이었다. 머리가 빙그르르 돌고, 속이 메스꺼웠다. 윤희는 사람들을 떨치고, 휘청거리며 천막으로 들어가서 앉았다. 줄을 당기는데 혹사당한 손바닥이 시뻘겋게 달아올라 욱신거리고 있음을 뒤늦게 깨달았다. 그리고 머리도 욱신거렸다. 하지만 가슴은 이보다 더 욱신거렸다.

그녀는 고통을 참지 못하고 마치 쓰러지듯 바닥에 누웠다. 그런 윤희를 발견한 건 초선보다 선준이 더 빨랐다. 하지만 사람들에 둘러싸인 그가 미처 빠져나가기도 전에, 초선이 그녀의 곁으로 먼저 달려가서 앉았다.

윤희는 눈을 감은 채로 옆에 굴러다니는 수건을 잡기 위해 손을 더듬었다. 이미 늦었지만, 지금이라도 얼굴을 가리고 싶어서였다. 그러지 않으면 이 울렁증이 가라앉을 것 같지 않았다. 더듬거린 끝에 무언가를 잡았다. 그것을 끌어다 재빨리 얼굴을 덮었다. 부드럽고 향기로운 냄새가 곤두섰던 신경을 차분하게 가라앉히는 기분이 들었다.

선준은 그녀가 걱정되어 기어이 사람들을 다 떨치고 천막 쪽으로 갔다. 그런데 중간에 그의 발길이 우뚝 멈춰졌다. 윤희가 초선의 치마 아래로 얼굴을 묻는 것이 아닌가! 벌건 대낮에, 그것도 아직 왕이 버젓이 있는 이곳에서 행한 음란한 짓에 민망해져서가 아니었다. 선준은 가슴속에서 타오르는 불길을 감당하지 못하고 뒤돌아섰다. 제 감정을 다스릴 수가 없었다. 그래서 이제 겨우 피가 멈춘 주먹을 핏줄이 돋아날 정도로 꽉 쥐었다. 그의 주먹 아래로 다시 터져 나온 피가 뚝뚝 떨어져 내렸다.

윤희는 문득 땀에 찌든 수건에선 이런 좋은 향기가 날 수 없다는 걸 떠올렸다. 그리고 비단의 촉감도 이상하였다. 얼굴을 덮었던 것을 얼른 걷어 내고 눈을 떴다. 그녀의 앞에 초선이 앉아 있었다. 천하의 초선도 붉어진 얼굴에 당황한 기색이 역력한 것으로 보아, 자신이 얼마나 어처구니없는 짓을 저질렀는지 알 수 있었다.

"아, 아니, 이러려고 한 게 아니라······. 초선, 오해 마오."

"도련님도 참! 단둘이 있을 때 이러시지······. 아이, 부끄러워라."

초선은 부끄럽다기보다는 좋아 죽겠다는 표정에 가까웠다. 그녀의 어깨 너머로 윤희는 선준의 뒷모습을 발견하였다. 그의 손에서 떨어져 내리고 있는 핏방울들!

"가랑 형님!"

다급하게 그를 부르며 뛰어가, 손을 잡아채서 올렸다.

"다시 피가 터졌습니다. 승리에 취해 깜박하셨나 봅니다. 이를 어쩌지?"

"아아, 그렇군."

"이 지경이 된 걸 모르셨습니까?"

선준은 손을 잡은 채 어찌할 바를 모르고 안절부절못하는 윤희를 물끄러미 쳐다보았다.

"다시 지혈을 하면 되오. 귀공은 저 기녀에게나 돌아가 보시오."

묘하게 날이 선 말투였다. 그녀는 심장이 서늘하여 눈만 똥그랗게 떴다.

"네?"

"함께 있는 건 좋으나, 경거망동은 삼가시오! 귀공께선 아무래도 이곳에 상감마마께오서 계시다는 걸 잊은 듯하오."

그는 차갑게 말하고 약방 의원이 있는 곳으로 가 버렸다. 윤희는 넋을 놓고 망연자실하게 있었다.

그가 지금 화난 것이 맞나? 이유가 뭐지? 앗! 혹시 초선의 치마를 덮어쓴 걸 보고 오해를 하였나? 윤희는 핑계를 대려고 하였으나, 승리를 만끽하는 동재생들에게 바로 둘러싸였다. 그리고 그들 틈에서 빠져나가지 못하고, 함께 건성으로 박수를 치며 기뻐하는 척해야 했다.

그들 틈에 재신도 있었는데, 동재생들이 다른 때는 엄두도 낼 수 없는 그의 몸을 승리를 빙자하여 신나게 두들기고 있었다. 그가 아무리 성질을 내어도 약발은 먹혀들지 않았다.

4

천막 아래에 갖은 음식과 술을 두고 상유들은 불만 가득한 표정으로 앉아 있었다. 이제 그야말로 오늘 놀이의 정점이라 할 수 있는 뒤풀이가 펼쳐져야 함에도 불구하고, 버젓이 자리를 지키고 있는 왕으로 인해 축축 늘어지는 음악만 듣고 앉아 있어야 했기 때문이다. 지겨움을 참지 못하고 연신 하품을 하는 유생도 속출하였다.

이 상황에서 진정 땀을 빼고 있는 건 대사성이었다. 감히 어서 가라고 왕의 등을 떠밀 수도 없고, 그렇다고 상유들의 눈치가 보여 가만히 있을 수도 없었다. 어찌지 못하는 그의 심정은 손수건으로 계속해서 땀을 닦아 내는 것으로 표현되었다.

윤희는 동료 상유들과는 다른 의미로 왕이 어서 가길 바라고 있었지만, 하사하신 음식은 열심히 축냈다. 왕이 내린 거라 그런지, 때깔부터가 반궁 식당에서 마련한 것과는 달랐다. 비천당 바깥에 임의로 설치된 행주방에서 나오는 음식들은 실로 입에 착착 붙었다. 술도 저번에 반촌에서 조금 마셨던 것에 비할 바가 아니었다. '이런 것들을 내려 주셨으니 우리 같이 신나게 놀아 봅시다.'라고 할 수도 없질 않은가. 왕은 왕이고, 음식은 음식이다.

왕은 마치 이러한 떠밀림을 전혀 눈치 채지 못하는 양, 태연자약하게 앉았다. 평소의 수라상조차도 삼첩반상 이상은 받지 않는 왕이긴 하였지만, 자신이 내린 때깔 좋은 음식은 모두 뿌리치고, 제 앞에는 초라한 반궁 음식만 두고 먹었다.

"너희들의 바람대로 조금만 더 앉아 있고 싶지만, 이쯤에서 환궁을 해야겠다."

느닷없는 왕의 말에 대사성 이하 모두가 뛸 듯이 기뻤지만, 대사성은 짐짓 목소리를 애석하게 하여 만류하는 척하였다.

"벌써 환궁이라니요! 이리 어거하시옵기 얼마나 어려우신데······. 좀 더 상유들을 지켜봐 주시옵길 성심을 다해 주청, 또 주청 드리옵니다."

"그런가? 그대들 마음이 정히 그러하다면, 조금만 더 있어 볼까?"

대사성 머리 위로 마른하늘에서 번쩍번쩍하며 날벼락이 내려와 꽂혔다. 하지만 날벼락보다 상유들의 원망 어린 눈총이 더 무서웠다.

"서, 서, 성은이······, 마, 망극하옵니다."

"아니다. 관두는 게 낫겠다. 조금만 더 미적거리다간 상유들 모두 억하심정으로 이것저것 트집 잡아 유소를 잔뜩 써 올릴지도 모르니. 하하하!"

어안이 벙벙한 대사성을 두고 왕이 일어서자 상유들은 일제히 사리에 엎드렸다. 그리고 수행원들은 일사불란하게 왕이 앉았던 자리를 걷어 내고 정리하느라 부산하였고, 또 다른 한쪽에선 환궁 채비를 하였다. 왕이 비천당에서 명륜당 쪽으로 사라지자마자, 장의들은 재빨리 상유들을 인솔하여 비천당 남쪽 문으로 나가서 동삼문 앞에 줄지어 서게 하였다. 이윽고 명륜당과 대성전을 차례로 지나온 왕의 행렬이 동삼문으로 나왔다.

말에 오른 왕을 집춘문까지 배웅하고 돌아오는 상유들은 모두 지친 기색이 만연하였다. 뒤풀이고 뭐고 간에 다 때려치우고 쉬고 싶었다. 힘든 경기 때문에 지친 것이 아니라, 하루 종일 왕의 장단에 놀아나느라 지친 거였다. 하지만 비천당에 들어서자마자, 경쾌한 음악과 기녀들의 춤사위에 왕이라는 존재는 새까맣게 잊어버렸다. 그녀들의 춤은 오전처럼 군무가 아니라, 자신의 멋에 겨워 제각각 추는 것이었고, 상유들도 언제 지쳤던가 싶게 그들 틈에 섞여 어깨를 들썩이며 맘껏 춤놀이를 하였다.

여러 유생들 중에서 단연 눈에 띄는 이는 용하였다. 그간에 보고 듣고 놀아 본 실력이 있으니, 그의 춤사위는 보통 양반의 것과 달랐다. 덩실덩실 어깨춤도 멋들어졌고, 접선을 펼쳐 들고 기녀들을 유혹하는 손동작도 기가 막혔다. 얼마 가지 않아 그의 주위로 몰려든 기녀들로 바글바글하였다. 그러자 움직일 때마다 그들은 자연스럽게 몸을 스쳤다. 비록 옷을 입고 있었지만 은밀한 부위도 스쳐 가며 음란하게 몸을 뒤틀기도 하였다.

용하가 그러고 놀 동안 윤희와 선준, 재신은 천막에 앉아, 입을 떡하니 벌리고 그 꼴을 구경하느라 여념이 없었다. 하지만 그런 평화는 오래가지 않았다. 이곳에 온 기생 대부분이 노리고 있는 인물이 선준과 윤희가 아니었던가. 재신도 자유롭지 못하기는 매한가지였다.

먼저 기생 여러 명이 달려들어 재신을 끌고 춤판이 벌어진 마당 가운데로 갔다. 그도 명색이 사내고, 더군다나 총각이다. 그러니 어여쁜 기생 떼에 놀라기도 하면서 기분도 좋았다. 하지만 문제는 그 다음부터였다. 허구한 날 몸을 사용한 건 쌈질뿐이었으니 춤이란 걸 어찌 알겠는가. 머쓱하게 어깨 한번 움직였지만 제 마음대로 되지 않자, 결국 성질을 버럭 내며 제자리로 돌아와 앉아 버렸다. 오히려 그런 모습에 더 반한 기생도 많았다. 그래서 그의 곁에 술을 따라 주기 위해 서로 앉으려는 쟁탈전이 벌어졌다. 옆에 기생 하나 없이 제 술잔에 자작이나 하고 앉은 다른 상유 눈엔 참으로 꼴사나운 광경이 아닐 수 없다.

불쌍한 건 선준을 노리고 온 수많은 기생들이었다. 가까이 다가오는 여인들마다 일언지하에 거절하고 앉은 그가 야속하기 그지없다. 홀로 앉은 그 자태가 차라리 별 볼일 없었더라면 덜 애가 탔을 터이다. 기녀들은 그의 표정, 손짓, 몸짓, 그 하나하나가 작은 변화를 가져올 때마다, 제 아랫도리를 부여잡고 허리를 뒤트느라 바빴다. 그리고 입에선 한탄인지 신음인지 모를 것들이 튀어나오곤 하였다. 술이라도 마시는 사내였다면 그걸 빌미로 접근하겠지만, 그의 술잔은 한 번 채워진 이후 줄어드는 법이 없다.

그 옆에 꽃 같은 미소를 흩뿌리며 앉은 김윤식 도령도 애간장 녹이기는 별반 다를 게 없었다. 가려져 보이지는 않으나, 소문난 대물이 호기심을 자극하여 침 흘리게 만드는 데 한몫하였다. 그런데 그는 천하의 초선이 접근하지 말라고 경고한 인물이다. 애통하고 원통할 노릇이다.

이 두 사람이 자기들끼리 귓속말을 해 가며 웃음을 주고받았다. 그 옆으로 재신이 재잘거리는 기녀들을 힘들게 떨치고 합세를 하였고, 용하가 잠시 목을 축이기 위해 다가가 앉았다. 그들 사이에 평소처럼 장난질이 오고갔다. 이 넷은 이날 이후 자신들도 모르는 사이에 장안 곳곳에, 여인네들로 하여금 오줌을 잘금거리게 만든다고 하여, '반궁의 잘금 4인방'이라고 소문이 나게 되리라는 것을 알지 못하였다. 훗날 이 소문을 전해들은 용하가 박장대소를 하며 즐거워하게 되리라는 것도.

비천당 마당에 어둠이 찾아오면서, 하나둘씩 등불이 내걸렸다. 갑자기 사람들의 시선이 한곳으로 모였다. 초선이 음악 장단에 맞춘 요염한 몸동작으로 두 사람에게 접근하고 있었다. 팔을 들어올릴 때마다 살짝 드러나는 겨드랑이 맨살은 여러 유생들의 코피를 쏟아지게 하였다.

윤희는 그녀가 자신에게로 오는 거라고 믿어 의심치 않았다. 그래서 어떻게 춤을 춰야 하나 은근히 고민하는데, 초선의 다리가 향한 곳은 예상과는 달리 선준의 앞이었다. 그는 잠시 당황한 듯하였으나, 다른 기생들에게 한 것처럼 엄하게 내치지는 않았다. 심지어 춤판으로 유혹하는 그녀를 따라 자리에서 일어섰다. 두 사람에게 길을 내어 주느라 춤판의 가운데가 쫘악 갈라졌다.

윤희는 치도곤으로 온몸을 두들겨 맞은 듯한 충격에 휩싸였다. 선준이 너무도 쉽게 초선을 따라 춤판으로 걸어 들어가는 것이 믿기지가 않았다. 그래서 속이 타들어 가는 것을 막고자 술을 들이켰다. 그런데 여기서 깜짝 놀란 이가 한 명 더 있었다. 그건 다름 아닌 바로 초선이었다.
 그녀의 계산은 이러했다. 제가 옆의 돌과 같은 유생을 유혹하면 김 도령이 질투에 눈이 멀어 확 당겨 줄 것이고, 그럼 좀더 쉽게 깊은 사이가 되리라는. 그런데 뜬금없이 돌덩이 유생이 따라나서는 게 아닌가.
 자신의 매력이 이 정도라며 자만할 틈이 없었다. 스스로 쳐 놓은 울타리가 무너져, 이제껏 지켜만 보고 있던 다른 기녀들이 윤희를 에워싸는 것이 보였던 것이다. 게다가 선준의 눈빛은 차가울 뿐만 아니라, 뒷짐 진 채 음악에 전혀 반응하지 않았다. 등과 등을 마주하고 춤을 나누는 기생과 유생들 사이에서, 초선이 어깨춤을 작게 하면서 쏘아 붙였다.
 "대체 무슨 생각이십니까?"
 "나야말로 묻고 싶다. 왜 나에게 접근했느냐?"
 "그야……."
 "기녀에게도 하루의 정절쯤은 있다고 들었다. 나와 이리 춤을 맞추었으니, 더 이상 내 옆의 유생에겐 다가가선 안 된다. 그렇지 않느냐?"
 초선은 기가 막혀서 어깨를 축 늘어뜨리고 춤을 멈추었다. 어쩐지 공략하기 어려운 상대로 정평이 난 이가 쉽게도 따라 나온다 싶었다.
 "이, 이해할 수가 없네요. 고작 그런 이유로, 왜 이렇게까지 하시는 건가요? 우리 도련님, 분명 사내 아닌가요?"
 사내지. 그를 고통 속에 있게 하는 이유도 바로 그 사실이다.
 "그건 네가 더 잘 알지 않느냐."
 "그런데 왜?"

왜냐고 묻지 마라. 답할 수 없는 심정은 더 괴롭다. 거짓으로 둘러대야 하는 것도 힘들다.

"벗을 지키는 것 또한 사나이 간의 도리다."

"지키는 것이 아니라, 흑책질 아니신가요?"

"한 가지는 분명히 해라. 내가 너에게 접근한 것이 아니라, 네가 나에게 접근한 것임을! 김 도령을 배신한 건 너다!"

그녀에게 변명할 기회도 주지 않고 차갑게 몸을 돌려 선 선준 앞에, 기생들에게 둘러싸여 춤판으로 들어오는 윤희가 가까워졌다. 그런데 그녀는 시선이 마주치기가 무섭게 그의 눈을 외면하고 다른 곳으로 향했다. 마치 초선을 가로챈 원망으로 느껴졌다.

"젠장! 이게 아닌데……."

윤희와 기생 떼가 그의 옆을 지나쳐 갔다. 그런데 기생들만 지나가고 그녀는 선준의 옆에 남았다. 그의 손이 그녀의 손목을 잡아 쥐었기 때문이었다. 그리고 다짜고짜 끌어다가 천막 아래로 밀어 넣은 뒤, 큰 키로 버티고 서서 다시 춤판으로 들어가는 것을 막았다. 윤희가 원망 어린 눈동자로 슬프게 말하였다.

"가랑 형님 정도면 모든 여인이 좋아하겠지요. 하지만 이건 아니지 않습니까? 아무리 그래도 제 여자인데, 제 여자한테까지……."

이 사람에게 있어서 제 여자라 지칭되어질 만큼 초선은 특별한 존재인가? 가슴에 비수를 꽂는 말이다. 그는 무표정한 얼굴로 그녀의 양 어깨를 잡았다. 그리고 강제로 찍어 누르듯이 자리에 앉혔다. 윤희가 그의 손을 떨쳐 내려고 발버둥을 쳤지만, 힘을 당해 내기에는 역부족이었다. 그녀가 잠잠해지자 그도 그 옆에 털썩 주저앉았다.

"일어나지 마시오."

사정하듯 조용히 내뱉은 선준의 말이 그녀의 다리를 옭아매었다. 그리고 그는 자신의 두 다리에 얼굴을 파묻고 어떤 말도 하지 않았다. 자기 자신조차 이해할 수 없는 돌출 행동을 말로 어떻게 설명할 수 있단 말인가.

초선은 어안이 벙벙한 채로 두 사람을 뚫어지게 쳐다보고 있었다. 김윤식 도령은 엄연한 사내인데, 마치 자기 여자 다루듯이 하는 모양이 그녀로 하여금 불쾌한 감정을 불러 일으켰다. 아무리 이상한 시선을 도려내고 보려고 하여도 그 두 사람은 사나이끼리의 우정을 벗어난 특별한 사이로 보였다.

'혹시 남자끼리 그렇고 그런 사이?'

이번에는 고개를 세차게 흔들지 않았다. 분명 두 사람 사이에 무언가가 있다는 확신이었다.

윤희는 술만 들이켰다. 그것으로 속에서 들끓는 불을 끄고자 하였지만, 술의 속성은 물보다 불에 가까워서인지 오히려 점점 더 타오르게 하였다. 그에게 쏟아지는 기생들의 시선도 감당하기 어려운데, 초선까지라니.

왜 이 남자는 이렇게나 잘난 것인가? 그러니 기생들이 이러는 건 모두 이 남자 잘못이다. 자신이 이렇게 힘든 것도 모두 이 남자 잘못이다. 그에게 퍼부을 수 없는 부질없는 원망만이 꼬리에 꼬리를 물고 이어졌다.

윤희는 용하를 찾느라 주위를 두리번거렸다. 보통 때는 이런 상황에서는 어김없이 그가 고개를 들이밀기 때문이었다. 하지만 불행히도 그는 비천당에서 찾을 수가 없었다. 기생 손을 잡고 몸 한가운데 솟은 불을 끄기 위해 으슥한 곳을 찾아간 후였다. 반궁 어디에선가 경기 때는 별 활약을 못한 그의 가운뎃다리가 비로소 빛을 발하고 있을 것이다.

윤희는 옆에서 침묵을 지키는 선준이 마치 제 목을 조르는 듯하여, 주량을 가늠하지 못하고 연거푸 술을 마셨다.

어떤 남자가 한참을 두리번거리면서 유생들을 샅샅이 훑더니, 선준에게로 다가왔다. 윤희에게도 낯익은 사람이다. 그런데 머리가 멍하기도 하고, 어질어질한 것이 도통 생각이 나지 않았다. 선준에게 하는 귓속말이 그녀의 귀에 얼핏 들렸다.

"이선준 도련님, 그간 별고 없으셨습니까요?"

"자네가 여긴 어쩐 일이오?"

"우리 아가씨께서 반촌 입구의 하마비 앞에서 기다리고 계십니다. 우연히 지나던 길인지라……. 혹여나 잠시 뵐 수 없겠느냐, 여쭤라 하였습니다요."

기억이 났다. 그때 부용화와 함께 있던 그 청지기가 분명하다. 그렇다는 건 지금 그녀가 선준을 불러내고 있다는 것이다. 이 시간에 사대부가의 규수가 지나던 길이라고? 눈에 보이는 거짓말이다. 그녀도 오늘이 반궁의 놀잇날이란 걸 들었을 테지. 그리고 기녀들이 대거 몰려와서 이 사람을 유혹하리라는 것도 짐작하였겠지. 속이 탔겠지. 견디다 견디다가 그만 여기까지 오고 말았을 터이다. 윤희는 부용화의 심정이 십분 이해가 가고도 남아 허탈하게 웃었다.

"……하마비? 알겠소. 먼저 가시오. 내 곧 따라가겠소."

술인지 불인지 알 수 없는 뜨거운 것이 그녀의 머릿속을 완전히 태우고 치솟았다. 청지기가 가고 선준은 윤희에게 무슨 말을 하려는 듯 한참을 망설이다가, 눈길조차 주지 못하고 입을 다문 채 자리를 떴다.

선준이 명륜당으로 사라질 즈음, 윤희의 고개가 그를 향해 획 돌려졌다. 그를 보내기 싫다! 이 한 생각만으로 입술에서 술을 슥 닦아 낸 후, 자리에서 일어났다. 그런데 세상이 빙글빙글 돌고 천지가 휘청거렸다. 그래서 몇 발짝 옮기기도 전에 몸을 가누지 못하고 꼬꾸라졌다. 실수다. 이 지경이 되도록 술을 마셨는지 미처 몰랐다. 기녀들에 둘러싸여 술을 마시고 있던 재신이 그 모습을 걱정스럽게 쳐다보았.

윤희는 안간힘을 써서 일어나려고 하였지만, 마음대로 되지 않았다. 다행히 곁으로 누군가가 다가와서 부축해 주었다. 화려한 여인이 어른거렸다.

"고, 고맙······."

"도련님! 괜찮으셔요?"

초선이었다. 하지만 윤희의 귀에는 윙윙거리는 소리 외에는 들리지 않았다. 그래서 그 손을 뿌리치고 명륜당으로 들어갔다. 그곳은 기녀가 들어갈 수 없는 곳이기에, 초선은 휘청거리면서 사라지는 윤희의 뒷모습을 어찌하지 못하고 하염없이 바라볼 수밖에 없었다. 뿌리치던 손길이 뒷모습과 함께 너무도 아프게 가슴에 남았다.

윤희의 머릿속에는 아무것도 없었다. 오직 그만을 쫓아 이리저리 갈지자걸음으로 흔들리면서 뛰었다. 속력을 내려고 하면 할수록 세상은 더 크게 흔들렸다. 급한 마음을 몸이 따라 주지 못한 탓에, 대성전으로 들어서려던 발이 높은 문턱에 걸려 그만 철퍼덕 엎어지고 말았다. 이 소리 덕분에 선준이 걸음을 멈추고 뒤돌아보았다. 어두움 가운데에서도 엎어진 이가 누군지 알 수 있었다.

윤희는 버둥거리며 가까스로 땅을 떨치고 일어섰다. 하지만 여전히 천지는 요란하게 움직였다. 그리고 멀리서 자신을 보고 서 있는 선준도 평소와 달리 가만히 있지 못하고 요란하게 흔들렸다. 그녀는 한 발 한 발 힘겹게 다가가 결국 그의 앞에 섰다.

"잡았다, 가랑 형님!"

몸이 술기운을 주체 못하고 휘청휘청하였다.

"술이 과한 듯한데……."

"걱정해 주는 척하지 말라고요!"

혀가 실실 꼬이고 있다. 하지만 그녀의 머릿속과 말은 더 꼬이고 있다.

"부용화에게 가시는 거지요? 아주 어여쁜 양갓집 규수. 흥, 홀딱 반하셨나 봅니다! 함께 승리한 뒤풀이도 마다하고 이리 바삐 가시는 걸 보면."

말의 절반은 알아듣고, 절반은 흐트러진 혀로 인해 못 알아들었다.

'이게 부용화에게 가는 걸로 보이오? 아니오, 이건 도망가는 거요.'

선준은 말을 삼키며 잠자코 섰다. 윤희는 계속해서 몸을 건들건들하며 시비를 걸었다. 이건 그녀가 하는 짓이 아니었다. 술기운이 저지르는 행패였다.

"여림 사형이 형님이라 부르겠습니다. 이 여자 저 여자 할 것 없이 죄다……."

그녀는 말을 끝맺기 전에, 다리에 힘이 풀려 그의 품으로 쓰러졌다.

하지만 그는 팔을 늘어뜨린 채로 잡아 주지 않았다. 안지 않으려는 안간힘이었다. 윤희가 힘들게 버티고 설 수 있었던 것은 그의 허리를 끌어안고 기댄 덕분이다.

'차라리 이 여자 저 여자 할 것 없이 죄다 마음에 들었으면 좋겠소. 그 편이 훨씬 나으련만…….'

"소원……, 제 소원. 제가 귀형께 쓸 수 있는 소원이 있죠? 그 소원, 부용화를 만나지 말아 달라는 것으로……하면 안 되겠……."

그녀의 말이 스러졌다. 그리고 동시에 그녀의 다리 힘도 스러져 땅으로 내려앉았다. 선준은 함께 땅으로 떨어지며 기어이 그녀의 몸을 안고 말았다.

"소원이 그거라고 한다면 만나지 않겠소."

그의 진심이 담긴 어렵사리 떨어진 말이었지만, 윤희는 이미 의식을 잃은 뒤라 듣지를 못하였다. 두 볼을 타고 떨어지는 슬픔이 듣지 못하였음을 증명하였다. 선준이 그녀를 흔들며 소리쳤다.

"그 소원으로 해 달라니까! 그런 핑계를 만들어 달라고!"

하지만 그녀의 입술에선 알아듣지 못할 웅얼거리는 소리만 흘러나왔다. 그는 소리를 명확하게 듣기 위해 얼굴을 가까이 하였다. 아니, 이건 이성이 시킨 거짓이었다. 얼굴을 가까이 한 건 순전히 입술을 훔치고픈 욕망 때문이었다. 그녀의 체취가 입술을 더욱 끌어당겼다. 다른 상유들은 죄다 땀 냄새와 술 냄새로 범벅이 되어 있는데, 이 사람에게선 요상하게도 그윽한 향이 난다. 다 같이 땀을 흘리고 술을 마셨는데, 어째서 다른 것일까? 이성이 완전히 사라진 그의 입술이, 신기한 향을 머금은 그녀의 입술에 이끌려 막 포개질 찰나였다.

"어이! 거기 대물이냐?"

재신의 목소리가 들렸다. 화들짝 놀란 선준이 고개를 들어 그가 오고 있는 곳을 보았다. 어둠에 가려 그의 모습이 명확히 보이지 않았다. 마침 어두웠기에 망정이지 그렇지 않았다면 재신에게 들킬 뻔한 순간이었다.

"아! 거, 걸오 사형. 여긴 어떻게……?"

"어, 가랑인가? 대물은?"

"여기 있습니다."

"간이 부었구먼. 성현들의 위패가 모셔진 이곳 대성전 마당에서 계간질을 하려는 거냐? 이건 나라도 엄두 못 낼 일이야."

여느 때와 마찬가지로 실없이 내뱉은 말인 줄은 알지만, 지금 이 순간에는 모질게 살을 후벼 팠다.

"사내끼리 어떻게 그런 짓을!"

"사내끼리라도 몸을 나누고자 한다면 얼마든지 할 수 있지. 방법이 궁금하거들랑 언제든 물어보라고."

재신은 가까이 다가와 선 뒤, 그녀의 모습을 확인하였다.

"술에 절어 휘청거리며 가는 꼴이 불안하더라니. 어디 부딪쳐서 깨지지 않았나 하여 따라와 봤더니만, 쯧쯧. 뭔 놈의 술을 이렇게나 마셨남."

그가 윤희를 안으려고 하자, 선준은 반사적으로 그것을 뿌리치고, 그녀를 끌어안았다.

"이건 뭐 하자는 거야? 내가 이 녀석을 어쩌기라도 할까 봐?"

"아니, 그것이 아니라……."

"가랑 자네는 지금 어디론가 가려던 거 아니었나? 내가 대신 방에 고이 눕혀 놓을 테니까 걱정 마라."

"제가 하겠습니다."

재신은 귀찮다는 듯 그의 품에서 강제로 윤희를 빼앗아, 양팔에 가로로 안고 일어섰다.

"네가 예뻐서 대신 해 주겠다는 게 아니라, 다친 손이 또 터질까 봐서 그런다. 그만 가 봐! 이 녀석을 울리면서까지 가려던 곳이 어딘지는 모르겠지만."

선준은 그가 윤희를 안고 명륜당으로 들어가는 것을 하염없이 바라보았다. 재신이 오지 않았다면, 아무것도 모르고 술에 취해 잠든 입술을 범하였을 것이다. 자신이 저지를 뻔한 죄가 두려워 옆에 있는 묘정비각에 힘없이 기댄 채 머리를 감싸 쥐었다. 그런 그에게 대성전에 위패가 모셔진 공자와 안자, 증자, 자사자, 맹자를 비롯하여, 동무와 서무에 위패가 모셔진 조선의 성현들이 꾸짖듯 어둠으로 조여 왔다.

"공부자孔夫子시여, 대답해 주십시오. 전 이제 어떻게 해야 합니까? 선비가 가져선 안 되는 이 마음을……."

하지만 짙은 어둠 외엔 어떠한 답도, 어떠한 가르침도 들리지 않았다.

명륜당에 들어선 재신의 귀에 희미하게 웅얼거리는 윤희의 목소리가 들렸다.

"……랑 형……, 말아……."

"뭐라는 거야?"

"가랑 형님, 가지……, 말아요."

그녀의 두 볼에 눈물이 타고 내렸다.

"깨어서도 가랑 가랑 하면서 쫄쫄 따라다니더니, 꿈속에서도 넌 가랑만 찾냐? 왜 자꾸 성질이 나지? 제길! 확 집어던질까 보다."

하지만 거친 말과는 달리, 불편하지 않게 고쳐 안았다. 힘없이 축 늘어진 몸을 가로로 양팔에 안는 건 많은 힘이 필요한데, 이 녀석은 사내 주제에 퍽이나 가볍다. 그리고 사내를 안은 느낌이 징그럽지 않고 도리어 사랑스럽다.

"훗! 이러다 나도 진짜 남색이 되겠다."

재신은 마루에 윤희를 올려놓고, 낡은 짚신을 벗긴 뒤 다시 안아 올렸다. 입에서는 쓸데없이 친절한 짓을 하는 자신에 대한 투덜거림이 끊이지 않았다. 그는 제 발끝에 문고리를 걸어 방문을 활짝 열고 안으로 들어갔다. 그리고 마치 집어던지듯 과격하게 그녀를 내려놓았다. 막상 그렇게 던져 놓고 나가려고 하니, 흙투성이인 채로 맨바닥에 있는 것이 불필요하게 마음에 걸렸다. 재신은 씩씩거리면서 곁에 앉아 옷을 벗겨 주었다.

"이 자식! 일어나기만 해 봐라. 감히 나로 하여금 시중을 들게 하다니! 내 시중을 받는 건 이 세상에 너뿐이다, 이놈아. 이건 이자 쳐서 받아 내고야 만다."

윤희가 시킨 것도 아니고, 제 마음 내키는 대로 해 주는 거면서 잔말은 무지하게 많다. 단단하게 여민 전복의 허리띠를 풀고 옷고름을 척척 풀었다. 제 입에서 흘러나오는 거친 숨소리가 귀에 거슬려 또 성질을 내었다.

"에잇! 기분 나쁘게 사내 녀석 옷 벗기는데 심장은 왜 두근거리는 거야? 이놈 때문이야, 이놈 때문! 사내놈이 꼭 계집애같이 생겨서 사람 헷갈리게……. 응?"

재신의 손이 얼어붙은 듯 멈췄다. 흙투성이인 저고리의 옷고름을 풀고, 그 아래에 땀투성이인 적삼과 속적삼 고름까지 풀자, 가슴을 칭칭 둘러 감은 낯선 천이 드러났기 때문이었다.

"이, 이……, 이게 뭐지?"

윤희는 의식이 없는 상황에서도 본능적으로 옷섶을 거머쥐었다. 그와 동시에 재신의 몸이 천장에 닿을 정도로 펄쩍 뛰어오르듯 일어섰다. 그리고 열려 있는 방문을 자신도 모르게 재빨리 닫고는 그 자리에 털썩 주저앉았다. 다리가 제 것이 아닌 듯 꼼짝할 수가 없었다. 그는 자신의 눈이 의심스러워 괜한 트집을 잡아 보았다.

"내, 내가 술에 취한 거다. 그래, 이놈이 변태인 거야!"

재신은 한참을 멍하니 문에 기대어 앉아 있다가, 겨우 정신을 가다듬고 엉금엉금 기어서 그녀 곁으로 다가가 앉았다. 다시 살펴보아도 여인의 가슴을 가리는 것이 분명하다. 더군다나 그것은 피도 통하지 않을 정도로 꽁꽁 싸맨 걸로 보아, 불룩한 유방을 가리기 위한 것이다. 재신의 귀 옆으로 식은땀이 흘러내렸다. 그는 떨리는 손으로 윤희의 턱을 쓰다듬었다. 까끌까끌한 수염의 느낌이 조금도 없다. 그 손은 아래로 내려와 목을 쓰다듬었다. 목젖이 없다. 쇄골도, 어깨도, 칭칭 감은 천 아래로 들어가는 겨드랑이 선도 모두 여인의 것이다.

재신은 자리에서 일어나 미친놈처럼 방 안을 서성거렸다. 하지만 속에서 터져 버릴 것만 같은 복잡한 열기가 그를 방 밖으로 쫓아냈다. 밖으로 나와도 방 안에서와 다를 바 없이 서성거렸다. 단지 그 보폭이 조금 더 커지긴 하였다. 술기운과 복잡한 열기가 뒤엉켜 그의 숨통을 쥐어틀었다. 그는 어지러운 머리를 툇마루 기둥에 기댔다. 하지만 얼마 가지 않아 다시 방 안으로 들어갔다.

윤희는 작은 몸을 둥글게 웅크리고 딱딱한 맨바닥에 옆으로 누워 있었다. 그러잖아도 작게만 보이는 몸이 더 작아 보여 애잔하였다. 방문을 꼭 닫고 곁으로 다가간 재신은 다시 윤희를 천천히 살폈다. 여태 의심해 보지 못한 것이 더 이상하다. 그의 손이 힘없이 툭 떨어졌다.

"하! 어째서 이제껏 몰랐단 말인가!"

탄식과도 같은 그의 목소리 아래로 그녀의 목소리가 깔렸다.

"가랑 형……."

"인마! 가랑은 왜 불러? 미치겠군. 어쩌자고 이 반궁엘 들어온 거냐? 여기가 어딘 줄 알고……. 하아!"

재신은 깊은 한숨을 내쉬었다. 사내로 속인 것이나, 반궁에 들어온 것만이 큰일인 게 아니다. 그동안 대성전에서 거행되는 연향례延香禮니, 분향례焚香禮니 하는 성균관 의식에 참여한 녀석이다. 여인은 접근조차 하면 안 되는 그런 의식들. 그곳에 참여를 해야만 종이를 무상으로 지급받을 수 있기에 그녀로서도 어쩔 수 없었을 것이다. 그의 속이 더 갑갑해졌다.

"이 일이 발각되는 날엔, 목숨을 부지하지 못할 터인데……. 대체 어쩌자고……."

선준은 마음을 가라앉히는 데 많은 시간을 사용하였다. 기다리다 지친 청지기가 다시 성균관으로 와서 그의 거절을 안고 돌아가고 나서도, 한참을 괴로움과 함께하였다. 멀리 비천당에서 뒤풀이가 끝나가는 소리가 들렸다. 술에 취해 고성방가를 하며 반촌으로 돌아가는 유생, 다음을 기약하며 나누는 기녀들과의 밀어, 차츰 희미해져 가는 웃음소리들……. 그는 마저 다잡지 못한 마음을 추스르고 동재로 돌아갔다.

상유들도 한둘 돌아와 씻을 준비를 하고 있었다. 선준은 그들과 가벼운 눈인사를 하고 기단에 올라섰다. 그런데 중이방 앞에 재신이 마치 문지기인 양 떡하니 버티고 앉아 있다.

"대물은 괜찮습니까?"

선준의 물음에 그는 고개도 들지 않았다.

"조금만 비켜 주십시오. 들어가……."

"네 녀석이 어딜 들어와! 가! 서재로 가란 말이다, 이 노론 새끼야!"

느닷없이 소리치는 재신으로 인해 선준뿐만이 아니라 동재에서 서성거리고 있던 모든 사람이 깜짝 놀라서 동작을 멈추었다.

"약주가 조금 과하셨나 봅니다."

지나치게 차분한 선준의 목소리에 재신은 그만 알 수 없는 분노가 치밀어 놀랐다. 그것은 주먹이 되어 선준의 얼굴에 부딪쳤다. 복잡한 머리를 풀지 못한 재신의 화가 엉뚱하게 그를 향해 폭발한 것이다. 머리가 복잡한 건 재신만이 아니었다. 이 순간은 선준도 그에 못지않았기에 똑같은 방법으로 화를 폭발시켰다. 치고받으며 기단 아래로 굴러 떨어진 두 사람은 결국 바닥에 뒤엉켜 엎치락뒤치락하였다. 재신이 혼잣말처럼 내뱉었다.

"가지 말라고 했잖아. 대물이 울면서 가지 말라고!"

선준의 귀에는 들리지 않는 말, 재신조차 뜻을 알 수 없는 말이 주먹질 소리에 파묻혔다. 사색이 된 구경꾼들이 하나둘씩 모여들었다. 뒤늦게 돌아온 용하도 영문을 모르는 표정으로 구경꾼에 합류하였다. 그들 중 어느 누구도 이 두 사람을 말릴 수 있는 사람이 없었다.

"요즘 잠잠하더니 왜 저런대?"

"글쎄 말이야. 오늘 하루 동지가 되어 잘 지내더니……."

"걸오 성질 어디 가나? 올 게 온 거지."

"걸오는 두고 가랑까지 왜 저러냐? 대체 이유라도 알자."

이유를 아는 이는 아무도 없었다. 정작 주먹을 서로 날리는 선준과 재신도 자신들이 이러고 있는 이유를 알지 못하였다. 애가 타는 건 용하였다.

"누가 좀 말려 봐!"

하지만 아무도 그 싸움판에 선뜻 나서지 않았다. 용하가 용기를 불끈 내어 뛰어들었다. 그리고 안간힘을 써서 두 사람을 양팔로 밀치고 겨우 사이를 만들었다.

"말로 하세! 무슨 일인지는 모르나 차분하게 말로……."

그의 말이 끝나기도 전에 두 사람의 팔에 양쪽 볼을 강타당하고 멀리 내쳐졌다.

"아이고, 나 죽네! 나 죽어!"

바닥에 주저앉아 고래고래 소리를 치며 엄살을 부려도 두 사람은 용하의 존재를 느끼지 못하였다. 재신은 선준과 싸우고 있는 게 아니었고, 선준도 재신과 싸우고 있는 게 아니었다. 용하도 두 사람의 심상찮은 낌새를 알아차렸다. 구경꾼들은 싸움꾼으로 소문난 재신에 못지않게 용호상박으로 맞서는 선준이 놀라울 따름이다.

시끄러운 바깥 소리에 윤희는 조금씩 깨어났다. 조금 깨어나는 건 힘들었지만, 그 이후는 순식간이었다. 그녀는 화들짝 놀라 벌떡 일어나서 재빨리 자신의 옷부터 확인하였다. 다행히 옷고름이 풀어지지 않았다. 재신이 티 안 나게 되돌려 놓은 덕에 윤희에게 있어선 옷고름이 그대로인 셈이다.

그 다음으로 캄캄한 이곳이 어딘지를 파악하였다. 바로 자신의 방임을 알아차렸다. 가슴을 쓸어내렸다. 안심을 하고서야 바깥의 시끄러운 소리에 귀를 기울였다. 누군지는 몰라도 싸우는 것 같았다. 윤희는 자리에서 일어섰다. 아직 술기운이 남아 있어 휘청하였지만, 가까스로 몸을 지탱하면서 바깥으로 나갔다.

문을 열고 나가자마자 용하가 그녀를 발견하였다.

"앗! 대물, 거기 있었나? 저놈들 좀 말려 보게. 저러다가 누구 하나 잡겠어."

"무슨 일인데요?"

윤희는 어리둥절하여 싸우는 사람을 살폈다. 어둡기도 하고 술이 덜 깨기도 하여, 두 사람을 알아보는 데 제법 시간이 걸렸다.

"어! 어! 어! 가랑 형님과 걸오 사형?"

알아보기가 무섭게 그녀는 버선발로 그들 사이에 뛰어들었다. 그리고 양팔을 활짝 벌려 가로막았다.

"그만! 가랑 형님! 걸오 사형! 모두 멈추십시오!"

갑자기 뛰어든 윤희를 알아본 두 사람은 정신이 번쩍 들었는지 거짓말처럼 휘두르려던 주먹을 멈추었다. 그것을 본 용하가 기가 막힌 듯 중얼거렸다.

"저 녀석들이! 난 이렇게 패대기쳐 놓고, 대물 말은 잘 들어?"

윤희가 두 사람을 번갈아 보면서 소리를 높였다.

"왜들 이러십니까? 주먹질이라니요!"

그들도 주위의 놀란 눈으로 쳐다보고 선 상유들을 발견하였다. 재신은 그러려니 하지만, 선준이 싸운 건 모두 궁금한 눈빛이었다. 그래서 싸움이 멈췄음에도 불구하고 두런두런 서서 자리를 뜨는 이가 없었다. 두 사람은 할 말이 없어 고개만 숙였다. 평계조차 없었다. 살벌한 침묵이 오고가는 가운데 윤희의 두 눈도 두 사람을 오고갔다. 용하가 가까이 와서 물었다.

"무슨 말이라도 해 보게들. 하루 잘 놀아 놓고선 왜 이랬는가?"

두 사람이 여전히 서로의 시선을 외면하며 입을 꾹 다물고 있자, 용하는 자신의 가슴을 쳤다.

"아이고, 갑갑해라. 이렇게 심하게 싸웠으면 이유가 있을 것 아닌가? 날 쳐서 밀칠 정도로 싸웠다면 말이야."

"네? 여림 사형을요? 저희가 언제……."

선준과 재신은 그런 기억이 없다는 듯 그를 보았다. 용하는 더 이상하였다.

"도대체 무슨 정신으로 싸운 건가? 가령 자네가 술이라도 한잔하는 위인이라면 술 탓으로 돌리겠지만, 그것도 아니고……."

재신은 윤희를 힐끔 본 뒤, 성질을 내며 구경꾼을 밀치고는 중이방으로 성큼 들어갔다. 그리고 곧장 비취빛 도포를 어깨에 걸치고 손에는 갓을 든 채로, 부리나케 달아나듯 전향문을 나가 버렸다. 용하가 큰 소리로 물으며 그 뒤를 쫓아갔다.

"걸오! 이 시간에 어딜 가나? 돌아와!"

윤희는 안타까운 눈으로 선준의 얼굴을 보았다. 시선을 옆으로 돌리고 선 그가 낯설다. 부용화를 만나고 왔겠지? 무슨 이야기를 하고, 어떤 표정을 나눴을까? 지금의 이 괴로운 표정 따윈 없이, 그저 행복한 미소만을 나누다가 왔겠지? 그러면 입이 귀에 걸릴 만큼 웃어야지, 웬 쌈질이란 말인가! 그의 입가에 상처가 찢어져 피가 맺혀 있었다. 윤희는 그것을 닦아 주려고 손을 뻗었다. 그런데 선준이 흠칫 놀라며 몸을 뒤로 뺐다. 뻗어 가던 그녀의 손도 멈칫하였다. 그는 주위를 의식하여 등을 돌리고 중이방으로 들어갔다.

윤희는 충격에 휩싸인 채로 하나둘씩 흩어져 가는 구경꾼들 사이에 우두커니 서 있었다. 선준이 자신의 손을 거부한 게 확실하였다. 왜지? 잘못이라도 하였나? 그녀는 술에 취해 휘청거리면서 그의 뒤를 쫓아 대성전까지 따라간 걸 떠올렸다. 그런데 그 뒤의 기억이 없다. 분명 그를 붙잡고 무슨 말을 한 것 같은데, 머리만 지끈거릴 뿐 도무지 생각이 나지 않았다. 용하가 재신을 놓치고 되돌아와서, 새파랗게 질린 윤희 앞에 섰다.

"젠장! 뭔 놈의 걸음이 그리 빠른지. 금세 사라지고 없네. 그런데 대물 자네 얼굴은 왜 또 그 모양인가?"

"네? 아, 아닙니다."

"얼이 빠졌구먼, 뭐가 아닌가? 자네까지 이러지 말게. 나까지 심란해지려고 그러니까."

용하는 피곤한 기색이 역력한 얼굴로 잠시 서성이다가 제 방으로 들어갔다. 윤희도 두려움과 싸우며 선준이 있는 방으로 들어갔다.

캄캄한 방, 들어선 그 모습 그대로 선준이 멈춰 있었다. 윤희가 방 안으로 들어가자, 그가 몸을 돌려 섰다. 그의 얼굴이 어둠에 가려져 보이지 않았다. 그녀를 보고 있음에도 표정은 보이지 않았다.

"제가 주정이라도 하였습니까?"

"주정을 하였다면 그건 내가 하였겠지……."

"귀형은 술은 입에도 대지 않아 놓고서……."

"술은 가끔 마시지 않고도 사람을 취하게 만들곤 하오."

"제가 귀형께 실수를 한 게 아니라면 어째서 지금 그리 화가 나 계신 겁니까?"

"화난 것 아니오. 난 단 한 번도 귀공께 화가 난 적이 없었소."

날이 선 듯 느껴졌던 그의 목소리가 많이 누그러진 것 같았다. 여전히 표정은 보이지 않았지만 그의 목소리가 상냥해졌다.

"몸은 괜찮소? 술에 먹혔더니만."

"네, 괜찮습니다. 그런데 대성전에 들어서고부터 기억이 없습니다. 이 방까지 데리고 오시느라 귀형께서 고생하셨겠습니다."

"아니오. 여기까지 귀공을 안고 온 분은 걸오 사형이오."

"네? 걸오 사형이 저를 안고?"

어둠에 익숙해진 눈이 선준의 모습을 받아들였다. 그는 가까스로 미소를 지어 보이고 있었다. 재신과 치고받고 싸운 것이 그에게 안정을 찾아 주었다. 윤희는 부용화를 잘 만나고 왔느냐는 인사말을 하려다가 참았다. 더 이상 자신을 피폐시키고 싶지 않아서였다.

第六章 추문醜聞

1

모두가 잠든 밤, 굳게 잠긴 문을 기웃거리던 그림자 하나가 힘겹게 담을 타고 비복청으로 넘어갔다. 어둠 속에 숨어서 아무도 없는 그곳의 동태를 확인하고 나서야 안심한 그림자가 달빛 아래로 모습을 드러냈다.

"휴, 여림 사형 말대로 아무도 없군."

윤희는 우물 옆에 있는 함지박을 발견하였다. 이불 빨래에 쓰이는 것인 듯하였다. 간단하게 물수건으로 몸속만 닦을 생각으로 왔는데, 그것을 보자 온몸에서 냄새가 나는 것 같았다. 며칠 전 장치기 놀이 뒤에 몸을 닦긴 하였지만, 개운하진 않던 차였다. 날이 많이 더워지긴 하였으나 아직 찬물로 목욕하기는 춥다며 스스로를 다독였다. 하지만 마당의 아궁이 위에 버젓이 걸려 있는 가마솥과 장작더미가 그녀를 유혹하였다.

윤희는 조심스럽게 우물로 다가갔다. 조금 전까지 용하가 비복청 우물에 빠져 죽은 여인의 귀신 이야기를 세세한 설명까지 해 가며 겁을 준 것이 머리에서 떠나질 않았다. 어쩐지 우물 속에서 머리 푼 원혼이 쑥 올라올 것만 같아 소름이 돋았다. 용하가 등을 밀어 주겠노라며 따라오겠다는 것을 끝끝내 따돌린 게 잠시 후회가 될 지경이었다. 종종 이곳을 애용하였지만, 오늘따라 유난히 무서운 기분이 드는 건 순전히 그의 탓이다.

　두 눈을 꼭 감고 고개를 우물의 반대편으로 돌리고선 두레박을 안으로 던져 넣었다. 둔탁하게 아래로 떨어지는 소리와, 물과 부딪치는 소리가 소름끼치게 울렸다. 있는 힘껏 두레박을 끌어올렸다. 우물 벽을 긁으며 끌려오는 소리도 섬뜩하였다. 무엇보다 등 뒤의 비복청이 마치 폐허 같아 더 무서웠다. 용하가 그런 말만 하지 않았어도 이렇게까지 공포에 떨지 않아도 되었다. 그래서 애꿎은 그에게 괜히 이가 갈렸다. 가마솥에 계속해서 물을 길어다 채우고 불을 지폈다. 빨래를 삶는 것이어서 그런지 많은 물을 담을 수 있었다. 그리고 올라가는 연기를 누군가가 보면 어쩌나 걱정을 하면서도, 아궁이 안으로 장작을 잔뜩 밀어 넣었다.

　윤희의 걱정이 부질없지는 않았다. 뒷간에 다녀오던 서재 하재생이 먼 곳의 하늘로 올라가는 연기를 보았던 것이다. 그는 불이 난 건가 걱정하여 비복청으로 달려갔다. 그리고 조심스럽게 고개를 빼고 담 너머를 훔쳐보았다. 달빛 아래에 눈엣가시 같은 대물 도령이 불을 지피고 있는 것이 보였다. 그는 대수롭지 않게 여기고 하재일방으로 돌아갔다. 그곳에는 세 명의 하재생이 잠들어 있고, 임병춘 홀로 잠을 못 이루고 있었다.

"자네, 아직 안 잤나?"

"잠이 와야 말이지."

"설마 요즘도 대물 때문에 속을 태우는가?"

"그놈은 무슨 복을 타고 태어났기에 가랑 사형뿐만이 아니라, 걸오 유생까지도 제 편으로 만들어 놓았나 몰라. 염병할!"

분을 이기지 못하고 말하는 병춘에게 그는 별생각 없이 말했다.

"방우房友이니 그럴 수밖에. 이런 말 하긴 그렇지만, 그 두 분이 아니어도 대물 도령, 쉽게 건드릴 인물은 아니지 않은가? 생긴 것과는 다르게 어찌나 강단이 있던지. 학관들도 칭찬이 자자하고……."

"약점을 잡아야 해. 그러잖으면 그 자식을 못 쫓아내."

"자네가 예전부터 가랑 사형을 동경한 건 알지만, 왜 그 불똥이 대물 도령에게 튀는가?"

"그 자식이 마음에 안 들어! 남인 주제에 생진사라고 잘난 체하는 꼴이라니. 나이도 어린 주제에……."

그건 순전히 억지라고 말하고 싶었지만, 병춘의 심기를 더 건드릴까 봐 속으로만 생각하고 말았다. 자신보다 어린 나이로 상재생이 된 윤희를 보면 배알이 뒤틀리는 건 그도 마찬가지였다.

"어리다고 하지 말게. 그래도 자네와는 갑장 아닌가?"

"쳇!"

"아! 들어오다 보니 비복청 쪽에서 연기가 나더구먼. 혹시 불이 났나 하여 가 봤더니 대물 도령이 불을 지피고 있더라고. 간도 크지, 그곳이 밤에 얼마나 무서운데. 대체 뭘 하려는 건지, 원."

"뜨거운 물에 목욕이라도 하나 보지, 뭐."

말을 멈추고 두 사람은 동시에 떠오른 생각을 잡느라 서로를 마주 보았다. 병춘이 자리에서 벌떡 일어나 옷을 챙겨 입었다.

"아니, 거기 가려고? 대물 도령 속살 훔쳐봐서 뭐 하게? 계집도 아닌데."

"혹 아는가, 계집일지? 그런 얼굴이 사내인 게 더 이상하지."

"에구, 실없는 농담하고는……. 그럴 리가 없잖은가. 웬만한 계집들보다 속살이 더 고울는지는 모르지만."

"아무튼 가 보자고. 그 자식이 반촌 여인들한테 인기가 좋다고 하니, 혹시 임자 있는 계집이라도 건드리고 있을지 어찌 아는가? 그런 약점이라면 반궁에서 쫓아내기 충분하지. 그렇지 않다고 해도 발가벗은 채로 귀신한테 뒤쫓기게 될걸세."

"하하하, 그 귀신은 우리가 되는 겐가?"

"비복청은 밤에는 무서워서 아무도 가까이 가려고 하지 않는 곳 아닌가. 아마 지레 놀라서 기절하겠지. 그러잖아도 속에 열불이 나서 잠이 오지 않던 차였는데 잘됐어, 하하하."

그들은 옷을 마저 입고, 상투를 풀어 머리카락을 헤쳤다. 그리고 홑이불을 뜯었다. 그들의 부산스런 행동에 잠을 자던 다른 하재생 세 명도 하나둘씩 깨어나, 자초지종을 듣고는 동참을 하였다.

머리를 먼저 감고 따끈따끈한 물속에 들어가 앉은 윤희는 적막한 세상이 너무도 마음에 들었다. 촘촘하게 박힌 하늘의 별에 머릿속의 때가 씻겨 나가는 기분이었다. 함지박이 좁아서 쪼그리고 앉아 있어야 하지만, 딱히 불편하지는 않았다. 그래서 처음에는 '잠깐만'이라던 것이 어느새 '조금만 더'가 되어 있었다. 그러고 있으니 선준과 싸우고 나간 뒤, 며칠이 지나도록 돌아오지 않는 재신이 걱정되었다. 또 한편으론 그가 안고 방까지 데려다 주었다는 대목이 마음에 걸렸다. 그를 걱정하고 있는 건 선준도 마찬가지였다. 정작 용하는 그가 돌아오지 않는 건 으레 있던 일이라며 신경 쓰지 않았다.

이때 갑자기 적막함을 깨는 어떤 소리가 윤희의 귀에 들렸다. 물속에 담긴 그녀의 알몸이 바짝 긴장하였다. 이윽고 누군가 담을 넘는지 기왓장 떨걱거리는 소리가 다시금 들렸다. 귀를 쫑긋 세우고 눈동자를 재빨리 돌려 보았지만, 그 소리가 작은 데다가 공기 중으로 퍼져 나가는 통에, 어디서 들리는 건지는 가늠할 길이 없었다. 윤희는 물소리가 들리지 않게 천천히 팔을 내밀었다. 그리고 옆에 둔 옷을 잡았다. 주위를 두리번거리며 함지박에서 서서히 일어난 그녀는 순식간에 행의를 펼치면서 동시에 팔을 끼워 넣었다. 하지만 그 안에는 바지저고리 하나 없는 알몸인 상태라 맨다리가 드러났다. 어딘가에서 담을 넘어 땅에 내려서는 소리가 들렸다. 소리의 정체를 파악할 겨를이 없었다. 우선 급하게 벗어 둔 옷들을 가슴에 꼬옥 품고, 몸을 숨길 만한 곳을 찾아서 맨발로 뛰었다.

윤희가 다급하게 뛰어 들어간 곳은 비복청 건물의 끝에 붙은 창고였다. 그런데 안으로 들어서고 나서야 잠금 고리가 바깥에 있음을 알아차렸다. 다시 뛰어 나가기에는 인기척이 가까워진 듯하여, 장작과 짚더미 속으로 몸을 숨겼다.

허리가리개를 단단히 채우면서 유심히 들으니, 그 인기척은 반궁 바깥쪽에서 안으로 들어오는 소리였다. 비복청이 성균관의 제일 외곽이라 외부 사람일 가능성이 높았다. 그렇다면 도둑인가 의심스러웠지만, 어쩐지 휘청거리는 듯한 무거운 발소리 때문에 고개를 갸웃하였다. 갈지자의 불안정한 발소리가 이쪽으로 가까워져 왔다. 무사히 지나가길 바라며 속잠방이를 잡아서 입으려고 하는데, 그 인기척이 창고 문을 벌컥 열었다.

숨이 턱 막혔다. 그녀도 장작더미의 일부인 양 숨도 내쉬지 않고 가만히 있었다. 젖은 몸에서 떨어지는 것이 물방울인지, 식은땀인지 분간이 가지 않았다.

창고로 들어온 인기척은 문을 굳게 닫자마자 아래로 주저앉았다. 문을 등지고 앉은 터라 윤희가 도망쳐 나갈 구멍조차 막은 셈이다. 그녀는 공포에 질려 차마 쳐다보진 못하고, 귀만 잔뜩 세웠다. 그런데 그 인기척의 숨이 끊어질 듯 힘겹게 들렸다. 자신의 입술을 씹으며 신음 소리를 삼키는 것도 들렸다. 도둑 같은 종류가 아니다. 오히려 부상당한 도망자 같다.

갑자기 숨소리와 신음 소리가 멎었다. 그리고 문에 기대 있던 몸이 옆으로 시체처럼 스륵 넘어졌다. 윤희는 용기 내어 한쪽 눈만 빼죽이 뜨고 눈동자를 돌렸다. 혹시 눈동자 돌아가는 소리가 들리지는 않을까 두근두근하였다.

도둑인지 도망자인지 알 수 없는 자는 희한하게도 양반인 양 등 뒤에는 갓을 넘겨 달고 옷은 도포 차림이었다. 익숙한 어떤 이의 느낌이 와 닿았다. 윤희는 달빛의 힘을 빌려 그자의 얼굴을 보기 위해 힘을 다해서 눈을 크게 떴다. 그런데 그녀의 눈이 차츰차츰 더 커졌다. 죽은 듯이 쓰러져 있는 자는 분명 재신이었다. 완전한 식별은 힘들지만 느낌상 확실하였다. 술에 곤드레만드레 취해서 처소를 잘못 찾아들어 잠들어 버린 것인가?

윤희는 놀라서 벌떡 일어나다 말고, 속에 아무것도 입지 않은 걸 깨닫고 얼른 다시 주저앉았다. 그리고 그가 깨어나지 않게 조심하며 속잠방이 두 겹을 한꺼번에 껴입었다. 마음이 급한 데다가 젖은 몸이 방해하는 탓에 쉽게 입어지지 않았다. 그녀는 장작더미 너머로 그를 다시 훔쳐보았다. 윤희의 기척은 알아차리지도 못하고, 여전히 꼼짝하지 않고 누워서 뻗은 상태다. 행의를 슬그머니 벗고, 허리가리개를 점검한 뒤, 속적삼 두 겹을 연속으로 입었다. 그리고 엉거주춤 일어나 바지에 다리 한 짝을 막 넣으려는 순간, 느닷없이 재신이 정신을 차리고 외쳤다.

"웬 놈들이냐! 도둑고양이처럼 어딜 살금살금 다가오는 것이냐!"

윤희는 너무 놀란 나머지, 경기 들린 듯 부르르 떨다가 다리에 바지가 엉켜, 그만 앞의 짚더미 위로 꼬꾸라지고 말았다. 동시에 바깥에서 와르르 달아나는 여러 개의 발짝 소리가 들렸다. 그녀는 짚더미 속에서 허우적거리면서도 수상한 발소리의 정체를 파악하느라 여념이 없었다. 재신을 쫓아온 자들인가? 그렇다면 그의 목소리에 놀라서 달아날 이유가 없지 않은가? 재신이 이쪽을 보며 대뜸 말하였다.

"귀, 귀신이냐?"

조금 전에 바깥을 향해 했던 말과는 달리, 이번은 분명 그녀를 향한 말이었다. 윤희는 정신을 재신 쪽으로 모으고, 짚더미에서 고개만 빠끔히 들고는 바깥으로 말이 새어 나가지 않게 조심하여 말하였다.

"걸오 사형, 저 대물입니다."

재신은 힘겨운 눈을 뜨고 그녀를 보았다. 산발에 짚을 여기저기 꽂고, 볼에도 짚 하나를 붙이고 그를 보는 모양새는 영락없는 귀신이었다.

"헉! 귀, 귀신……."

"아이 참, 걸오 사형! 대물이라니까요!"

윤희의 대답을 미처 다 듣지 못한 채, 그는 간헐적으로 내뱉던 신음 소리를 끝으로 다시 의식을 잃고 눈을 감았다. 그녀는 바깥에 새어 나가지 않게 소리를 죽여서 외쳤다.

"걸오 사형! 걸오 사형! ……어이, 걸오?"

아무리 불러 보아도 그는 정신을 차리지 못하였다.

"무슨 술을 인사불성이 될 때까지 퍼마신 거야?"

윤희는 몸을 웅크리고 뒤로 엉금엉금 기어서 다시 장작더미 뒤로 몸을 숨겼다. 그리고 재신을 감시해 가며 나머지 옷을 마저 입었다.

재신의 목소리에 놀라서 와르르 달아나던 발소리는 다름 아닌, 윤희를 골탕 먹이러 오던 하재생들이었다. 정신없이 담을 뛰어넘어 가는 그들은 난생처음 이리도 날랜 몸을 가졌다.

"이, 이보게. 잠깐만!"

병춘이 외치는 소리에 그들은 겨우 멈춰 섰다. 하지만 이미 비복청의 담을 넘어서고 난 뒤였다. 그들은 불안한 눈으로 담 너머 비복청을 힐끔거리며, 병춘을 중심으로 옹기종기 모였다.

"왜들 달아나는가?"

"그건 분명히 걸오 유생의 목소리였다네."

"난 귀신보다 걸오 유생이 더 무섭다고."

"내 간이 붙어 있으려나 모르겠네. 그 목소리에 놀라서 떨어졌으면 어쩌누."

병춘이 고개를 갸웃거리며 혼잣말을 하였다.

"걸오 유생이 왜 저 자식과 함께 있는 거지? 분명히 반궁에 없다고 들었는데."

"그러게? 오늘 석식 때까지만 해도 없었으이."

"이 시간에 비복청에서 두 사람이 함께라……. 야릇한 냄새가 나는걸!"

"사내끼리인데 뭔 야릇한 냄새란 말인가?"

말은 그렇게 해 놓고 모두의 머리는 하나의 상상에 빠졌다. 걸오와 대물을 나란히 세워 놓은 그림을 떠올리니, 꽤나 그럴듯하였다. 그리고 그 창고 안에서 두 사람의 허벅지 사이사이가 엉기는 장면을 상상하여도 거북하기는커녕, 온몸에 전율이 흐르면서 가운뎃다리가 슬그머니 하늘을 향하였다. 일제히 입을 모았다.

"어울리긴 하는군."

"이 야심한 시간에, 인적 하나 없는 비복청에서, 아무도 몰래 두 사람이 함께 있는 이유가 달리 뭐가 있겠나? 이런 재미있는 소문은 원래가 빨리 퍼지는 법이지. 가령 사형이 아시게 되면 과연 어떻게 될까……."

이렇게 말하는 병춘의 한쪽 입술이 치켜 올라갔다.

윤희가 완전히 옷을 다 챙겨 입을 때까지 재신의 의식은 돌아오지 않았다. 그녀는 그의 곁으로 다가가 흔들어 깨웠다.

"걸오 사형! 여긴 비복청입니다. 정신 차리고 동재에 가서 주무셔야죠."

아무리 흔들어도 그는 깨어나지 않았다. 이상하다. 그의 허리에 술병이 묶여 있는데도 그에게서는 술 냄새가 전혀 나지 않는다. 술에 취한 건 아닌 듯하였다.

"내가 귀신인 줄 알고 기절한 건가?"

이번에는 주먹으로 두들겨 깨우며 소리쳤다.

"어이, 걸오 사형! 안 일어나면 인마라고 불러 버릴 테다."

어느새 그녀의 머릿속에는 그간의 재신과의 추억들이 주마등처럼 지나갔다. 조금 전에 혼비백산하게 만든 사건까지 쭉 따라오다 보니, 주먹도 머릿속의 영향으로 구타라 불러도 좋을 만큼의 강도로 높아졌다. 그래서 깨우려는 건지, 팰 기회를 잡아서 신이 난 건지 스스로도 가늠할 수 없었다. 윤희의 눈동자가 어떤 것을 잡았다. 주먹이 멈췄다. 그녀가 발견한 것은 재신의 몸에서 흘러나온 것인 듯한 피였다. 그의 옆구리가 피범벅이었다. 조금 전의 주먹질은 잊고 새파랗게 질린 윤희가 바들바들 떨면서 그를 불렀다.

"거, 거, 걸오 사형. 주, 죽은 건 아니죠? 눈떠 보십시오. 눈꺼풀만이라도 움직여 주세요."

저승길을 유람하다가 윤희의 목소리를 들은 것인지, 재신의 눈꺼풀이 파르르 떨리다가 가늘게 벌어졌다.

"식……이냐?"

"네! 저 식이 맞습니다. 대물 윤식입니다."

"네 녀석이 왜 여기에……."

마음이 놓이자 윤희의 눈에서 눈물이 떨어졌다.

"다행입니다. 정말 다행입니다."

그가 눈을 감으며 입술 끝에 미소를 보냈다.

"녀석도. 날 신나게 팰 땐 언제고, 깨어나니 눈물이냐?"

"어, 언제부터 깨어 계셨습니까?"

"네 녀석이 팰 때부터. 그리 구타를 하는데 안 깨어날 시신이 있느냐?"

윤희가 벌떡 일어나며 외쳤다.

"제가 어서 가서 의원을 불러 오겠습니다."

하지만 재신이 그녀의 손목을 잡아챘다.

"안 돼! 아무에게도 알리지 마라."

그러면서 힘겹게 몸을 일으켜 문을 가로막고 앉았다.

"댁이 이순신 장군입니까? 말도 안 되는 소리 마십시오."

그녀가 떨치고 나가려고 하자, 그가 소리를 버럭 질렀다.

"안 된다고 하잖아!"

소리치는 진동 때문에 재신은 더욱 고통스럽게 얼굴을 일그러뜨리며 옆구리의 상처를 잡았다. 쏟아 내는 피를 보니 진짜 죽을지도 모른다는 생각이 들었다. 그의 피만큼 윤희도 눈물을 쏟아 내면서 말하였다.

"이러다 큰일 납니다. 그럼 여림 사형만이라도 살짝 불러 오겠습니다."

"여림은 더 안 돼! 가랑도 안 돼! 아무도 안 돼! 내가 죽더라도……."

윤희가 그의 멱살을 움켜잡고 울음을 터뜨렸다.

"세상천지에 이런 말도 안 되는 똥고집이 어디 있습니까!"

재신이 고통으로 일그러진 얼굴 틈으로 미소를 끼워 넣었다.

"간이 배 밖으로 튀어나왔구나. 감히 누구 멱살을 잡는 것이냐?"

그의 목소리가 다시 흐릿해져 갔다. 윤희가 정신을 차렸다. 울고 있을 시간이 없었다. 아무에게도 못 알리게 한다면, 방법은 손수 그의 상처를 치료하는 것뿐이다.

"잠깐만 계십시오. 상처 닦을 만한 것을 가져올 테니까요."

"그냥 가라. 너도 날 못 본 걸로 하고……."

"시신도 깨어난다는 제 주먹맛을 더 보고 싶다면, 그따위 말을 지껄이십시오!"

윤희가 눈에 눈물을 매단 채로 문을 열고 나가자 재신의 입술엔 더 큰 미소가 나타났다.

"때렸다가, 울었다가, 씩씩했다가, 협박했다가……. 하하하."

윤희는 허둥지둥 마당의 우물가로 갔다. 무엇을 먼저 해야 할지 몰라서 안절부절못하다가, 마침 흐트러져 있는 수건들을 발견하였다. 우선 그것부터 깨끗하게 빨았다. 그리고 세숫대야에 찬물을 한가득 담고 창고로 가져갔다. 그녀는 그것만 놓고 다시 나가, 비복청 담을 넘어갔다.

도둑 걸음으로 윤희가 간 곳은 향관청이었다. 그곳의 동서월랑에서 잠을 자고 있는 감찰집사들이 깨어나지 않게 조심하며 어둠 속에서 무언가를 열심히 찾았다. 바둑판과 놋쇠 재떨이가 보였다. 그리고 그 옆에는 굴러다니는 담배 뭉치 몇 개가 있었다. 윤희는 그것들을 모두 잡아 냅다 뛰어서 비복청으로 돌아왔다.

　재신은 앉은 채로 힘들게 의식을 잡고 있었다. 다시 돌아온 그녀에게 싱긋이 웃어 줄 여유는 보였다. 윤희는 찌그러진 그의 갓을 벗겨 옆으로 던지고, 다음으로 그의 옷섶을 젖혀 도포와 저고리를 한꺼번에 벗겼다.

"살살 좀 해라. 날 이리 자극하면 널 덮칠지도 모른다."

"이 꼴로요?"

"내가 다친 건 옆구리지, 양물은 멀쩡하거든."

"입도 다쳤더라면 금상첨화였을 겁니다."

"뭔 말을 그리 따박따박 받나? 조금 전까지 눈물 뚝뚝 흘리던 그놈 맞느냐?"

　윤희는 수건으로 그의 몸에서 피를 닦아 내며 대꾸하였다.

"조금 전까지 정신이 꼴딱꼴딱 넘어가던 그분은 맞으시고요? 기회가 닿았을 때 좀더 팰걸 그랬습니다."

　재신의 가슴과 배, 팔에서 핏자국이 사라졌다. 그곳은 상처가 없었다. 그리고 걱정되었던 등도 괜찮았다. 하지만 왼쪽 옆구리는 창자가 튀어나오지 않은 게 다행일 만큼 비참하였다. 윤희가 상처 부위를 조심스럽게 닦아 내며, 눈썹 사이를 좁혔다. 그것을 본 재신이 중얼거렸다.

"미안하다."

"네?"

"너, 비위 상해서 작은 상처도 못 보잖느냐."

　상처 때문이 아니라 이성의 몸을 보기 창피하여서였구나. 이제 이해가 된다.

"시체를 보느니 상처 보는 게 나을 것 같아서 용쓰는 겁니다. 그런데 어디서 어떻게 다치셨습니까? 또 그때처럼 투전판에서 칼부림을 한 겁니까?"

"투전판이라……. 그런 걸로 해 두자. 그것보다 너야말로 여기서 귀신 놀음이라도 하고 있었느냐? 머리는 산발을 해 가지고는……."

재신은 손가락으로 그녀의 머리카락에 붙어 있는 짚을 떼어 냈다. 그리고 손가락을 머리카락 사이에 찔러 넣어 조심스럽게 빗겼다. 손가락 사이에 와 닿는 느낌이 촉촉하고도 부드럽다. 이 녀석이 계집이란 말이지?

"내 머리카락과는 이렇듯 달랐는데……."

그녀는 상처를 돌보느라 그의 눈빛을 느낄 여유는 전혀 없었다. 그래서 입에서 나오는 대로 대꾸하였다.

"사람마다 성격이 다르듯이 머리카락도 다를밖에요."

윤희는 훔쳐 온 담배를 꺼내어 피가 흘러내리는 상처에 뿌렸다. 하지만 조금 뿌리는 걸로는 부족하여 한 주먹을 쥐고 상처에 붙였다. 재신은 상처의 고통보다 그녀의 손이 닿는 부분의 느낌이 더 강하게 왔다. 윤희는 개중 깨끗한 수건으로 상처를 덮고, 그 위에 길게 찢은 수건을 몇 겹으로 허리 전체에 단단히 둘러 묶었다. 맨살 위로 지나다니는 그녀의 손길이 아픔을 잊게 하였다.

"이 담배는 향관청에서 훔쳐 온 거니까, 나중에 귀형께서 갚으……!"

재신이 윤희를 끌어당겨 품에 와락 안았다. 당황하여 그를 밀쳐 내려고 발버둥을 쳤지만 허사였다.

"걸오 사형! 뭐 하는 짓입니까? 노, 놓으십시오!"

"넌 어째서 부드러우냐?"

"저, 전 사내입니다. 왜 이러십니까?"

"사내이면서, 왜 이리 부드러우냐?"

"놓으라니까요!"

"이리 부드러운데 사내인들 뭔 상관이냐? 내가 안아서 좋으면 그만이다."

윤희는 더욱 거세게 벗어나려고 했다. 하지만 그러면 그럴수록 그의 팔은 더욱 강하게 조여 왔다. 그러기를 잠시, 재신이 키득거리며 그녀를 품에서 놓았다. 윤희는 냉큼 그에게서 떨어져 앉았다.

"이번 장난은 정말 지나쳤습니다. 자칫하면 귀형의 상처를 칠 뻔하였습니다."

"그럴까 봐 놓았다."

그리고도 그는 한참 동안을 실성한 사람처럼 홀로 키득거렸다. 그리고 그 다음 날, 재신은 또다시 이곳 반궁에서 감쪽같이 사라져 버렸다.

"이, 이보게, 여림! 오늘 기별 읽었나?"

조식을 막 끝내고 동재 대청에 앉는 용하에게로 한 유생이 놀란 얼굴로 달려왔다. 윤희와 선준도 방으로 들어가려던 걸음을 멈추어 섰다. 용하가 별스럽지 않은 투로 대답하였다.

"이제 막 가지러 가려던 참이네만. 특이한 거라도 실렸나, 웬 수선인가?"

"홍벽서에 대해 실렸단 말일세!"

"뭐라고?"

꽁무니에 불이라도 붙은 양 벌떡 일어난 용하는 그에게서 기별을 빼앗듯이 가로채어 읽었다. 그러잖아도 그저께 소북과 소론 명문가가 모여 있는 동촌東村의 사헌부 대사헌의 집 대문에 홍벽서의 글이 붙어 있더라는 소문이 성균관에 퍼져 있던 차였다. 사헌부 대사헌이라면 바로 재신의 부친이기도 하기에 많은 관심이 쏠려 있었다. 그런데 홍벽서가 처음으로 기별에 실린 것이다. 이는 곧 왕도 홍벽서의 존재를 알게 되었다는 의미다. 순식간에 유생들은 흥분으로 들끓었다. 하지만 기별에는 왕이 어떠한 조치를 취했는지에 대해선 언급조차 없었다.

"결국 임금의 귀에까지 흘러들어 갔군. 오히려 장안의 떠들썩함에 비하면 늦은 셈인가?"

"앞으로 홍벽서의 글을 못 보게 되는 건 아닌지 모르겠네."

선준이 기별을 유심히 들여다보며 중얼거렸다.

"그래 주면 좋으련만······."

윤희도 홍벽서가 걱정되어 앞으로 활동을 하지 않기를 바랐다. 그동안 그의 글을 접하고 어느새 그녀도 다른 상유들처럼 애호가가 되었기 때문이다. 그리고 더 큰 걱정은 성치 않은 몸으로 사라진 재신을 향해 있었다.

"그나저나 그저께 향관청에서 담배 훔쳐 간 도둑은 잡았나?"

갑작스런 용하의 물음에 그녀는 소스라치게 놀랐다. 그 도둑은 그녀 자신이다. 어제부터 도둑을 잡겠노라 설쳐 대는 상유들 사이에 그녀의 간은 잔뜩 오그라들어 있었다. 자신이 잠시 빌린 거라고 말하면 어디에 쓴 건지 말해야 하고, 그러면 재신에 대해 실토를 안 할 수가 없다. 제가 죽더라도 아무에게 말하지 말라는 재신이었기에, 윤희는 졸지에 도둑이 되어 숨죽이며 있었다. 발 저린 그녀를 두고 상유가 말하였다.

"그걸 잃어버린 유생들이 가만 안 두겠다고 벼르고 있네만, 물증이 없으니. 하필 여러 유생들 것을 죄다 들고 갈 건 뭔가? 조금씩만 가져갔으면 표도 안 났을 터인데."

"조금씩 가져갔으면 도둑이겠나? 다 들고 갔으니 도둑이지. 그래서 외부 사람 소행일 거라고 한다지? 그럼 잡긴 글렀군."

윤희는 기별을 읽는 척하며 그들의 대화에 귀를 쫑긋 세웠다. 가슴이 콩닥콩닥 뛰었다.

때마침, 아침 댓바람부터 용하를 찾아온 사람이 있었다. 덕구 아범이었다. 그는 대청에 먹을 것이 든 커다란 고리짝을 내려놓은 뒤, 슬쩍 눈짓을 하여 용하를 따로 불러내었다. 전향문을 나가서 아무도 지나가지 않는 것을 몇 번이나 확인한 덕구 아범이 품에서 종이 한 장을 꺼냈다. 용하는 단번에 그것이 이번에 새로 뜬 홍벽서의 글임을 알아차려, 얼른 제 품에 넣었다.

"수고하였네. 다른 소문 들은 건 없나?"

"작은 주인님, 그때 말씀하신 것 있죠?"

"뭐 말인가?"

"홍벽서가 혹시 양반 행색이더냐고 하신 거요. 제가 다시 알아보니 그렇다고 하더라굽쇼."

용하의 눈이 재미난 놀이를 발견한 듯 반짝거렸다. 하지만 뒤따른 그의 말이 용하의 뒤통수를 때렸다.

"제가 이리 급히 온 것은 그저께 대사헌 댁에 나타났던 홍벽서가 크게 다쳤대서요."

"뭐, 뭐라고?"

덕구 아범은 다시 한 번 주위를 살피고는 더욱 조심스런 목소리로 말하였다.

"확실한 게 아니라서 순라청에서도 비밀에 부친 모양입니다요. 하지만 뒤쫓던 순라군 한 명이 자기가 분명히 창으로 찔렀다고 하였답니다. 그게 놓친 것을 변명하려는 건지 알 수 없어서 그렇지만요."

"옳아! 그래서 임금께 마침내 보고가 된 것이군. 많이 다쳤다던가?"

"그 순라군이 어찌나 과장이 심한지 말만 들어 보면 홍벽서가 죽어도 여러 번 죽었을 것 같습니다. 그래서 온전히 믿기는 어렵지만 옆에 같이 있던 순라군 말에 따르면 피를 많이 흘렸다는 걸로 보아, 제법 다치긴 하였을 듯도 싶고요. 또 홍벽서의 뒷모습만 보았는데, 키가 큰 남자에 양반 행색을 하고 있더라고요. 이제까지 목격한 이들과 일치를 합니다요. 그런데……."

"그런데? 내 숨넘어가는 꼴 보고 싶은가? 어서 말해 보게."

"……끝까지 홍벽서의 뒤를 쫓았는데, 이 반촌으로 도망치는 바람에 끝내 놓쳤다고요. 이곳에는 관군이 못 들어오니까. 마침 동촌이 반촌 바로 아래에 있어서 다행이었죠."

"마침이라, 마침……, 마침인 것인가?"

용하는 오랫동안 '마침'이란 말에 연연하여 중얼거렸다. 그 말이 이상하게도 머리에 남았다.

"피를 많이 흘렸다면 반촌으로 들어와 지혈을 하였겠지. 양반 행색을 한 다친 이가 반촌으로 흘러들어 왔다? 이미 소문이 나도 났어야 옳은데……. 응? 지혈? 향관청 담배!"

"네? 향관청 담배라니요? 담배라면 지혈에 특효인데……."

"아, 아니네. 못 들은 걸로 하게."

용하는 급히 고개를 저었다. 이곳 성균관을 잘 알지 않고서야 유생들이 향관청 동월랑에 담배를 둔다는 걸 알 순 없기 때문이다.

2

"**오늘도 돌아오지 않으시려나?** 그러고 나간 뒤 소식이 없으니……."

선준의 낮은 중얼거림을 들은 윤희는 고민스러웠다. 그는 재신이 돌아오지 않는 것이 순전히 자신의 탓이라고 생각하여 괴로워하고 있었다. 그래서 그날 비복청에서 있었던 일을 의논하고 싶었지만, 그건 재신과의 의리 때문에 할 수 없었다.

"투전판이라는 곳은 위험하겠죠?"

"그건 왜?"

"걸오 사형 말입니다. 그런 곳에서 다치곤 하니까……."

"글쎄, 그건 아닐 거요. 이곳 반궁에 머무를 때조차 향관청 쪽으로는 잘 가지도 않는 분이오. 내기에도 별 관심 없고. 그런 분이 투전판이라……. 아마 다른 어딘가를 다니시는 듯하오. 꽉 막힌 투전판이 아니라, 탁 트인 산천 같은…….."

 선준이 서책을 덮고 서안을 옆으로 밀쳤다. 그리고 요를 깔았다. 윤희도 얼른 서안을 밀치고 그를 거들었다. 두 사람의 요와 이불을 펼치고, 주인 없는 요와 이불도 재신이 올 것을 대비하여 펼쳤다. 이대로 따뜻한 체온을 가지지 못한 채 아침에 접혀지기를 근 10여 일째였다. 선준이 빈자리를 보며 긴 한숨을 내뱉었다.

 "저기, 걸오 사형이 돌아오지 않는 것은 절대 귀형 때문이 아닙니다."
 "그걸 귀공이 어찌 아시오?"
 "네? 아, 그건……, 걸오 사형은 그렇게 옹졸한 사람이 아니란 걸 알기 때문이죠."

 윤희는 그를 위로하고자 방긋이 웃었다. 하지만 이것은 단둘이 보내야 하는 이 밤에는 치명적이었다. 선준은 그녀의 미소에서 시선을 피하여 옷을 벗고 속적삼 차림이 되었다. 날이 더워지니 그의 속적삼은 더 얇아진 듯하였다. 그래서 은은하게 비쳐 보이는 살갗과, 움직일 때마다 드러나는 탄탄한 가슴이 그녀의 심장을 붉게 물들였다. 그것을 감추고자 책을 들었다. 이불 속으로 들어가던 선준이 물었다.

 "귀공은 또 늦게 잘 거요?"
 "네, 이것만 조금 더 보고……. 아까 다른 유생 분들 때문에 공부가 늦어져서요."
 "아, 필기한 거 보여 달라고 귀공을 붙잡고 늘어졌었지. 나도 탐이 나는데 오죽하겠소."
 "그 정도는 아닙니다."
 "그래도 무리하지 마시오. 밤이 이렇듯 깊었는데."

"하지만 내일 있는 순두전강旬頭殿講만 생각하면 잠이 오질 않는걸요. 성균관엔 무슨 시험이 이리 많은지. 매일 있는 일강에, 매달 있는 예조월강에, 짝수 달마다 있는 순두전강에, 1년에 네 번 있는 절일제에, 봄, 가을에 있는 도기과에, 감제와 알성시, 상감마마께서 심심하시면 불시에 불러들여 치르는 친시에……. 휴!"

"귀공은 특히 강경講經은 뛰어나지 않소. 무에 그리 걱정이오."

"으! 아무리 강경이라고 하더라도 상감마마 앞에 나아가 대답을 해야 하는걸요. 태연자약한 귀형이야말로 이상한 겁니다. 모르는 이가 보면 마치 이번 순두전강엔 귀형은 낙점을 안 받은 줄 알겠습니다. 그나저나 걸오 사형이 받은 낙점은 어쩌지요?"

"그러게 말이오. 귀공도 걱정은 놔두고 일찍 주무시오. 그래야 내일 상감마마 앞에서 덜 떨 것 아니오. 그럼 나 먼저 잠자리에 들리다."

참 규칙적인 사람이다. 항상 같은 시간에 잠들고 같은 시간에 일어나는. 내일이 중요한 시험이건 아니건 상관하지 않는다. 그의 내면에 축적된 것이 다른 이들과 다르기 때문인가? 윤희는 어두운 불빛에 기대어 책 너머로 그를 훔쳐보았다. 불빛이 선준의 정갈한 옆얼굴을 훑어, 그녀의 마음을 어지럽혔다.

명륜당 마당의 은행나무 아래로 사람의 그림자가 드리워졌다. 보름달이 만든 것이라 그 검은색이 유난히 짙었다. 그림자는 소리 없는 발자국을 남기며 동재 쪽의 홰나무 아래로 가서 그 나무에 기대섰다. 달빛이 밝힌 얼굴은 재신이었다. 그는 다닥다닥 붙은 동재 창문을 유심

순두전강(旬頭殿講) 짝수 달마다 도기를 정서하여 입계한 후, 그중에서 임금에게 낙점된 유생들이 편전에 나아가 보던 시험. 때때로 제술(製述)로 시험 볼 시엔 임금이 내린 어제(御題)를 승정원에서 받들고 명륜당으로 와서 치르기도 함.

히 세어, 중이방을 찾았다. 희미한 불빛이 새어 나오는 것을 보아, 지금껏 윤희가 잠들지 않았음을 짐작하였다. 재신은 그녀를 보듯 흐린 불빛을 숨긴 작은 창문을 바라보았다.

윤희는 바라만 보고 있기가 괴로운 선준의 아름다운 얼굴을 가리기 위해 불을 껐다. 하지만 다른 날보다 월등히 밝은 달빛이 그의 얼굴에 내려앉아 그녀의 마음을 희롱하였다. 결코 가질 수 없는 사람이기에 보지 않으리라. 차라리 눈을 감고 말리라. 윤희는 이불 속으로 꼬물꼬물 기어들어 가서 제 눈을 가렸다. 그런데 애써 먹은 마음을 방해하듯 두 사람의 손등이 맞닿았다.

선준은 깊은 잠에 들었는지 손끝 하나 움직이지 않았다. 그에 용기를 얻어 슬그머니 그 손을 쓰다듬어 보았다. 사내의 손이 참으로 미끈하다. 무엇보다 눈물이 핑 돌 만큼 따뜻했다. 그의 손가락 하나하나를 만져 보았다. 그리고 손바닥에 새겨진 손금도 느껴 보았다. 그녀의 손끝은 저번 장치기 놀이 때 만들어진 상처를 찾아내었다. 그때의 듬직한 어깨가 감은 두 눈 속으로 들어왔다.

윤희는 그의 엄지를 쥐고 이불 밖으로 고개를 내밀었다. 그리고 잠든 옆얼굴을 쳐다보았다. 바로 옆에 그가 있다. 그의 얼굴이 너무도 가까이에 있다. 먼 훗날 아프도록 그리워할 얼굴, 그 미래의 마음이 지금의 마음에 스며들었다. 윤희의 손이 그의 얼굴 위에 눈꽃처럼 소리 없이 내려앉았다. 이마를 느끼고 콧날을 느낀 뒤, 그녀의 손끝은 제 입술을 대신하여 그의 입술을 훔쳤다.

이런 느낌이었나? 이 사람의 입술은 이렇게도 부드럽고 뜨거웠나? 단정하게만 보였건만, 눈과 손끝이 느끼는 것이 이렇게나 다르다니.

윤희가 상체를 일으켜 선준의 입술 위에 자신의 입술을 포갠 이유는, 단지 차이를 확인하고 싶었을 뿐이리라. 제 몸무게를 견디지 못하고 파르르 떠는 팔을 겨우 지탱하며 그의 입술을 범하고 만 것은, 손끝만 그의 입술을 느끼는 것이 싫었던 탓도 있으리라.

눈과 손끝이 달랐던 것처럼, 손끝과 입술이 받아들인 그의 입술도 달랐다. 향기로움, 모든 신경을 마비시키는 짙은 마향, 그리고 벗어나지 못하게 옭아매는 중독…….

홰나무에 기댄 채 불이 꺼진 창문을 하염없이 바라보고 있던 재신은 허리를 숙여 땅에서 콩알 크기의 돌을 주워 모았다. 그리고 그것을 중이방 창문으로 하나씩 집어던졌다.

톡! 톡! 토독! 토도도독!

선준의 입술 위에 제 입술을 올려놓고 있던 윤희는 쉼 없이 계속되는 작은 소리에 화들짝 놀라서 일어났다. 창문에 인위적으로 작은 무언가를 던지는 소리다. 그녀는 적삼을 행의로 가리고 조심스럽게 창문을 열었다.

재신은 창문 아래로 작은 얼굴이 쏘옥 나타나자 환하게 웃으며 속삭이듯 말하였다.

"어이, 나와라. 놀자."

윤희는 그를 발견하곤 최대한 작은 소리로 외쳤다.

"앗! 걸오 사형! 얼마나 걱정했는지 아십니까?"

그리고 건강함을 확인하였다. 신발, 옷, 갓 모두 새 것으로 바꿔 입어서인지 멀쩡해 보였다. 재신은 성큼성큼 다가가 창을 가운데 두고 가까이에 섰다.

"나오라니까! 이렇게 대낮같이 밝은 달빛을 잠으로 허비하기엔 아깝지 않느냐?"
"내일 순두전강이 있……!"
그는 그녀의 의사와는 상관없이 겨드랑이에 팔을 끼워 넣고 강제로 창밖으로 끌어냈다.
"자, 잠깐요."
"쉿! 가랑 깬다. 그의 잠을 방해할 참이라면 더 쫑알거려 보던가."
가뿐히 창밖으로 윤희를 빼낸 그는 제 신발을 벗어 그녀의 발 앞에 두고, 버선과 갓을 벗어 창 안으로 던져 넣었다. 그리고 맨발이 되어 그녀의 손을 끌어당겼다.
"좋은 걸 보여 주마. 이리 와라."
윤희는 하는 수 없이 커다란 그의 신을 신고, 질질 끌면서 따라갔다.
윤희가 빠져나간 뒤로 창문이 닫히자마자, 잠든 듯이 누워 있던 선준의 눈이 가늘게 떠졌다. 그는 제 손을 들어 쳐다보았다. 가느다랗게 떨리는 손. 쓰다듬던 그녀의 손길이 생생하게 남아 있음이다. 그 손으로 그녀의 입술이 닿았던 제 입술을 덮었지만, 심장의 떨림까지 덮을 수는 없었다.
윤희는 재신에게 끌려가다시피 하면서, 작은 소리로 계속 물었다.
"다쳤던 건 괜찮습니까? 그 뒤로 어디 계셨던 겁니까? 이렇게 움직여도 됩니까?"
"허참, 고놈 말 많네. 괜찮으니 이리 다니지, 죽었으면 네 손을 잡은 이건 귀신의 것이지 않느냐."
"왜 바로 돌아오지 않은 겁니까? 걱정하는 사람도 생각해 주셔야죠."

"내가 언제 너더러 걱정하라더냐? 시키지도 않은 짓 해 놓고 생색 내지 마라."

"그렇게 피투성이인 채로 사라졌는데, 어떻게 걱정을 안 합니까!"

"쉿! 내 입에서 무슨 말을 들어야 그 입을 봉하겠냐? 아니면 내 입술로 봉해 줄까?"

윤희는 입을 다물었다. 하지만 오랜만에 듣는 그의 빈정거림이 정겹다.

재신이 끌고 간 곳은 대성전과 마주 보는 신삼문 양옆에 거대하게 뻗어 있는 은행나무 앞이었다. 그것은 굵기도 굵어 아름에 들어오지도 않는 것이다. 그는 오른쪽 나무에 서서 턱으로 위를 가리켰다.

"올라가 볼까?"

"네? 여기를요? 전 나무에 오를 줄 모릅니다."

그는 나무 앞에 쪼그리고 앉아, 제 양쪽 어깨를 가리키며 말했다.

"여길 디디고 서 봐라."

"하지만……."

"후회하지 않을 것이다."

윤희도 위의 세계에 호기심이 생겼다. 그래서 신발을 벗고 그의 양 어깨에 발을 하나씩 올린 뒤, 조심스럽게 일어섰다. 그리고 재신이 서서히 일어날 때마다 그녀는 나무를 위로 짚어 올라갔다. 두 사람 모두 완전히 다 서고 나서 그가 물었다.

"잡히는 나뭇가지가 있냐?"

"아뇨, 아직."

재신은 그녀의 양발을 각각 손에 잡고 있는 힘을 다하여 팔을 뻗어

올렸다. 그녀도 나무를 짚으면서 그의 힘을 덜어 주려고 애를 썼다.

"아직 없냐?"

"아! 여기 있습니다."

"그걸 꼭 붙들고 있어라."

윤희는 그가 시키는 대로 매달렸다. 그리고 발로 힘껏 나무를 디뎠다. 어깨와 팔이 자유롭게 된 재신은 멀리에서부터 달려와, 순식간에 나무를 타고 올라갔다. 안전한 곳까지 올라간 뒤에 윤희를 끌어올려 놓고, 또 먼저 올라가 윤희를 끌어올리기를 여러 번 한 끝에, 두 사람은 제법 높은 곳까지 다다르게 되었다. 그들은 튼튼한 나뭇가지에 각각 마주 보고 기댔다.

세상이 윤희의 눈 아래에서 펼쳐졌다. 밝은 달빛 덕분에 아주 멀리의 가옥들까지 선명하게 보였고, 반수에 둘러싸인 성균관의 전경도 한눈에 들어왔다. 그리고 드문드문 불빛이 있는 넓디넓은 궁궐도 보였다. 그곳은 성균관과 가까이에서 웅장한 자태로 달빛을 거느리고 있었다. 재신은 황홀한 표정으로 세상을 보는 그녀를 만족스럽게 쳐다보면서 말하였다.

"거봐라. 후회하지 않을 거라고 하지 않았나."

"아아, 감사합니다. 갑갑한 속이 탁 트이는 것 같습니다."

"갑갑하였더냐? 무엇이?"

윤희는 대답하지 않고 멀리를 바라보았다. 간간이 불어온 바람이 그녀의 잔머리카락과 옷자락을 날렸다.

"위에 올라오면 저 땅에서는 보이지 않는 것들도 보이거든. 그리고 들리기도 하지. 너도 눈감고 들어 봐라."

윤희는 눈을 감았다. 적막하지만 그 속에서 요란한 기운이 들렸다. 그것은 밤이 되어야 활동하는 짐승들의 소리인 듯도 싶고, 밤과 낮을 가리지 않는 물소리인 듯도 싶고, 영원히 잠들지 않는 바람소리인 듯도 싶었다. 하지만 이러한 것과는 또 다른 어떤 소리가 들리는 것만 같다.

"너도 들리느냐? 이 반궁의 숨소리가……."

윤희는 눈을 떴다. 반궁에 숨소리가 있다면 호통 소리도 있을 것이다. 조금 전 그녀가 저지른 행위에 대한 꾸짖음도 있을 것이다. 그 소리인가? 성스럽기까지 한 선준의 입술을 몰래 범하고 만 그녀를 향한 호통? 아니면 아직까지 미친 듯이 뛰고 있는 심장 소리?

그녀의 이성은 몸부림을 치며 지금의 나뭇가지 위의 현실로 돌아왔다.

"보이는 것도, 들리는 것도 모두 새롭습니다. 아참! 내일 순두전강에……."

"알아. 또 내 이름에 낙점을 내리셨겠지. 상감마마께오서 그러신 게 하루 이틀 일인감."

"진사시 장원인데, 어찌 기대가 높지 않겠습니까?"

"글 좀 짓는다고 좋은 관리가 된다든가, 경문을 줄줄 외운다고 좋은 관리가 된다든가? 모두 부질없다, 모두."

재신은 성균관의 동재를 내려다보았다. 그러더니 싱긋이 웃으며 나지막하게 말하였다.

"그리 생각했지. 가랑을 만나기 전에는. 머리가 아닌 마음으로 글을 짓고, 머리가 아닌 마음으로 경문을 외운다면 실로 좋은 관리가 될 수 있다는 걸 깨달았다. 참 놀라워. 정말 놀라운 사내다. 낡은 경문 속에도 새로운 세상이 있음을 그를 만나지 못했다면 영원히 깨닫지 못했을 거다. 아! 내가 이런 말을 했다고 그 노론 녀석한테 일러바치지 마라."

윤희는 빙그레 웃으며 고개를 끄덕였다.

"너도 가랑이 좋겠지?"

"네?"

"아니다."

그의 시선이 외롭게 먼 곳을 응시하였다. 그리고 한숨과도 같이 중얼거렸다.

"가랑이 밉다. 내가 어찌할 수 없는 그가 참으로 밉구나."

이해하지 못할 거센 풍랑이 그를 덮친 듯하였다. 두 사람은 오랫동안 반궁의 숨소리를 들으며 세상을 내려다보았다.

"아, 걸오 사형!"

"뭐 말이냐?"

"저번 장치기 놀이 때, 절 동재까지 데려다 주셨다면서요?"

"그랬지."

"혹시 제가 무슨 실수라도……."

"그리 뻗은 것부터가 실수 아니냐?"

"아니, 그것보다……. 그러니까 왜 절 방에만 눕혀 놓았는지요. 옷도 갈아입히지 않고……."

"이 시건방진 자식을 보게나. 내가 네 시중까지 들어야 했단 말이냐? 도중에 땅에 패대기치려던 걸 꾹 참고 방에 던져 놓았더니만."

"아, 그런 뜻이 아니라, 감사하다고요!"

윤희는 안심하여 큰 소리로 웃으며 말을 얼버무렸다.

"……언제고 너의 그 천하제일 양물을 구경해 봐야 할 터인데."

재신이 갑자기 웃음을 터뜨렸다. 그리 말을 해 놓고 보니 여간 웃긴 게 아니었다. 반궁에서 제일 거대한 양물을 가진 녀석이 계집이라니. 대체 이 기막힌 소문이 어떻게 돌게 되었는지, 궁금하기 짝이 없다. 그는 그치지 않는 웃음 때문에 숨이 넘어갈 듯하였다. 심지어 눈물까지 찔끔 났다.

"왜 그리 웃으십니까?"

"아까, 투전판 일이 생각나서……. 큭큭큭!"

"투전판에 다닌다는 건 거짓말이죠?"

"코, 콜록! 응? 거짓말이라니?"

"네, 가랑 형님이 그러셨습니다. 걸오 사형은 그런 곳에 출입하실 분이 아니라고요."

"네놈은 가랑 말이라면 콩이 팥이래도 믿을 거다. 염병할!"

갑자기 성질을 버럭 내지른 재신은 순식간에 나무를 타고 내려가 땅으로 뛰어내렸다. 윤희도 주춤하면서 조금씩 따라 내려갔다. 그런데 그가 신을 꿰차고 뒤도 돌아보지 않고 가는 것이 아닌가. 그녀는 당황하여 말하였다.

"걸오 사형! 저도 내려 주셔야죠. 어, 어떻게 내려갑니까?"

그가 걸음을 멈추고 뒤돌아보았다. 그리고 그녀를 향해 말하였다.

"그곳에서 뛰어내리면 자칫 뼈가 부러질 수도 있지."

"그러니까 아까처럼 어깨를……."

"내가 언제 내려 주는 것까지 약속하였냐?"

그가 뒤돌아 갔다.

"걸오 사형!"

그의 걸음이 다시 멈췄다. 하지만 뒤돌아보지 않고 말만 던졌다.

"아차! 이 대성전 안의 나무 위에는 아무도 올라가면 안 된다. 유벌이 무섭다면 들키지 않도록 해라."

"뭐, 뭐라고요? 걸오 사형!"

그녀의 애타는 부름에 아랑곳하지 않고 그는 정말로 가 버렸다. 사색이 된 그녀는 큰 소리도 내지 못하고 땅으로 내려가기 위해 안절부절못하였다. 오를 때는 몰랐는데, 이렇게 내려다보니 땅까지가 까마득하게 느껴졌다.

"어쩐 일로 친절하다 싶더라니. 내려가기만 해 봐라, 상처 부위를 걷어차 줄 테다!"

윤희는 복수를 다짐하며 이를 바드득 갈았다.

재신이 동재로 들어가니, 그곳에는 선준이 나와서 누군가를 기다리듯 서성거리고 있었다. 두 사람은 눈이 마주치고서도 한동안 먼저 입을 열지 않았다. 재신이 먼저 침묵을 깨뜨렸다.

"나 돌아왔다. 인사해라."

"네, 그땐……."

"내가 먼저 자네를 치지 않았나? 그러니 내가 사과해야 되겠지?"

"아닙니다. 제가 죄송합니다."

"어차피 자네 때문에 안 돌아온 건 아니네. 돌아오려고 해도 자꾸만 일이 생겨서 말이지."

먼저 미소를 지은 건 선준이었다. 같은 사내의 눈으로 보아도 근사하기 그지없는 얼굴이다.

"잘났군, 젠장! 여태 안 자고 있었던 건가?"

"아닙니다. 자다가 언뜻 깼는데, 대물 도령이 없어졌기에 나와 보았습니다."

"누가 보쌈이라도 해 갔을까 봐? 장치기 놀이 이후에 여인네들이 더 극성이라는 소문이라도 있나 보지? 하긴, 신발은 그대로인데 사람만 없어졌으니 그리 생각할 만도 하지."

선준은 그의 실없는 농담을 받아 줄 여유가 없었다. 분명 그가 데리고 나갔는데, 지금 곁에는 없다. 대체 이 한밤에 혼자 어디에 두고 왔단 말인가.

"어디 있습니까?"

"내가 어찌 아남."

"어디 있습니까!"

"왜 나한테 이러는가? 내가 안다고 확신하는가?"

"어디 있습니까!"

선준의 목소리가 얼음으로 만든 칼보다 차갑고 날카로웠다. 하지만 두 사람이 주고받는 말소리는 잠든 사람들이 깨지 않을 정도로 소곤거리는 크기였다.

"깨어 있었나 보군. 에잇! 나무에 매달아 놓고 왔다."

그의 손이 재신의 팔을 사납게 움켜잡았다.

"나무라니! 어떤 나무 말입니까?"

그의 눈빛은 더 사나웠다. 재신은 그를 뿌리친 뒤에 방으로 들어가면서 말했다.

"알아서 찾아보게. 혼자서는 못 내려오는 나무니깐 말일세."

방에 들어선 재신은 문을 거칠게 닫고 이불 위로 드러누웠다. 기분이 언짢다.

"가랑도 알고 있는 건가? 아니야, 아직 모를 거다. 저리 애타게 찾아 헤매는 건 지남석처럼 단순히 양이 음에게 끌려가는 이치에 따른 것일 테지. 나 또한 그랬던 것처럼. 아아, 말해 줄까? 젠장, 혀를 깨물더라도 그렇겐 못하지. 내 능력으로 어찌지 못하는 사내라면, 비겁으로 대응하는 수밖에 없으니까……."

선준의 다리는 재빨리 명륜당으로 향하였다. 그곳의 커다란 은행나무와 홰나무 아래를 돌며 소리 죽여 대물 도령을 불렀지만 대답이 없었다. 기척도 없었다. 혼자서는 내려올 수 없는 나무? 이 반궁에서 제일 큰 나무가 있는 곳은 대성전이다. 그는 곧장 그곳으로 달려갔다.

윤희는 선준의 모습을 발견하였다. 이 시간에 어떻게? 순간, 그를 불러야 한다는 걸 잊어버렸다. 잠든 그의 입술에 범한 죄를 들켰을지도 모른다는 두려움 때문이었다.

"대물 도령! 대물 도령!"

그가 큰 나무 아래를 돌며 속삭이듯 불렀다. 윤희의 정신이 퍼뜩 돌아왔다.

"가랑 형님! 여기요!"

그녀의 개미 소리만 한 외침을 그는 멀리서도 들었다. 그리고 그녀가 있는 나무 아래로 다가왔다.

"가, 가랑 형님. 주무신 거 아니었습니까?"

"자다가 깬 거요. 귀공이 감쪽같이 없어졌기에 걱정되어 다시 잠들지 못하였소. 게다가 사람은 없어졌는데 신발은 그대로이질 않나."

다행한 일이다. 그는 알아차리지 못한 게 분명하다. 윤희는 안심하여 말했다.

"걸오 사형 따라왔다가 이리 되었습니다. 만났습니까?"

"방으로 들어가는 걸 보고 왔소. 어서 뛰어내리시오. 내가 여기서 받아 주리다."

"하지만 잘못하다간 귀형께서 다칠지도 모릅니다."

"나를 못 믿는 거요?"

윤희는 말없이 그를 내려다보았다. 그도 말없이 그녀를 올려다보았다. 땅에서는 볼 수 없는 그것은 바로 선준이었다. 언제나 우러러보기만 하던 이 사람을 이렇게 보니 새로운 느낌이다. 그녀는 싱긋이 웃으며 말하였다.

"걸오 사형의 말씀이 맞습니다. 귀형이 한 말이면 콩이 팥이래도 전 믿을 거라는……."

선준은 불안하였다. 달빛에 반짝이는 그녀가 마치 선녀와도 같아서 이대로 훨훨 하늘 위로 올라가 버릴지도 모른다는 두려움. 그래서 조급하게 외쳤다.

"어서 뛰어내리시오!"

그녀가 날개옷을 휘날리며 날아올랐다. 그녀의 몸은 하늘 위로 올라가지 않고, 다행히 선준의 품 안으로 떨어졌다. 아주 육중하게!

쿵!

서로의 몸과 몸이 부딪치는 소리가 제법 요란하게 울렸다. 선준은 윤희를 품에 안은 채로 넘어졌다.

"괜찮소?"

"괜찮습니까?"

두 사람이 동시에 서로의 안부를 물었다. 하지만 더 이상 말을 잇지 못하고 돌처럼 굳어 버렸다. 윤희의 허벅지 사이로 그의 허리가 들어와 있었기 때문이었다. 두 사람의 얼굴이 동시에 시뻘겋게 달아올랐다. 그녀는 깜짝 놀라 손으로 그의 가슴을 짚고 몸을 일으켰다.

그런데 더 낭패였다. 땅에 누운 그의 허리를 마치 말을 타듯 올라앉은 것이 아닌가. 더군다나 그녀의 엉덩이 아래에 얇은 속고의 몇 장을 두고, 그의 양물을 깔고 앉은 것이다. 그 느낌이 어찌나 강렬한지 마치 제 몸속을 뚫고 들어온 듯하였다. 온몸이 마비된 듯 꼼짝할 수가 없었다.

당황한 건 선준도 마찬가지였다. 그래서 급히 상체를 일으키느라 그녀의 허리를 잡았는데, 더욱더 음란한 자세가 되고 말았다. 엎친 데 덮친 격으로 그가 더 당황한 것은 제 물건의 상태였다. 이대로 그녀가 일어나 버리면 양물 또한 함께 솟아오를 터이다.

두 사람의 눈이 마주쳤다. 서로의 속사정을 들키지 않으려고 안간힘을 쓰던 그들은 시치미를 떼고 태연한 척하면서 웃었다.

"다친 데는 없소?"

"다친 데는 없습니까?"

또다시 동시에 물었다. 그리고 동시에 고개를 끄덕였다. 윤희는 그제야 슬그머니 그의 몸에서 내려앉았다. 선준도 제 몸 상태를 들키지 않게 돌아앉았다.

"가, 가서 어서 자야겠습니다. 너, 너무 늦었습니다."

당황하여 일어서는 그녀의 손을 선준이 잡아당겼다.

"조금만 더 앉았다가."

아직 일어날 수 있는 상황이 아니었을 뿐인데, 윤희는 그 내막을 몰라 깜짝 놀랐다.

"다치신 겁니까? 어디를요?"

"아, 아니, 다쳐서가 아니라……. 아! 별이 너무 아름다워서 구경을 하려고."

급히 둘러댄 말이었지만 설득력이 있었다. 두 사람이 동시에 올려 다본 하늘엔 검은 곳 하나 없이 반짝이는 별들만 빼곡하였다.

"아아! 정말 아름답습니다. 위에서 내려다보는 이 땅도, 땅에서 올려다보는 저 하늘도……."

별을 보던 둘은 어느새 서로의 등에 기대어 앉아, 서로의 체온을 나눠 가졌다. 이 시간이 행복한 나머지 흘러가는 달이 그렇게 야속할 수가 없었다.

"소원은 언제 말할 거요?"

말인지 속삭임인지 분간할 수 없는 감미로움이었다.

"무슨 소원 말입니까?"

얼굴을 마주하고 나누는 대화가 아니라, 등을 마주하고 나누는 속삭임이라서인지 마음이 평화로웠다.

"달님이 아닌, 나에게 빌 수 있는 소원."

부용화를 만나지 말라면 그럴 것이다. 차라리 그 소원이었음 하였다. 여인인 부용화가 아닌, 이 고운 도령과 함께 있고픈 마음에 대한 핑계를 만들어 주었으면 하였다.

"제 소원이라면, 먼 훗날, 우리가 이곳 성균관을 나간 후에도 저를 잊지 말아 달라는 것. 이 소원을 청할까요?"

"그건 받아들일 수 없소. 귀공의 소원이 아니어도 난 잊지 않을 것이기에."

잊지 못할 것이기에. 비록 당파가 다르더라도, 우리는 앞으로도 함께할 것이기에.

"왜 귀공은 언제나 우리 사이에 시한을 정하시오? 마치 이곳 성균관을 나가게 되면 영원히 만나지 못할 것처럼. 우리가 함께 있을 시간은 이곳의 짧은 시간뿐인 것처럼."

"……사람 일은 잘 모르니까요."

"다른 소원으로 하시오."

부용화를 만나지 말아 달라고 해 볼까? 거짓 핑계를 대더라도. 아니, 그건 안 된다. 너무 치졸하다. 어떤 경우에서라도 사람 마음에 대한 소원은 안 되는 거다. 이 남자가 부용화에게 가더라도, 초선에게 가더라도 그 길을 막아설 수 있는 권리는 본인 외의 누구에게도 없다.

"그게 안 된다면, 아직은 청할 게 없네요."

"아껴 두었다가 10년 후에라도, 30년 후에라도 하시오. 그 소원에는 시한이 없소."

윤희는 눈을 감았다. 별이 너무 환하여 눈이 부셔서다. 그녀의 입술을 비집고 작은 소리가 흘러나왔다.

"10년 후, 30년 후……."

그러고도 한참을 함께 별을 보다가, 둘은 동재로 돌아갔다. 그리고 윤희는 방에 들어서자마자, 세 사람의 이불에 가로 걸쳐서 누워 있는 재신의 엉덩짝을 냅다 걷어찼다. 나름의 복수였다.

"이 자식이? 어따 대고 발길질이야!"

"이 정도로 끝낸 걸 고맙게 생각하십시오. 하여간 고약한 분이십니다."

"간 큰 놈 같으니. 감히 내 엉덩이를 걷어차? 옳거니! 네놈의 대물은 가운뎃다리가 아니라 간을 말하는 것이렸다."

윤희는 무시하고 이불 속으로 들어갔다. 그녀의 옆으로 선준이 반듯하게 누웠다. 그러고 보니 간이 크긴 크다. 모든 유생이 무서워하는 재신이 전혀 무섭지 않은 걸 보면 말이다. 도리어 엉덩이를 걷어차기까지 하다니. 이건 호랑이 입 안에 머리를 집어넣은 용기에 비견할 만하다.

재신도 그녀의 옆에 등을 보이며 누웠다. 윤희가 깜짝 놀란 눈으로 그를 보았다. 평소와 달리 속적삼을 차려 입은 채로 잠자리에 든 것이 아닌가.

왜지? 추웠을 때도 반라의 차림을 고수하던 사람이 더워지고선 제대로 입고 자다니, 이 무슨 돼지 왼 발톱이란 말인가. 그녀는 옆구리에 새로 생긴 상처를 숨기기 위한 것으로 풀이하고 이불 속으로 들어갔다.

3

 낙점 유생들이 대궐로 들어가기 위해 명륜당에 집합하였다. 그중에는 잠을 푹 자지 못해 눈이 퀭한 세 사람도 있었다. 재신이 참지 못하고 연거푸 하품을 하였다. 그런데 재신과 윤희를 번갈아 보는 사람들의 눈초리가 이상했다. 그걸 알아차린 이는 용하였다.

 "기분 나쁜 수군거림이군. 나도 모르는 소문이라도 돌고 있는 건가?"

 하지만 정작 두 사람은 알지 못하였다. 선준도 마찬가지다.

 집결한 낙점 유생들은 모두 스무 명이었다. 그들은 앵삼을 챙겨 입고, 승정원 사령의 통솔에 따라 집춘문을 통하여 임금이 계신 선정전으로 갔다. 윤희는 이제 왕을 만나는 것에 익숙해진 탓인지, 그다지 두렵거나 신경 쓰이지 않았다. 어쩌면 포기에 가까웠다. 성균관의 위용이라는 것은 단순히 학궁으로서의 위치 때문만은 아니다. 대부분의 백성이 평생을 통해 단 한 번도 볼 수 없는 임금이라는 존재를 이렇듯 자주 접하는 곳이기에 그러하리라. 앞으로도 그녀는 왕과 부딪칠 것이기에, 이때마다 얼굴을 보이지 않으려고 애를 쓰는 건 헛일이다. 일이 이 지경에 이르렀으니, 어서 급제를 하여 왕의 시야에서 벗어난 시골로 가는 수밖에 없다. 한 번씩 들리는 '성균관 출신의 아무개가 저 먼 지방의 한직으로 발령받았다더라.' 하는 비보들이 그녀에겐 한 가닥 희망을 주는 낭보였다.

청기와가 얹어진 선정전으로 들어갔다. 그곳에서 붉은 곤룡포를 입은 왕이 그들을 반겼다. 사배를 하고 줄지어 앉은 유생들은 왕이 낙점 이름과 대조하여 한 명씩 부르는 출석에 답을 올렸다. 그런 후, 왕에게 호명당한 사람은 앞으로 나가, 다시 사배를 올리고 용평상으로 올랐다. 그리고 서안 너머에 앉아 펼친 서책을 왕이 옥수로 짚으면, 그걸 확인하고 왕에게서 등을 돌려 유생들을 보면서 그 구절을 암송했다. 이건 피를 말리는 구술시험이었다. 그러니 대단한 배짱을 지닌 사람이라 하더라도 답하는 목소리가 떨리지 않는 이가 없었다.

이선준의 이름이 호명되었다. 그가 앞의 유생이 한 대로 왕의 앞으로 갔다. 옥수가 가리킨 것은 『논어』의 한 대목이다. 선준은 돌아앉아 그 구절을 한 치의 떨림도 없이 또박또박 읊었다.

"구야문유국유가자 불환과이환불균 불환빈이환불안 개균무빈 화무과 안무경丘也聞有國有家者 不患寡而患不均 不患貧而患不安 盖均無貧 和武寡 安無傾……."

"그만! 거기까지. 해석은 생략하고 그 구절에 대한 너의 생각을 말해 보라."

줄 맞춰 앉은 유생들과 대사성, 그 주위에 참관하고 있는 대신들 사이에서 일대 소란이 일었다. 당황한 나머지 대사성이 몸을 엎드려 소리쳤다.

"신, 대사성이옵니다. 아뢰옵게 윤허하여 주시옵소서!"

"무엇인가?"

"순두전강이라 하면 강경을 시험하는 것이온데, 어이하여 강론講論을 명하시옵니까? 거두어 주시옵소서!"

"언제는 성균관 상재생은 강경은 수업하지 않는다 하여 불필요하다 하지 않았는가?"

대신들 사이에 '또 시작이군!'이라는 속말이 터져 나왔다. 강경은 경서의 구절을 단순히 외우는 것을 시험하는 것이다. 한데 성균관의 상재생들은 이런 수업은 하지 않고 있기에, 당저조에 접어들어 대안으로 이미 제술 시험을 간간이 시행하고 있는 상황이다. 그런데 뜬금없이 그것을 핑계 대고 강론을 시험하다니, 궤변도 이런 궤변이 없다. 궤변가에다가 덤으로 달변가이기까지 한 왕이라서 신하들이 감당하기 힘들다더니, 헛소문은 아닌 모양이다.

선준은 이에 아랑곳하지 않고 재화의 분배와 관련한 제 생각을 강론하였다. 이 대목은 예전, 반촌 술집에서 네 사람이 모여 앉아 나누던 의견 중의 하나였다. 윤희는 그때 일을 떠올리며 대수롭지 않게 경청하였다. 그의 대답이 끝나자, 왕이 웃으며 말하였다.

"이선준을 상대로 사서오경을 시험하는 것만큼 시시한 건 없다. 그러니 이것으로 다시 시험하겠다."

'선준을 골탕 먹이려고 오늘 아예 날을 잡았구나.'라고 모두 생각하였다. 이 임금을 누가 말리랴. 하지만 한 번쯤은 답을 못 해 쩔쩔매는 선준의 모습을 보고 싶기도 하다. 그 욕구는 학관들이 더 심하겠지만, 애석하게도 그들은 여기 없다. 왕이 꺼내어 펼친 서책은 『관자』였다. 그리고 옥수가 가리킨 대목! 이것도 반촌 술집에서 선준이 말했던 그 부분이다. 우연인가? 그는 의아했지만 아무렇지 않게 돌아앉아 암송하였다.

"미롱묘 소이문명야 거관곽 소이기목공야 다의금 소이기녀공야
美壟墓 所以文明也 巨棺槨 所以起木工也 多衣衾 所以起女工也……."

그의 입에서 흘러나온 소리에 윤희뿐 아니라, 재신과 용하도 깜짝 놀랐다. 선준이 자신의 생각을 강론할 동안 그들은 혼란 속에 있었다. 우연일 것이라고 애써 마음을 다독인 것도, 재신과 용하가 줄줄이 불려 나가 강론을 시험받으면서 모두 날아갔다. 이들에게도 왕은 그때 나눴던 이야기들을 꼭꼭 집어내어 물었기 때문이다. 윤희도 예외가 아니었다. 불려 나가 『대학』의 한 대목을 강론하게 된 그녀에게서, 왕은 아직 설익긴 하였으나, 가난한 백성 편에 선 개혁적인 성향을 읽어 내고 있었다. 뜻하지 않게 자신도 몰랐던 제 성향을 드러낸 것이다.

오랜 시간에 걸친 순두전강이 끝났다. 왕이 내린 상품을 손에 들고 선정전을 나온 네 사람은 완전히 얼이 빠졌다. 행여 다른 누가 들을세라 자기들끼리만 소곤소곤 말하였다. 이건 결코 우연이 아니다. 왕이 그때 이야기를 직접 들었거나, 아니면 전해들은 게 분명하다. 도대체 누가 어떤 경로로 이야기를 전했단 말인가. 네 사람은 도무지 알 수가 없었다. 그리고 혹시 실수라도 임금을 욕하진 않았나 걱정되기도 하였다. 재신이 성질을 내며 말을 내뱉었다.

"어떤 자식인지 걸리기만 해 봐라. 가만두나 봐라."

이때 성균관의 정록청에서 차를 마시고 있던 장 박사가 갑자기 가려워진 자신의 귓속을 긁었음은 결코 알지 못하리라.

터덜터덜 걸어서 돌아오는 길에 다른 유생들은 아침과 마찬가지로 재신과 윤희를 번갈아 보며 수군거렸다. 또 한편에선 홍벽서와 관련한 소문을 주고받았는데, 그중에 윤희의 귀에 확 박히는 말이 있었다.

"그럼 홍벽서가 향관청의 담배를 훔쳐 갔단 말인가?"

"시기가 딱 일치를 하니까 다들 그렇게 말하더군."

도둑이 제 발 저린다고, 윤희는 괴상한 소문에 놀라서 용하를 보았다.

"여림 사형은 저 소문이 뭔지 알고 계시죠? 담배 도둑이 홍벽서라니요?"

"아, 그거? 향관청의 담배를 도둑맞은 날, 마침 홍벽서가 순라군에게 뒤쫓겨 반촌으로 숨어들어 갔다지 뭔가. 그것도 다쳐서는. 도둑맞은 그 양이라면 지혈도 충분할 정도이니, 그런 소문이 돌밖에."

윤희는 입술을 일그러뜨리며 태연하게 웃는 척하다가, 재신의 옆구리를 쿡쿡 찔러 옆으로 불러내어 귓속말을 하였다.

"향관청의 담배, 꼭 갚으라고 하였잖습니까? 괜히 애꿎은 홍벽서만 덤터기 쓰게 되었습니다. 졸지에 도둑 누명이라니."

"지금에 와서 몰래 가져다 놓으면 더 이상한 소문이 돌 텐데? 그냥 그 낙서광이 훔쳐 갔겠거니 여기도록 놔둬라. 귀찮다."

"그래도 그건 아닌 것 같습니다."

"그놈도 억울하면 '난 도둑이 아니오.' 하면서 관아로 쳐들어가겠지, 뭐."

"말이 되는 소리를 하십시오!"

선준은 두 사람이 토닥토닥하며 귓속말을 주고받는 모습이 신경 쓰였다. 두 사람만의 비밀이라니, 여간 불쾌한 것이 아니다. 유생들도 이상한 눈으로 쳐다보았다. 하지만 이들 눈에는 선준의 눈빛과는 다른 경멸의 시선이 담겨 있었다. 그것을 발견한 용하는 어서 두 사람을 겨냥하고 있는 소문의 정체를 파악해야겠다고 다짐하였다. 이런 분위기가 될 때까지 아직 자신의 귀에 들어오지 않은 것이라면, 위험한 내용이라는 직감이었다.

"뭐라고? 무슨 그따위 소문이 다 있단 말인가!"
"쉿! 분위기 살벌하단 말일세. 조용조용."
용하는 기가 막혀 털썩 주저앉았다. 재신과 윤희가 계간하는 사이라니. 그것도 밤마다 비복청에서 몰래 만나 온갖 음란한 짓을 다 한단다. 직접 목격한 사람도 한둘이 아니란다. 윤희가 한밤중에 비복청에 가끔 가는 건 그도 아는 사실이긴 하였다. 하지만 그건 순전히 목욕과 빨래를 위한 것이다. 그곳을 권해 준 것도 용하, 자신이 아닌가. 두 사람이 진짜 그런 사이이고, 그걸 먼저 눈치를 챘다면 꽤나 재밌는 놀림거리임에는 틀림없다. 하지만 이런 소문은 정말 재미없는 것이다. 두 사람을 선비 사회에서 매장시킬 수도 있는 것이기에. 그의 언성이 높아졌다.

"대체 두 사람이 비복청에 함께 있는 걸 언제 봤다던가? 증거를 가지고 그런 소문을 퍼뜨린다던가?"
"왜 자네가 화를 내고 그러나? 그들과 부쩍 같이 다니더니, 편드는 거야, 뭐야?"

"이게 편의 문제인가!"

"자네가 요즘 이러니 소문도 늦게 듣는 거 아닌가."

"아, 알았네. 알았으니까 그건 놔두고, 어떻게 그 소문이 돌게 되었는지나 말해 주게."

"둘이 함께 있는 걸 봤다는 그 시기가 굉장히 구체적이라서, 소문도 신빙성을 가지고 돈다네. 홍벽서가 향관청에서 담배를 훔쳐 갔다던 그날 밤 말일세. 그 즈음 걸오는 반궁에 돌아오지도 않을 때가 아닌가."

그날 윤희가 비복청에 간 건 확실하다. 놀리느라 그가 귀신 이야기를 잔뜩 해 준 날이기도 하니까. 순간, 용하도 소문을 믿을 뻔하였다.

"더 큰 사건은 뭔지 아나?"

유생은 주위를 조심스럽게 살핀 뒤, 용하의 귀에 입술을 바짝 대고 소곤거렸다.

"오늘 아침부터 새롭게 돌고 있는 소문인데, 세상에! 대성전 마당에서도 비역질을 했다지 뭔가."

"헉! 그럴 리가!"

"확실하다니까! 수복 하나가 어젯밤 대성전에서 대물 도령을 봤다더군. 그런데 마치 사내 몸을 타는 계집인 양, 엉덩이 아래에 웬 놈을 끼고 있더라는 거야. 나무 그림자에 가려 아래에 깔려 있는 놈 얼굴은 못 봤다고 하더라만은."

"얼굴도 못 봤다면서 어떻게 확실하다고 할 수 있나?"

"아니, 내 말 좀 끝까지 들어 보게. 오늘 순두전강 때문에 어젯밤 공부하느라 늦게 잔 유생들도 많지 않았나. 그중에 서재 유생 한 명이 걸오와 대물이 손잡고 대성전으로 들어가는 걸 창 너머로 목격하였단 말일세. 이미 비복청 소문을 들었던지라 예사로 보이지 않더라는 거지."

화로 인해 온몸에 열이 솟구쳤다. 용하는 접선을 펼쳐 연신 부채질을 해 대며 이를 갈듯 말하였다.

"소문 때문에 편견을 가지고 본 게 아니고?"

"그렇든 저렇든 간에. 이전의 소문은 그냥 소문으로 떠돌다 꺼질 수 있었는데, 다른 곳도 아니고 대성전에서 그랬다는 오늘 소문은 그냥 넘어가지 않을 태세야. 대성전이 뭔가? 성묘聖廟가 아닌가. 그곳을 더럽혔다고 난리도 아니야."

"아이고, 머리야! 대체 이 자식들이 내가 없는 곳에서 무슨 짓들을 하고 다니는 거야!"

"며칠 안으로 뒤집어질 것 같네. 처음엔 대물을 노린 소문이었는지 모르겠지만, 지금은 걸오가 더 위험해. 노론 놈들이 작당해서 걸오와 대물을 아예 청금록靑衿錄에서 제명을 시키려고 한다더군. 걸오가 지금 저런 상태라도 노론 사이에선 공포의 대상이 아닌가. 이번을 빌미로 조정 진입 자체를 막자는 거지."

용하는 어쩔 줄을 모르고 자신의 머리를 쥐었다. 잘못하다간 성균관 내에서 당파싸움이 벌어질 판이다.

"이 멍청한 놈들 같으니! 하고 많은 장소들을 놔두고 왜 하필 대성전에서 노냔 말이야. 걸오를 살려야 돼. 우리 걸오. 누, 누구한테 도움을 청하나. 가랑! 그래, 가랑이 있었어. 가랑은 지금 어디 있지?"

용하는 혼비백산하여 향관청에서 나와, 동재로 뛰다시피 걸어갔다.

같은 시각, 명륜당의 은행나무 아래에선 노론 유생들에게 불려 나간 선준이 용하와 똑같은 소문을 전해 듣고 있었다.

"그래서요?"

되묻는 선준의 목소리에선 감정을 찾을 수가 없었다.

"그래서라니? 당장 그 더러운 방에서 나오시오!"

"저만 나간다고 해결이 됩니까? 그런 싹은 더 크기 전에 송두리째 뽑아야지요!"

선준의 강경한 태도로 말미암아 노론 유생들이 더 당황하였다. 어떤 의도로 하는 말인지 그의 표정에서는 아무것도 읽을 수가 없다.

"싹을……, 뽑다니?"

"조금 전에 그냥 넘길 일이 아니라고 하지 않으셨습니까? 그 두 사람을 징계하려면 재회를 소집해야지요. 지금 당장!"

"아니, 그리 급하게 할 필요는…….'

"그들이 또다시 대성전을 모독할지도 모른다면서요? 아니, 이번에는 명륜당이 될지도 모르지요. 그런 염려를 가지고서도 이리 방치하는 것은 우리 상유들의 책임도 되는 겁니다."

"하긴, 그도 그렇소. 어차피 조만간 재회에 안건을 올리려고 준비하고 있던 참이오. 장의와 의논해서 곧 소집하도록 하겠소. 이번 재회에서 벌명罰名이 결정되는 대로 청금록 영삭永削도 추진할 것이오."

"네, 그러셔야지요."

그들은 준비를 위해 급하게 서재로 뛰어 들어갔다. 멀리서 그들의 대화를 들은 용하가 새파랗게 질린 채로 선준에게 다가왔다.

"가랑! 자네가 이럴 줄은 몰랐네. 이런 흙구덩이 소문 속에 자네도 함께 뒹굴어 보겠다는 건가? 왜 저들을 부추기느냔 말일세."

"두 사람, 어디 있습니까?"

"동재에는 없더군. 나도 찾으러 가려던 참이야. 그건 놔두고, 자네 진심인가?"

"네!"

선준이 몸을 휙 돌려 그의 옆을 스쳐 지나갔다. 차가워도 지나치게 차갑다. 용하는 머리끝부터 발끝까지 오한이 돌아, 온몸을 부르르 떨었다. 그런 후, 겨우 미소를 잡았다.

"역시 가랑이야. 그런 거군. 더러운 정치판에서 닳을 대로 닳은 아비 밑에서 자란 위인이니, 대처하는 방법도 남다를밖에. 싹이 더 자라기 전에 뽑겠다는……. 가랑을 백면서생쯤으로 여기고 덤볐다간 큰코다치지."

윤희는 존경각에서 참고할 서책을 찾아들고 밖으로 나왔다. 그런데 그 앞에서 임병춘과 하재생들을 맞닥뜨렸다. 그녀가 무시하고 지나가려는데, 무어라 뇌까리는 소리가 들렸다.

"더러운 남색 새끼!"

순간 잘못 들은 줄 알았다.

"뭐라고 했느냐?"

그들은 서로 키득거리며 대답하지 않았다. 그 비웃음 속에는 경멸도 담겨 있다.

"뭐라고 했느냐고 물었다!"

"아, 네네. 상재생님! 더러운 남색 새끼라고 아뢰었습니다요. 킥킥."

윤희가 미처 놀라기도 전에, 병춘의 멱살을 사납게 잡아 쥐는 이가 있었다. 재신이다. 그의 등장에 하재생 모두 달달 떨면서도 자기들끼리 미소를 주고받았다. 이번만 넘기면 이제 이 무서운 걸오와도 안녕이라는 즐거움이었다.

"두 분, 아주 절친하십니다. 걸오께서 언제 다른 사람 편 들어준 적 있습니까? 이제까지 같은 방우도 모두 쫓아내던 분이셨는데 말이지요."

기분 나쁜 비꼼이다. 재신의 다른 손이 병춘의 목을 잡았다.

"정말 죽고 싶은 게로군. 이 손에 조금만 더 힘을 주면, 네놈 목은 꺾어진다. 더 지껄여 봐라."

"엇! 걸오! 여기 있었구먼."

멀리서 용하가 소리를 치면서 눈썹이 휘날리도록 후다닥 달려왔다. 그의 뒤에 선준도 오고 있다. 용하는 얼른 멱살을 잡은 그의 팔에 온몸을 던져 매달리다시피 하여 떼어 냈다. 그리고 하재생들더러 어서 가라는 눈짓을 보냈다. 그들이 선준의 눈치를 보면서 가고 나자, 용하는 재신의 팔을 붙들고 끌어당겼다.

"걸오 자네는 나 좀 보세."

"에잇! 왜 또 끼어들어서 사람 귀찮게 해?"

"이번엔 끼어드는 걸 감사하게 생각해! 지금은 비상시국이란 말일세."

"비상시국? 저들이 방금 저에게 더러운 남색 새끼라고 한 말과 관련이 있는 겁니까?"

윤희가 넋이 나간 채로 겨우 입을 떼자, 재신은 의아한 듯 말했다.

"뭐라고? 더러운 남인 새끼라고 한 것 아니었냐?"

그는 그렇게 잘못 들은 모양이다.

"분명 남색이라고 했습니다."

재신의 눈이 살벌한 날을 세워 용하의 심장을 찔렀다. 대체 무슨 일이냐고 묻는 것이다.

"그, 그러니까 나 좀 보자고 하잖나."

아무리 친해도 이 눈빛은 무섭긴 하다. 용하는 어설프게 웃으며 그의 팔을 포획하듯이 잡았다. 윤희의 팔은 선준이 잡았다. 하지만 이쪽은 포획보다는 부축에 가까웠다. 그들은 주위를 살피면서 존경각 옆으로 나 있는 계단을 따라 조리대 숲으로 올라갔다. 그곳에 숨어 아래로 보이는 명륜당의 동향을 살피면서 소문을 이야기하였다.

이야기를 다 들은 재신은 잠잠했다. 미쳐서 날뛸 거라 생각했는데 의외였다. 반면에 윤희는 당장이라도 기절할 듯 핏기 하나 없었다.

"그, 그럼 어떻게 되는 겁니까? 청금록에서 영삭을 한다는 건, 그러니까 선비 자격을 박탈한다는……. 김윤식이란 이름을 말씀하는 거지요? 그, 그러니까 김윤식은 더 이상 양반도 아니고 유생도 아닌, 죽는 것보다 더 치욕적인……. 나, 남색이라니. 그런 터무니없는……."

동생의 이름이다. 이 이름을 더럽힐 수는 없다. 왜 이 고생을 하는데, 왜 이 남자 앞에서 애가 끊어지는 고통 속에서도 여인임을 밝히지 못하는데. 모두 김윤식이라는 이름 때문이 아닌가. 성균관에서 쫓겨나가는 건 아무 상관없다. 대과는 볼 수 있으니까. 하지만 청금록에서 영삭을 당하면 두 번 다시 과거에 응시할 수 없다. 너무 기가 막히니까 눈물조차 흘러나오지 않는다. 재신이 대수롭지 않게 말을 던졌다.

"더러운 자식들. 까짓 영삭을 하려면 하라고 그래. 내가 그따위에 연연할 줄 알……."

쫘악!

용하의 손바닥이 그의 뺨을 갈기는 소리였다. 이번에는 제대로 맞았다.

"자신을 아끼고 감쌀 줄 좀 알게나. 그게 자네를 사랑해 주는 모든 사람에 대한 예의라고!"

"날 사랑해 주는 사람? 그런 것도 있나?"

"나! 내가 아주 찐하게 자넬 사랑하고 있네! 잘됐군. 명륜당에 유생들 다 모이면 그곳에서 자네 입술 한번 빨아 보자고. 이왕 날 잡은 거, 합구는 시시하니 구흡이면 딱 맞겠다. 내가 자넬 얼마나 사랑하는지 온몸으로 보여 줌세."

"여럼 사형! 지금 이 판국에 그런 농담이 나오십니까?"

선준의 목소리가 차디차게 땅으로 깔렸다. 그러자 용하는 금세 꼬리를 내렸다.

"이 걸오 놈이 날 열 받게 만들잖나. 미안허이."

다른 어떤 말도 나누기 전에 명륜당에서 재회 소집을 알리는 북소리가 들려왔다. 예정되어 있던 야강까지 일사천리로 취소된 모양이다.

"벌써?"

놀란 용하의 말을 두고, 선준이 먼저 발걸음을 떼면서 말하였다.

"저 먼저 가 있겠습니다. 여기 있다가 곧 내려오십시오."

"아니, 뭔 말이라도 맞춰 보고, 이 두 놈들 말도 들어 보고 그래야……."

선준이 가는 대나무를 쓰다듬으면서 조용히 말했다.

"『채근담』에 따르면 '바람이 대나무 밭에 불면 대나무가 울지만, 바람이 지나지 않으면 대나무는 소리를 남기지 않는다.'고 하였습니다. 바람만 걷어 내면 됩니다."

그는 마지막으로 윤희와 눈빛을 마주친 후에 뒤도 돌아보지 않고 내려갔다. 그가 남긴 눈빛의 의미는 알 수는 없지만, 대나무를 쓰다듬던 그의 모습이 소름끼치게 아름다웠던 건 느낄 수 있었다.

명륜당에 모여 앉은 상유들은 재회가 소집된 후, 본격적인 공의公議가 시작되었지만 입을 봉해 붙이고 말이 없다. 서재에서 가장 나이 어린 상재생이 조사曹司가 되어, 벌지罰紙를 앞에 두고 붓을 들었다 놓았다만 되풀이하고 있었다. 서장의와 동장의는 등을 돌리고 앉다시피하여 불편한 마음을 표현하였고, 말썽의 근원인 하재생들은 불안한 기색을 감추지 못하고 안절부절못하였다. 이런 자리에 얼굴 한 번 내비친 적 없는 재신이 지겨워 미치겠다는 듯 온몸을 비비 꼬았다. 상황을 모르는 사람이 보면 그가 처벌 대상자인 줄 모를 것이다. 더군다나 당당함까지 갖추었으니, 무슨 일로 이 자리에 모였는지 그가 모르고 앉아 있는 건 아닌지 유생들끼리 재차 확인하였다. 재신이 입을 있는 대로 벌려 하품하면서 말하였다.

"아함! 어서 진행하자고. 이리 미적거리면 난 그냥 들어가서 잘란다."

용하가 팔꿈치로 그의 옆구리를 푹 찔렀다. 하필 아픈 곳이라 그의 한쪽 눈이 찔끔하였다.

"말투! 반말은 안 되네."

"쳇, 알았다. 어서들 진행합시다!"

끝에 '합시다.'가 들어간다고 해서 무조건 높임말은 아니라는 걸 그의 말투를 통해 깨닫는 순간이었다. 평소 자신보다 나이 많은 유생들에게도 반말을 찍찍 하는 그가 아닌가. 신기한 건 그의 반말이 무섭긴 해도 밉지는 않다는 거다. 신분상 그가 위이니 그럴 만도 하지만, 선준이 자기보다 나이 어린 유생에게도 꼬박꼬박 공대를 하는 것과는 상당히 대비된다.

동장의가 서재의 눈치를 살피면서 말하였다.

"참으로 민망한 사건이 아닐 수 없습니다. 이곳 근궁에서 이렇듯 입에 담지도 못할 일이 벌어졌으니."

"사건이 아니라 소문이지 않습니까? 언어 선택은 똑바로 해 주십시오."

선준의 단정한 외침에 동장의가 잔뜩 졸아서 급히 정정하였다.

"아, 네……, 소문! 소문이죠, 아직은. 별명을 논의하기에 앞서 먼저 이번 사건, 아니, 소문의 진상부터 살펴보겠습니다."

말이 끝나기가 무섭게 재신이 쩌렁쩌렁하게 외쳤다.

"전 아닙니다! 김윤식은 남색인지 아닌지 모르겠지만, 난 절대 아니라고!"

에? 혼자 살겠다고 동료를 버리고 내빼는 건가? 윤희도 소리를 높였다.

"저도 아닙니다! 이 소문은 정말 억울합니다."

곳곳에서 키득거리는 소리가 들렸다.

"죄인들이 '내가 그랬소.' 하는 것 봤나? 다들 저렇게 말하지. 킥킥."

"모두 조용히 하고, 이 안건을 올린 서재의 상색장이 소문을 정리하여 말해 주십시오."

동장의의 지명에 따라 상색장이 일어나, 긴 종이에 쭈욱 적어 온 글을 읽어 내려갔다. 용하가 전해들은 소문과 별 차이가 없었다. 그가 보고를 끝내고 자리에 앉자, 기다렸다는 듯 선준이 자리에서 일어났다. 까마득한 키를 가진 그를 모두 고개가 꺾어져라 올려다보았다.

"소문의 개요는 잘 들었습니다. 그러니까 소문이 사건이 되려면 증거가 필수여야 합니다. 먼저 비복청 소문부터 짚겠습니다. 그날, 비복청에서 두 사람을 본 증인이 있습니까? 증인이 나오지 않는다면 두 사람을 매장시키려는 의도로 퍼뜨린 악의적인 소문으로 보고, 끝까지 범인을 색출할 것입니다."

나서는 증인이 없다. 그도 그럴 것이 그 목격자란 것이 하재생들이 아닌가. 그들은 눈치를 살피면서 선뜻 나서지 않았다. 그러자 유생들 사이에서 웅성거리는 소리가 높아졌다.

"뭐야, 없는 거야? 구체적인 시기는 있는데, 본 사람이 없다는 건 말이 안 되지."

"그러게. 상유 중에 누군가가 봤대서 나도 소문을 믿었는데……."

이러다가 다 차려진 밥상이 엎어질 위기였다. 다급한 마음으로 인해 임병춘이 벌떡 일어나서 소리쳤다.

"저희가 봤습니다! 저와 여기 네 명이 분명히 보았습니다."

지목당한 하재생들이 새파랗게 질렸다. 이들은 단순히 소문만 돌기 원했다. 이렇게 일이 커져서 재회가 열릴 거란 생각은 추호도 하지 못한 데다가, 전면에 나서고 싶지도 않았기에 눈앞이 노래졌다. 그들을 노려보는 재신의 눈빛이 가장 큰 원인이었다. 선준이 손끝을 바들바들 떨고 있는 윤희를 보면서 물었다.

"김윤식! 그날 밤, 비복청에 갔습니까?"

"네, 가긴 갔지만······."

"갔었는지 안 갔었는지만 말씀하십시오!"

무섭다. 그녀의 핑계를 자르고 묻는 그가 너무도 낯설다. 평소의 선준은 단정하긴 하였지만 그 속에는 다정함도 있었는데, 지금 이 사람에게선 그따위 것은 없다.

"가, 갔습니다."

그녀의 고개가 떨어졌다. 이래선 소문을 인정하는 꼴밖에 더 되는가?

"그럼 다음. 문재신은 같은 밤, 비복청에 갔습니까?"

"그래, 갔었다. 그래서 어쩔 거냐? 중요한 건 우리 두 사람이 비복청에 있었다는 게 아니라, 옷을 홀랑 벗고 비역질하는 장면을 보았는가, 그거잖아!"

재신에게서 결국 다시 반말이 튀어나오고 말았다. 그나마 한두 번이라도 공대를 들어 본 게 어디냐 싶었다.

"그 시간에 비복청에 있었다면 안 봐도 뻔한 것 아닙니까!"

성급하게 따지고 든 병춘을 향해 선준이 날카롭게 물었다.

"그 말은 즉, 비역질하는 장면을 직접 보진 않았다는 바로 그 말이지요?"

"에? 그, 그러니까······, 비복청 창고에 두 사람이 들어갔던 건 확실한······. 창고 안에서 걸오 유생의 목소리도 들렸고, 또······."

선준이 하재생들을 훑어보면서 격식을 갖춘 미소로 말했다.

"하재생 분들의 의견을 조합하면, 한밤중에 비복청에 있는 사람은 모두 계간하는 사이란 거지요? 안 봐도 뻔하다는 건 그런 의미지요? 그렇다면 그 시간에 그곳에 있었던 건 하재생 분들도 마찬가지니까 단체로 비역질하는 사이란 의미가 되는 겁니까?"

"그런 억지가 어디 있습니까? 말도 안 되는……."

갑자기 용하의 웃음이 터져 나왔다. 선준의 공격도 공격이지만, 그 점잖은 입에서 비역질이란 단어가 쓰이는 게 여간 웃긴 게 아니다. 그는 끅끅거리며 힘들게 웃음을 참아 가면서 선준을 거들었다.

"푸핫! 아니, 그럼 나도 계간하는 것이겠군. 한밤중에 종종 비복청에 몰래 들어가니까. 끅끅! 정방은 서재와 가까워서 귀찮거든. 그래서 대신 그곳에서 등목을 즐기곤 하지. 어이, 자네!"

용하는 대뜸 동재의 유생 한 명을 손가락으로 지명하곤 말을 이었다.

"자네와 내가 계간하는 사이인가 보군. 저번에 함께 그곳에서 등목하지 않았는가. 어이, 그리고 자네도! 옆의 유생과 함께 비복청 우물 옆에서 빨래했다지 않았나? 비복청에 들어가면 무조건 계간하는 사이니, 자네들도 마찬가지일세. 어이, 서재의 자네! 자네도 정방보다 비복청이 편하다지 않았나?"

반궁의 소문과 일상에 빠삭한 용하는 줄줄이 지명하며 사람들을 혼란으로 몰아넣었다. 생각보다 비복청을 몰래 이용하는 유생들이 제법 있었던 모양이다. 이러니 귀신 이야기가 만연하지. 서재의 상색장이 벌떡 일어나 소리쳤다.

"사건의 본질을 흐리지 마십시오! 두 사람이 그 시간에 창고에 들어간 이유가 무엇인지를 말하시오! 목욕이나 빨래라면 우물가에만 있어도 되었소."

재신은 그의 말을 무시하고 하재생들만 뚫어지게 보면서 말하였다.

"난 서재의 하재생들이 왜 그 시간에 비복청에 나타났는지가 더 궁금하거든?"

"그, 그러니까, 거긴 귀신이 나온다고 하기에 우리가 귀신이 되어, 김윤식을 골탕 먹이려고, 아니, 놀래 주려고 갔을 뿐입니다."

상색장이 다시 소리를 높였다.

"자꾸 말을 다른 쪽으로 돌리지 마십시오. 두 사람 문제입니다! 문재신은 입 다물고, 김윤식이 대답하십시오! 그 창고에서 두 사람은 뭘 했습니까?"

뭘 했느냐고? 윤희는 재신을 보았다. 그는 몇 번이고 그날 밤 일을 아무에게도 말하지 말라고 당부를 하였었다. 숨이 넘어가면서도 그랬었기에, 그녀의 입은 열릴 수가 없었다. 김윤식의 이름과 의리 사이에 끼어 꼼짝하지 못하는 그녀 때문에, 유생들은 소문이 확실하다고 짐작하였다.

"우리 대물은 신의가 있는 사나이인지라 말을 못 할밖에."

재신은 이렇게 밑도 끝도 없는 말을 던져 놓고, 사람들의 시선을 윤희에게서 슬그머니 자신에게로 돌려놓았다.

"나도 그날 밤, 하재생 녀석들과 마찬가지로 귀신 놀이를 하였거든."

"거짓말 마십시오! 그렇게 한다고 얼렁뚱땅 넘어갈 것 같습니까?"

"너희들은 귀신 놀이 해도 되고, 난 안 된다는 말이냐?"

"거짓말을 하지 말라는 겁니다!"

"거짓말이 아니면 어쩔 건데? 내가 자초지종을 말하지. 그날 밤, 오랜만에 돌아왔는데 대물이 보이지 않는 거야. 분명 또 비복청에 계집처럼 빨래나 목욕을 하러 갔음이야. 내가 반궁을 나가기 전에 가랑과 대판 싸웠던지라, 영 불편하였더랬지."

두 사람이 주먹다짐까지 하면서 싸운 건 반궁 안에 모르는 사람이 없다. 그러니 모두 수긍하는 분위기였다. 재신의 말은 모여 있는 모든 유생들의 호기심을 자극하며 계속 이어졌다.

"……그래서 대물을 대동하고 방으로 들어가는 게 나을 것 같아, 비복청으로 갔는데. 앗! 간도 크고 불알도 크다는 이놈의 담력을 시험해 보고프더라고. 게다가 평소에 이놈이 제 물건이 크다고 어찌나 자랑을 해 대던지 문득 궁금하기도 하였고 말이야."

모든 유생들이 크게 공감하여 고개를 끄덕였다. 반궁의 유생들뿐만이 아니라 반촌과 장안의 여인네들도 다들 궁금해하는 것 중의 하나가 아닌가. 그 상황이었으면 자기들도 그랬을 것 같았다.

"……겸사겸사, 귀신처럼 해 가지고 비복청 담을 넘어갔더랬지. 그랬는데 아, 이놈이 내 낌새를 알아차렸는지 사라지고 없는 거야. 하! 내가 거기서 멈췄어야 했는데……."

갑자기 말을 흐리며 입을 다문 그에게, 이미 몰입이 된 유생들은 뒷이야기가 궁금하여 일제히 재촉을 하였다. 그는 어쩔 수 없다는 듯 한숨과 함께 말하였다.

"……창고로 들어갔지. 숨어 있을 만한 곳이 거기뿐이더라고. 그런데 어라? 없는 거야. 게다가 그곳은 정말 귀신이 나올 것처럼 음산하더라고. 그때 갑자기 웬 이상한 발소리가 창고 밖에서 들리지 않겠나?"

"아항! 대물이 창고에 없었던 거로군. 자네가 잘못 짚었던 게야.

그렇지?"

 용하의 적절한 추임새가 이야기에 더욱 몰입하게 만들었다. 재신이 고개를 저으며 말을 이었다.

 "아니, 그게 아니었어. 발소리가 여러 명이었거든. 그래서 내가 냅다 '웬 놈들이냐! 도둑고양이처럼 어딜 살금살금 다가오는 것이냐!' 하고 소리를 질렀는데, 우르르 도망가는 발짝 소리가 들리지 않겠나? 순간 등골이 오싹하였지. 아니, 비복청에 웬 발소리가 그리 많으냐고. 귀신이 아니고서야 이상하지 않나? 그래서 어서 그곳을 벗어나야겠다고 생각하는 찰나……!"

 "생각하는 찰나, 뭐?"

 "……갑자기 내 앞에 머리를 산발한 귀신이……, 턱!"

 여기저기서 유생들의 비명이 들렸다. 이미 재회 분위기는 재신에 의해 만담장으로 바뀐 지 오래다.

 "그래서 어떻게 되었는데?"

 "어떻게 되긴, 그 자리에서 기절하였지. 그런데 그 귀신이 날 두들겨 패면서 깨우지 않겠나? 일어나 보니 귀신이 아니라 대물이더라고. 한마디로 내가 도리어 대물한테 당한 거지."

 어쩜 저리도 거짓말이 술술 나올까? 오히려 실제보다 더 흥미진진하다. 윤희도 재신을 거들었다. 그가 다쳤던 부분만 빼면 거의 사실이었기에 가능하였다.

 "아닙니다! 전 일부러 그런 게 아니라, 누가 담을 넘는 소리가 들리기에 도둑이나 강도가 아닐까 하여 창고로 급하게 숨었던 겁니다. 머리를 산발한 건, 갓 감은 데다가 젖은 몸 위에 급하게 옷을 껴입다가 짚더미로 꼬꾸라지는 바람에, 본의 아니게 헝클어진 머리카락 곳곳에 짚을 꽂게 된 거고요. 그리고 두들겨 패면서 깨운 건, 걸오 사형을 팰 수 있는 기회가 또 언제 오겠나 싶어서 감정이 살짝 실렸던······."

"내 그럴 줄 알았다! 어쩐지 심하게 팬다 싶었어. 너 이따가 보자."

걸오를 팰 수 있는 기회였다고? 그럼 당연히 패야지. 또 그런 기회가 있을쏘냐. 대물 말이 백번 옳다. 상유들은 두 사람이 주고받는 말이 거짓이 아니라는 확신이 들었다. 용하가 쐐기를 박는 질문을 하였다.

"겨우 그걸 갖고 대물이 입을 못 연 건가?"

"겨우라니? 이 문재신이 고작 귀신 때문에 기절했다는 게 얼마나 쪽팔리는 일인데! 그래서 대물더러 그날 밤 일을 다른 놈들한테 까발리면 죽여 버린다고 협박했더랬지."

암! 말 못 하지. 걸오 성격에 들키고 싶지 않았겠지. 상유들은 그 상황이 머릿속에 그려지는 듯 생생하여, 명륜당에서 재회를 하던 중인 것도 잊고 그만 박장대소를 하고 말았다. 천하의 걸오가 가짜 귀신 때문에 기절하는 꼴이라니, 상상만 해도 통쾌하고 우스웠다. 용하가 넌지시 물었다.

"그런데 그 여러 개의 발짝 소리는 뭐였나? 진짜 귀신?"

"나도 여태 그런 줄 알았거든. 그런데 지금에서야 그 정체를 알아차렸다. 어이, 하재생들! 그때 들었다던 내 목소리, 맞지?"

얼굴이 창백해진 하재생들은 겨우 고개를 끄덕일 수 있었다.

"그럼 그 발짝 소리는 저 하재생들 것? 허참! 이리 아귀가 딱딱 맞으면 더 할 말 없는 거지, 뭐."

재회가 어물쩍 넘어가려는 조짐이 보였다. 용하가 안심하여 재신의 귀에 속삭였다.

"그런데 말하는 모양새가 자네답지 않은데 왜 그런가?"

"저잣거리의 전기수傳奇叟 흉내 좀 내 봤다."

"오호! 그것 참 괜찮은 생각이었군. 다음에 우리 단둘이 오붓하게 자네가 흉내 낸 그 전기수 구경 가세나."

"내가 미쳤다고 네놈과 함께 가냐?"

말로 주거니 받거니 하면서 두덕거리는 두 사람을 보던 유생들은 오히려 소문은 저들이 냈어야 하지 않나, 갸우뚱하였다. 그런데 파장 분위기로 흐르는 재회 가운데, 느닷없이 선준이 힘 있는 목소리로 사람들의 정신을 끌어 모았다.

"잠깐! 아직 재회는 끝나지 않았습니다. 대성전 소문도 확실히 하여야지요."

아주 작은 불씨까지 완전히 쓸어버리려는 그의 의지가 엿보였다. 불씨가 꺼져 간다고 내버려뒀다가 큰불로 변하는 것을 숱하게 보아 온 그였다. 지금 뿌리까지 도려내지 않으면 장차 조정에 출사한 뒤까지 윤희를 따라다닐 불씨가 될 것이다. 그것은 그녀의 외모로 인해 더 위험하다. 지금의 소문이 이리 급속하게 퍼진 것도 그러한 이유 때문이니까.

서장의가 정신을 차리고 일어났다. 그리고 명륜당 월대 아래에 서 있던 수복에게 물었다.

"어젯밤, 대성전의 은행나무 아래에서 김윤식이 문재신의 허리를 타고 있는 걸 본 사람이 네가 확실하렷다?"

이제까지 바깥에서 쭉 이야기를 들어오던 수복이었다. 그러니 섣불리 대답해선 큰일 날 것임을 알아차렸다.

"보긴 보았습니다. 하지만 제가 확실하게 본 것은 김윤식 유생님뿐이고, 그 아래에 있던 분은 문재신 유생님이란 확언은 못 드리겠습니다요. 하지만 분명히 아래에 남자가 있긴 하였습니다. 이건 맹세코 사실입니다."

윤희는 다시 암담해졌다. 여기서 선준임을 밝히면 소문이 어디로 튈지 모를 일이거니와, 대성전 나무에 올라간 처벌은 피하기 어렵게 된다. 그런데 너무 평온한 목소리로 선준이 손을 들었다.

"그 남자는 바로 접니다!"

4

"그 남자는 바로 접니다!"

찬물을 끼얹은 듯 명륜당 안이 고요해졌다. 이리 많은 사람들이 모여 앉았는데 숨소리도 들리지 않았다. 윤희는 고개를 숙였다. 자꾸 침묵하려는 건 그녀의 마음이 당당하지 못하여서 그런 것뿐, 사실은 사실 그대로다. 그는 나무에서 떨어지는 윤희를 잡아 준 것, 그 이상도 이하도 아니기에 당당할 수밖에 없다. 문제는 이것을 증명하여 소문을 잠재울 수 있느냐는 것이다. 그녀의 염려대로 서재와 동재에서 동시에 야유가 쏟아졌다.

"소문을 덮겠다고 살신성인하는 거요?"

"가랑은 절대 그러실 분이 아니라는 건 우리가 증명합니다! 그 말씀은 취소해 주십시오!"

재신이 벌떡 일어나 고래고래 소리를 질렀다.

"야, 이 새끼들아! 나의 엉터리 소문은 잘도 믿으면서 자기가 그랬다는 가랑의 말은 안 믿는다고? 이따위 인간 차별이 어디 있어? 엉? 다 죽여 버린다!"

"가랑이 걸오와 같소?"

"뭣이 어쩌고 어째? 야, 서재의 노론들! 아니, 네놈들은 같은 노론이니 그렇다손 치더라도, 어이, 동재에 있는 소론들! 너희들은 뭐야? 가랑은 그럴 사람이 아니라고? 이야! 잘 논다, 잘 놀아."

노론 유생 중 한 명이 앉은 채로 자신 있게 외쳤다.

"하지만 어젯밤, 걸오께서 대물과 대성전에 들어가는 건 내가 똑똑히 보았소! 내가 증인이오!"

"그래, 나도 가긴 갔다. 하지만 대물이 허리를 탄 건 가랑이라잖아. 내가 아니고!"

더 이상 참을 수가 없다는 듯 윤희가 벌떡 일어나서 소리쳤다.

"모두 그만 하십시오! 가랑이건 걸오건 간에, 저는 누구의 허리도 탄 적이 없습니다!"

선준이 태연하게 말하였다.

"대물 도령! 내 허리를 타 놓고 그리 거짓말하면 안 되오. 여기는 진실만을 말해야 한다지 않았소."

도대체 어쩌려고 이러는 건가? 윤희도 기가 막히고 어이가 없는지라, 물러날 수 없었다.

"그게 허리를 탄 겁니까? 나무에서 잘못 떨어지면서 깔아뭉갠 거지."

"조용조용! 모두 조용히 하고 자리에 앉으시오!"

동장의의 외침에 모두 입을 다물고 제각각 자리에 앉았다. 나무에서 떨어지다니, 모두들 뭔 소리인가 싶어 눈동자를 굴리는 소리가 시끄럽게 명륜당 안에 가득하였다. 또다시 재신이 투덜투덜 말을 하였다.

"대성전에 간 건 맞다. 비복청에서 대물한테 당하고 보니, 괘씸하고 분해서 못 참겠더라고. 그래서 어젯밤에 대성전으로 끌고 가서 신삼문 오른쪽 은행나무 위에 강제로 올려놓고 나만 도망쳤다. 그게 전부야."

그 나무의 높이는 반궁 사람들은 모두 알고 있다. 걸오 같은 인간이 아니고서야, 그곳에 올라가면 내려오는 건 쉽지 않을 터이다. 가만히 듣고 있던 수복이 갑자기 생각난 듯 외쳤다.

"아! 그럼 그 소리가 대물 유생님 소리였습니까? 뒷간 가려고 수복청에서 나오려는데, 대성전에서 귀신같은 사람 소리가 자그마하게 들려서 이상하여 그곳에 갔었거든요. 누굴 부르는 소리 같았는데……."

수복청은 대성전 바로 옆에 있으니 윤희의 모기 같은 목소리도 들렸음이라.

"네, 걸오 사형을 제가 애타게 불렀습니다. 그런데도 뒤도 돌아보지 않고 가 버리셨습니다."

"쯧쯧, 걸오의 고약한 성질을 누가 말리겠나? 그 한밤중에 까마득한 나무 위에서 우리 대물, 얼마나 무서웠을꼬."

용하의 말에 누가 뭐랄 것도 없이 일제히 걸오를 째려보았다. 대물에게 동정이 가고도 남았다. 선준이 대뜸 나서서 차분하게 말하였다.

"어쩌면 그 부르는 소리는 저의 것일지도 모릅니다. 걸오께서 나무에 대물을 매달아 놓고 왔다고 하시기에 제가 찾으러 간 거였으니까."

그의 뒷말을 그 상황을 전혀 본 적 없는 유생 한 명이 받았다.

"그래서 대물이 나무에서 뛰어내리는 걸, 가랑이 밑에서 받으면서 뒤로 넘어진 거지요? 그러면 그런 자세가 될 수밖에 없소. 거기 수복! 오랫동안 허리를 타고 있던가? 파도처럼 요동을 치던가?"

"아닙니다! 그렇진 않았습니다요. 금방 떨어지던뎁쇼. 비복청 소문도 들은 적 있고 해서, 그전에 오랫동안 그런 자세로 있었는데 전 마침 끝머리만 봤다고 생각하였습니다. 저도 놀랐는지라 얼른 그 자리를 피했기 때문에 그 뒷일까지는 모릅니다. 비복청 소문을 몰랐으면 그런 오해도 안 했을 겁니다요. 죽을죄를 지었습니다! 용서해 주십시오."

서장의가 천천히 일어나 선준을 향해 섰다. 그리고 자포자기 심정으로 물었다.

"가랑! 그것이 사실이란 증거 있소? 저 유생이 본 것은 걸오이고, 수복이 본 것은 가랑이란 증거 말이오!"

"어설픈 목격자들로 증거도 없이 만들어 낸 소문으로는 청금록에서 영삭도 하시겠다면서, 이 상황에서 우리 쪽의 증거를 요구하는 건 어불성설이 아닙니까? 하지만 증거는 들려 드리겠습니다. 거기 수복! 말해 보게. 어두워서 얼굴은 잘 안보였다고 하더라도 입은 옷은 구별하였겠지? 무슨 옷을 입고 있던가?"

"대물 유생님과 똑같이 행의였습니다요. 머리에는 유건도 있었습니다. 확실합니다."

"그럼, 걸오를 보셨다는 유생께서도 무슨 옷을 입었는지 보셨을 테지요? 얼굴도 확실하게 볼 정도였다면 말이지요."

유생의 고개와 목소리가 아래로 떨어졌다.

"……네, 붉은 빛깔의 도포였습니다. 머리에는 아무것도 안 쓰고 있었고……."

'응? 붉은 빛깔의 도포? 저번에 나갈 땐 분명 비취빛이었는데…….'

용하의 의문과는 상관없이, 다른 상유들에게는 더 이상 반론의 여지조차 남기지 않은 결론이었다. 선준이 일어나 그들을 향해 말하였다.

"계간이 더럽습니까? 저에게는 실제로 보지도 않은 장면을 상상하여 만들어 내는 머리와, 그것을 퍼뜨리는 입이 더 더럽습니다. 앞으로 두 번 다시 이런 일이 생기지 않길 바랄 뿐입니다."

재회에 모인 사람들은 고개를 들지 못하고 앉았다. 선준에게 부끄럽기도 하고 윤희에게 미안하기도 하였지만, 제일 큰 이유는 혹시라도 재신과 눈이 마주칠까 두려워서였다. 무죄임이 증명되었으니 그의 보복은 당연히 날아올 것이다. 그들 중 하재생들의 공포는 극에 달한 상태였다. 할 수만 있다면 영원히 성균관에서 도망치고 싶었다. 이 자리에서 달아나고 싶은 건 서장의와 상색장도 마찬가지였기에 얼른 벌지를 찢어 버리고 끝맺는 말을 하였다.

"근궁을 해치는 악독한 소문이 이리 속 시원하게 밝혀져 저희들로서도 다행이라 아니 할 수 없습니다. 이대로 두었으면 더 큰 소문이 되었을 것인데, 가랑 이선준의 신속한 대처로 큰일을 모면한 것 같습니다. 더 이상 할 일은 없는 것 같으니, 모두 청재로 돌아가 면학에 힘써 주십시오."

"소문을 퍼뜨린 이들 모두 처벌을 해야 합니다! 이대로 넘어갈 순……."

누군가 외치는 소리에, 재신이 입술을 험악하게 비틀며 말하였다.

"야! 그건 내 몫이다. 따로 논의할 필요 따위 없어."

하재생들의 얼굴이 새하얗다 못해, 새파래졌다. 차라리 유벌을 받게 해 달라고 애원하고 싶다. 하지만 유생들도 소문에 동조를 하였기에 어서 재신의 시야에서 도망가고 싶었다. 그래서 논의에 부치지 않기로 얼렁뚱땅 끝냈다.

"잠깐만요!"

어서 이곳을 탈출하고 싶었기에, 갑작스런 윤희의 부름에도 움찔하였다.

"뭐, 뭐 또 할 말이라도?"

"대성전 나무에 올랐던 것은 처벌받지 않습니까?"

"그게 무슨 말이오?"

"걸오께서 거긴 올라가면 벌을 받는다기에……."

용하가 큰 소리로 웃으며 대신 대답하였다.

"하하하. 대물이 톡톡히 당했던 모양이군. 그런 건 나도 금시초문일세. 거긴 올라가면 안 되는 것이 아니라, 올라갈 사람이 없는 게야."

"저도 학령에서 읽은 기억이 없는데 이상하다 하였습니다. 하아!"

윤희의 허탈한 표정에 모두 웃으며 자리에서 일어났다. 상유들이 이번 재회를 통해 얻은 건 '천하의 걸오도 귀신은 무서워한다.'는 사실뿐이었다. 하재생들도 달아나려고 엉덩이를 슬쩍 들었다.

"어이, 하재생들! 너희들은 나 좀 봐야지?"

재신의 말이 떨어지기가 무섭게 상유들은 일제히 그들을 버려두고 달아나기 시작하였다. 미처 신발을 신을 겨를도 없이 손에 든 채 버선발로 달아나는 이도 있었다. 하재생들의 넋은 이미 삼천리 너머로 달아났다. 그들 앞으로 다가간 재신은 쪼그리고 앉아 한 명씩 눈을 맞추었다.

"감히 나, 문재신을 놓고 계간하는 장면을 상상하였다고?"

고갯짓조차 할 수 없는 공포였다. 그랬다. 자신들이 그렇게나 무시무시한 상상을 하였던 것이다. 그런 그들의 이마에 꿀밤 한 대씩을 먹이면서 말하였다.

"이 머리! 이 머리! 이 머리! 이 머리! 이 속에서 말이지?"

말이 쉬워 꿀밤이지, 강도로 치자면 마치 뾰족한 돌멩이로 내리찍어 구멍이 난 것 같다. 그리고 이번에는 그들의 입술을 하나씩 잡아당겼다.

"이 주둥이! 이 주둥이! 이 주둥이! 이 주둥이! 이것으로 소문을 퍼뜨리고?"

그들의 입술이 퉁퉁 부어올랐다. 눈물도 줄줄 흘렀다.

"아직 끝나지 않았어! 이제부터 면책面責을 시작하려고 하는데, 한 명씩 따로 부를까, 아니면 한꺼번에 할래?"

따로 맞으나 함께 맞으나, 최소한 사망인 건 마찬가지다. 그래도 한꺼번에 맞는 게 그의 체력상 이득이 아니겠는가.

"하, 하, 하, 한꺼번에……."

"그렇다면 수복을 따로 부를 필요 없이 내가 직접 끌고 가겠다."

재신은 그들의 옷고름을 하나씩 잡아당겨 한 손에 모두 모아 쥔 뒤, 마치 개 끌고 가듯 명륜당을 벗어나 비천당으로 사라졌다. 용하가 더

면책(面責) 선배가 후배를 불러내어 책망하던 일. 재직과 수복을 동원하여 폭력을 쓰기도 함.

워진 공기를 부채로 내쫓으며, 혀를 끌끌 찼다.

"저놈들이 잘못하긴 하였지만, 막상 걸오한테 끌려가는 걸 보니 불쌍하군. 어리석기는……. 저렇게 될 줄 모르고 값싼 입을 놀렸남?"

이윽고 멀리서 돼지 멱따는 소리가 반궁 전체로 처절하게 퍼져 나갔다. 용하가 소리 내어 웃으며 말하였다.

"오늘 좋은 교훈 얻었네. 가랑의 반대편에는 절대 서면 안 된다는 것과, 걸오한테 맞을 짓 하면 안 된다는 것. 하하하."

모두 나가고 없는 명륜당에 선준과 윤희, 용하만 앉아 있었다. 그들 주위에는 고통과 절망, 의문이 가득 넘쳐 나고 있었다. 통쾌하게 결말을 냈으면 기뻐해야 할 터인데, 선준은 패잔병처럼 고통스러웠다.

그것은 사실만을 이야기했을 뿐, 진실은 이야기하지 않았음을 스스로는 알고 있기 때문이다. 대성전에서, 청재에서, 그리고 반궁 곳곳에서 그의 깊은 내면은 이미 여러 번에 걸쳐 계간을 저질렀다. 타인이 모르고 넘어갔다고 하여, 본인이 그 죄를 용서할 수는 없었다. 오늘의 소동은 그에게 치유될 수 없는 깊은 상처와 각성을 남겼던 것이다.

그리고 결코 귀신 놀이가 아닌, 전혀 다른 이유로 두 사람이 비복청에 함께 있었다는 걸 선준은 느끼고 있었다. 그것이 무엇인지는 모른다. 그렇기에 말할 수 없는 오해가 되었다. 이러한 수많은 감정들이 뒤엉켜 윤희와의 사이에 높고 단단한 벽이 생기는 계기가 되었다.

윤희도 마찬가지였다. 자신의 마음에 이끌려 저지르는 행동이 선준에게 얼마나 치명적인 해악을 줄 수 있는지 뼈저리게 느끼게 되었다. 이번은 아무 일도 없음이 명확한 재신이었기에 망정이지, 선준이었다면 상유들 앞에서 당당하지 못했으리라. 그것은 대성전에서 허리를 탔다는 소문에 떳떳하지 못하였음이 증거였다.

윤희에겐 절망 외에, 이상한 의문이 남았다. 그건 재신의 문제였다. 평소의 그는 누구에게고 상처를 보이고, 말하는 것에 주저하지 않았다. 그런데 이 상황까지 왔음에도 불구하고, 이번은 거짓말을 하면서까지 왜 상처에 대해 함구하려고 하는지 알 수가 없다. 투전판에서 다친 것도 아니라면, 어디서 뭐 하다가 그 지경이 된 것인가? 도무지 이해가 되지 않는 사람이다.

용하의 눈치는 비복청에서 윤희와 재신 사이에 말하지 않은 그 무언가가 있음을 파악하였다. 물론 계간은 아닐 것이다.

그의 의문은 크게 세 가지로 나뉜다. 그 첫째는 '왜 재신은 비복청에 들어갔을까?'이다. 귀신 놀이? 그건 하재생 말을 따서 급히 둘러댄 것일 뿐, 그의 풍이 아니다. 그리 돌아왔으면서 하룻밤도 지내지 않고 바로 다시 사라진 것도 이상하다.

두 번째 의문은 '반궁을 나갔을 때와 들어왔을 때의 달라진 그의 옷'이다. 이전에는 아무리 옷이 찢어지고 더러워져도, 가까운 집에 들러서 갈아입지 않고 그 상태로 반궁에 돌아온 그가 아닌가. 그래서 반궁을 나간 그는 절대 자택으로는 발걸음도 하지 않음을 짐작하곤 하였다. 그런데 왜 이번엔 옷이 바뀌었는지, 궁금하기 짝이 없다.

세 번째는 '왜 비복청 사건이 하필 향관청에서 담배를 도둑맞은 바로 그날에 일어났는가?' 하는 점이다. 용하는 다른 상유와는 달리, 홍벽서가 담배 도둑이 아니라고 믿고 있는 데다가, 향관청에서 핏자국 하나 발견되지 않은 걸 이상하게 생각하던 차였다. 핏자국뿐만이 아니라 다른 그 무엇도 발견되지 않았다. 그래서 그날 한꺼번에 발생한 일들을 단순한 우연으로 넘겨 버리기 힘들었다.

 하재생의 비명 소리가 멈추고 얼마 지나지 않아 재신이 명륜당으로 돌아왔다. 그는 자신도 모르게 옆구리를 손으로 짚고 있었다. 아직 완전히 아물지 않은 상처가 욱신거리는 듯하였다. 용하는 그것을 쉬이 넘기지 않았다.

 다음 날, 날이 밝기가 무섭게 용하는 성균관 담을 따라 아침 산책을 하였다. 향관청 담에는 어떠한 이상도 없었다. 하지만 비복청으로 넘어가는 아주 좁은 담에 올려진 기와에는, 그가 예상한 대로 핏자국이 남아 있었다.

 추문이 휩쓸고 지나갔다고 하여 성균관에 조용한 나날이 찾아온 것은 아니다. 사람들이 모여 사는 곳이 어찌 한시라도 조용할 수 있겠는가. 여전히 시끌벅적하고, 북적북적하다. 그사이에 '잘금 4인방'은 장 박사의 『주역』 강의에 낙점되는 대불운을 맞았고, 꼬장꼬장한 박 전적典籍에게서 『동국통감』을 배우며 눈코 뜰 새 없이 숨 가쁜 나날을 보냈다.

 모처럼의 휴일이 찾아왔다. 재신은 일찌감치 내빼고 없었고, 윤희는 모란각으로 갈 채비를 하였다. 며칠 전, 초선에게서 뜬금없이 날아온 서신에 협박성 내용이 적혀 있었기 때문이다.

 '소첩이 도련님의 비밀을 알게 되었습니다. 수염이 없는 것들의 입은 가볍고도 가벼우니, 그것을 닫게 하는 방법은 모란각으로 오시는 것뿐이겠지요.'

 그 서신 이후에 윤희는 불안함을 감추지 못하고 안절부절못하였다.

그녀가 가장 두려워하는 비밀, 그것은 한 가지뿐이다.

"도련님! 선비님!"

천지를 울리는 발소리와 울림통이 큰 목소리를 듣자 하니, 순돌이가 온 듯하였다. 윤희는 갓을 쓰면서 방 밖으로 나갔다.

"순돌아, 오랜만이구나!"

그는 큰 덩치에 어울리지 않게 호들갑을 떨면서 반가워하였다.

"아이고, 선비님. 너무 보고 싶었습니다요. 그간 별고 없으셨고요?"

"그래. 그런데 무슨 일로 왔느냐?"

"오늘 어디 들를 데가 있다면서 도련님이 부르셨구먼요."

윤희의 표정이 어두워졌다. 어젯밤, 선준이 무슨 중대한 결심이라도 한 양, 밤새 부용화에게 전할 서신을 적었다. 그것을 전하러 가는 건가? 그것이 무엇이기에 순돌이까지 대동을 한단 말인가. 혹시 청혼이라도 하려는 건가? 그녀의 가슴이 땅 끝으로 곤두박질쳤다. 그럴 가능성이 높았다. 선준은 어제 빈 종이를 마주하고 오랜 시간 공을 들여 글자를 적어 내려갔었다. 이제까지는 부용화에게서 편지가 오면 답장만 겨우 하던 그였다. 하지만 이번은 처음으로 그가 먼저 정성을 다해서 쓴 편지다. 그날, 재회 이후로 그는 너무 많이 달라져 있었다. 그것이 불안하여 견딜 수가 없었다.

용하가 중일방에서 외출 준비를 끝내고 나왔다.

"어이, 대물! 지금 모란각으로 간다면서?"

"네."

"그럼 함께 가세. 나도 거기 가려던 참이니까."

용하의 재촉으로 말미암아 윤희는 선준이 방에서 나오는 것도 보지 못하고 전향문을 나섰다. 차라리 안 보는 것이 나았다. 그렇지 않았다면 그의 다리에 매달려 못 가게 하였을지도 모른다. 반수교를 지나려는데 서재 하재생들과 마주쳤다. 그들은 코가 땅에 닿을 듯이 깍듯하게 허리를 숙였다. 그날 이후 달라진 것 중의 하나다.

"가랑이 요즘 연애라도 하나?"

산책하듯 천천히 거닐던 용하의 입에서 대뜸 나온 말에 윤희는 깜짝 놀랐다.

"네? 그건 저도 잘 모르겠습니다."

"아니면 두 사람이 싸우기라도 하였나? 내가 간섭할 건 아니겠지만서도……."

"싸울 리가 있나요."

탁 터놓고 싸울 수만 있다면 좋겠다. 그럴 수 있는 상황이면 좋겠다.

"음……, 부용화라는 여인과 서신을 주고받는 건 맞지?"

윤희는 대답하지 않았다. 비밀을 지켜 주겠다는 의리같이 거창한 것이 아니다. 오히려 반대로 졸렬한 이유 때문이다.

"참 잘 어울리는 한 쌍이 될걸세. 더군다나 집안끼리는 같은 노론이니. 뭐, 다른 당파들에게는 두 집안의 결합이 큰 위협과도 같아서 썩 달갑진 않겠지만 말이네. 그래도 어쩌겠나. 당사자들이 서로 좋다고 하지 않았어도 충분히 혼인 이야기가 오고갔을 집안들인데."

"그런 이야기는 별로 하고 싶지 않습니다. 저와는 상관없는 노론끼리의 일입니다."

"그러니까, 내 말이. 애당초 다른 당파끼리의 혼인은 힘들거든. 이 땅에선 꿈도 꿀 수 없는 일이지."

그녀의 가슴을 후벼 파는 거라 여겼지만, 언뜻 들리는 말의 끝은 그가 스스로의 가슴을 후벼 파는 것 같았다. 윤희가 물끄러미 쳐다보자 용하는 언제 그랬나 싶게 부채를 살랑거리며 능글거리는 얼굴로 바꾸었다.

"하지만 다른 당파보다 더 이루어지기 힘든 사랑은 동성 간의 사랑이지."

그런데 그의 시선과 말은 윤희가 아닌, 어깨 너머의 누군가를 향해 있다. 뒤돌아보지 않아도 거대한 기척이 남다른 순돌이와 선준이다. 그들의 빠른 발걸음에 따라잡힌 것이다.

"어이, 가랑! 빨리도 왔구먼."

"두 분의 걸음이 늦은 것입니다."

윤희와 선준은 눈빛을 교환하는 일 없이 바로 걸음을 옮겼다. 순돌이조차 그것이 이상하여 번갈아 쳐다보았다. 용하는 그들의 보폭에 맞추느라 빠른 걸음을 하면서 입은 쉬지 않고 쫑알거렸다. 그녀의 걸음은 점점 더 빨라졌다. 선준에게서 달아나고 싶은 심정이 다리에 반영이 된 탓이다. 두 사람은 아무 말 없이, 용하만 입이 아프도록 떠들면서 갈림길까지 왔다. 그리고 바로 제 갈 길을 갔다.

순돌이가 선준의 뒤를 따라가면서 이상한 듯 말하였다.

"두 분, 무슨 일이 있는 거죠? 그렇죠?"

"무슨 일은……."

"그렇지 않고서야 이리 소원할 순 없는 겁니다요. 선비님도 저리 달아나듯 빨리 가 버리시지 않나. 다른 때 같으면 다정하게 이것저것 물어 주시고, 웃어도 주시고 그럴 텐데, 오랜만에 뵈었는데 서운하게······."

"좋아하는 기녀를 보러 가는데 걸음이 어찌 빠르지 않겠느냐."

자신도 모르게 퉁명스럽게 튀어나온 말이었다.

"네? 기녀라굽쇼?"

"아, 아니다. 우리도 빨리 가자."

선준도 윤희에게서 달아나듯 빠르게 걸으면서 속으로 외쳤다.

'저럴 거면서 왜 내 입술에 입을 맞춘 건가! 왜 나에게······.'

순돌이는 그의 속도 모르고 신이 나서 말하였다.

"와아! 선비님도 기녀를 두고 계시군요. 하긴 우리 도련님이 남다르시지 상유라면 당연하겠지요. 그나저나 그 기녀는 예쁩니까? 아무리 예뻐도 선비님 본인만 하겠습니까만, 정말이지 궁금합니다요."

순돌이가 캐물으면 캐물을수록 선준의 얼굴은 더 싸늘해지고 입술은 더욱 굳건해졌다. 하지만 속에서 터져 나오는 열기는 더 뜨거워지고, 외침은 더욱 강렬해졌다.

'동성 간의 사랑이라고? 그것이 더 이루기 힘들다고? 난 동성 따위를 좋아하는 게 아니다. 단지 대물 도령은 동성으로 느껴지지 않는데 어쩌란 말이냐!'

윤희를 뒤따라 뛰다시피 걷던 용하가 소리쳤다.

"이보게, 같이 가세! 좀 천천히 걸으라고."

그녀는 겨우 정신을 차리고 발걸음을 늦추었다. 그는 부채로 연신 바람을 일으키며 말하였다.

"뒤에 저승사자라도 쫓아오남? 짧은 가랑이로 어지간히도 빨리 걷는군. 어휴! 도대체가 가랑도 그렇고, 자네와 걸오까지 요즘 정신들이 어디로 돌아다니고 있는지 모르겠구먼. 내 정신도 함께 데리고 다녀 보게나. 이거야 원."

"날이 저물기 전에 가려다 보니."

"씨알도 안 먹힐 핑계는 대지 말게. 자네들이 그러니까 내가 외롭잖아. 지난 장치기와 재회 이후에 난 정말 외롭다고. 가랑과 자네는 서로 눈도 마주치지 않고, 걸오는 자네 꽁무니만 따라다니고."

"걸오 사형이 언제 제 뒤만 따라다녔다고 그러십니까?"

"아니라고? 가랑이 은근히 그걸 싫어하는 것까지 아는데?"

"그런 일은 없습니다!"

"하여튼 요즘 중이방 분위기 이상해. 무슨 일이냐고 물어도 대답해 주는 이는 아무도 없고. 나만 따돌리는 게야, 나만."

"귀형께서도 그동안 혼자 바쁘시지 않으셨습니까? 육담집인가 뭔가에 넣을 글을 받으러 다니느라."

"그랬긴 하지만. 아차! 말이 나왔으니까 말일세, 자네가 필사에 일가견이 있었지?"

"갑자기 그건 왜 물으십니까?"

"육담집 필사를 맡아 주었음 해서."

"턱도 없는 말씀 마십시오! 제가 뭣 하러 그 음담패설들을."

"공짜로 해 달랬는가? 권당 2전5푼은 어떤가?"

이전에 받던 금액에 비하면 상당히 좋은 조건이다. 그래서 윤희는 자신도 모르게 고개를 크게 끄덕이고 말았다. 용하가 싱긋이 웃고는 하늘을 보면서 말하였다.

"그럼 그건 그렇게 하기로 하고, 말복쯤에 막힌 속도 틔울 겸, 다 같이 바람이나 쐬러 가세. 그땐 방마다 수박 한 통씩 돌리니까, 그것 들고, 술독 들고……. 응? 좀더 빨리 날을 잡고 싶어도 중간에 석채도 있고, 알성시도 있기 때문에 어려워. 다 끝내고 속 시원하게 놀이 가자고. 자네나 가랑도 알성문과에 응시할 것 아닌가?"

"네. 실력은 안 되지만, 다음 시험을 대비하여 경험상 한 번 보려고요. 열심히 해서 어서 이 성균관을 나가야죠, 어서."

"하긴 나같이 만년 생원으로 있으면 안 되지. 하지만 천천히 가게. 급하게 가다 보면 체할 수도 있어. 하늘도 보고, 땅도 보고, 꽃도 보면서. 자네가 도망간다고 해 봐야 어차피 조선 팔도, 주상 전하의 손바닥 안이야. 처음부터 발을 들여놓지 않았으면 모를까, 이제는 어려울 게야."

그가 무슨 의도로 하는 말인지 알 수가 없었다. 평소에도 워낙 의뭉스런 말이 잦은 양반이니 이번도 그러려니 하고 넘겼다. 그리고 다동이 가까워 올수록 윤희의 마음은 초선의 서신으로 인해 다른 생각은 할 겨를이 없기도 하였다.

모란각에 당도하여 용하는 따로 떨어져 그만의 무릉도원으로 들어가고, 윤희는 기다리고 있던 사내종에 의해 초선의 방으로 안내되었다. 이곳에 와도 안으로 들지 않고 주로 바깥에서 산책을 하였기에, 초선의 방을 구경하는 건 처음이었다. 하지만 화려하게 치장된 방의 광경이 걱정들로 인해 눈에 들어오지 않았다.

주문하지 않은 술상이 들어오고, 윤희의 초조함이 깊어지자, 언제나처럼 화려한 차림새의 초선이 오만한 표정으로 들어왔다. 약점을 잡은 것에 대한 자신감인가? 용하 못지않게 이 여자의 표정도 파악하기 힘들다.

  그녀는 절을 올린 뒤 술상 너머에 다소곳하게 앉았다. 그리고 무슨 생각에서인지 입을 열지 않았다. 윤희도 버티기에 돌입하였다. 마치 먼저 말을 하는 사람이 지는 시합 같다. 초선이 술잔에 술을 따르는 동작을 먼저 하였다. 뒤따라 말은 윤희가 먼저 하였다.

"그간 잘 지냈소?"

"정말 힘든 걸음 하시는군요. 저하고의 약조를 잊으신 건 아닌가요?"

"잊지 않았소. 오늘의 시간도 겨우 만든 거요. 곧바로 성균관에 다시 돌아가야 하오. 그러니 용건만 말하시오."

"댁에는 안 가시고요?"

"못 간 지 오래되었소. 첩첩이 시험에, 힘든 일들이 연거푸 터지는 바람에……."

  새치름하던 초선의 얼굴이 조금 풀렸다.

"이리 오시는 거, 저와의 약조 때문이시어요, 아니면 저에게 마음이 조금은 계셔서이어요?"

"오늘 온 이유는 서신 때문이오!"

"어머, 제가 아는 비밀이 무섭긴 하셨나 보네요. 오호호."

"내겐 많은 비밀이 있소. 초선이 알게 되었다는 비밀이 그중 어느 것인지 궁금하여 온 거요."

  윤희의 목소리에서 평소와 다른 화와 엄격함이 느껴져, 초선은 적잖이 주눅이 들었다. 그래도 여기서 꺾이면 안 된다.

"제게 화내시면 안 될 터인데……. 제 입이 잘못 놀려지면, 도련님은 두 번 다시 성균관에 돌아가지 못하실지도 모르는데……."

뜸 들이는 모양새가 대단한 약점을 잡은 듯하였다. 장치기 놀이 때, 초선에게 여자인 걸 들킬 만한 짓을 하였던가? 윤희도 꺾여서는 안 된다는 생각에 힘차게 밀어붙였다.

"내가 화 안 나게 되었소? 두 번 다시 여기 안 오려다가 왔건만."

"네에?"

"모른단 말이오? 사나이 자존심을 그리 갈기갈기 찢어 놓고선 '네에?'라니!"

"사나이 자존심이라고요?"

그녀의 되물음에 윤희는 뜨끔하였다. 이건 '사나이'란 단어를 되묻는 건가, 아니면 '자존심'이란 단어를 되묻는 건가? 역시 여자인 걸 들켰단 말인가? 윤희는 조금만 더 시치미를 떼어 보기로 하였다.

"하나만 묻겠소. 성균관의 유생들이 초선과 나의 사이를 어떻게 생각하고 있을 거라 보오?"

"아, 그건……."

"그런데 장치기 놀이 때 초선은 내가 아닌 나의 벗인 가랑 유생을 유혹하여, 날 바보로 만들었소. 내가 화를 내지 말아야 하오?"

"도련님이야 말로 절 바보로 만드시는군요. 제가 왜 그랬는지 모르는 사람 없습니다. 있다면 도련님 한 분뿐이에요!"

초선은 자기가 따라 놓은 윤희의 술잔을 단숨에 들이켠 뒤, 번갯불에 들볶이는 콩처럼 말을 쏟아 냈다.

"전요, 모란각의 초선이라고요! 제 얼굴 한 번 보기 위해, 제 손 한 번 잡기 위해 장안의 내로라하는 양반님네들이 동구 밖까지 줄을 서는 그 초선이라고요. 그런 제가 돈 한 푼 없는 도련님을 좋아해 주는데, 도련님은 제게 어떻게 그리 무심할 수가 있으세요? 오죽하면 그런 짓까지 했겠어요? 옆의 분을 유혹하면 혹여 도련님이 질투라도 해 주실까, 그것 하나만 노리고 그랬는데……. 네! 질투? 하시더군요. 도련님도 질투를 하긴 하시더군요."

초선은 말을 멈추고 술을 따라 한 잔 더 들이켜고는 다시 말을 이어갔다.

"가랑인지 가랑이인지 하는 유생님이 아니라, 저에게 질투를 하시더이다. 마치 낭군을 빼앗아 가는 애첩을 보는 조강지처와 같은 눈빛으로 절 보시더군요. 세상 무엇보다 익숙하고 싫은 그 눈빛……. 그 덕분에 알게 되었네요, 도련님의 비밀을!"

"난 지금 초선이 무슨 말을 하는지 도통 모르겠소."

핑계조차 댈 수 없이 당황한 윤희는 두 번 다시는 입에 대지 않으리라 맹세했던 술잔에 저절로 손이 갔다. 그리고 초선 외에 또 누가 눈치라도 챘으면 어쩌나 열심히 그 상황을 떠올렸다. 술이 원수다. 아무 기억이 없다. 멍청하게 빈 술잔을 든 윤희에게 초선은 싱긋이 웃으며 술을 부었다.

"이렇게까지 당황하시는 걸 보니……."

말 사이를 띄운 틈으로, 윤희는 침을 삼키는 소리를 막기 위해 술을 머금었다.

"……남색이 맞으시군요."

"품!"

윤희의 입에서 술이 방울방울 뿜어져 흩어졌다.

"뭐, 뭐, 뭐라고 하였소, 방금?"

"남색이라고요. 그렇지 않고서야 어떤 사내가 저에게 안 빠져들 수가 있겠어요? 이상하다 싶더라니. 가랑 유생님도 마치 제 계집 보듯 도련님을 보는 모양이 예사롭지 않더이다. 흥! 그래서 두 분이 끈적거렸군요. 제 눈을 속일 생각은 마세요."

대단한 오만함에서 나온 결론이다. 저를 좋아하지 않는 모든 남자는 그럼 남색이란 말인가? 윤희는 여자임을 들키지 않아서 다행으로 여겨야 할지, 화를 내며 강력하게 부정을 해야 할지 선뜻 판단이 서지 않았다. 남색이 아니라고 하면, 초선이 그 상황을 어떻게 또 해석을 내릴지 두려웠다.

"남색이라……, 남색……."

막상 윤희가 부인을 하고 나서지를 않자, 초선은 그만 맥이 탁 풀렸다.

"서, 설마 정말이세요? 아니시죠?"

"조금 전에는 그대 입으로 그렇다고 해 놓고, 또 금세 아니냐고 물으면 어쩌오? 초선의 생각엔 무엇이 맞을 것 같소?"

그녀는 아무 말도 할 수가 없었다. 뒤풀이 때 너무 화가 난 나머지 그럴 거라고만 생각하였지, 그렇다고 할 경우에 대해선 전혀 예상하지 못하였다. 윤희는 차분하게 설명하듯 말을 하였다.

"내가 조금 전에 힘든 일이 연거푸 터졌다고 한 거 기억하오?"

"예."

"아직 여기까지 소문이 오지는 않은 모양이오. 아니면 너무 어이없게 결론 나서 아예 소문거리도 못 되는 것일지도. 초선! 그대와 같은 생각을 가진 이들이 나를 남색으로 몰아 재회에 올렸었소. 결국 헛소문이라는 증거가 확실하여 무마되었지만, 난 무척 괴로웠소. 그리고 지금까지도 괴롭고. 이유가 뭔지 아오?"

윤희의 얼굴에 피곤한 기색이 만연하였다. 지치고 힘들어 말할 기력조차 없는 듯, 한마디 한마디가 느렸다. 그 모습이 가엾게 보여, 초선은 몰아붙인 것이 갑자기 미안해졌다.

"그런 일이 있었는지는 미처 몰랐어요."

"나는 괜찮소. 아니면 그만이니까. 하지만 나로 인해 내 주위에 있는 유생들도 함께 피해를 입는 것이 무척 괴롭소. 가랑 형님! 세상 누구보다 정갈하신 분이오. 또한 그분께는 연심을 나누는 아리따운 규수도 있다오. 그러니 행여 오해는 마시오."

"이상하시군요. 왜 도련님 스스로를 두둔하는 게 아니라, 그분만 두둔하시는 거죠? 그렇게 슬픈 얼굴로……."

"남색이라고 생각하면 그리 믿으시오. 내가 아니라고 한들, 맞다고 한들, 어차피 그대가 마음에 드는 걸로 믿을 것 아니오. 다만 내가 애석한 건, 두 번 다시 초선을 만날 수가 없게 되었다는 거요."

이제는 안 된다. 이렇게까지 눈치를 챘다면 여자임을 들키는 건 시간문제다. 그러잖아도 초선과의 만남은 아슬아슬한 외줄타기를 하듯 위태로웠다. 야박하게라도 이제 안녕을 해야 한다. 오래된 동무와 절교를 하는 것처럼 마음이 아프다.

사내로서 맺은 인연들은 이렇게 하나씩 끊어 가야 한다. 언제고 이런 날이 오리란 걸 알고 있었다. 아직은 많은 시간이 남은 줄만 알았는데, 더 정이 들기 전에 헤어질 수 있게 된 건 어쩌면 그나마 다행인지도 모르겠다.

초선이 사내로서 맺은 인연 중에 제일 먼저 헤어지는 사람이 된 것이 속상하다. 그리고 이것이 이렇게까지 아플지 미처 몰랐다. 윤희는 생애 처음으로 사귄 좋은 벗에게 그 마음을 전하고 싶었다.

"초선, 이건 진심이오. 난 그대를 무척이나 좋아했소. 참으로 멋진 여인이라 아껴 주고 싶었소. 더 많은 이야기를 더 많이 터놓고 하지 못한 것이 슬프기 그지없소."

초선의 심장이 멎었다. 지금 이별을 말하는 것인가?

"왜 이러시는가요? 남색이 아니라고 하시면 되잖아요. 제가 도련님을 모욕했다고 다그치시는 거지요?"

"준 것 없이 받아만 가서 미안하오."

"남색이 아니라고 하시면, 다음부턴 좀더 자주 찾아와 달라고 그러려고……."

초선은 더 이상 말을 이을 수 없었다. 윤희의 한쪽 눈에서 슬픔이 떨어지고 있었다. 그 눈물은 진심이었다. 그래서 이 사람을 좋아했다. 처음엔 오기였지만, 금은보화를 안겨 주며 사랑한다 말하는 그 어떤 사내보다 자신을 인정해 주는 마음이 좋아졌다.

초선도 윤희를 알게 된 것은 결코 후회하지 않았다. 하지만 이건 너무 느닷없는 이별 통고다. 시작만 있고 그 중간과 끝은 없는 감정들이 갈 곳을 잃고, 초선의 주위로 상처 난 자존심이 되어 모여들었다.

"이러고 도망가시려는 거지요? 하찮은 이 정도 투정을 핑계 대고 절 버리시려는 거지요?"

"버리다니! 그런 게 아니오."

"제가 순순히 그러라고 할 줄 아셨나요?"

초선의 눈에서 살기가 돌았다. 윤희가 아차! 실수하였다고 깨달을 사이도 없이, 그녀는 윤희가 깔고 앉은 보료 아래에서 무언가를 꺼내 들었다. 은장도보다는 조금 큰 단도였다. 그것을 칼집에서 꺼내어 자신의 목을 겨누었다.

"뭐, 뭐요, 그건? 어서 내려놓지 못하겠소!"

윤희가 급하게 단도를 잡은 그녀의 손목을 잡았다. 잡은 순간, 이상한 기운을 감지하였다. 여태 알아 온 초선이라면 사랑 때문에 자결을 할 여자는 결코 아니다. 그렇다고 협박하는 것으로 보이지도 않는다. 잠시 미적거리는 사이, 그녀의 칼끝은 어느새 윤희에게로 향했다.

"앗! 초선, 뭐 하는……!"

초선은 눈이 시뻘게진 채로 온몸을 던져 그녀를 깔아뭉개고 칼날을 휘둘렀다. 그녀의 다친 자존심이 엉뚱한 방향으로 터져 나왔다. 윤희는 당황하여 그녀의 손목만 겨우 잡고 버텼다.

"보내드리죠! 절 버리고 가시고 싶으면 그러세요. 하지만 그냥은 못 보내!"

두 사람은 한참을 엎치락뒤치락하였다. 초선의 머리에 장식된 가체가 날아가고, 윤희의 갓도 찌그러졌다. 그리고 칼끝이 아슬아슬하게 윤희의 얼굴을 스치기를 몇 번, 복부에 닿을 뻔한 것도 몇 번이었다.

"초선! 그만 해!"

"……주고 가요. 떼 주고 가!"

이를 앙다물고 내뱉는 통에 그녀의 말이 잘 들리지 않았다. 뭘 떼 주고 가라는 거지?

"양물은 떼 주고 가요! 다른 계집이건, 다른 사내건, 아무도 못 줘!"

뭐라고? 미치고 팔짝 뛰겠다. 없는 걸 어찌 떼 달란 건가? 만약에 있다손 치더라도 떼 줄 수 있는 게 아니잖은가.

"지, 진정하고, 내 말을 들어 보오. 헉!"

"대물 내놔! 난 아직 구경도 못 했는데, 떼 놓고 가!"

"누가 좀 살려 주시오! 살려 줘!"

윤희는 고함을 지르면서 동시에 그녀의 팔을 비틀어 등 뒤로 감았다. 그리고 그녀의 몸을 깔아뭉개면서 손아귀에 거머쥔 단도를 빼앗으려 애를 썼다. 그러는 동안에도 초선의 발악은 그치지 않았다.

"내가 도련님 양물을 왜 그냥 뒀는데? 입 한 번 못 대 보고 다른 년한테, 아니, 다른 놈한테 홀랑 넘기려고 그랬는지 아남? 난 그렇겐 못 해!"

"그만 하라니까!"

방 안의 시끄러운 소리에 의해 사람들이 하나둘씩 달려와서 방문을 열었다. 윤희는 얼른 그녀의 손에서 빼앗은 단도를 그들에게 던졌다.

"그것 좀 잡아 주시오!"

한 사람이 얼떨결에 그것을 잡자마자, 초선은 더욱 광폭해져서 윤희의 멱살을 잡아 뜯었다.

"그럼 내가 놓아줄 줄 알아? 지금 여기서 하자고. 그렇게라도 가질 테니까."

초선은 마치 겁탈이라도 할 것처럼 옷고름을 강제로 뜯었다. 윤희는 사색이 되어 그녀를 말리랴, 옷이 벗겨지지 않게 안간힘을 쓰랴, 혼이 빠졌다. 몰려오는 사람들이 점점 늘어나고 있다. 여기서 옷이 벗겨지면 모든 것이 도로아미타불이다. 사람들은 무슨 일인지를 몰라

멀뚱멀뚱 쳐다보고만 있을 뿐 도와주는 이는 아무도 없었다. 옷고름이 초선의 완력에 완전히 떨어져 나갈 판이었다. 소매는 벌써 찢어졌다. 가까스로 그녀를 확 밀치고 일어났지만 몇 발짝 못 가서 발목을 붙잡혀 미끄러졌다. 쿵! 넘어지는 소리가 요란하게 울렸.

이때 다행스럽게도 용하가 달려와서 이 광경을 보았다. 그는 맹렬한 기세로 덤벼들어 초선을 멀리 밀쳐서 던져 버리고 윤희를 제 등 뒤로 숨겼다. 윤희는 뒤돌아 앉아 초선이 헤집어 놓은 옷을 추스르기 바빴다. 그제야 사람들도 초선을 붙잡아 꼼짝 못하게 하였다.

"놔! 도련님은 내 거야! 악!"

"그 입 닥치지 못하겠느냐! 아무리 독한 년이라도 그렇지, 감히 상유를 이 지경으로 만들어 놔? 내 살다 살다 계집이 사내 겁탈하는 거 처음 본다. 괘씸한 것 같으니."

"아닙니다, 여림 사형. 오해이십니다."

"자네가 이러니 함부로 구는 것 아닌가!"

"정말입니다. 전부 제가 잘못한 겁니다. 그러니 어서 여기서 나가요."

윤희는 옷을 거머쥐고, 다른 손에는 찌그러져 있는 갓을 들고, 바삐 그 방에서 벗어나면서 뒤를 향해 소리쳤다.

"초선, 아무쪼록 조금이라도 분이 풀렸으면 좋겠소. 그럼 난 이만!"

"놔! 거기 서!"

윤희는 말만 던져 놓고 그녀가 부르짖는 소리가 뒤따라오는 것만 같아 신을 든 채 꽁지 빠지게 내뺐다. 그녀의 뒤를 따라 용하도 뛰었다. 길 가는 사람들이 모두 휘둥그레져서 쳐다보았지만, 붉은 노을을 가르며 쉬지 않고 달렸다.

가까스로 번잡한 다동을 벗어나자, 윤희와 용하는 큰 나무 아래에 털썩 주저앉았다. 그녀는 옆에서 왜 같이 뛰었냐고 물어보고 싶었지만, 목까지 차오른 숨 때문에 헉헉거리는 숨소리 외엔 아무 말도 못 하였다.

"헉헉! 여난이로세. 자네 필시 올해 신수에 여난이 끼어 있었을 게야. 헉헉!"

윤희는 대답을 할 수가 없어 대신 손을 휘휘 젓기만 하였다. 그리고 간당간당하게 붙은 옷고름을 쳐다보았다. 아무래도 뜯어진 걸 수선해도 이 도포는 이제 누더기 신세에서 못 벗어날 듯하였다. 천이 낡아서 더 쉽게 찢어진 것 같다. 그녀는 옷섶이 벌어지지 않도록 야무지게 대를 묶었다. 갓도 만신창이다. 최선을 다해 폈지만, 구겨진 자국은 더이상 어찌할 수가 없다. 마치 되돌릴 수 없는 제 신세인 양 처량하다. 윤희에게 초선의 앙칼진 목소리가 들렸다.

'가랑 유생님도 마치 제 계집 보듯 도련님을 보는 모양이 예사롭지 않더이다.'

초선이 홧김에 그냥 하는 말이려니 하면서도, 이 말이 머릿속에서 떠나지 않았다. 겨우 숨을 가라앉힌 윤희가 비로소 물었다.

"귀형은 왜 저와 함께 뛰어오셨습니까? 도망은 저 혼자 해도 되는데."

"나도 반궁에 급히 돌아가서 확인해 볼 일이 생겨서. 아, 맞다! 어서 가자고. 급하다, 급해."

용하는 아직 완전히 정비되지 못한 윤희를 재촉하며 자리에서 일어났다. 정말 급한 일이 있는 모양이다.

"그런데 초선이 외치는 소리가 뭔가? 뭘 떼 놓고 가라고 하지 않았나?"

"네? 그게, 제 양물을……."

용하는 조금 전 방에서 누가 들고 있던 단도를 떠올렸다. 그것이 뭔가 싶었는데, 윤희 말을 듣고 보니 온몸이 부르르 떨렸다.

"하여간 여자들이 더 무서워. 나도 잘리지 않게 조심해야지, 어휴!"

"아무튼 감사합니다, 여림 사형. 덕분에 큰일 모면하였습니다."

"큰일은 큰일이었지. 사내의 중심이 날아갈 뻔했는데. 하하하!"

용하는 미친놈처럼 웃으며 걸었다. 평소에는 느릿느릿하던 그의 발걸음이 어찌나 빠른지, 윤희는 다 가라앉지 못한 숨으로 헐떡이며 뛰다시피 걸어야 했다. 그리고 가끔은 초선이 따라오지 않나, 뒤돌아 확인하곤 하였다. 그 돌아봄에는 미안한 감정이 뒤섞여 있었다.

동재에 들어서니 놀랍게도 선준이 있었다. 그는 부용화를 만났다가 집으로 가서, 내일 돌아온다고 하지 않았나? 윤희가 놀란 것만큼 그도 그녀의 만신창이가 된 모습에 놀랐다.

"누구 짓이오? 이건 필시 사람이 한 짓인데!"

"귀형은 어떻게 돌아오신 겁니까? 내일 오신다고 하지 않았습니까? 순돌이는요?"

"어쩌다 이리 되었냐니까!"

옆에 있던 용하가 대뜸 답하였다.

"겁탈당할 뻔했다네."

선준의 눈동자에 냉기가 모였다.

"아, 아닙니다! 여림 사형이 또 농담하신 겁니다."

용하가 또 밑도 끝도 없는 말을 그의 노여움 속에 집어던졌다.

"그리고 양물도 잘릴 뻔했어. 겨우 도망 나왔지, 뭔가. 어휴, 십년감수했네."

그는 그렇게만 말해 놓고 얄밉게 제 방으로 쏙 들어가 버렸다. 그의 뒤를 따라 재직이 불씨 통을 들고 쪼르르 들어갔다가, 촛불만 켜 놓고 금세 나왔다. 윤희는 뒤통수로 날아와 꽂히는 선준의 눈빛에서 도망치듯 용하의 방으로 따지러 들어갔다.

"여림 사형! 왜 말씀을 이상하……!"

후다닥! 용하가 갑자기 들이닥친 윤희에 놀라 꺼내 들던 종이 뭉치를 급하게 숨겼다.

"아, 자네였나? 기척이라도 하고 들어오지. 휴!"

성균관에 확인할 일이 있다며 부리나케 온 이유가 저 종이 뭉치였나? 윤희가 묻기도 전에 선준도 뒤따라 들이닥쳤다.

"어떻게 된 일인지 말……!"

후다다닥! 용하가 다시 한 번 화들짝 놀라 종이 뭉치를 온몸으로 숨겼다. 선준도 말을 멈추고 그의 수상한 행동거지를 살폈다.

"그게 무엇입니까?"

"아무것도 아니네. 어서 나가게나. 아! 아니지, 자네들한테까지 숨길 필요는 없지? 그러잖아도 대물한테 물어볼 것도 있었으니까."

윤희와 선준이 대수롭지 않게 종이 뭉치를 펼쳤다가, 용하와 똑같이 화들짝 놀라 얼른 품에 숨겼다. 홍벽서의 글이다.

"이걸 왜 이리 모아 두셨습니까? 이런 건 청재에 반입이 금지되어 있는데……."

"어차피 모두 돌려본 글들이 아닌가. 까짓 조금 갖고 있는 게 뭐가 큰일이라고. 나 말고도 가지고 있는 자들이 제법 될걸세. 우리 반궁의 상유들, 홍벽서의 글을 좋아해. 정말 이상하지 않나? 왜 여태 그 이유를 몰랐을까……."

그는 혼자만의 생각에 빠져 싱긋거렸다가 심각하였다가를 되풀이하였다. 윤희는 개중에 읽어 보지 못한 글을 촛불에 비쳐 가며 읽었다. 역시 용하답게 어두운 호롱불이 아닌, 밝은 촛불이다. 그는 윤희의 손에서 종이를 빼앗아 뭉치째로 들고 일어나면서 말하였다.

"자네들 방으로 가세. 내 방우들이 들어올지도 모르니, 어서."

그가 몹시도 조급하게 구는 걸 보니 할 말도 급한 것 같다. 얼떨결에 그를 따라 두 사람도 중이방으로 건너갔다. 용하는 바깥을 두리번거리며 주위를 경계한 뒤, 방문을 닫고 앉았다. 선준이 눈을 번뜩이며 물었다.

"홍벽서의 정체라도 알아내신 겁니까?"

"어쩌면 그런지도 모르겠네."

윤희는 뜯어진 도포를 벗다 말고 놀라서 그를 보았다. 용하는 사뭇 긴장한 듯하였다. 또 한편으로는 들뜬 것도 같다. 선준도 그의 다음 말을 기다렸다.

"내가 예전부터 정말 이상하게 생각해 오던 것이 있었지. 그건, 홍벽서는 어떻게 인경 이후에 순라군에게 들키지 않고 벽서를 붙여 놓고 사라질 수가 있는가 하는 것이야. 밤사이 도성 안을 순찰하는 군사 수가 민간인을 합하면 많게는 500에서 적게는 400여 명이 빼곡하게 그물을 치니까 웬만해선 빠져나갈 수 없는데도 말일세. 실제로 날아다니거나, 축지법을 쓰는 인간은 없을 터인데……."

윤희는 행의로 갈아입으면서 대꾸하였다.

"그러게요. 정말 신출귀몰합니다."

선준은 심각하게 앉아 턱을 괴고 고민하였다. 그런 후, 말하였다.

"그렇다면 여림 사형 생각은 홍벽서는 인경 이후에도 자유롭게 길을 활보할 수 있는 인물이어야 한다는 거죠? 예를 들면 순라군이라든가, 아니면……, 우리 성균관 유생 같은!"

"그렇지, 바로 그거야! 인경 이후 임금보다 자유로운 건 우리 유생이지. 임금이 암행을 나왔다가 들키면, 유생이라고 핑계를 댄다지 않는가."

"하지만 그건 조금 무리가 있습니다. 상유라고 해도 언제나 통행금지에서 예외가 되는 건 아닙니다. 특별한 행사가 있거나, 임금이 하사하신 은 술잔을 들고 나가야 하는 특수한 상황이 아니라면……."

"아! 반드시 그런 건 아닌 것 같습니다. 예전에 신방례 때, 제가 순라군한테 붙잡혔었거든요. 그런데 성균관 유생이라고 하니까 호패만 확인하고 순순히 풀어 주던데요. 반촌 앞에 데려다 주기까지 하였고요."

"대물 말이 맞아. 성균관 유생을 잡아들이면 여러 가지 골치 아픈 일이 많기 때문에 평소에도 그냥 못 본 척해 주는 게 현실이야. 우리 상유들 중에 모르긴 몰라도 제법 악용하고 있는 이들이 많을걸세."

"역시 그런가요? 저도 이상한 점을 발견하였는데……."

선준이 흘려버리는 말끝을 용하가 눈빛으로 잡아챘다. 그리고 그의 말을 재촉하였다.

"제가 기별을 꼼꼼하게 읽는 편이라서 그런지, 묘하게 벽서와 연결이 되더군요. 중구난방으로 글이 나붙는 게 아니라, 기별에 실린 내용 중에 유생들 사이에서 논란이 되었던 부분이 그 다음 벽서에 거론되는 일정한 규칙이 있더란 말이죠. 그게 못내 이상하였는데……."

"그랬나? 난 거기까지는 눈치 못 챘는데. 앗! 자네 말을 듣고 보니 그런 것 같군."

윤희는 다른 날보다 훨씬 꼼꼼하게 글을 읽었다. 두 사람의 말마따나, 이건 성균관의 목소리였다. 곳곳에 유생들의 목소리가 배어 있다. 그래서 많은 상유들이 홍벽서의 글을 기다리고, 열광하였다. 자신들의 목소리와 같은 젊은 색깔을 가진 홍벽서의 글을…….

"그렇다면, 향관청의 담배를 홍벽서가 훔쳐 갔다는 것도 이해가 됩니다. 성균관을 모르는 자가 그곳의 담배를 아는 게 이상하였습니다."

선준이 던진 말은 보기 좋게 윤희의 심장을 때렸다. 하지만 뒤이어 용하가 더욱 강타를 날렸다.

"향관청의 담배를 훔쳐 간 사람이 홍벽서라면, 이는 곧 우리 대물 도령이 홍벽서란 뜻?"

"에? 에? 에? 그, 그런……."

느닷없어도 보통 느닷없는 게 아니다. 그래서 윤희는 미처 거짓말로 둘러댈 기회조차 잡지 못하고 떠듬거렸다.

"그날 밤, 홍벽서는 순라군에게 쫓겼지. 벽서 붙이던 장면을 정통으로 들켰음이라. 옆구리는 창상으로 피범벅이 되었고. 마침 반촌이 있었던 게 아니고, 그는 원래도 반촌으로 들어가던 사람이라 관군을 따돌릴 수 있었지. 그런데 이 상처가 너무 깊은 게야. 피도 피지만, 우선 몸을 숨길 곳이 제일 절실했어. 성균관 유생으로서 내부를 잘 아는 홍벽서라면, 어디로 숨었겠나? 남반들이 잠을 자고, 사람들의 왕래가 잦은 향관청? 아니지, 외곽에 있는 데다가, 밤엔 아무도 없는 유일한 곳, 비복청이지."

용하가 말을 멈추고 싱긋이 웃었다. 윤희의 표정이 바뀌었다. 그리고 선준의 짙은 눈썹도 그동안 품고 있던 오해를 풀어내면서 일그러졌다. 뒷말은 필요 없었다. 아무 말 없이도 그 뒤의 이야기는 서로의 눈빛만으로 나누어 가질 수 있었다.

"가랑 도령이 차마 집에 가질 못하고 이 중이방으로 돌아온 것과 같은 이유로, 홍벽서 또한 오겠지. 아마도 인경을 훌쩍 넘기고 나타난다면, 오늘 밤 어딘가에 또 한 장의 벽서가 붙은 채로 발견될 것이야."

용하의 몽환적인 웅얼거림을 들으며, 선준은 윤희를 보았다. 자신이 여기로 돌아온 이유, 그건 그녀였다. 이 방에 홀로 있을 그녀를 염려한 것이 아니라, 혹시라도 재신이 돌아와 단둘이 밤을 보내게 되는 경우가 싫은 이유다. 곁에 있는 것이 아무리 괴로워도, 떨어지면 더욱 괴로운 이유다.

그리고 용하의 예언은 여느 음양가 못지않게 적중하였다.

第七章 우중정인 雨中情人

1

"으아! 덥다, 더워!"

말복에 접어들면서, 용하의 부채는 물 만난 생선처럼 펄떡펄떡하였다. 제아무리 체통이 중요해도 더운 데 장사 없는 법. 모두들 청재에 있을 때만큼은 행의는 멀리 벗어던지고, 저고리와 바지를 둥둥 걷어 붙여 맨살들을 훤히 드러냈다. 땀을 비 오듯 흘리면서 의복을 완전히 갖춘 이는 윤희와 선준뿐이었다.

말복이란 무엇인가를 확실하게 보여 주는 더위 덕분에 오늘은 특별 휴강이다. 그래서 예전부터 용하가 조르고 조르던 꽃놀이 겸 물놀이를 떠나기로 하였다. 처음에는 네 명으로 잡았던 계획이 용하의 떠벌림으로 인해 한두 명 늘어나더니, 급기야 함께 놀이에 나서게 된 인원은 수십 명에 달했다. 게다가 말복 별식으로 제공된 수박과 유생들이 추렴하여 준비한 술, 그리고 대사성이 배려하여 진사식당에서 마련해 준 음식과 이것들을 운반할 수복들까지 길을 나서니, 계획했던 것보다 훨씬 긴 행렬이 이루어졌다. 윤희도 술값으로 당당히 돈을 냈다. 육담집 필사와 혼례 문서 작성 등으로 번 돈이 제법 짭짤하여, 여느 때보다 훨씬 풍족한 나날을 보내고 있었기에 크게 부담은 없었다.

놀이라면 누구보다 흥이 나는 용하는 여러 유생들 사이를 오가며 담소를 나누었고, 윤희는 소문으로만 듣던 홍덕골을 구경하게 되는 설렘으로 들뜬 걸음을 하였다. 그녀의 주위로 선준과 재신이 앞서거니 뒤서거니 하면서 유유하게 걸었다. 이들의 행렬에 동네 처녀들이 더 들떴다.

물놀이 일행은 반촌의 동쪽으로 난 길을 따라 걷다가 산기슭으로 들어섰다. 아직 목적지는 멀었는데도 길을 따라 온갖 꽃들이 발길을 붙들었고, 길마다 늘어진 버들은 그 푸름으로 인해 더위를 잊게 하였다. 일행 중 누군가가 목청을 돋워 소리를 하며 흥겨움을 부추겼다.

길옆으로 짙은 초록빛 바다가 펼쳐졌다. 부채로 햇살을 가리고 자세히 살피니, 죄다 뽕나무다. 그 사이의 그림자 아래에 동네 아낙들이 쉬다가, 성균관의 유생들을 구경하며 자기들끼리 까르르 웃곤 하였다. 그리고 그녀들이 투박한 손가락으로 가리키는 곳에는 어김없이 자기들이 안길 수 없는, '잘금 4인방'으로 소문난 유생들의 고고한 자태가 있었다.

그들 주위로 흐르는 바람은 뽕나무 아래를 오고가는 바람과는 그 모양새부터 다른 듯하였다. 왜 '잘금'이라 불리는지 실감하는 순간이기도 하였다. 치여 있던 책에서 겨우 얼굴을 들고 잠시 세상을 보는 유생들이었지만, 이들 눈에는 매일이 저렇듯 팔자 좋은 양반으로 보였으리라.

　초록빛 바다를 지나니, 이번에는 심청이가 튀어나올 것 같은 탐스러운 연꽃이 절경을 이루었다. 커다란 연못이었다. 그 옆으로 화려한 누각이 발을 담그고 있다. 모두가 감탄하는 연꽃의 아름다움을 윤희는 온전히 극찬하지 못하고 즐기지도 못하였다. 그것이 한 여인과 자꾸만 겹쳐 보여, 단지 꽃에 닿은 선준의 시선에도 시샘이 들었다. 연꽃 사이로 작은 배 한 척이 서 있었다. 그 안에는 깡마른 어린 여자애가 땟국이 덕지덕지 묻은 얼굴로 열심히 연밥을 따고 있다. 윤희의 시선은 자연스레 그 아이에게 머물렀다.

　"저렇게 딴 연밥은 어디로 가나. 저 아이의 뱃속은 아닌가 보다."

　연민이 스며 있는 선준의 목소리. 그도 화려한 꽃이 아닌, 초라한 계집애를 보았던가? 윤희는 괜스레 기뻤다. 그래서 대꾸하듯 그의 말 뒤를 이었다.

　"저 연밥이 어디로 가는지 알고 싶다면, 그 전에 저 연못이 누구의 것인지를 알아야 할 것이다."

　그녀의 음색과 마음이 어떠한 풍광 소리보다 듣기 좋았다. 그래서 또 한 번 말을 걸듯 입을 열었다.

　"저렇게 화려한 누각엔 누가 쉬나. 저 아이의 지친 몸은 아닌가 보다."

　그가 걸어오는 농지거리에 윤희는 속으로 히죽 웃으며 대꾸하였다.

　"저 누각에 누가 쉬나 알기 전에, 저것을 지으며 흘린 백성의 땀이 얼마인지를 알아야 할 것이다."

　그런데 갑자기 두 사람의 뒤통수를 사정없이 때리는 자가 있었다.

　"에라, 이놈들아! 웬만큼 해라. 누가 성균관의 샌님들 아니랄까 봐 여기서도 티를 내냐? 연밥을 보면서 읊는 시는 자고로 처녀와 총각이 서로를 유혹할 때 주로 사용하는 것이거늘, 그걸 그딴 식으로 주고받다니, 쯧쯧."

돌아보니 재신이 어이가 없다는 표정으로 둘을 번갈아 보고 있었다. 그가 말한 것을 윤희와 선준이라고 모를 리가 없다. 그것을 알기에 말을 이어 붙인 것이다. 하지만 서로가 말은 주었으나, 그 속 깊은 마음까지 받지는 못하였다.

그 옆에서 용하가 길을 재촉하면서 하늘 위의 구름을 가리켰다.

"저건 구름일세. 중천의 해와 달을 가리는 간신배라 불리고, 기름진 비를 뿌리는 운사로도 불리지. 허나 어느 백성이건, 어느 양반이건, 어느 왕이건, 모두 다 저걸 가리켜 구름이 아니라고 하지는 않잖은가. 가끔은 우리도 그저 구름으로만 즐길 줄도 아세나. 허니 오늘은 연꽃 또한 연꽃일 뿐이라네."

윤희는 환하게 웃었다. 오늘이 지나면 저 절경을 언제 또 볼 수 있겠는가. 언제나 여름이 아니니 이 계절이 지나면 못 볼 것이고, 시간 내어 이렇듯 나오지 않으면 여름이라 하더라도 못 볼 것이다. 그리고 이 사람들과 함께하는 연꽃 구경은 다시없을 터. 그러니 잡다한 생각들로 저 아름다움을 충분히 즐기지 못한다면, 훗날 후회로 남으리라. 저 연꽃은 아무 잘못이 없으니……. 네 사람은 모처럼 서로의 웃음소리에 뒤엉기며, 두어 개의 누각을 더 지나, 목적지인 깊은 계곡으로 들어갔다.

일행은 크고 웅장하지는 않지만, 소담한 멋이 있는 폭포 아래에 행장을 풀었다. 그곳은 큰 나무들로 우거져 그늘이 드리워져 있고, 편편

하고 너른 바위들이 물가를 따라 즐비하였다. 성질 급한 유생은 벌써 바짓가랑이를 걷어 올리고 계곡물에 발을 담갔다. 그리고 수박도 시원한 계곡물에 입수를 하였다. 한쪽 머리에선 술과 음식을 펼치느라 여념이 없다.

 재신은 시끌벅적한 사람들을 떨치고, 너른 바위 하나를 차지하였다. 그리고 갓을 벗어 나뭇가지에 묶어 두고, 팔을 베개 삼아 하늘을 보며 길게 누웠다. 유생 한 명이 술병을 들고 와서 그에게 권하면서 말하였다.

"걸오는 여기 자러 왔남?"

 재신은 대답도 하지 않고 상체만 조금 일으켜 술 사발을 받아 들어 마시고는 다시 드러누웠다. 유생은 옆의 윤희에게도 사발을 돌렸다.

"대물, 축하하네. 얼마 전 알성문과에 급제한 것, 이제야 축하하는 구면. 이로써 대과 초시는 치른 셈이지?"

 그녀는 그것을 받아 마신 뒤, 대답하였다.

"네, 덕분에 감사합니다."

"가랑은 모두가 될 거라 믿어 의심치 않았지만, 자네까지 턱하니 될 줄은 몰랐지. 초시를 넘겼으면 큰 산을 넘긴 거지. 어린 나이에 참으로 신통방통하이. 난 성균관에 드나든 지 이태가 지나도록 여직 알성문과는 고사하고, 작은 별시 하나도 급제를 못 하였는데."

"제가 정말 운이 좋았습니다. 공부한 부분에서 나온 덕분입니다."

 유생이 웃으며 가고 나자, 재신이 눈을 감고 누운 채로 긴 다리를 들어 그녀의 어깨를 툭 찼다.

"왜요?"

"그냥."

"사람을 차 놓고 그냥이래."

"그래도 나보단 아래다."

"네? 뭐가요?"

"나도 대과 초시는 급제를 했으니까. 이미 예전에."

"누가 아니랍니까?"

그는 다시 그녀의 허리를 툭 찼다. 그리고 옆으로 등이 보이게 돌아누우며 말하였다.

"야! 나보다 먼저 급제해서 반궁 나갔단 봐라, 악착같이 쫓아가서 괴롭힐 줄 알아!"

"제 발목 잡지 마시고, 걸오 사형이 열심히 공부하시면 되잖습니까?"

"인마! 나, 나도 요즘 채, 책 좀 들여다본다고."

 어울리지 않게 웬 말더듬? 윤희는 그의 뒤통수를 향해 미소를 지었다. 재신은 마치 그것을 본 듯이 팔에 얼굴을 묻으며 미소를 감추었다. 그들에게로 또 한 명의 유생이 술병을 들고 다가와 이번에도 축하주를 빙자하여 마시게 하였다. 이 뒤로도 자꾸만 권하는 술로 인해 윤희는 당혹스러웠다. 술이란 것이 얼마나 위험한 것인지는 경험으로 터득한 바가 있다. 그녀가 권주를 거절하지 못하고 망설이자, 재신이 벌떡 일어나 사발을 빼앗아 들이켰다. 그리고 유생을 향해 버럭 소리 질렀다.

"가져온 술이 저 폭포수처럼 끊임없다면 모를까, 이 자식은 그만 좀 줘라! 아깝다."

"에이, 대물도 없는 돈 쪼개서 똑같이 추렴하였는데……."

"물놀이 왔지, 술놀이 왔냐? 이놈은 지금이 한계야."

재신은 유생을 쫓아 버린 뒤, 마치 주위 사람들이 들으라는 듯 그녀에게 엄포를 놓았다.

"앞으로 한 방울이라도 더 마셨단 봐라. 내가 저번처럼 방에까지 데리고 갈까 보냐. 저기 저 깊은 계곡 아래로 확 던져 버리고 가 버릴 테니까 그리 알아!"

그리고 팩 돌아누웠다. 이제는 재신이 무서워 더 이상 윤희에게 술도 못 권하게 되었다.

유생에 둘러싸여 이야기를 나누던 선준이 겨우 두 사람 곁으로 다가와 앉을 수 있었다. 그도 갓을 벗어 나뭇가지에 매달았다. 그리고 윤희의 것도 달라고 하여 함께 두었다. 그는 물놀이 온 사람답게 버선을 벗고 바짓가랑이를 걷어 올린 뒤, 흐르는 계곡물에 발을 담갔다. 햇살을 받지 못해 새하얀 그의 발과 다리가 물속에서 반사가 되어 반짝거렸다.

"귀공도 물속에 발을 담가 보시오."

윤희는 난감한 듯 싱긋 웃으며 고개를 두어 번 저었다. 그러고 싶은 마음이야 굴뚝같지만 작은 발을 드러낼 수는 없지 않은가. 더군다나 그의 다리에 숭숭 돋아난 검고 긴 다리털을 보니, 매끈한 제 다리는 더욱 드러낼 용기가 나지 않는다. 그래서 그의 옆에 몸을 숙이고 자그마하게 손을 물에 담그는 것으로 대신하였다. 선준은 그녀를 물끄러미 보았다. 햇빛에 반사된 물그림자가 윤희의 얼굴에 일렁이며 눈부신 빛을 내었다. 피부만이 아니라 검은 눈동자마저도 투명하다. 이상하다. 사내가 아닌 것 같다. 하지만 여인도 아닌 것 같다.

난데없이 돌멩이 하나가 선준과 윤희가 앉은 사이로 날아와 물속으로 뛰어들었다. 그것은 두 사람의 얼굴과 옷에 물방울을 튕겨서 뿌려 놓고 수면 아래로 내려갔다. 재신의 심술에 의해 익사당한 돌이었다. 그들을 보며 용하가 다른 유생들과 함께 소곤거렸다. 무언가 작당을 하는 모양이다. 그리고 의기투합한 여러 명이 팔을 걷어붙이고 드러누워 있는 재신에게로 우르르 몰려갔다. 이 순간만큼은 속에 든 간은 재빨리 떼어다가, 자라를 시켜 바다 속 용궁에 보냈다.

"뭐, 뭐, 뭐야!"

 미처 성질을 내어 지를 틈도 없었다. 그들에게 팔과 다리를 붙들린 재신의 몸은 순식간에 폭포수 아래로 옮겨졌다가, 좌우로 여러 번 흔들린 뒤, 깊은 물속으로 던져졌다.

"으악!"

 풍덩! 그의 몸을 받은 물 표면이 통쾌하여 만세라도 부르듯 하늘로 올라갔다. 그리고 유생들의 유쾌한 웃음소리는 계곡 전체를 울리며 퍼져 나갔다. 치렁치렁한 옷자락인 채 물에 빠져 허우적거리던 재신이 겨우 몸을 가누며 물속에서 일어섰다.

"어떤 자식들이야! 다 죽었어!"

 하지만 그들은 이미 다음 희생자를 향해 달려가고 없었다. 그들이 덮친 이는 얌전하게 발을 담그고 풍류를 즐기던 선준이었다. 그의 점잖음도 이내 붙잡혀 재신의 옆으로 던져졌다. 물 표면은 그의 근사한 몸을 맛나게 꿀꺽 삼켰다. 계곡 안이 박수갈채로 뒤덮였다. 신이 난 유생들은 이번에는 윤희에게로 달려왔다. 큰일이다!

"대물은 안 돼!"

"그 자식은 안 돼!"

그녀가 달아나려고 일어서는 순간, 외치는 소리가 동시에 터져 나왔다. 깜짝 놀란 유생들이 동작을 멈추고 돌아보았다. 용하와 재신이다. 둘은 서로 잠깐 이상한 시선을 나누다가, 재신이 먼저 소리쳤다.

"그 자식은 약골이라 안 돼! 밤에 골골거리면 우리만 골치 아프다고! 이번엔 네놈들 차례다!"

그런 뒤 눈을 시뻘겋게 하여 물을 가르고 나와, 양팔에 유생의 목을 각각 끼고, 물속으로 끌고 들어가 처넣었다. 한 번 물에 빠진 유생들은 모두 물귀신이 되어 또 다른 희생자를 만들었다. 용하도 예외 없이 재신에게 걸려 물속으로 끌려들어 갔다.

왁자지껄한 가운데 선준은 조용히 물에서 빠져나와, 놀란 눈을 하고 있는 윤희에게 슬쩍 눈짓을 하였다. 따라오라는 신호였다. 그녀가 잠시 망설인 이유는, 그가 지금 물귀신이 아닐까 하는 경계였다. 아주 어쩌다 한 번씩, 그도 개구쟁이 같은 돌출 행동을 할 때가 있었기 때문이다. 하지만 이번은 아닌 것 같다.

물이 뚝뚝 떨어지는 채로 폭포수 위쪽으로 올라가는 선준을 따라, 윤희도 바위를 짚어 가며 조심스럽게 올라갔다. 위쪽은 물 떨어지는 소리가 없어 아래쪽보다 훨씬 조용하고, 나뭇가지가 더욱 낮게 드리워져 있었다.

"여긴 왜 올라오셨습니까?"

"모두 몸까지 물에 넣었는데, 귀공은 발이나마 넣어 보고 가야지 않겠소. 여기쯤이면 괜찮을 것 같은데. 내가 옆에 있어 주리다."

부러웠었다. 층층이 입은 옷들을 풀고, 더운 삼복더위를 떨치고 물속에 뛰어들고 싶었다. 그런 욕망 정도야 여인이라고 없으랴. 선준이 돌아서서 젖은 도포를 벗어 물을 짜내었다. 윤희는 잠시 망설였지만, 그가 전혀 뒤돌아보지 않는 것에 안심하여 버선을 벗고 발을 넣었다. 뼈까지 시원해지는 느낌이다. 바짓가랑이를 조금 올려 다리까지 잠기게 하였다. 손에 조금 물을 묻혔던 것에 비할 바가 아니다. 발끝을 타고 올라간 냉기가 척추를 지나 정수리까지 폭발하듯 올라갔다.

선준은 저고리와 바지도 벗어 물을 짜낸 뒤에 탁탁 털어, 바위 위에 도포와 함께 걸쳐 두고 망건을 풀었다. 그런 뒤 물속으로 들어가 머리를 감았다. 무심코 뒤돌아본 윤희는 그만 숨이 멎을 뻔하였다. 생각지도 못한 미끈한 엉덩이가 이쪽을 보고 있지 않은가! 분명 그것은 속잠방이라는 것으로 완전한 맨살을 가리고 있긴 하였지만, 물에 젖어 찰싹 붙은 탓에 더욱 음란한 자태를 하고 있었다. 잠깐! 그럼 저 엉덩이의 앞은 어떤 상태인 거지?

'으악!'

윤희의 소리 없는 비명 소리가 계곡을 뒤흔들었다. 하지만 이 소리는 이름 없는 새들만 들었는지 요란한 지저귐으로 화답하였다. 바야흐로 여름이요, 여기에 더하여 말복이니, 홑바지 안에 속잠방이만 입고 있다는 걸 어째서 미처 깨닫지 못했단 말인가. 그녀야 여자임을 숨기느라 그 가운데 속고의를 입었지만, 보통 사내들은 아니잖은가. 응? 보통 사내는 아니라는 말인즉슨, 저 폭포수 아래는 지금 남자 엉덩이들의 각축장?

'으아악!'

윤희의 정신이 혼미해졌다. 비록 간접이더라도 사내 수십 명의 엉덩이를 보게 되면, 조선 개국 이래 최고의 음행녀로 낙인찍힌다고 해도 할 말이 없을 것이다. 정신 차리자! 아직 그 엉덩이들이 모습을 드러내기 전이다. 방법이 있을 것이다. 그건 따로 생각할 필요도 없다. 저들이 물에서 나와 옷을 정돈하기 전까지 안 내려가면 그만이다.

재신이 제일 큰 수박 한 통을 차지하고 두 사람이 있는 곳으로 올라왔다.

"여기 있었냐? 수박 먹자. 엇? 이게 뭔 짓이야!"

그는 첨벙첨벙 물을 튀기며 선준에게 달려가, 있는 힘껏 엉덩이를 걷어찼다. 허리 숙여 머리를 감고 있던 그는 갑작스런 습격에 속수무책으로 물속에 꼬꾸라지고 말았다.

"어따 궁둥이를 디밀고 있어? 야! 너 봤냐?"

재신의 질문이 윤희에게 꽂히자, 엉겁결에 도리질을 하였다. 그는 다시 물을 첨벙거리며 와서 그녀의 품에 수박을 던지듯 건넸다. 긴 머리를 물로 빗어 넘긴 선준이 일어나며 소리쳤다.

"걸오 사형! 위험하잖습니까!"

그는 시치미를 뚝 떼면서 짐짓 점잖은 목소리를 지어 내며 말하였다.

"선비 된 자가 어찌 맨살을 타인에게 보인단 말이냐. 어험!"

'그런 말을 할 처지는 절대로 아닐진대······.'

윤희는 속으로 이 말을 삼키면서 수박에서 눈을 떼지 않았다. 선준의 첨벙거리는 소리가 가까워졌다. 이윽고 축축한 바지와 저고리를 꺼입고 그녀의 맞은편에 앉았다. 그의 시선이 얼핏 물속에 잠긴 윤희의 작은 발에 스쳤다.

'이상도 하다. 사내 나이 열아홉이면, 아비가 된 자도 있는데 대물

도령은 어찌 이리도 작단 말인가. 특히 손발은 더 그렇다. 이것이 부끄러워 그토록 숨기려고 하는 것인가?'

가슴이 방망이질 친다. 맨살이라곤 발만 보았을 뿐인데도 욕정이 덜컥 치솟아 오르다니, 대체 자신이 지금 어디로 가고 있는지 가늠할 길이 없다.

윤희 옆에 앉은 재신이 손으로 수박을 쳐서 갈랐다. 그리고 작은 조각을 뜯어서 그녀에게 건넸다. 붉은 속살. 처음 입에 넣어 본 수박은 무척 달았다. 그런데 이게 보기보다 영 먹기가 불편하다. 먹으면 먹을수록 양 볼과 턱에 즙이 묻었다. 하지만 차가운 물에 담근 발과 마찬가지로, 이것은 속으로 들어가 더욱 시원하게 만들어 주었다. 그래서 잠시 지금의 계절을 잊게끔 하였다. 어디선가 복숭아 꽃잎이 비처럼 쏟아져 그들 주위로 뿌려지는 듯하였다. 분명 이곳이 무릉도원임이라.

거뭇거뭇 먹구름이 오고 있었다. 한쪽 머리에선 뜨거운 열기를 퍼붓는 햇빛이 강렬한데, 그것을 밀치는 그림자의 경계 지음이 확실한 걸로 봐선 소나기를 거느린 놈이다. 수박을 다 먹고 물에 입을 헹구던 세 사람이 동시에 고개를 들어 하늘을 보았다.

"이런, 꼭두새벽부터 너무 후덥지근하더라니. 아무리 지나가는 비라고 해도 계곡물은 쉽게 불어나서 어찌될지 모르는데⋯⋯."

재신이 투덜거리며 일어나 폭포 쪽으로 갔다. 그런데 아래는 하늘의 상황도 모르고, 한참 노는 일에 젖어 있다. 술에 거나하게 뒷덜미 잡힌 이도 있고, 삼삼오오 모여 앉아 즉석으로 시문을 대결하는 이들, 속옷 차림으로 물장구치는 사람까지, 노는 모양새도 가지각색이었다.

"야! 비 올 것 같은데 어쩔 거냐?"

재신의 고함 소리는 폭포수가 떨어지는 소리에 파묻혀 그들에게까지 들리지 않았다. 그런데 이내 굵은 빗방울이 하나둘씩 떨어졌다.

"젠장! 안 되겠다. 내가 먼저 내려가서 물어볼 테니까 너희들도 곧 내려와라."

그런데 그가 미처 다 내려가기도 전에 비가 후드득 쏟아졌다. 선준은 젖은 도포를 껴입고 윤희는 버선을 신었다. 마음이 급한 데다가 물기조차 방해하여 잘 들어가지 않았다. 밑에서 외치는 소리가 들렸다.

"대충 챙겨! 우선 계곡에서 벗어나자!"

선준이 재촉하는 눈빛으로 그녀를 보았다. 옷이 빗물에 젖으면 가장 곤란한 사람은 윤희였다. 그런데 이 상황은 예측을 못 하였기에 어찌할 바를 몰랐다. 함께 비를 맞아 가며 일행들과 가야 하는지 판단이 서지 않아, 자신도 모르게 발걸음이 미적거려졌다. 그런데 갑자기 어떤 것이 그녀의 상투를 잡아챘다. 낮게 드리워진 나뭇가지에 망건 줄이 걸린 것이다. 걷어 내려고 하였지만 눈에 보이지 않아 더욱 꼬여 들었다.

"잠깐, 내가 도와주겠소."

선준이 다가와서 나뭇가지를 잡았다.

"아닙니다. 곧 풀어질 것 같은데."

"가만히 있으오. 더 엉키니까."

아래에서 재신의 재촉하는 소리가 올라왔다.

"야! 너희들 갓은 내가 챙겨 간다! 계곡 들어오기 전에 있던 누각 있지? 거기서 모이기로 했으니까 어서 와라!"

"누각이요? 네, 곧 가겠습니다!"

선준이 손가락으로 멀리의 누각을 가리키며 그의 말을 알아들은 표시를 한 뒤, 윤희의 상투를 잡았다. 꼬인 것을 푸느라 올린 두 팔 사이에 그녀는 마치 안기듯 있었다. 바로 뒤가 폭포 아래라 꼼짝할 수가 없었다. 눈앞 가까이에 그의 목이 보였다. 그것은 불현듯 예전의 기억을 떠올리게 하였다.

그때도 지금처럼 더운 여름이었고, 처음 과거장에서 만나 제일 먼저 본 것이 바로 그의 목이었다. 그때는 돌아서면 두 번 다시 마주치지 않을 인연으로 여겼었다. 이렇게 끊임없이 이어지리라고는 상상도 하지 못하였었다, 그때는. 처음 목을 보았을 때부터, 얼굴을 보기도 전에, 그의 다정한 눈빛을 보기도 전에 이미 사랑에 빠졌었지만 알지 못하였었다, 그때는.

떨어지는 비에 옷이 젖어 간다. 그런데 끈을 푸는 그의 손길이 더디다. 그리고 점점 더 더뎌져 간다. 옷이 젖으면 안 되는데, 그를 재촉하고 싶지 않다. 도리어 너무 빠르다며 투정 부리고 싶다. 상투에 미약하게 닿은 그의 손길이 이토록 감미로울지 몰랐다.

'아아, 머리카락에도 이리 많은 감각이 존재하였구나.'

그의 손에 움직임이 없어졌다. 나뭇가지에 붙잡힌 건 그대로다. 그녀의 눈동자는 위로 올라갔다. 풀어져 내린 머리카락이 빗물과 함께 그의 얼굴을 타고 내리고 있었다. 가닥과 가닥 사이로 보이는 선준의 눈동자는 그녀를 보고 있었다. 다르다. 그때 처음 보았던 그 눈빛이 아니다. 수많은 색깔이 모이고 모이면 검은색이 되듯, 수많은 감정들이 섞이고 얽혀 그의 눈빛이 되어 있었다. 이것은 곧 윤희의 눈빛이기도 하였다. 왜지? 왜 이런 눈빛으로 보는 거지?

머리카락 사이로 그의 눈물이 흘러내렸다. 동시에 뭉쳐 두었던 감정이 한 줄의 말이 되어 흘러내렸다.

"이 상투가 없다고 한들, 사내가 아닐 수는 없는데……."

무슨 의미인지 헤아리기 이전에, 들을 수가 없었다. 그가 자그마하게 뱉어 낸 목소리가 너무도 고통스러워 듣기가 싫었다. 이 남자의 목소리가 아니다. 이 남자의 목소리여서는 안 된다. 이 사람에게는 고통이 들어갈 수 없다. 그럴 이유가 없다. 그러니 이건 빗소리와 섞인 탓이다. 경쾌한 빗소리가 슬프게 들릴 리가 없건만, 윤희는 그렇게 생각하고자 하였다.

슬픈 목소리를 피해 뒤로 내딛던 발이 삐끗하였다. 짚신과 버선이 서로 어긋나면서 그녀의 몸 전체가 휘청하였고, 중심을 잡지 못한 몸은 뒤로 넘어갔다. 윤희의 상투가 그의 바람대로 분연히 흩어졌다. 풀어진 망건이 나뭇가지에 매달린 것이 보인 순간, 조금 전까지 들리지 않던 폭포 소리가 갑자기 터진 듯 요란하게 귀를 때렸다. 그에게로 손을 뻗었지만, 그의 슬픈 눈은 순식간에 멀어졌고, 이내 비를 쏟아 내는 시커먼 하늘만이 눈에 들어왔다. 하지만 그것도 잠시, 바위를 박차고 뛰어내린 선준이 하늘을 가렸다. 그의 손이 다가와 그녀의 손목을 잡았다. 윤희는 하늘에 안기듯 그의 품에 안기면서, 비처럼 폭포처럼 아래로 떨어져 내렸다.

크지도 높지도 않은 폭포수는 다행히 그들을 빨아들이지 않았다. 대신 수면 아래로 잠기게 하였다. 맑은 물속, 선준의 눈동자가 보였다. 눈물이 보이지 않는다고 하여 눈물을 흘리지 않는 눈은 아니었다. 그의 머리카락이 천천히 일렁이며 안개처럼 움직였다. 그리고 같은 모양으로 일렁이는 윤희의 머리카락에 가까워져, 곧 하나의 덩어리가 되어 뒤엉켰다. 숨을 쉴 수가 없었다. 물속이라서가 아니라, 그의 입술이 그녀의 입술을 막았기 때문이다. 일렁이며 움직이는 이곳이 꿈속인 듯, 하늘 위인 듯, 어머니의 자궁 안인 듯 몽롱하였다.

수면 아래에는 세상이 없었다. 세상이 없으니 윤리도 없었다. 그 좁은 곳에는 두 사람만이 있었다. 겹쳐진 입술과 입술만이 있었다. 차가운 물속에 잠겼어도 서로의 입술은 따뜻하였다.

하지만 물결은 두 사람을 물 밖의 세상으로 뱉어 냈다. 세상으로 나오면서 선준의 입술도 멀어졌다. 애초에 그다지 깊지 않은 물속이었다. 그러니 발을 디디고 선 곳은 윤희의 어깨 깊이밖에 되지 않았다. 계곡에는 두 사람 외의 다른 인기척은 완전히 사라지고 없었다. 억수같이 내리는 빗줄기 속에 선준은 그녀의 시선을 외면하며 섰다.

윤희는 조금 전 물속에서 제 입술에 닿았던 것이 무엇인지 깨달을 수가 없었다. 분명 물에 떨어진 충격이 만들어 낸 착각이라 여겼다. 아니면 숨을 막은 것이 아니라, 숨을 불어넣어 주느라 어쩔 수 없이 입술이 닿았을 터이다.

선준이 먼저 등을 보이며 물을 헤집고 물가로 나갔다. 그녀도 넋이 나간 채로 뒤를 쫓았다. 하지만 물살이 자꾸만 방해하여 몇 번이나 물속에서 뒹굴어 가면서 그에게로 나아갔다. 수면이 허리 깊이에 이르렀을 때, 윤희는 깜짝 놀라 두 팔을 모아서 가슴을 감쌌다. 가슴을 묶고 있던 허리가리개가 아래로 흘러내려 제자리에 없었다. 아무리 도포 아래에 저고리와 두 겹의 적삼을 입고 있어도, 물에 완전히 젖어

착 달라붙은 옷은 그녀의 가슴 윤곽 정도는 가볍게 드러내 주었다.

물가까지 나갔던 선준이 갑자기 몸을 돌려 다가왔다. 차갑게 시선을 외면한 그의 입술은 세상 밖으로 나온 윤희의 입술을 거칠게 감싸 쥐었다. 조금 전의 따뜻함은 느낄 수가 없었다. 오히려 그녀의 입술에서 온기를 취하려는 듯 빨아들였다. 윤희는 그를 밀어내지도, 그렇다고 끌어안지도 못하고 가슴을 감싼 채로 있었다. 지금의 상황을 파악하지 못해 어떠한 행동도 할 수가 없었다. 그녀의 두 다리가 휘청하였다. 물살에 떠밀린 듯 여겼지만, 그에게 떠밀린 것이다.

선준은 그녀의 팔을 잡았다. 그리고 조금 열린 입술 틈으로 제 혀를 밀어 넣었다. 그 속에서 무언가를 찾아 헤매는 듯하였다. 그 안에 도道가 있을 리가 없고 도덕이 있을 리가 없건만, 그는 목마르게 찾아 헤매었다. 윤희의 두 눈에서 눈물이 흘러내렸다. 이것은 접문接吻이 아니었다. 그의 내면에 누적되어 뒤틀려졌던 고통이 비명을 내어 지르는 것이었다.

오랫동안 찾아 헤매던 것을 끝내 찾지 못하고, 선준은 뒤돌아섰다. 아주 찰나의 순간조차 그녀에게 시선을 주지 않았다. 그가 위태로워 보였다. 이대로 영영 사라져 버릴 것만 같아, 윤희는 자신도 모르게 그의 소매를 잡았다.

"미안하단 말은 하지 않을 것이오."

그의 말에 답하고 싶은데 목소리가 나오지 않았다.

"성균관을 나가겠소. 난 더 이상 그곳에 있을 자격이 없소."

윤희가 고개를 저었지만, 그의 뒤통수에는 눈이 없으니 보일 리가 만무하였다. 물을 헤집고 그의 앞으로 돌아갔다. 하지만 선준은 옆으로 고개를 돌렸다. 심지어 눈조차 감아 버렸다.

"아닙니다. 귀형은 아무 잘못이 없습니다. 아무 잘못도······."

"귀공에게는 잘못하지 않았소. 허나 귀공을 제외한 모든 세상에 나는 잘못하였소."

윤희는 어찌할 바를 모르고 그의 가슴에 이마를 기대었다. 그리고 울음과 함께 한마디 한마디 또박또박 힘을 주어 말하였다.

"가랑 형님! 모든 죄는 제가 지은 것입니다. 귀형의 죄까지 제가 지은 것입니다."

"귀공을 탐한 건 나요! 귀공 또한 나를 탐하였다고 해도 더 많이 탐한 것은 나이니, 나의 죄가 더 크오."

"아닙니다!"

윤희는 아래로 떨어져 있는 그의 손을 잡아, 물에 젖은 제 가슴으로 끌어 올렸다. 부드럽게 솟은 언덕이 손바닥에 닿았지만, 선준은 그것이 너무도 낯설어 놀라지도 못하였다.

"······이래도 귀형께 죄가 있습니까? 그러니까 제발 괴로워하지 마세요. 제발······."

윤희는 흐느낌을 참느라 아랫입술을 깨물었다. 적막했다. 세차게 내리는 빗소리조차 적막한 가운데, 그녀는 떨리는 두 손으로 그의 손을 꼬옥 잡은 채 고개를 들지 못하였다. 눈물인지 빗물인지 알 수 없는 것만 얼굴을 타고 아래로 떨어져 내렸다.

"가랑 형님······."

비에 젖은 부름으로 인해 선준의 정신이 화들짝 깨어났다. 그리고 손바닥의 신경도 돌아왔다. 촉감이 이상하다. 밋밋한 가슴이 아니라,

둥글고 봉곳한 이것은 여인의 젖무덤이다. 그는 다급하게 그녀의 양팔을 잡아 밀쳐 냈다. 부끄러움으로 움츠러든 어깨 사이로 여인이 보였다. 사라진 상투는 헝클어져 빗물을 타고 얼굴을 감싸면서 어깨 아래로 떨어져 있다. 그리고 그 아래는 젖은 도포가 가슴의 선을 그대로 투영시키고 있었다.

  선준의 떨리는 손이 옷고름을 잡아서 풀었다. 도포가 열리고, 저고리가 열리고, 적삼이 열렸다. 옷감이 한 꺼풀씩 차례로 걷혀질 때마다 그녀의 젖무덤은 더욱 뚜렷한 선을 드러냈다. 마침내 모든 천이 걷히자, 하늘에서 떨어지는 빗줄기가 탐스러운 곡선에 부딪쳤다. 이 곡선은 자신의 소망이 너무도 간절하여 이곳의 산신령이 갑자기 만들어 준 것이 아니라는 증거로, 아래 허리에 걸려 있는 허리가리개가 눈에 들어왔다. 선준은 보고도 믿기지 않았다.

  "이, 이게 대체……. 내 눈이 지금 잘못된 거요?"

  윤희는 옷섶으로 다시 가슴을 가린 뒤 모아 쥐고, 도리질로 대답하였다.

  "그렇다면 나를 속였소?"

  "속이려고 했던 것이 아닙니다."

  "속인 것이 아니라면 이건 대체 뭐란 말이오!"

  "제가 속인 것이 아닙니다! 저더러 귀형 앞에 사내로 서라 명한 운명을 누구보다 증오한 것은 저입니다. 세상은 속여도 귀형만큼은 속이고 싶지 않았는데……."

  "자, 잠깐! 난 지금 뭐가 뭔지 모르겠소. 귀공이 무슨 말을 하는지도 모르겠소."

복잡한 머리를 털어 버리듯 선준은 고개를 저었다. 그리고 포근하게 윤희를 끌어안았다. 다른 생각은 없었다. 단지 남장을 하고 있는 눈앞의 여인이 너무나 가여웠다.

내리는 빗물보다 더 많은 눈물을 흘리는 여인이, 수없이 얽힌 생각과 감정의 실타래는 저 멀리 쫓아 버렸다. 작은 어깨, 가녀린 허리, 품속에 안긴 몸은 여인의 것이 분명하다. 이때, 계곡 위에서 밀려 내려온 물로 인해 갑자기 물살이 거세지고 수면이 높아졌다. 선준은 정신이 번쩍 들었다. 우선 여기를 벗어나야 한다. 수면도 문제지만, 무엇보다 품속의 그녀가 차가운 계곡물로 인해 싸늘한 것이 더 시급하였다.

윤희는 그가 손을 잡고 이끄는 대로 걸었다. 어쩌면 그가 잡은 것이 아니라, 자신이 그의 손을 놓치지 않으려고 꽉 쥔 것일지 모른다. 그들은 다른 유생들이 간 방향과 반대쪽으로 우선 몸을 피하였다. 일행과 합류하기에는 두 사람 모두 정신이 엉망이었다.

조금 올라가니 넓적넓적한 바위들 사이에 무성한 나무 두어 그루가 있었다. 바위는 비에 젖어 있긴 하였으나, 조금 전까지의 더운 열기는 여전히 머금고 있어, 싸늘해진 몸을 녹일 수 있었다. 그녀는 옷섶을 꼭 쥐고 그의 손짓에 따라 바위에 앉았다. 하지만 선준은 복잡한 감정을 추스르지 못하여 그녀 앞에서 서성거리기만 하였다.

2

계곡 물소리는 멀리서 들리고, 비를 피해 들어간 산새 소리는 사라졌다. 오래도록 산만한 걸음을 옮기던 선준이 갑자기 우뚝 멈춰 서서 말하였다.

"진짜 여인이오?"

믿을 수 없는 상황을 재확인하는 그에게 윤희는 웅크린 무릎에 얼굴을 묻으며 소리 죽여 대답하였다.

"예."

선준이 고개를 저었다. 계곡에 떨어진 이후, 세상이 뒤집어져 버린 듯하였다. 아니면 잘못 떨어져 정신을 잃은 것 같다. 떨어지기 직전, 그토록 괴롭던 마음이 이끌어 낸 환상 속에 있는 것도 같다. 선준이 자신의 머리를 감싸 쥐며 울음인지 말인지 분간할 수 없는 소리를 내었다.

"아아, 안 돼. 이럴 리가 없어. 이건 너무 잔인한 꿈이야. 이대로 깨어나면 나더러 더 이상 어찌 살아가라고……."

윤희는 꿈이 아니라고 대답할 수가 없었다. 그녀도 지금의 상황이 현실이 아닌 것 같아서다. 선준이 다시 물었다.

"그렇다면, 김윤식은 누구요?"

"제 남동생입니다."

"그럼 지금 내 앞에 있는 이는 누구요?"

"김윤식의 누나입니다."

"그럼 그때 보았던 그 누님은 누구였소?"

"그 또한 저였습니다."

선준이 그녀의 옆에 힘없이 털썩 주저앉았다. 그리고 땅을 향해 허탈하게 웃으며 울먹였다.

"역시 이건 꿈이야. 아니면 내 상상대로, 내 바람 그대로가 현실이 될 리가 없어."

그의 말을 믿을 수 없는 건 윤희였다.

"귀형께서 그런 상상을 하셨습니까? 그런 바람을 하셨습니까? 아아, 역시 이건 꿈일까요? 만약에 그렇다면 분명 저의 꿈속일 겁니다. 계곡에 떨어진 이후부터 줄곧……."

선준의 손이 그녀의 머리카락에 닿았다. 그리고 손가락으로 훑어 내렸다. 어깨 아래에서 잘려 나간 머리카락, 그것조차 아름답다.

"진정 여인이 맞소?"

"예."

그의 손이 이번에는 그녀의 뺨에 닿았다. 그리고 손바닥으로 그녀의 볼을 쓰다듬었다. 비에 젖은 솜털의 느낌만이 있다.

"그럼 이제 그대를 마음껏 사랑해도 되는 것이오?"

윤희의 눈에서 눈물이 덩어리져서 떨어졌다. 그의 엄지손가락이 그녀의 입술에 닿았다. 차가운 빗물이 몸속으로 스며들듯 소름이 돋는다. 선준은 다시 한 번 확인하듯 손길을 천천히 아래로 쓸어내렸다. 그녀의 목선을 지나, 옷섶을 헤치고 가슴으로 내려간 손 밑으로, 빗물도 쓸려 내려갔다. 아직 여인의 가슴은 사라지지 않고 있다. 서로의 입술이 겹쳐졌다. 그리고 이내 그의 입술이 아래로 미끄러졌다. 손이 지나간 길을 따라 내려가던 입술이 힘겹게 냉정을 찾으며 가슴 언저리에서 멈춰 섰다.

"저는 거리낄 것이 없는데, 귀형을 망설이게 하는 것은 무엇입니까?"

부용화를 염두에 두고 한 말이었다.

"정식 혼례 없이 교합을 하는 것은 금수와 다를 게 없다 하였소. 내가 그리 되는 것은 상관치 않으나 귀공, 아니, 귀녀를 그리 만들 수는 없소."

가슴을 뜨겁게 데우는 입김치고는 점잖은 말이었다. 윤희는 그의 머리를 끌어안으며 애원하듯 말하였다.

"지금 가랑 형님께 안긴다 하여 금수가 된다면, 기꺼이 금수가 되는 것을 택하겠습니다. 만약에 그리 되지 못한다면, 저는 평생을 두고 금수를 부러워하다 죽어 갈 것입니다."

이 남자와의 혼례를 어찌 꿈꿀 수 있겠는가? 그러니 차라리 금수가 되고 말리라. 하지만 선준은 제 욕정을 끊어 내기 위해 버티고 있다. 윤희는 그의 귀에 따뜻한 입김을 불어넣었다.

"남녀의 정욕은 하늘이 품부한 것이고, 남녀 분별의 윤리 기강은 성인의 가르침이니, 하늘이 성인보다 높은즉, 차라리 성인의 가르침을 어길지언정, 감히 하늘이 품부한 본성은 어길 수 없다 하였습니다. 귀형께서는 지금 귀형의 하늘뿐만이 아니라, 저의 하늘까지 끊어 내시려는 겁니까?"

그녀의 속삭임은 욕정이 아닌, 이성을 끊어 내고 말았다. 그의 입술이 다시 움직여 유두로 올라선 순간, 그녀의 몸은 뒤로 넘어갔다. 윤희는 바위에 누워 하늘을 보았다. 절반 이상을 잎이 무성한 나무가 가리고 있고, 그 사이로 떨어지는 비는 그녀의 얼굴과 선준의 등을 적셨다. 얼굴에 부딪치는 비가 시리지 않는 이유는 등에 닿은 바위가 따뜻해서가 아니라, 그의 입술이 뜨거워서다. 윤희는 눈 안으로 빗물이 떨어져도 감지 않았다. 눈을 감는 즉시 꿈에서 깨어날지 모른다는 두려움 때문이었다.

선준의 손에 의해 풀어진 허리가리개가 옆으로 밀쳐지자, 티 하나 없이 새하얀 허리가 드러났다. 그것은 잘록하여 두 손 안에 다 들어올 정도였다. 선준은 그녀의 바지허리를 풀려다 말고 또다시 멈추었다. 덜컥 겁이 났다. 바지 속에서 자신의 물건과 비슷한 놈이 고개를 내밀고, 그에 놀라 꿈에서 깨어날지 모른다는 두려움이었다.

그는 천천히 고개를 들어 그녀를 보았다. 언제나 보아 왔던 그 얼굴이건만, 비에 젖은 모습은 참을 수 없을 만큼 요염하다. 이런 사람을 사내로 알아 왔다는 것이 어처구니가 없다. 선준은 조급하게 그녀의 허리춤을 끌렀다. 사내든 여인이든, 이제는 아무래도 상관없다. 자신이 이토록이나 사랑하게 된 이가 눈앞의 사람으로 족하다.

하지만 바지와 속바지, 속고의에 속잠방이까지 겹겹이 싸였던 천을 모두 벗겨 내자마자, 선준은 북받쳐 오른 감정을 주체하지 못하고 무너지듯 그녀의 다리 사이에 얼굴을 묻었다. 그의 머리카락은 윤희의 배와 허리에 빗물과 함께 엉켰고, 그에게서 쏟아진 눈물은 그녀의 몸을 적셨다.

 없었다. 명성이 자자했던 대물은 고사하고, 소물조차 없었다. 그것이 감사한 나머지, 대물이 있었어야 할 자리에 입을 맞추었다. 그리고 빗물을 마시듯 그녀의 몸을 마셨다.

 얼마 지나지 않아 윤희는 허리를 크게 뒤틀었다. 하늘이 찢겨져 나가는 차가운 아픔이 몸을 뚫었다. 그 아픔이 비로소 그녀의 눈을 감게 하였다. 이럼에도 불구하고 깨어나지 않는 것은 꿈이 아니란 증거임으로. 선준을 몸 안에 받아들인 대가치고는 이 정도의 고통은 오히려 감미로움이다. 어느덧 잦아든 빗줄기 속에서 두 사람은 서로의 몸을 나누었다. 선준의 성정은 점잖기 그지없으나, 성욕은 조금도 점잖지가 않다. 이는 곧, 두 성질의 뿌리는 하나가 아님이라. 하여 그의 허리는 윤희의 고통을 파악하지 못하고, 오래도록 그치지 않았다.

 윤희의 갓 아래로 선준의 갓이 끼워지고 빠지기를 수차례 반복하고 있었다. 재신이 멀리 계곡 쪽을 보며 무의식중에 움직여 대는 손놀림 때문이었다. 그는 불안하여 안절부절못하고 있었다. 그러다가 결국 두 사람의 갓을 누각 바닥에 패대기치며 성질을 부렸다.

 "이 자식들은 대체 왜 안 오는 거야!"

 그의 기분이 심상찮다. 용하는 눈치를 살피면서 기어들어 가는 목소리로 두 사람 대신 핑계를 대었다.

"오, 오겠지. 아니면 오다가 잠시 비를 피하고 있거나……."

"이젠 비도 그쳤는데, 왜 안 오느냐고!"

그가 소리를 지르자 용하는 과장되게 화들짝 놀라는 시늉을 하였다.

"아이고, 깜짝이야. 낸들 아나. 그리 깊은 계곡도 아닌데 설마 길을 잃었겠나? 곧 오겠지. 자네가 그리 성질부리면 올 놈도 안 오겠다."

부릅뜨는 재신의 눈에 밀려 용하는 얼른 입을 닫고, 패대기쳐진 갓을 들어 툭툭 털었다. 상황을 보건대 말을 바짝 낮추는 것이 몸을 보전하는 방법이다. 누각에 앉아서 쉬고 있던 다른 상유들도 일제히 그의 눈은 피하고 있었다. 자칫 요상한 책이라도 잡아서 족치려 들까 싶어서다. 불똥은 피하고 보자는 심산이었지만, 그것이 재신의 화를 더 북돋웠다.

"야! 너희들은 걱정도 안 되냐?"

일제히 한목소리로 외쳤다.

"거, 걱정되지! 안 될 리가 있나."

"젠장! 두고 오는 것이 아니었는데……."

재신이 참지 못하고 신을 신으려고 하자, 용하가 넌지시 말했다.

"찾으러 가 보려고? 아서게나. 자칫 길이 어긋날지도 모르니까."

그도 그렇다. 그래서 다시 신을 벗어던지고 누각에 올랐다. 불안하다. 길을 잃었을까 걱정되는 것이 아니라, 두 사람만 있다는 사실이 불안하여 속에서 부아가 치밀어 오른다. 재신은 누각 기둥을 두어 차례 걷어찬 뒤에 큰 대자로 벌러덩 드러누웠다. 천장이 빙글빙글 돌면서 윤희의 얼굴을 만들어 놓는다. 그런데 필요도 없는 선준의 얼굴도 함께 만들어 놓았다. 입 안에 욕이 고였다.

상유들은 그가 잠잠해지고 나서야 안심하고, 비가 씻어 내린 푸른 녹음과 연꽃을 구경하였다. 잠시 내린 비로는 더위를 걷어 가지 못했다. 도리어 땅에서 피워 올리는 후덥지근함은 더욱 강해져 있었다. 이때, 누군가가 외쳤다.

"아! 저기 가랑과 대물이 온다!"

재신이 벌떡 일어났다. 상투를 틀고 망건으로 단정하게 머리를 정돈한 윤희와, 머리카락을 풀어 내린 선준이 똑같이 물에 젖어 후줄근한 꼴로 오고 있었다. 용하가 눈이 동그래져서 중얼거렸다.

"계곡에는 태풍이라도 불었나 보네."

그리고 그들을 향해 소리쳤다.

"이보게! 비 피하려고 여기 오자고 했더니, 비 다 맞고 난 뒤 오는 건 뭔가?"

"늦어서 죄송합니다."

선준은 그에게 인사하고, 상유들에게도 사과를 하였다.

"대물 도령이 폭포 아래로 떨어지는 바람에 이리 늦었습니다."

용하가 놀라서 외쳤다.

"뭐? 다치진 않았고?"

"조금 놀란 것 외에는 크게 다친 곳은 없는 것 같습니다."

"자네 머리 꼴은 왜 그런가?"

"그 와중에 망건을 잃어버렸습니다. 아무리 찾아도 없기에 기다리는 분들이 염려되어 그냥 왔습니다."

재신은 제일 열나게 기다려 놓고 막상 그들이 나타나자, 윤희의 무사한 얼굴만 한 번 살피고는 무심한 듯 다시 드러누웠다. 하지만 부아는 더 치밀어 올랐다. 윤희는 인사를 마치고 누각 기둥에 기대어 조심스럽게 앉았다. 아래쪽에서 극심한 통증이 올라와 몸을 잔뜩 웅크렸다. 이런 상태로 여기까지 걸어오는 것도 고역이었는데, 성균관까지 가야 할 걸 생각하니 까마득하였다. 더군다나 표를 내지 않으려니 더 힘들다. 그녀의 귀 옆으로 식은땀이 흘러내렸다. 용하가 그녀를 살피면서 대뜸 물었다.

"대물! 어디 아픈가? 안색이 왜 그 모양이야."

재신이 저도 모르게 벌떡 일어나 앉았다.

"아, 아닙니다. 조금 놀라서. 게다가 계곡물이 저에게는 조금 추웠던 모양입니다."

재신이 발로 그녀의 허리를 툭툭 차면서 물었다.

"야! 진짜 괜찮은 거냐?"

그의 발차기에 의해 몸이 흔들리자, 욱신거리는 통증이 온몸으로 퍼져 나갔다. 눈물이 찔끔 나왔다. 그래서 힘겹게 고개를 끄덕이는 것으로 대답을 대신하였다. 선준은 자기가 저질러 놓은 일이라 잠자코 서 있다가, 옆에 슬그머니 앉았다. 주위에서 눈치 챌지도 모른다는 생각에 괜찮은지 물어볼 수가 없어, 속만 타들어 갔다. 여기서는 어깨를 감싸 안아 줄 수도 없다. 난간에 기대앉아 그들을 보고 있던 용하가 눈길을 연못의 연꽃 쪽으로 돌리고는, 천천히 부채질을 하면서 시를 읊듯이 말하였다.

"화중은일花中隱逸이 드디어 서서히 피어나는구나. 그런데 이를 어

화중은일(花中隱逸) 꽃 가운데에서 속세를 떠나 숨어 있던 꽃. 국화를 일컫는 말.

쩌나. 화중왕은 이미 졌는지 모르나, 화중군자는 아직 만개함을 그칠 줄 모르고, 거대한 연못의 보호 속에 있으니……."

옆의 유생이 그의 말을 의미 없이 받아, 시간의 무상함을 이야기하였다.

"그러게. 벌써 계절이 이리 되었군. 말복 지나면 금세 가을인데. 그러면 이렇게 아름다워도 화중군자는 화중은일에 자리를 내어 놓아야지. 어쩌겠나, 그것이 자연의 이치인걸."

웅크리고 앉아 하염없이 연꽃을 바라보고 있는 윤희를 힐끔 쳐다본 용하는 제 속이 갑갑해져 옴을 느꼈다. 그 속을 풀기 위해 깊은 한숨을 내쉬었다.

"세상일도 자연과 같다면야……."

"괜찮소?"

귓가를 간질이는 나지막한 선준의 목소리가 겨우 바깥으로 나왔다. 이 한마디가 어려워 주위 눈치만 살폈었다. 일행들과 어울려 성균관으로 돌아오던 길에서도, 돌아와 방 안에 들어서도, 이불을 펴고 앓아 누운 윤희를 보면서도 다른 때 같으면 쉽게 하였을 이 말을 하지 못하였다. 이 말을 못하니 다른 말도 하지 못하였다. 그래서 누각에서부터 선준은 단 한 번도 입을 열지 않았다. 마치 감시를 하듯 눈을 부릅뜨고 두 사람 곁을 떠나지 않는 재신 때문에 기회는 더더욱 없었다. 결국 용하가 재신에게 할 말이 있다며 끌고 나가고 나서야, 이 쉬운 말을 할 수 있었다.

윤희는 미소로 대답하였다. 그는 그것만으로 부족하여, 그녀 옆에 바짝 붙어서 길게 엎드렸다. 그리고 귀에 입을 대고 속삭였다.

"귀공의 건강이 좋지 못하다는 걸 깜박하였소."

그의 긴 머리카락이 흘러내려 얼굴에 닿는 느낌이 좋다. 망건을 사오라며 심부름 보낸 수복이 아직 오지 않아 풀어놓은 상태였는데, 이것이 더 마음에 들었다. 윤희도 귓속말을 하였다.

"건강이 좋지 못한 쪽은 제가 아니라 제 남동생입니다."

그는 손으로 입까지 가리고 더욱 은밀하게 속삭였다.

"아픈 것이 아니라면 그럼 이 신열은 무엇이오?"

윤희도 그를 흉내 내어 손으로 입을 가리고 그의 귀에 속삭였다.

"괜찮다고 하였지, 아프지 않다고는 하지 않았습니다."

선준은 뒤늦게야 말의 뜻을 깨닫고 콧등과 귓불까지 붉혔다. 윤희도 덩달아 얼굴을 붉혔다. 생각해 보면 대단한 짓을 저질렀다. 굳이 하지 않으려고 버티는 그에게 안아 달라고 매달린 격이 아닌가. 아무리 제정신이 아니었다고 해도 정숙한 규수가 할 짓이 아니다. 그러자 말할 수 없는 부끄러움이 치솟아 올랐다. 윤희는 달아오른 얼굴을 감추려고 이불을 머리끝까지 당겨서 덮었다. 하지만 선준이 그걸 내버려두지 않고 같이 잡아당기는 바람에, 두 사람 간에 난데없는 줄다리기가 시작되었다.

"왜 갑자기 얼굴을 숨기시오."

"부끄럽단 말이에요."

"갑자기 왜 부끄럽냔 말이오."

윤희는 눈만 빠끔히 내어 놓고 새까만 눈동자를 일그러뜨리며 물었다.

"가랑 형님께 전 정숙한 여인은 아닌 거죠?"

그가 손으로 입을 가리고 다시 귓속말을 하였다.

"남녀의 정욕이 남녀 분별보다 앞선다고 당당히 말하는 여인을 정숙하다고 할 수 있소?"

그녀의 눈동자에 실망이 가득 찼다. 선준은 터져 나오려는 웃음을 꾹 참고 속삭였다.

"한데 정숙하지 못하다고는 더더욱 할 수 없지 않소?"

윤희의 눈동자는 여전히 실망한 빛을 가지고 있었다.

"내게 중요한 것은 정숙하다 아니다가 아니라, 이제껏 보아 왔던 귀공의 모습들이오."

"저기……, 저, 귀형께 거짓말한 게 있습니다."

"귀공이 한 말 중에 거짓말이 아닌 게 있었소?"

"네에?"

선준이 싱긋이 웃었다. 윤희는 샐쭉하게 말했다.

"저, 바느질이나 수놓는 것은 잘 못합니다. 형편없습니다."

"대신 내가 좋아하는 건 다 잘하잖소. 난 그 편이 더 좋소."

윤희는 이불을 내려 땀이 송골송골 맺힌 얼굴을 쏙 내밀었다. 그녀의 입가에 헤벌쭉 웃음이 걸렸다. 선준의 입 꼬리도 보기 좋게 위로 올라갔다. 그는 마른 수건으로 그녀의 땀을 닦은 후, 마침 말복이라 나라에서 유생들에게 내려 준 얼음을 그녀의 입 안에 넣어 주었다. 손끝 하나까지도 다정하지 않은 구석이 없다. 한동안 날이 섰던 모습은 완전히 사라지고, 처음 만났을 때의 그로 돌아간 것 같다.

현재 방 안에는 단둘뿐이다. 그리고 삼복더위가 기승을 부리고 있는 늦은 저녁이다. 그럼에도 불구하고 서로의 입김이 짜증나게 더울

만한데도 둘은 찰싹 달라붙어 계속 귓속말 짓을 하였다.

"다 좋은데, 단둘이 있을 땐 그 형님이란 말은 안 하면 좋겠소."

"그럼 뭐라고 합니까?"

"뭐든 김 도령이 아닌, 김 낭자의 말이었음 좋겠소."

"하지만 단둘이 있을 때 쓰던 말이 다른 유생들과 함께 있을 때 실수로 튀어나오기라도 하면……"

선준이 미적미적하다가 부끄러운 듯 속삭였다.

"실수로 나와도 다른 유생이 잘 못 알아들을 말이 있지 않소. 그 왜, 내 별호와 비슷한 발음인……"

"아! ……아랑阿郞."

윤희는 얼굴을 붉히며 행복하게 웃었다. 하지만 이내 불안한 감정이 돌아왔다. 지금 순간이 행복하면 행복할수록 그늘진 곳은 더욱 어두워졌다. 응달진 그곳엔 부용화가 탐스럽게 꽃잎을 피웠다.

"부용화에게는……"

마음속을 읽기라도 한 듯 입을 뗀 선준에게 윤희의 동그란 눈동자가 닿았다. 그는 그 눈에 입을 맞춘 뒤, 그녀의 귀에도 입을 맞추면서 속삭였다.

"……그때 순돌이와 함께 가서 거절을 전하였소. 그런 후, 단 한 번도 만나지 않았고 서신도 주고받지 않았소. 참마음은 그대에게 두고서 거짓 마음으로 부용화를 대하는 것이 힘들어서 어렵게 내린 결정이었소."

그렇다고 그녀의 마음이 온전히 평온해지진 않았다. 노론과 남인,

아랑(阿郞) 여인이 남편이나 애인을 친근하게 일컫는 애칭.

이 벽은 너무도 견고하므로. 윤희는 손가락 사이로 그의 머리카락을 쓸어내렸다. 그를 느낄 수 있을 때, 마음껏 느껴 두고 싶었다. 내일 걱정은 내일로 미뤄 두고 싶었다. 내일 걱정? 앗! 윤희는 갑자기 몸을 일으키다 말고 그의 손에 붙잡혀 다시 뉘어졌다.

"저, 일어나야 합니다."

"아직 안 되오. 말만 하시오, 내가 다 해 줄 터이니."

"내일 일강을 준비해야 합니다. 이리 누워 있으면 안 되는데……."

"내일은 쉬도록 하오. 아프다고 하면 장 박사께서도 이해해 주실 거요."

"쉬는 건 쉽습니다. 허나 그 다음 수업을 좇아가는 건 어렵습니다. 저에겐 단 하루의 여유도 있을 수 없습니다."

선준이 그녀보다 먼저 일어나 책을 잡았다. 그리고 다시 옆에 엎드려 가슴 아래에 베개를 받쳤다.

"옆에 누워서 들으시오. 내가 읽어 주리다."

윤희는 완강한 그의 태도로 말미암아 하는 수 없이 천장을 보고 누워서 말했다.

"일음일양지위도一陰一陽之謂道, 거기부터 하면 됩니다. 음양이 갈마드는 것을 도라 한다. 해석은 쉬운데 그 뜻은 언제나 어렵습니다. 주역은 문장이 간단할수록 이해하기는 더 어려워요."

"도道라는 글자에 많은 의미가 내포되어 있기 때문이오. 하지만 여기서는 '법칙' 정도로 이해해도 무방하오."

"법칙? 그것이 우주의 법칙이라……. 참 간단하게도 말씀하시네요."

그는 설명도 속삭이듯 감미롭게 하였다. 아무래도 재우려고 작정한 모양이다.

"우주의 모든 것은 일음일양하오. 예를 들면, 정면이 있으면 반드시 반면이 있고, 남자가 있으면 반드시 여자가 있소. 어느 한쪽만 있는 건 결코 없소. 이어李漁라는 분이 이리 말씀하셨소. '세상은 본래 공연 중인 무대이다. 수천 년 이래로 여기서 공연하고 있는 자는 단 두 사람밖에 없다. 하나는 여자요, 하나는 남자다.' 그러니 음과 양, 이 둘은 반드시 양자가 조화가 되어야지 단독으로는 어떤 것도 이룰 수 없소. 귀공이 없으면 내가 없고, 내가 없으면 귀공이 없는 것처럼."

그가 느닷없이 갖다 붙인 마지막 설명이 재미있어 윤희는 소리 내어 웃었다.

"이건 나의 마음이고, 주역에서의 음양은 남녀가 아니라, 우주의 채용을 말하오. 음이 극에 달하면 양이 생기고, 양이 극에 달하면 음이 생기는 이치, 이것이 일음일양지위도요. 그렇기에 우주의 하나인 인간의 삶 역시 절대적으로 평온한 상태도, 절대적으로 고통스러운 상태도 있을 수가 없다고 하는 거요. 평온이 극에 달하면 곧 고통이 오고, 고통이 극에 달하면 곧 평온이 오는 법. 하지만 현상이 이렇게 변하더라도 불변하는 것이 있는데 그것이 도의 본체. 이것을 이해하고 장악하는 것이 뒤따라오는 문장의 '계지자선야繼之者善也'요."

지금 이 사람과의 행복은 곧 오는 고통이 있음을 뜻하는 것일까? 그럼 그 고통 다음에는 또 행복이 와 줄까? 그 고통이 얼마만큼의 크기인지, 또 그 다음의 행복이 얼마만큼의 크기인지 헤아릴 수는 없지만, 지금 이 사람과 나누고 있는 행복의 크기에는 미치지 못할 것이다. 설명을 하는 선준의 목소리가 딱딱하지 않고 상냥해서인지 막연히 그런 생각이 들어 평온해졌다.

"복희 육십사괘 방원도도 외워 두라고 하셨는데……."

"그것은 무작정 외우려 들지 말고, 그림을 그려 보는 것이 빠르오."

선준은 그녀의 손을 잡았다. 뜨겁다. 이런 열을 가지고 공부를 하겠다는 것이 안쓰러웠다. 그는 그녀의 손바닥에 손가락을 갖다 대었다.

"앗! 간지럽습니다."

윤희가 손을 뒤틀며 빼내려고 하자, 그는 더욱 강하게 잡았다.

"가만! 손바닥에 괘상을 그려 줄 터이니 나와 함께 하나하나 외워 가오. 제일 먼저, 둥근 그림의 제일 위, 건괘요."

건괘가 그릴 게 뭐가 있나. 작대기만 여섯 개를 그리면 된다. 외울 필요 없이 누구나 알고 있다. 그러니 간지럽다는 그녀의 손을 강제로 잡고 그림을 그리는 그의 저변에는 그녀를 만지고 싶은 마음이 강렬하게 있음이다. 그 마음에 보다 큰 욕심이 깃들었다.

"건의 왼쪽으로 여덟 괘를 외워 보시오."

"건, 쾌, 대유, 대장, 소축, 수, 대축, 태."

그의 손이 이불 아래로 들어왔다. 깜짝 놀란 윤희가 방문 쪽을 살피며 허리를 뺐다.

"뭐 하십니까? 걸오 사형이 언제 들이닥칠지 모르는데."

"여덟 괘를 한꺼번에 그리기에 손바닥은 너무 좁소."

따로따로 그리면 될 게 아닌가. 엉뚱한 핑계를 갖다 붙이며 기어이 이불 아래로 들어온 그의 손은 윤희의 복부에 닿았다. 숨어서 움직이는 음란한 손에 비해 겉으로 드러난 얼굴은 참으로 점잖다.

"쾌 괘부터 그리겠소."

그리고 침착하고 천천히 작대기를 그려 나갔다. 이 남자는 왜 윤희가 앓아누웠는지 완전히 이해하지 못한 듯하였다. 아니면 몸 안으로 들어가지 않으면 다른 건 괜찮다고 생각하는지도. 애석하게도 그의 생각과는 달리, 손끝은 그녀의 복부를 자극하면서 온몸과 배 아래쪽까지의 신경을 건드렸다. 그리고 다시 신열을 높였다.

이때 방문이 벌컥 열리면서 화가 나서 씩씩거리는 재신이 들어왔다.

"별일도 아닌 걸로 왜 붙잡고 늘어져! 귀신은 뭐 하나, 여림 저 자식 안 잡아가고."

윤희는 당황하여 더욱 얼굴이 붉어졌지만, 선준은 이미 손은 빼내고 아주 태연하게 주역책을 들고 엎드려 있었다. 재신이 그녀의 옆에 앉으며 넌지시 물었다.

"뭐 하고 있었냐?"

"내일 일강을 대비해야 된다고 우겨서, 어쩔 수 없이 읽어 주고 있던 중입니다."

얼굴에 작은 움직임 하나 없는 대답이었다.

"그런데 애 얼굴은 왜 이렇게 열이 올라 있어?"

"글쎄요, 덥나 봅니다. 얼음 조각을 더 먹이는 편이 낫겠군요."

선준이 일어나 앉아 얼음이 담긴 그릇을 당기는데, 재신이 큰 손으로 그녀의 이마를 짚었다.

"대체 왜 이렇게 열이 나는 거냐? 의원한테 진맥 받자. 어차피 약제는 공짜잖아."

"괜찮습니다. 더위를 조금 먹은 것뿐입니다."

선준은 슬그머니 그의 손을 치우고 그 자리에 얼음 그릇을 올렸다.

"얼음이 모두 녹아서 먹을 건 없지만 이러고 있으면 열이 조금은 내릴 거요."

재신은 기분이 이상하였다. 자신의 손을 치우던 선준의 태도는 별 이상이 없는데, 느낌은 아니었다. 딱히 이상한 구석을 찾을 길 없자, 기분은 더 나빠졌다. 겉으로는 별 이상 없어도 선준의 속은 타들어 갔다. 이제 곧 잠자리에 들 텐데, 윤희 옆에 재신이 누울 걸 생각하면 피가 거꾸로 솟다 못해 폭발할 지경이다. 그렇다고 이제껏 이리 지내 왔는데 갑자기 위치를 바꿀 수도 없지 않은가. 처음에 방문에 붙어 자겠다던 그녀를 만류한 자신의 혀를 씹어 버리고 싶었다.

이때 또다시 문이 벌컥 열리고 용하가 뛰어들어 왔다.

"어이, 저번에 내가 빌려 준 것 내놔 보게."

"왜 또 와서 지랄이야!"

용하는 재신의 말은 무시하고, 선준과 함께 홍벽서의 글을 뒤적여 꺼냈다. 허둥지둥하는 그에 놀라 윤희는 몸을 일으켜 앉았다.

"이게 단가?"

"네, 이게 전부입니다."

"혹시 청재에 반입이 금지된 서책이나 물건은 없는가?"

그의 물음은 재신을 향해 있었다. 하지만 셋 모두 고개를 저었다. 용하는 부산하게 창문을 열고 밖으로 종이 뭉치를 넘겼다. 창문 너머에는 그가 매수해 둔 서리 한 명이 기다리고 있다가 받아서 급하게 사라졌다.

"무슨 일 있는 거죠?"

"지금까지는 아니지만, 앞으로는 무슨 일이란 것이 있을 듯하네."

용하의 말이 끝나기가 무섭게 바깥에서 때 아닌 요란한 북소리가 울려 퍼졌다.

"모두 방에서 나오시오! 모두 방에서 나오시오!"

윤희는 행의를 덧입고 선준의 부축을 받으며 바깥으로 나갔다. 다른 이들도 어슬렁거리며 뒤따라 나와 동재 뜰에 섰다. 모든 유생들이 어리둥절한 가운데, 동재로 대사성과 학관들, 그리고 정체불명의 관리 몇 명이 들어왔다. 대사성이 모여 선 유생들을 향해 큰 소리로 말하였다.

"잠시 소지품 검사가 있겠습니다. 학궁의 품위에 어긋나는 물건을 가진 자는 선악부善惡簿에 기재하도록 하겠습니다."

대사성의 연설이 짧다. 이것부터가 이상하였다. 그들은 약방부터 시작해서 각 방을 차례로 훑으며 유생들의 소지품을 조사하고 다녔다. 가끔 학관이 선악부 기재를 위해 반입 금지 물품을 검사하기에 별생각 없이 이 상황을 받아들이는 유생도 있고, 대사성이 아직까지 퇴관하지 않고 직접 온 것을 이상하게 생각하는 유생도 있었다. 조사관들이 중일방에서 나와 중이방으로 들어갔다. 활짝 열려진 방문 안으로 그들의 행동을 볼 수 있었는데, 물건 중에 특히 서책과 문서를 유심히 살피는 듯하였다. 누군가가 소곤거렸다.

"서학과 관련된 서책이나 문서를 가졌는지 검사하는 건가?"

"반촌에서 청재로 흘러들어 왔다고, 요즘 그걸로 골치 앓는다면서?"

"그게 어제 오늘 일도 아닌데, 갑자기 뭔 조사란 말인가."

"그러게. 서학을 조사하려면 남인들을 중심으로 훑어도 충분한데."

중이방에서도 별다른 문서를 찾지 못한 그들은 다음 방으로 옮겨갔다. 윤희는 버티기가 힘들어 선준의 팔에 매달리다시피 하여 건디고 있었다. 그래도 방 안보다는 시원하여 나름대로는 참을 만하였다.

　모든 방의 조사를 마치기까지 평소보다 훨씬 오랜 시간이 걸렸다. 그리고 그들은 서재 쪽으로 사라졌다. 삼삼오오 모여 섰던 유생들은 자기 방으로 들어가지 않고 툇마루에 걸터앉아 두런두런 이야기를 하였다. 윤희는 몸이 아픈 관계로 방으로 들어갔고, 재신도 그녀를 따라 들어갔다. 선준이 방 안으로 들어가는 재신을 훔쳐보며 용하에게 귓속말을 하였다.

"저들이 찾는 것이 혹여 홍벽서입니까?"

"자네도 그리 생각하는가?"

"처음 보는 저 관리들, 예조가 아닌 병조에서 나온 이들입니다."

"도성의 순라를 책임지고 있는 곳이 병조이니, 홍벽서 사건이 아니고서야 감히 성균관을 뒤지지 않았겠지. 홍벽서가 성균관과 연관이 있다는 냄새를 우리만 맡은 건 아닌 듯싶으이. 병조에 바보들만 모인 게 아닌 다음에야……."

"그래도 아직 확실한 물증은 없으니까 저리 변복을 하고 뒤지는 것이겠지요?"

"물증이 있다손 치더라도 병조 따위가 성균관을 저리 뒤져선 안 되지. 저들의 정체를 상유들이 알게 되면 가만있지 않을 텐데 어쩌려고 저러는지, 원. 저리 융통성이 없어서야 큰일 이루긴 텄네. 그러니 우린 시끄러워지지 않게 쉿! 하고 있자고. 괜히 성균관과 병조 사이에 싸움이 터지면 성상께옵서만 골치 아프시지 않겠나. 그런데 병조판서가 노론인 게 영 마음에 걸리는군."

"저도 그렇습니다."

"아이고 두야! 내 골치도 아프게 됐군."

용하는 머리를 짚으며 자신의 방이 아닌, 중이방으로 쑥 들어갔다. 어김없이 재신의 외침이 들렸다.

"네 방으로 가! 방이 비좁아서 더 더운데, 왜 우리 방에 죽치고 사는 거냐."

"착각 마시게나. 자넬 보러 온 게 아니라, 우리 대물 병문안 온 거니까. 귀띔해 줄 말도 있고."

그는 구박 들어 가면서도 기어이 방에 자리를 잡고 앉았다. 윤희 옆에서 알짱거리며 선준의 신경을 건드리는 이가 한 명 더 는 셈이다.

"대물, 자넨 아직 초선이 소문 못 들었겠지?"

"무슨 소문요?"

"얼마 전에 옥당기생으로 들어갔다더군."

윤희는 제 일처럼 기뻐서 말하였다.

"정말입니까? 축하해 줄 일이네요."

하지만 용하는 안타까운 듯 표정으로 말하였다.

"성상 아래의 옥당기생이라면 비구니와 다를 게 뭐가 있겠나. 그래도 옥관자를 달았으니, 다른 기녀들이라면 축하함이 마땅하겠지만, 초선에게 있어선 머리 깎고 절로 들어간 것과 진배 아닐세. 자네가 너무 야멸치게 뿌리쳤어."

윤희는 고개를 푹 숙였다. 자신의 사정이 있었다고 치더라도 초선에게 큰 잘못을 한 것은 사실이다. 옥당기생이 되었으니 이젠 미안하다는 서찰도 보낼 수 없게 되었다. 자책하는 마음을 달래듯 재신이 퉁명스럽게 말했다.

"뭔 일이 있었는지는 모르지만, 사내놈이 계집 하나 버렸다고 양심의 가책을 느낄 필요가 있냐? 더군다나 닳고 닳은 기생인데. 이리 고개 숙이는 네놈이 별스럽다."

그의 위로가 아무 도움이 되지 않았다. 선준은 여러 가지 생각과 감정들이 뒤엉켰다. 윤희를 두고 감정싸움을 한 대상이기에 더 그러하였다.

잠시 후, 몰래 문서들을 챙겨 달아났던 서리가 나타나 다시 문서들을 방에 던져 넣어 준 후 사라졌다. 윤희는 그것을 보면서 반궁 안에 용하의 영향이 미치지 않는 곳이 과연 존재할까 궁금하였다. 서리가 주고 간 것에는 종이 뭉치 외에 이상한 서적들도 함께 있었다. 용하가 분위기도 바꿔 볼 겸, 싱글싱글 웃으며 선준에게 그중 한 권을 건넸다.

"가랑, 이것 한번 보겠나? 무척 아끼는 거라 아무하고도 공유하지 않는 것이네만, 자네에게만은 인심 팍팍 씀세."

선준이 아무 생각 없이 책을 펼치다 말고, 재빨리 다시 덮었다. 남녀의 성관계가 적나라하게 묘사된 음란한 춘화도첩이었다. 재신도 별생각 없이 한 권을 집어 들었다가, 한쪽 입술을 치켜 올리며 용하를 노려보았다. 하지만 그것은 잠시일 뿐, 바로 즉시 탐독에 들어갔다. 선준도 마찬가지였다. 천천히 화첩을 넘기는 그의 손길과 눈빛만으로는 고귀한 성현의 가르침을 배우는 듯한 분위기였다. 용하는 그가 넘기던 그림 중, 한 장면을 잡았다.

"잠깐! 이거."

남자가 엎드린 여자의 뒤에서 성교를 하는 그림이다.

"이게 소위 호랑이 걸음 체위라는 건데, 여자들이 민망해한다지만, 색을 안다 하는 여인치고 좋아하지 않는 이가 없다네. 아주 죽는다고 소리 지르곤 하지. 아닌 척해도 사내보다 오히려 계집이 더 좋아하는 체위일세."

다들 열심히 보는 게 무언가 궁금하여 책 한 권을 집어 들던 윤희는 용하의 말에 동작을 멈췄다. 분명 이상한 책일 터이다. 뒤따라 들려오는 선준의 점잖은 목소리는 더 어이없다.

"아, 그렇습니까?"

"음경이 아무리 작은 남자라고 해도 보다 깊숙하게 들어가기 때문이지. 게다가 속에 들어가 자극하는 부위가 보통 체위에선 느끼기 힘든 곳이거든."

"음, 그렇겠군요."

무언가를 깨달은 듯한 득도의 소리였다.

"하지만 아내한테 할 땐 조심해야 되네. 예전에 나의 내자한테 시도하려다가 실패하였더랬지. 점잖지 못하다며 어찌나 노발대발하던지. 그러잖아도 그 사람 앞에선 자꾸만 주눅이 드는데, 그 일이 있고부터는 영 힘을 못 쓰겠더라고."

"그도 그럴 수 있겠군요."

그가 다른 그림을 보면서 물었다.

"자세가 이토록 다양한지는 미처 몰랐습니다. 다 가능한 것입니까?"

선준이 진지하게 받아들이자, 용하는 동지를 만난 양 신이 났다. 그래서 유심히 그림을 보고 있는 재신의 팔을 붙들며 농을 날렸다.

"걸오! 가능한지 아닌지, 우리 지금 그림대로 한번 자세를 잡아 보세."

픽! 하는 소리와 함께 그는 재신에게 머리통을 얻어맞고 나가떨어졌다.

"내가 왜 네놈과 그따위 짓을 해야 되냐!"

"가랑이 궁금하다지 않은가. 그렇다고 아픈 대물을 데리고 하랴?"

건강이 넘쳐흐른다손 치더라도 절대 그럴 순 없다. 너무 황망한 나머지 윤희는 이미 시선을 저 멀리 두고 정신은 방 밖으로 대피시킨 후다. 이 분위기에 말리면 선준의 얼굴을 제대로 쳐다보기 힘든 상황이 발생할지도 모른다. 용하가 입맛을 다시며 말하였다.

"쩝! 별수 없이 훗날이든 언제든 가랑이 직접 해 보는 수밖에. 자세에 따라 느끼는 것도 다르니, 한 번 성교할 때 여러 체위로 바꾸는 게 좋다네. 정력이 그만큼 오래 버텨 줘야 가능하지만 말일세. 남녀 간의 성교가 자식을 잉태하기 위한 것만은 아니니까 알아 두면 둘수록 좋네. 자네 인격에 화처花妻를 두지도 않을 터이니, 더욱이 필요하지 않겠나? 여기 춘화첩에는 더한 것도 있는데, 날 잡은 김에 다 보게."

"줘 보십시오."

뻔뻔하리만큼 점잖은 말투다. 역시 선준도 사내는 사내인 게다. 재신이 책 한 권을 윤희 앞에 던지며 장난스럽게 말하였다.

"어이, 네놈도 봐 둬라. 양물만 크다고 대수는 아니거든."

"아, 저, 전 됐습니다. 몸이 안 좋아서……."

척하지 않아도 아픈 건 사실이건만, 이 상황을 모면하고자 하는 바람이 강렬한 탓에 윤희의 행동은 과장되게 표현되었다. 당장이라도 쓰러질 듯한 표정으로 이불 속에 들어가려는 그녀의 눈앞에 야한 그림이 떡하니 들이밀어졌다. 용하의 짓이었다. 그녀의 눈동자가 미끄러지듯 그 그림에서 벗어났지만, 이미 볼 건 다 본 후였다.

"저, 전 진짜 아파서……. 눈도 침침하고……."

"궁금해서 묻는 건데, 대물이라는 자네 양물 크기가 어느 정돈가? 이 그림 정도는 되나?"

낮에 언뜻 보았던 선준의 물건이 확 떠올랐다. 잠깐 보았음에도 불구하고 어찌나 강렬하고 선명하게 떠오르는지 당황스러울 정도였다. 그림 덕분에 복기는 확실히 하였다.

"그, 그것보다는 컸던 것도 같고……. 앗! 아니, 그림과 비교할 순 없는 노릇이니……."

역시 선준에게 정숙한 여인으로 다가가는 건 일찌감치 텄다. 눈도 돌고 머리도 빙글빙글 돈다. 아랫배의 통증은 더욱 깊어졌고, 열은 한층 심해졌다. 이 남자들을 모조리 쫓아내지 않으면 조만간 죽음의 문턱을 넘게 될 것이다. 재신은 땀을 삐질 흘리는 윤희를 힐끔 쳐다보고는 책으로 얼굴을 가리고 터져 나오려는 웃음을 꾹 참았다. 용하가 선준의 어깨에 팔을 걸치며 음흉하게 웃으면서 말하였다.

"난 말이지, 숨어 있는 진정한 대물은 가량 자네가 아닐까 싶으이."

윤희가 머리 위까지 이불을 당겨 덮으며 속으로 외쳤다.

'대물 같은 소리 하네. 대물을 넘어 거물입디다!'

"잘은 몰라도 장안에 이름 높은 대물 도령에 견줄 순 없을 겁니다."

딴에는 농담이랍시고 장단을 맞춘 선준이었다. 윤희는 이불 속에 파묻혀 아무것도 보지 않으려고 했지만, 그림을 보고 토론하는 세 사람의 말소리는 피할 수가 없었다. 마음은 듣지 않으려고 해도 귀는 자꾸만 쫑긋 섰다. 그중 용하의 말은 듣기가 힘겨웠다.

"내 이 그림을 보니, 갑자기 시 한 수가 떠오르는군. ……뜻이 맞아 두 허리를 합하고, 다정하게 두 다리를 들었네, 움직이고 흔드는 것은 내가 할 테니, 깊고 얕은 건 당신께 맡기겠소."

낮의 일을 자꾸만 떠오르게 만드는 시였다. 도저히 참을 수가 없다.

"여림 사형, 이제 그만 하십시오. 주색을 말하는 것도 학령에 위반되지 않습니까?"

"어이구! 대물 자네, 퍽도 음탕하구먼. 이건 '가위'라는 영물시詠物詩일 뿐일세. 단순히 가위질하는 걸 읊은 것인데, 자네는 왜 그런 야한 상상을 하는가, 하하하."

용하는 전혀 그럴 의도가 없었을 테지만, 윤희에게는 마치 그가 오늘 낮의 일을 알고 일부러 놀리는 것같이 느껴졌다. 그래서 제 발이 저려 더 이상 항의도 할 수 없었다.

그의 놀림 같은 이야기는 계속되었다.

"성교는 체위만 중요한 게 아닐세. 혹시 절구질하는 것 본 적 있는가? 그 절굿공이가 절구통에 일정하게 규칙적으로만 오가는 게 아니거든. 때로는 크고 강하게, 때로는 자잘하고 빠르게, 때로는 짓이기느라 비비기도 하고……."

중이방이 때 아닌 요상한 학구열에 불타고 있다. 윤희는 이들의 대화를 듣지 않으려는 노력으로 머릿속에서 열심히 주역을 복습하였고, 그것으로 모자라 예습까지 하였다.

유의쌍요합 다정양각개 동요어아재 심천임군재(有意雙腰合 多情兩脚擧 動搖於我在 深淺任君裁).
이 작품은 허난설헌의 시라는 설이 있으나, 정확한 작가는 미상.

3

효은은 한숨과 눈물을 함께 떨구었다. 선준이 마지막으로 전한 서신을 다시 살펴보아도 인연을 잇지 말자는 내용이 변하지는 않았다. 도깨비같이 우락부락하게 생긴 하인이 이것을 건넬 때, 가마 안에서 본 그의 뒷모습. 감히 이유조차 물을 수 없을 만큼 단호하였다. 서신에 있는 이유인, 마음이 이미 닿은 사람이 누구인지도 물을 수가 없었다.

어두운 촛불이 그녀의 볼에 흐르는 눈물을 반짝이게 하였다. 그전에 선준에게서 받은 서신도 꺼내어 읽었다. 제 혼자 좋아한 것임을 증명하듯 그의 글에는 아무 감정이 없다. 그녀가 보낸 서신에 대한 마지못한 답변 정도였다. 그래도 좋았었다. 알면서도 행복하였다. 어차피 만나자고 한 것도 자신이 먼저였고, 서신을 주고받고 싶다고 한 것도 자신이었다. 그가 처음에 거절하는 것을 애원하면서 허락을 받아 낸 것도 다름 아닌 자신이었고, 감정이 생기지 않으면 그때 가서 언제든지 거절하라고 한 것도 자신이었다. 그러니 자신의 말에 책임을 져야 한다. 하지만 그와의 약속은 도저히 지킬 수 없을 것 같다.

"안에 효은이 있느냐?"

병조판서의 목소리가 들렸다. 그녀는 선준의 서신을 보료 아래에 숨기고 상심하여 아픈 듯한 표정과 태도로 자리에서 일어섰다.

"네, 아버지. 들어오시어요."

부친이 그녀의 얼굴을 살피며 자리에 앉자, 그녀도 어지러운 기색을 풍기며 앞에 앉았다.

"날 찾았다고?"

"네, 드릴 말씀이 있어서……."

"네가 요즘 아파서 식음을 전폐하고 누워 있다 하여 걱정은 하였지만, 조정 일로 바빠서 도통 신경을 못 썼구나."

"불초한 여식이 감히 어버이께 걱정을 끼쳐 드렸네요. 송구합니다."

팔자에 과분하리만치 예쁜 딸. 세상 어떤 사내도 눈에 차지 않아 시집보내기조차 아까운 딸이다. 그래서 수없이 들어오는 혼처를 두고서 고르느라, 그리고 좀더 데리고 있고 싶어서 열여덟이 되도록 여태까지 혼인을 시키지 않았다. 병조판서는 옆에 놓인 수틀을 보았다. 빼어난 솜씨. 하지만 전에 왔을 때부터 전혀 진척이 없다.

"그런데 강 집사가 이상한 말을 하더구나. 네가 아픈 이유가 단순한 병이 아니라고?"

부친께 귀띔을 해 달라고 청지기에게 부탁하였더니, 고작 그리 말하고 만 모양이다.

"아버지! 소녀가 규방의 여인임을 잊고 불효를 저질렀어요."

갑자기 눈물을 뚝뚝 흘리며 방바닥에 엎드리는 딸로 인해, 병조판서는 깜짝 놀랐다.

"대체 무슨 일이냐? 우리 효은이가 왜 울어?"

"감히, 감히 어버이의 허락도 없이, 한 사람을 마음에 두고 말았습니다."

"뭐라고! 누구냐, 그 사람이?"

"좌의정 댁의 이선준 도련님……."

입을 떼자, 속에 쌓였던 설움이 북받쳐 올랐다. 그래서 부친 앞에서 대성통곡을 하였다. 딸은 우는데, 그의 표정은 기쁨으로 번졌다. 이선준이라면, 제 딸의 배필로 유일하게 마음에 차는 인물이 아닌가. 한 번씩 사람들 입에 오르내릴 때마다 좌의정 눈치만 보면서 입맛만 쩝쩝 다셨더랬다. 그의 목소리가 상냥해졌다.

"너희 둘이 알고 지냈더냐?"

"그런데 이제 모두 글렀어요."

그녀의 울음소리가 높아졌다.

"울지 말고 무슨 일인지 자초지종을 설명해 보려무나."

"그간 소녀에게 접근하여 서신과 더불어 마음을 나누자 해 놓고선, 갑자기 다른 여인이 생겼다며……. 소녀의 짐작으로는 저번 성균관 장치기 놀이 때 만난 기생인 듯하여요. 그때 이후로 연락이 없다가 더 이상 만나지 말자고 했거든요."

"뭣이라고! 그런 거라면 너무 상심하지 마라. 사내란 것들은 잠시 그럴 수도 있느니라."

자신의 딸이 한낱 기생한테 밀렸다니 기분이 상했지만, 애써 마음을 가라앉히고 딸을 위로하였다. 기생이라면 어차피 혼인할 수 없는 상대일 터이니, 이선준이라면 그 정도쯤은 접고 들어가도 넘친다.

"아버지, 소녀는 잠시도 기다릴 수가 없어요. 그러니 그 댁에 먼저 청혼을 넣어 주시면 안 될까요?"

그건 조금 자존심 상하는 일이다. 게다가 좌의정이 세상은 호령해도 제 아들은 호령 못 한다는 건 노론 안에서 모르는 사람이 없다. 그러니 혼인을 성사시키려면 그 아비가 아닌, 본인을 구워삶지 않으면 안 된다. 병조판서는 좌의정이 예전에 지나가듯 딸의 나이를 물었던 것을 떠올렸다. 어쩌면 그도 효은을 며느릿감으로 재고 있을지도 모른다는 생각이 들었다.

"우리 쪽에서 먼저 청혼이라……. 썩 내키진 않지만 네가 그리 울면서 청하니 생각해 보마."

"정말요?"

"그래, 그러니 눈물은 그치거라. 그리고 어떻게 만났는지는 이 아비한테 말해 주어야 좌상 대감께 운을 뗄 때 참고하지 않겠느냐."

효은은 말끔하게 눈물을 닦고, 차근차근 말하였다.

"성균관의 신래침학이었다고 해요. 예전에 우리 집에 도둑이 들었던 그날 기억하세요? 그 도둑이 바로 이선준 도련님이었어요."

"응? 그럴 리가!"

그는 깜짝 놀랐다가, 이윽고 고개를 갸우뚱하였다.

"그 도둑은 홍벽서였을 텐데. 다른 곳에 출몰했던 홍벽서의 인상착의와도 비슷해서 순청에도 그리 말해 놓았는데."

"소녀는 홍벽서는 모르겠어요. 하지만 그때 도둑으로 쫓겨 별당까지 온 사람은 도련님이었어요. 그리고 나쁜 사람이 아니라는 걸 직감하고 제가 그분을 숨겨 드렸고요."

그리고 효은의 설명은 계속되었다. 대체로 사실을 말했지만, 선준 쪽이 먼저 좋아해서 매달리는 바람에 자신은 어쩔 수 없었다는 각색은 하였다. 병조판서는 딸의 말을 신중하게 듣고 있었다.

며칠 동안 윤희는 삐쳐 있었다. 하루 이틀만 아팠어도 되었을 몸이 세 남자 덕분에 근 닷새는 힘들었기 때문이다. 그녀의 냉대를 직접적으로 받은 이는 선준이었다. 단둘이 있어도 마찬가지였다. 열심히 기회를 보고 있던 그는 존경각에서 서책을 찾고 있는 윤희 곁으로 은근슬쩍 다가갔다. 그리고 넌지시 손목을 잡으려고 하였다. 하지만 그녀는 찬바람이 쌩쌩 부는 표정으로 그의 손길을 비켜 옆의 책꽂이로 옮겨갔다. 선준이 존경각 안에 아무도 없는 것을 두리번거리며 살핀 뒤 말을 건넸다.

"화 좀 푸시오."

애원에도 불구하고 그녀의 표정엔 변함이 없다. 그녀 곁에 바짝 다가가서 소곤거렸다.

"왜 화가 났는지 모르겠소."

"모른다니 더 큰일입니다."

"허, 참……."

"그깟 춘화도가 뭐라고……. 어찌 사내들은 하나같이 똑같습니까? 귀형도 다를 것 하나 없습니다."

"우리 단둘일 땐, 김 도령 말투는 싫대도……."
"지금 이 판국에 아랑이라고 부르고 싶겠습니까?"
"아, 알았소. 내가 모두 다 잘못하였소."
"뭘 잘못했는지 모르고 하는 그런 말씀은 조금도 반갑지 않습니다."
"춘화도 본 것이 뭐가 그리 큰 잘못인지 모르겠소."
"본 걸 탓하는 게 아닙니다. 제가 그리 아픈데 어쩜 그리 매정하실 수 있습니까? 전 여림 사형이 아무리 그래도 귀형께서 나서서 쫓아 주실 줄 알았습니다. 제가 누구 때문에 아팠게요? 가랑 형님도 알고 보면 엽색꾼인 여림 사형에 버금갈 만큼 순 색골입니다."

선준은 입이 열 개라도 할 말이 없다. 어쩌다 보니 그녀의 몸 상태는 잊고 춘화도에 열중해 버리고 만 것이다.

"그분이 그런 농담을 즐기시는 게 하루 이틀 일도 아닌데, 그날따라 너무 나서면 혹시 낮의 일이 들통 날지도 모르고 해서, 일부러 무심한 척 굴었는데……. 에, 또 내가 왜 그랬냐고 하면……."

책꽂이에 얹힌 애꿎은 먼지를 손바닥으로 툭툭 털면서 핑계를 이리저리 대는 그가 마치 꾸중 듣는 개구쟁이같이 귀엽다. 이제껏 접하지 못한 새로운 모습이라 더 재미있다. 윤희는 입가에 삐져나오려는 웃음을 힘들게 참았다. 이 미소를 포착한 그는 재빨리 도둑 입맞춤을 하고 도망치듯 존경각을 나가 버렸다. 그가 고심 끝에 할 수 있었던 유일한 화해의 동작이 유치해서 어이가 없긴 하였지만, 윤희는 그 무엇보다 마음에 들었다. 그래서 책으로 가린 입에서는 연거푸 웃음이 새어 나왔다.

윤희는 그를 쫓아 동재로 갔다. 그런데 그곳에는 반가운 얼굴이 선준을 기다리고 있었다. 커다란 덩치가 동재 뜰에 가득 차는 순돌이다.

"도련님! 선비님!"

그의 큰 덩치가 이리저리 흔들렸다. 땅도 흔들리는 것만 같다. 윤희는 앞전에 소원하게 군 미안함을 담아 반갑게 인사를 받았다.

"순돌아! 반갑구나."

그는 예쁜 선비 앞에선 무조건 기분이 좋아진다. 그래서 호들갑스러울 만큼 반갑게 인사했다.

"선비님도 잘 계셨습니까요? 건강은 어떠시고요?"

"네가 여긴 왜 왔느냐?"

"헤헤, 이게 좋은 소식일지, 나쁜 소식일지 모르겠지만, 아무튼 도련님께 귀띔해 드릴 말씀이 있어서요. 주인어른께서 구체화될 때까지 저더러 가만히 있으라고 하셨지만, 이상한 점도 있고 해서 몰래 왔습니다요. 무엇보다 도련님과 선비님이 너무 뵙고 싶어서 핑계 겸."

"용건만 간단히 말하고 얼른 돌아가거라."

순돌이는 단호하게 내치는 선준 때문에 풀이 죽었지만, 윤희의 예쁜 미소 덕에 이내 쾌활해져서 말하였다.

"도련님, 어쩌면 조만간에 장가 드실지도 모르겠습니다요."

선준과 윤희의 눈이 공중에서 서로 만났다. 너무 놀란 나머지 표정을 조절할 수조차 없었다.

"도련님께 혼처야 자주 들어왔지만, 이렇게 확실하게 혼사가 진행되는 건 처음입죠. 그리고 주인어른도 굉장히 흡족해하시구요. 그러잖아도 우리 쪽에서 먼저 청혼을 넣을 생각이었다 하시면서……."

신이 나서 떠들던 순돌이의 목소리가 서서히 기어들어 갔다. 선준의 얼굴이 완전한 잿빛으로 변했기 때문이다.

"그, 그러니까 나쁜 소식일지도 모른다고 말씀드렸지 않습니까요."

"어디서 들어온 청혼이냐?"

"병조판서 댁 여식이라던가? 아무튼 절세미인으로 평판이 자자하다고……."

순돌이의 목소리는 더욱 기어들어 갔다. 선준의 얼굴이 잿빛을 지나 시커먼 색이 되었다.

"그때 도련님의 서찰을 전해 드린 그분 맞습죠? 도련님은 마지막이라고 하셨지만, 남녀 사이란 것이 처음과 마지막이 따로 있는 게 아닌지라……."

"무슨 뜻이냐? 설마……, 너, 아버지께 그 일을 말씀드렸느냐?"

"쇤네가 먼저 말씀드린 건 아니고요, 주인어른께서 알고 물어보시기에 그만……."

"내가 널 믿고 심부름을 시킨 것이거늘!"

선준의 호통이 터지자 순돌이는 언뜻 상황 판단이 되지 않아 어리둥절하였다. 도련님의 표정이 이 정도까지 드러나는 건 처음 본 터라 더 당황하였다.

"쇠, 쇤네가 잘못한 겁니까요? 전 주인어른께서 물어보시면 그냥 '예, 아니오.'로밖에 답하지 않았습니다요. 도련님은 그때 분명히 아니라고 하셨기 때문에……. 그런데 혼사 이야기가 두 분이 서로 죽고 못 사니 어서 성사를 시켜야만 한다는 식으로 흐르는 게 영 기분이 이상해서, 그래서 제가 이렇게 고자질하러 온 겁니다."

선준은 그의 말을 더 이상 듣지 않고 방으로 뛰어 들어갔다. 그리고 순식간에 외출 준비를 하고 다시 나왔다. 그동안 윤희는 우두커니 선 채로 꼼짝하지 않았다. 생각과 감정조차 꼼짝하지 않았다.

"앞장서라. 집으로 가자."

"네? 지금요?"

선준은 윤희를 힐끔 본 뒤, 입술을 꾹 깨물고 전향문을 나갔다. 순돌이가 그의 뒤를 따라 뛰어나갔다. 한동안 멍하게 서 있던 윤희는 중이방 앞의 대청에 올라 조용히 기둥에 기대어 앉았다. 각오했던 일이다. 그래서 정신은 쉽게 추슬러졌다.

"저리 달려가도, 별 뾰족한 수가 없을걸!"

용하의 목소리? 고개를 돌리니 옆의 중일방에서 용하와 재신이 나란히 앉아 밖을 내다보고 있다.

"어, 언제부터 거기 계셨습니까?"

"아까부터. 그러니 처음부터 모든 대화를 들은 셈이지."

윤희는 재신의 손에 들려진 책을 보았다. 또 춘화첩을 보느라 그곳에 숨어 있었던 모양이다. 용하가 천천히 부채질을 하면서 밖으로 나와 그녀와 기둥을 사이에 두고 앉았다.

"원래가 혼례라는 것이 가문과 가문의 결탁이 아닌가. 임금조차 제 반려자는 제 손으로 택하지 못하는데, 하물며 양반 자제야 더 말해 무엇 하리."

"네, 그렇죠."

"가랑은 다 좋은데, 이성에 관해서는 왜 그렇게 어리숭한지, 원! 너무 쉽게 생각하고 있어. 가랑은 거절할 요량이겠지만, 난 그게 더 걱정이군. 병조판서의 그 같잖은 자존심은 건드리지 않는 편이 좋은데…….."

"거절이 힘들다고 해도 축하할 일이죠. 좋은 가문의 절세미인 아내, 가랑 형님은 복 받은 겁니다. 아! 부러워라."

윤희는 지나치게 명랑하게 말한 것 같아, 얼른 손에 있는 책을 펼쳤다. 그것이 어떤 내용인지 알지도 못한 채, 열심히 읽는 척하였다.

어차피 올 고통이었다. 이 시간이 지나면 또 행복이 올 것이다. 그럴 것이다. 그 행복이 선준의 화처로 들어가는 것이라 할지언정. 그녀의 걱정은 그의 화처로 들어가는 것이 아니라, 그가 화처나마 삼아 주지 않으면 어쩌나 하는 것이다. 그녀의 뒷모습을 물끄러미 바라보고 있던 재신은 괜스레 화가 뻗쳐, 제 손에 있는 춘화첩을 벽에다 집어던졌다.

순돌이가 도련님의 눈치만 살피며 뛰듯이 따라가면서 혼잣말처럼 떠들었다.

"이게 그리 화내실 일인감요? 어차피 혼인은 하셔야 될 터이고. 지금까지 미룬 것도 주인어른께선 많이 참으신 건데. 도련님 마음속에 정인이 따로 계신 게 아니라면……."

"있다!"

"네? 있다니, 뭐가요?"

"마음속의 정인."

"아, 네. ……에? 네에에에?"

순돌이의 걸음이 우뚝 멈췄다. 그러잖아도 커다란 그의 얼굴이 놀라서 떨어진 턱으로 인해 더욱 커졌다. 그리고 뒤도 돌아보지 않고 가는 선준에게 뛰어가서 자신이 들은 말을 확인하였다.

"도련님, 그러니까 정인이란 게 그 뭐냐, 사랑하는 여인이 생겼단 그 말씀입죠? 병조판서 댁의 아가씨가 아닌."

"그래."

"그런데 왜 여태 주인어른께 말씀드리지 않은 겁니까? 얼른 혼인을 하였다면 이런 일도 벌어지지……. 가만! 설마, 이루어질 수 없는 그런 사이라서?"

선준의 대답이 없다. 오직 빠른 걸음뿐이다. 그가 말을 하지 않을수록 순돌이의 마음은 더 타들어 갔다.

"도련님은 성균관에만 계신데 어떻게 여인을 만납니까요? 만난다면 반촌의 여인이나, 비복인데. 엥? 설마 그런 겁니까?"

"아니다."

순돌이는 계속해서 자신의 상상에 놀라고, 도련님의 대답에 가슴을 쓸어내렸다.

"그럼 어떤 분이기에 그러십니까? 아무리 그래도, 예쁜 선비님은 아닐 테고."

"맞다."

순간 순돌이는 잘못 들은 줄 알았다. 농담으로 한 말에 대한 대답치고는 너무 살벌한 대꾸다. 그것도 도련님의 입에서 나올 만한 종류의 농담이 아니기에 더욱 믿을 수가 없었다. 그는 온몸을 던져 땅에 엎어졌다. 그리고 선준의 발목을 잡고 매달렸다.

"안 됩니다요, 도련님! 세상이 뒤집어져도 그건 정말 안 되는 일입니다! 쉰네도 예쁜 선비님이 좋은 분인 건 알지만, 안 되는 건 안 되는 겁니다."

"놔라, 이놈아. 한시가 급하다."

"절대로 이 발목은 놓아 드릴 수 없습니다! 차라리 이대로 혼인하십시오! 혼렛날이 될 때까지 이리 잡고 늘어질 겁니다요. 그래, 처음 만날 때부터 선비님을 바라보는 도련님 눈빛이 영 이상하다 싶더니, 기어이 이런 일이……."

"일어나 봐라, 할 말이 있다."

"싫습니다! 선비님은 아무리 예뻐도 사내입니다. 우리 도련님이 말로만 듣던 남색이라니, 하늘이 무너지는 것 같습니다. 어엉!"

급기야 기가 막혀 울음을 터뜨린 순돌이에게 선준이 가라앉은 목소리로 말했다.

"지나가던 사람이 듣겠다. 넌 언제나 내 편이지?"

"이번만큼은 절대로 주인어른 편입니다!"

"그래? 그럼 이제부터 네게 비밀은 말하면 안 되겠구나."

"비밀이고 뭐고 간에, 쇤네는 너무 충격입니다요. 엉엉!"

선준은 그의 손아귀에 잡힌 발목을 꼼짝 할 수가 없어, 쪼그리고 앉아 귓속말을 하였다. 순돌이의 턱이 조금 전보다 훨씬 심하게 떨렸다. 선준이 귓속말을 마치고 싱긋이 웃으며 말했다.

"이래도 내 편을 안 들어주겠느냐?"

"저, 저, 정말입니까?"

"그 사람은 이미 나의 아내다. 도와 다오."

순돌이는 한참을 어리둥절했지만, 곧 적응하였다.

"물론입죠! 쇤네는 절대로 두 분 편입니다. 그렇지, 내 그럴 줄 알

왔어. 내 눈이 틀림없다니까. 그런데 선비님을 그리 두고 나오셔도 됩니까? 걱정이 이만저만이 아니실 텐데, 위로라도 한마디 하고 나오셨어야죠."

"그 사람은 나보다 강한 사람이거든. 그대로 안 나왔다면 아마 날 위로하려고 제 가슴 멍들 말을 하였을 게다."

"흑! 제 가슴이 다 아픕니다. 앗! 도련님 뭐 하십니까? 지금 상황이 얼마나 급한데 이러고 계십니까? 어서요!"

순돌이는 벌떡 일어나 앞서서 뛰었다. 마음이 더 조급해졌다. 그는 선준에게 지금까지의 상황을 소상하게 일러바쳐 가며 집으로 향했다.

이날 밤, 선준은 돌아오지 않았다. 그리고 다음 날 강의도 빠진 채 돌아오지 못하였다. 그의 귀관이 늦어질수록 그만큼 집안과 힘겨운 싸움을 하고 있음을 어렴풋이 짐작할 뿐, 윤희가 할 수 있는 일은 평소와 다름없이 지내는 것 외엔 없었다. 그 와중에 밖으로 표출되지 못한 감정들이 그녀의 가슴을 넝마로 만들어 놓았다.

사흘이 지난 날 저녁 무렵, 선준이 돌아왔다. 하지만 성균관에 윤희는 없었다. 예전에 윤희가 그를 찾아 헤매었던 것처럼 이번에는 선준이 그녀를 찾아 헤매었다. 잠시 보지 못한 얼굴이 그리워서 견딜 수가 없었다. 그래서 그의 두 다리는 몸과 마음을 존경각으로, 명륜당으로, 비천당으로, 대성전으로 이리저리 이끌고 다녔다. 하지만 결국 찾지 못하였다. 어디 숨어서 울고 있는 건 아닐까 걱정되었다. 그래서 비복청을 기웃거렸지만, 아직 퇴관하지 않은 비복들이 있기에 포기하였다.

선준은 반촌으로 외출하였을지두 모른다고 생각히여 진향문을 나갔다. 한참을 서성이니 멀리 반촌에서 오고 있는 윤희가 보였다. 숨어서 울고 있었던 것이 아니라, 씩씩하게도 주인장이 물어 온 소일거리를 하고 온 모양이다. 하지만 고개를 푹 숙이고 땅만 내려다보면서 오는 어깨가 힘든 마음을 대변해 주고 있었다.

터덜터덜 걸어 전향문과 가까운 향석교에 올랐을 때, 윤희의 눈에 낯익은 발이 보였다. 가죽을 덧댄 단정한 미투리. 그것이 선준의 것임을 알아차리자, 고개는 더욱 들 수가 없었다.

"또 일하고 오는 거요?"

고개만 끄덕였다. 그의 손이 그녀의 어깨를 잡았다. 윤희는 주위를 둘러보았다. 아무도 없다. 하지만 말은 그렇게 나오지 않았다.

"지나가던 사람이 보겠습니다. 다른 이들의 시선도 보셔야지요."

"내 눈은 두 개뿐이라 그대를 보기만으로도 모자라오."

선준의 눈은 그녀를 보았지만, 윤희의 눈은 향석교 아래에 흐르는 메마른 반수를 보았다.

"혼사 이야기는 없던 걸로 하기로 했소. 그러니 그대가 날 보기만 하면 되오."

"오랜 시간이 걸린 것치고는 참 간단하게 말씀하시네요."

이 오랜 시간의 대부분은 부친과의 싸움일 터이다. 직접 보지 않아도 그의 핼쑥해진 얼굴에서 고단했던 과정이 묻어났다.

"중간이야 어찌 되었든, 결론이 이리 났으면 되었지 않소."

"여림 사형께서 그러셨습니다. 귀형은 너무 쉽게 생각하신다고. 거절하는 게 더 걱정이라고. 병조판서의 자존심은 건드리지 않는 편이 좋다고."

"자존심 건드릴 짓은 하지 않았소. 가친께서 궁합이 맞지 않는다며 거절하였기에 별다른 일은 없을 거요."

윤희는 기가 막혔다. 궁합이 맞지 않는다는 핑계는 누구나 보편적으로 쓰는 거절 방법이다. 그러니 더 자존심이 상했을 가능성이 있다. 물론 좌의정 집안에서의 거절이라 덜할지는 모르겠지만, 제 딸과 죽고 못 사는 사이라는 자의 거절이라면 더 기분 나쁘게 받아들일지도 모를 일이다.

"여림 사형이 허방을 짚은 건 아니군요."

"날 믿지 못하는 거요?"

"귀형은 믿습니다. 허나 세상은 믿지 않습니다."

믿느냐 아니냐의 문제가 아니다. 단지 이 사람이 걱정될 뿐이다.

"난 여직 아비의 권세를 등에 업는 것을 부끄러이 여겼었소. 하지만 이번만큼 이것이 감사한 적이 없었소. 비록 혼인을 미루는 것에 대해 가친을 설득하는 부분이 힘들긴 하였으나, 내 뜻을 받아들여 주고, 병조판서를 막아 줄 수 있는 이 또한 그분뿐이기에."

"전 조정의 이해관계는 잘 모릅니다. 하지만 병조판서의 위세가 좌의정에 버금가는 건 압니다."

"날 원망하는 거요?"

"이 모두가 제가 저지른 일인걸요. 그런데 무슨 빌미로 원망을 하겠습니까?"

선준은 그녀의 손을 잡아 주고 싶었지만, 그녀의 어깨마저 놓아야 했다. 멀리 반촌에서, 그리고 비복청 옆의 식당교에서 두 사람을 구경하겠다고 고개를 빼서 쳐다보는 여인들이 하나둘씩 늘어나고 있었기 때문이었다.

"걱정할 일은 없을 거요. 그러니 우선 동재로 들어가오."

윤희는 그의 말에 따라 동재로 걸음을 옮겼다.

"춘부장은 어떻게 설득시킨 겁니까?"

"그건 내가 알아서 할 일이니 염려 마시오."

그의 말과 그의 표정에 남아 있는 근심을 보건대, 아직 완전히 끝난 이야기가 아님을 알 수 있었다. 그가 부친과 어떤 이야기를 어떻게 나누고 왔는지는 알 수가 없다. 단 하나 알 수 있는 건 병조판서의 자존심을 건드렸다는 것뿐이다.

윤희는 또 한 가지를 깨달았다. 그건 선준을 보고 다정하게 웃어 주질 못했다는 것이다. 용기를 내었다. 웃어 줄 수 있을 때, 이런 기회가 닿았을 때, 훗날에 미련 남지 않을 만큼 웃어 주고 싶었다.

"보고 싶었어요, 아랑."

생긋이 웃는 그녀의 미소는 선준에게 붙어 있던 모든 피로를 떨쳐 버렸다.

"나, 열심히 하겠소!"

윤희는 갑자기 두 주먹을 불끈 쥐고 정체불명의 결의를 다지는 그의 모습이 의아하였지만, 이내 환하게 웃고 말았다. 아직은 성균관 유생으로서 그의 곁에 머물 수 있는 것에 만족하고 싶었다.

"음하하! 정답은 나와 우리 대물뿐이구먼."

용하의 기세가 하늘을 찌른다. 그도 그럴 것이 산학에 있어선 그를 따를 자가 동아리 안에선 없다. 처음엔 헤매기 일쑤였던 윤희도 이제는 남다른 재능을 보였다. 재신이 머리를 벅벅 긁으며 퉁명스레 말했다.

"어이, 설명해 봐라. 어째서 그런 답이 나왔는지."

다른 유생들도 용하 앞에 머리를 모으고 설명을 들었다. 윤희는 그의 설명을 들으며 자신이 도출해 낸 과정과 비교를 하였다. 이게 유희라고 했던 선준의 말마따나 제법 재미가 있었다. 그리고 산학을 깨우칠수록 어렵게 느껴졌던 주역도 그만큼 쉬워졌다. 선준은 옆에서 머리를 싸매고 자신의 오답을 다시 풀었다.

그런데 동재 쪽에서 소란스런 소리가 들렸다. 처음에는 문제를 푸느라 신경 쓰지 않았지만, 그 소리가 점점 커지면서 이들이 있는 명륜당으로 가까워졌다. 하던 동작을 멈춘 모두의 시선은 동재를 향하게 되었다. 동장의가 외치는 소리가 들렸다.

"당장 이곳을 나가시오! 관군은 반촌의 하마비 입구 안으로도 들어오면 안 되거늘, 감히 반궁에 발을 들인단 말이오! 강도가 숨어들어도 이곳엔 들어오면 안 된다는 걸 잊었소?"

하지만 관군은 명륜당으로 들어왔고, 어느새 서재를 비롯하여 곳곳에 흩어져 있던 유생들도 모여들었다.

"이선준은 이리 나오시오!"

관군 중에서 순장이 외치는 소리에 모든 사람이 깜짝 놀랐다. 선준을 비롯하여 명륜당에서 산학을 하고 있던 유생들은 갑작스런 일에 의아하여 대꾸도 하지 못했다. 달려온 대사성이 그에게 소리쳤다.

"이게 대체 무슨 일이오! 이선준을 찾는 이유를 대시오!"

"이선준을 홍벽서 용의자로 체포하라는 명이오. 어서 나와서 오라를 받으시오."

서재생 중 누군가가 눈이 뒤집어져서 소리쳤다.

"야! 이 바보 같은 자식들아! 누구더러 홍벽서라는 거냐! 가랑 이선준이? 말도 안 되는 미친 소리 말고 여기서 썩 나가!"

유생들도 일제히 목소리를 합쳤다. 마치 이곳에 발을 들인 관군들 모조리 몰매라도 때려 내쫓을 기세였다. 이들의 기세에 놀란 순장이 어쩌지 못하고 우왕좌왕하면서 말했다.

"이러지 마십시오. 우린 명을 집행할 뿐입니다."

선준이 자리에서 조용히 일어났다. 왜 이 사태가 벌어졌는지 그의 머릿속에서는 순식간에 정돈이 되었다. 그래서 표정 하나 없이 멍청하게 앉은 윤희를 애잔한 눈길로 쓰다듬은 후, 용하와 눈을 맞추고 무언의 대화를 나누었다. 그런 뒤, 신을 신고 명륜당 아래로 내려갔다. 유생들의 항의가 빗발치는 가운데 재신이 벌떡 일어나 고함을 질렀다.

"이놈들아! 홍벽서를 잡으러 왔느냐? 그건 바로, 우읍!"

용하가 재빨리 재신의 뒤에서 입을 틀어막고 머리를 끌어안았다. 그리고 미친 듯이 발버둥치는 그를 힘겹게 잡아 바닥에 깔아뭉갰다. 선준의 눈빛이 시킨 것이다. 하지만 혼자서 재신을 힘으로 당해 내기엔 역부족이었다. 입을 틀어막은 용하의 손가락은 이에 물어 뜯겨 피가 흘렀고, 아랫배는 팔꿈치에 여러 차례 가격을 당해 숨쉬기가 어려웠다. 더 이상 버틸 수 없자, 그의 귀에 협박처럼 속삭였다.

"홍벽서! 개죽음 당하기 싫으면 가만있게. 가랑은 어차피 범인이 아니니 괜찮네. 하지만 자네는 진짜 죽어!"

순간, 재신의 동작이 멈추었다. 자신의 정체를 알고 있는 그에 놀라서였다. 용하의 눈에 눈물이 가득 고였다. 그리고 울먹이며 애원했다.

"난 자네를 잃을 순 없네. 그러니 부디 입 좀 다물고 있어 주게. 부탁일세."

그의 애원에도 불구하고, 재신은 다시 날뛰기 시작했다.

"누가 좀 도와주게. 이놈 좀 잡아 줘!"

용하의 요청으로 주위에 있던 유생 몇 명이 달려들어 재신의 몸을 바닥에 눌렀다. 그리고 용하는 틀어막은 입을 악착같이 붙들고 놓치지 않았다.

명륜당 아래로 내려간 선준은 순장 앞에 가서 정중하게 말하였다.

"옷을 갈아입고 나오겠습니다."

"그렇게 하시오."

선준은 동재로 들어갔다. 그의 뒤로 관군과 유생이 따랐다. 그 무리 중에는 버선발로 넋이 나간 채 따르는 윤희도 섞여 있었다.

第八章

홍벽서

1

어떤 커다란 손이 윤희의 어깨를 마구 흔들었다.

"선비님! 선비님!"

도깨비 얼굴, 순돌이다. 그런데 어째서 순돌이가 있는 거지? 여기가 어디지? 캄캄하다. 밤인가? 어째서 밤이지? 조금 전까지는 낮이었는데. 그리고 가랑 형님도 옆에 있었는데. 손바닥이 새까맣다. 버선도 엉망진창이다. 정돈해야 되는데. 가랑 형님이 보시기 전에 정숙하게 있어야 하는데. 손바닥으로 눈을 닦아 보았다. 눈물이 없다. 마치 고장 난 듯 메말라 있다. 이리 가슴이 아픈데 어째서일까?

"선비님! 정신 차리십시오!"

윤희의 정신이 깨어났다. 중이방 앞의 대청에 앉은 채로 넋이 빠져 있었다. 유생들 사이에 섞여 선준을 따라 반촌 입구까지 쫓아갔던 것이 떠올랐다. 마치 외출하듯 태연히 관군에 둘러싸여 가던 그의 모습도 떠올랐다. 그가 자신에게 무언가를 말한 듯하다. 뭐였지? 관군에게 잠시 청한 뒤, 그녀 곁에 다가와 웃으며 무언가를 말했는데······.

'곧 돌아오겠소.'

이 말이었던가? 그래, 곧 돌아온다고 했다. 그가 곧 돌아온다면 돌아올 것이다. 그의 말은 하늘이 땅이래도 맞는 것이고, 해가 구름이래도 맞는 것이다.

"순돌아."

"네, 선비님! 절 알아보시겠습니까요? 오랫동안 이러고 계셔서 정말 무서웠습니다요. 정신이 돌아오셔서 다행입니다."

"가랑 형님은 어찌 되셨어? 좌상 대감은 어찌고 계셔?"

"북촌 자택도 지금 쑥대밭입니다요. 주인어른께서도 너무 놀라셔서 우왕좌왕하고 계시고요. 하지만 뭔 수를 쓰고 계실 터이니 걱정 마십시오. 아무리 그래도 좌의정 아니십니까?"

"그런데 어째서 네가 여기 와 있는 게냐?"

"도련님께서 선비님 곁에 붙어 있으라고 하셔서요."

윤희는 그의 팔목을 덥석 잡았다.

"그분을 만난 거냐? 응?"

순돌이는 눈에 눈물이 가득 고인 채로 고개를 저었다.

"예감이 안 좋으셨는지, 얼마 전에 집에 오셨을 때 만약에 도련님께 무슨 일이 생기면 선비님 곁으로 바로 뛰어가라고 하셔서······."

이때 정신없이 빠른 걸음으로 용하가 뛰어왔다.

"대물, 괜찮은가?"

걱정스런 얼굴로 윤희의 어깨를 짚으려는 용하의 손을 순돌이가 막았다. 어딜 감히 도련님의 아내 되실 분 몸에 손을 대느냐는 불꽃이 그의 눈에서 이글이글 불타고 있다. 섬뜩한 위협이었다. 용하는 하는 수 없이 제 손을 치웠다.

"그런 불꽃을 이글거릴 판국이 아닌데, 거참."

"여림 사형! 어떻게 되고 있습니까?"

"하필 오늘따라 서장의가 외부에 나가 있을 게 뭔가. 지금 돌아오고 있는 중이라고 하니, 잠시 후에 재회가 소집될걸세. 그런데 그 전에 병조 쪽이 어떻게 돌아가는지 알면 좋겠는데, 심부름 보낸 편에서 아무 연락이 안 오고 있네. 나도 미치기 직전일세."

그는 우왕좌왕하며 동재 뜰을 서성거렸다. 그리고 중이방으로 뛰어 들어갔다. 캄캄한 방 안에 재신이 우두커니 앉아 있었다. 분노를 삼키듯 자신의 숨소리까지 삼키고 있었다. 윤희는 그를 발견하고 완전히 정신을 차렸다. 지금 현재 제일 미칠 것 같은 사람은 다름 아닌 재신일 것이다. 용하가 그의 옆에 앉으며 한숨을 쉬었다.

"기특하군그래. 그렇게 조금만 참아 주게. 다른 방도가 있을 터이니."

윤희도 방 안으로 들어가 그의 앞에 앉았다. 그리고 순돌이가 방문 너머에 앉았는데, 큰 덩치 덕분에 방이 완전히 밀폐가 된 듯하였다.

"가랑 형님이 그러셨습니다. 곧 돌아오겠다고. 이건 명백한 누명이니까. 저번 재회도 쉽게 넘긴 것처럼 이번도……."

"바보 같은 자식! 조정이 재회와 같은 줄 아느냐?"

재신이 이를 갈며 내뱉는 말을 받아, 용하는 자신의 이마를 짚으며 피를 토하듯 말하였다.

"병조에서는 이미 홍벽서의 정체를 성균관 유생으로 좁혀서 수사하고 있었네. 뒤집어 말하자면, 성균관 유생이라면 누구든지 홍벽서의 용의자가 될 수 있단 말일세. 그런데 가랑은 홍벽서의 인상착의와 비슷한 데다가, 병조판서 댁 대문에 벽서가 붙던 날, 도둑으로 숨어들어 제 얼굴을 보였지. 부용화에게! 하필 그날에 말일세. 더군다나 가랑은 상유들에게 그곳에 가지 않았다고 거짓말까지 했어."

"하지만 홍벽서는 우리가 성균관에 입관하기 전부터 출몰하고 있었습니다. 그리고 가랑 형님이 아니라는 증거는 얼마든지 있습니다."

"물론 아니라는 증거는 있지. 악의를 가지고 그 사실들을 은폐시키지 않는다면 말일세."

윤희는 새파랗게 질린 얼굴로 방바닥만 노려보았다. 용하는 그녀의 어깨를 토닥여 주고 싶었지만, 여전히 이글거리는 눈빛을 쏘고 있는 순돌이에 밀려 그러지 못하였다.

"어차피 병조판서의 옹졸한 앙갚음에서 시작된 일이 아닌가. 적당히 겁을 준 뒤에 풀어 주겠지. 좌의정이 무서워서라도 어찌 못 할걸세. 우리도 일이 더 크게 번지기 전에 신속하게 움직일 것이고. 이대로 두면 성상께옵서 아시게 되기까지 이삼일은 걸릴 터이니, 오늘 밤에 유소를 써서 내일 아침에 성상께 올리면 아마 바로 아시게 될걸세. 성균관에서 올리는 상소는 아무리 하찮은 거라도 임금이 친히 읽어야 되니까 말일세. 그러면 곧 돌아올 수 있네."

"정말 그렇게 될까요?"

"그렇게 되도록 해야지."

"하루 사이 몸이 상하기라도 하면……."

"성균관 유생은 왕의 허락 없이 매 한 대도 함부로 칠 수 없네. 아까

못 봤는가? 포승줄을 가지고서도 묶지조차 않고 데리고 가지 않던가. 그러니 걱정 말게."

용하는 마치 자신을 위로하듯 윤희를 위로하였다. 이것은 그의 간절한 바람이기도 하였다.

"이봐, 대물! 너도 알고 있었냐?"

갑자기 던져진 재신의 질문에 그녀는 잠시 어리둥절하였다. 하지만 이내 홍벽서가 자신임을 알고 있었느냐는 질문임을 파악하였다. 그녀의 고개가 끄덕여졌다. 그러자 그의 눈이 시퍼렇게 변했다.

"그렇다면 가랑도 알고 있었군. 바보 같은 자식!"

감옥 안, 여러 명의 죄수들이 한꺼번에 한 칸에 모여 있는 것과는 달리, 혼자서 한 칸에 갇힌 선준은 조용히 눈을 감고 양반 다리로 앉아 있었다. 그 모습이 여간 꼿꼿한 게 아니다. 그래서 죄수들은 그가 누구이며, 무슨 죄로 들어왔는지 궁금해하였다. 웅성웅성거리던 죄수들이 갑자기 찬물을 끼얹은 듯 조용해졌다. 감옥으로 지체 높은 관리가 들어왔기 때문이다. 죄수들은 그가 누구인지 알 수는 없지만, 자신들이 이제껏 봤던 그 어떤 관리보다 높은 직책에 있는 사람임을 느낄 수 있었다. 그는 홀로 있는 선준의 칸 앞에 섰다.

"이런 식으로 만나게 되었군."

선준은 눈을 뜨지 않았다. 보고 싶지 않아서였다.

"공과 사를 구분하지 못하는 자가 병조판서라니, 이 나라가 걱정입니다."

"공은 공이고, 사는 사지. 난 확실하게 구분하였네. 여인을 제 마음대로 농락하고서, 궁합이 어떠니 하면서 거절하는 파렴치한은 내 상관치 않아. 우리 병조에서 잡아들인 건 분명히 홍벽서일세. 그간 순라군이 자네 때문에 애를 많이 먹긴 하였지."

선준은 입을 다물고 더 이상 대꾸하지 않았다. 아니라는 말도, 맞다는 말도 섣불리 할 수 없는 상황이다. 병조판서가 싱긋이 웃으며 말을 이었다.

"자네가 홍벽서임을 증인 서 줄 이들이 몇 명 있네. 좌의정께서도 그건 어찌 못 하실 터이지. 만약에 자네 댁에서 궁합을 다시 한 번 볼 의향이 있다면, 증인들의 말이 달라질지 모르지만서도……."

"그런 일은 없습니다."

"어째서! 그따위 궁합을 왜 다시 못 봐?"

병조판서의 목소리가 감옥 안을 쩌렁쩌렁하게 울렸다. 하지만 선준의 입과 눈은 열리지 않았다. 그 얼굴이 잘날수록 병조판서의 얼굴은 더 일그러졌다. 자신의 딸은 오매불망 이 잘난 얼굴을 그리며 애를 태우는데, 이자는 손톱만큼의 마음도 내어 보이지 않는 것이 괘씸해서 미칠 것 같다.

"혼사가 깨어졌단 소식에 그 아이는 식음을 전폐하고 누워 있다."

"혼사는 처음부터 시작도 되지 않았으니 깨어진 건 더더욱 아닙니다."

병조판서의 주먹이 파르르 떨었다. 하지만 목소리는 가라앉았다.

"이렇게 된 마당에 더 길게 말하면 무엇 하겠나. 이젠 자네 댁에서 혼인하자고 매달려도 우리 쪽에서 싫네. 인연이 닿지 않아 천만다행이야. 여차했으면 내 딸을 홍벽서에게 넘길 뻔했군그래. 궁합에 감사해야 하나?"

그는 차갑게 웃으며 감옥을 나왔다. 그런데 사헌부에서 나온 다섯 명의 군졸과 집의가 그를 기다리고 있었다. 병조판서는 의아한 듯이 말하였다.

"이 한밤에 무슨 일이오?"

"이곳 병조에서 홍벽서 용의자를 잡아들였단 보고가 들어왔습니다. 그 자를 사헌부로 압부押付하란 명을 가지고 왔습니다."

"뭐? 홍벽서를 어째서 사헌부로?"

그의 놀라는 모양이 부자연스럽다.

"벽서의 내용 성격상 우리 사헌부에서도 오래전부터 수사하고 있었습니다. 한데 잡혀 들어온 자가 성균관 유생이라면서요? 그렇다면 즉각 사헌부로 넘겼어야지, 어째서 병조에 두고 있단 말입니까? 성균관 유생은 그 죄의 대소를 떠나 사헌부에서 관할하는 걸 모른단 말입니까?"

"자, 잠깐만! 지, 지금 잡혀 온 자가 홍벽서라는 명확한 증거도 아직 없고……."

"그 또한 우리 측에서 계속 조사할 겁니다. 그러니 어서 압부해 주십시오."

"나로선 어쩔 수가 없군."

병조판서는 포기한 듯 옆의 서리에게 명하였다.

"이분들을 형방으로 안내해 드려라."

그들이 사라지자, 병조판서는 재빨리 옆의 정랑에게 소곤거렸다.

"가서 이선준을 잡아들인 증거 문서만 사헌부로 넘겨주어라. 하지만 나머지 불필요한 문서들은 모조리 폐기처분하도록!"
"네! 알겠습니다."
병조판서는 감옥 쪽을 보면서 가느다랗게 실눈을 하였다.
"이로써 이선준을 죽이는 건 병조가 아니라 사헌부가 되는 건가? 소론들이 죽이겠다는데, 좌의정이라고 별수 있나. 나로서도 어쩔 수 없는 부분이라고."
그의 한쪽 입술이 애써 미소를 감추고 있었다.

"작은 주인어른!"
재회를 위해 명륜당으로 가려고 방에서 나오던 용하를 덕구 아범이 다급한 목소리로 불렀다. 그를 발견한 용하는 반갑게 다가갔다.
"이 사람아! 왜 이제야 왔는가."
"기척이 수상하여 좀더 지켜보느라 늦었습니다요."
"그래, 병조는 어떻던가?"
"그게 아무래도 큰일이 난 것 같습니다."
그는 용하와 옆의 다른 유생들 표정을 살피다가 머리를 조아리며, 기어들어 가는 목소리로 말했다.
"이선준 유생이 방금 사헌부로 압부되는 걸 확인하고 왔습니다."
용하가 무너지듯 기단에 털썩 주저앉았다. 이번에는 그의 넋이 나갔다. 윤희와 순돌이는 상황이 어찌 돌아가는지 언뜻 판단이 되지 않아 어리둥절하였고, 재신은 망연자실하여 우두커니 대청에 서 있었다. 윤희는 제 입술을 피가 나도록 깨물고 열심히 생각을 하였다. 사헌부라고? 거기 대사헌이 걸오 사형의 부친이라고 알고 있는데, 그의 부친이라면 소론? 사헌부에 소론만 있는 건 아니잖은가. 하지만 대사헌의 영향이 압도적일 텐데, 그럼 어떻게 되는 거지?

"사헌부라면 이선준, 죽는다! 내 아비라면 죽이고도 남는다. 죄가 없어도 죄를 만들어서라도 죽인다."

재신의 감정 하나 섞임 없는 말소리에 심장이 얼어붙었다. 한여름인데 마치 엄동설한 같다.

"죄, 죄가 없는데, 어떻게……."

"오래전 일이다. 나의 형님이 죽었지. 노론, 이선준의 아비 손에."

윤희 못지않게 용하도 놀랐다. 좌의정과 대사헌이 철천지원수 사이인 건 알고 있었지만, 그 내막은 그도 금시초문인 이야기다. 그저 노론과 소론이어서 사이가 나쁜 것이겠거니 여기고 있었다.

"자, 잠깐. 자네 형님은 귀양 갔다가 병으로 돌아가신 것 아니었나? 귀양 가기 전부터 병은 있었다고……."

"귀양 가기 전부터 있던 병은 기억조차 하지 않는다. 귀양 가서 죽은 것만 기억할 뿐. 그러니 귀양을 보낸 이가 곧 죽인 것이지. 적어도 나의 아비란 자의 머리로는 말이지. 나의 아들을 하나 죽였으니, 너의 아들도 하나 죽이겠다. 이것이 입버릇인 양반이다."

용하가 눈물을 쏟아 낸다. 그의 눈물을 보자, 보이지 않는 어떤 것이 윤희의 숨구멍을 막았다. 어쩌란 말인가. 여림 사형까지 이러면 어쩌란 말인가. 그나마 믿고 있던 이 사람까지 무너지면 어쩌란 말인가. 재신은 눈에 눈물이 고인 걸 숨기려고, 미친 사람처럼 키득거리며 말했다.

"가랑, 우습게 되었군. 소론을 살리려다가 소론 손에 죽는 꼴이라니. 그거야말로 개죽음이다. 큭큭."

윤희는 막혔던 숨을 토해 내듯 소리쳤다.

"곧 돌아온다고 하였습니다. 돌아온다고 했으면 돌아옵니다! 그러니까 모든 게 끝난 것처럼 울지 말라고요! 사내자식들이 되어 가지고 찔찔 짜지 말란 말입니다!"

그리고 온몸과 마음을 늘어뜨리고 울고 있는 용하의 팔을 잡아당겼다.

"어서 일어나십시오. 여럼 사형답게 머리를 쓰셔야지요. 방도를 찾아내셔야지요."

"무슨 방도? 가랑이 홍벽서가 아니라는 증거는 그들도 가지고 있을 텐데, 무슨 방도!"

윤희의 흙투성이 버선발이 그의 무릎을 걷어찼다. 그리고 씩씩거리면서 말했다.

"우선 지금 당장 할 수 있는 일부터 하십시오! 재회가 시작되었으니 밤을 새워서라도 유소부터 작성하고 난 뒤에 생각해도 늦지 않습니다. 가랑 형님은 성상께옵서 아끼고 사랑하는 사람입니다. 그러니 한시라도 빨리 임금께서 아셔야지요."

용하는 피멍이 든 그녀의 입술을 보았다. 입술이 저 지경이 되었건만 눈물 자국은 없었다. 산적 같은 순돌이조차 눈물범벅인데, 그녀의 눈물만 메말라 있다. 강하다. 웬만한 사내보다 훨씬 강하다. 체구는 저리 연약한데, 신기할 정도다. 그 신기함이 용하에게도 힘을 주었다.

"그래! 유소가 급선무야. 이러고 있을 시간에 어서 가서 작성하는 걸 돕자고."

용하가 자리를 털고 일어났다. 그런데 재신이 방 안으로 들어가 도포를 껴입으며 나왔다.

"순돌아! 저 사람을 붙잡아!"

윤희가 외치자 순돌이는 얼떨결에 그의 멱살을 붙잡았다. 아무리 재신이라고 해도 그의 손아귀를 벗어날 수는 없었다.

"이것 놔라."

"걸오 사형은 무슨 짓을 벌일지 몰라서 놓아 드릴 수가 없습니다."

"엉뚱한 짓 벌이진 않을 테니, 놓아라."

"일이 해결될 때까지 반궁 밖으로는 나가실 수 없습니다."

"내 발로 범인입네, 나서지 않을 터이니 놓아라. 나도 지금 상황에서 가장 급선무인 일을 하려는 것뿐이다. 약속하마."

재신의 목소리가 차분한 부탁 조였다. 일찍이 이런 목소리는 들은 적이 없다. 그래서 윤희도 한발 물러섰다.

"여기서 더 복잡하게 만들지 않으실 거죠?"

"그래. 약속한다니까."

윤희의 눈짓으로 순돌이의 손아귀에서 벗어났다. 재신이 도포 옷고름은 매지 않고 갓을 쓰면서 비웃듯 말했다.

"대물, 넌 바보구나. 나를 발고하면 가랑은 바로 풀려날지도 모르는데."

"제가 비록 어려도 의리가 무엇인지는 압니다. 제 마음이 곧 가랑 형님의 마음입니다. 그리고 풀려날지도 모른다는 건, 못 풀려날지도 모른다는 겁니다. 그것은 둘 다 잃을지도 모른다는 뜻과 일맥상통합니다."

사랑스러울 만큼 영리한 여자다. 재신은 그녀를 안고 싶었지만, 두 눈을 부릅뜨고 있는 도깨비 같은 놈 때문에 싱긋이 웃는 미소로 대신하였다. 선준이 그를 이곳으로 보낸 이유는 다른 위험 때문이 아니라, 이런 이유 때문인 듯하였다.

"아주 오랜만에 우리 아버지 좀 뵈어야겠다. 다녀오마."

그런데 그는 평소처럼 전향문으로 나가지 않고 명륜당 쪽으로 재빨리 뛰어갔다. 윤희는 순돌이더러 이곳에서 기다리라고 해 놓고 그의 뒤를 따라갔다. 용하는 그의 말이 마음에 걸렸다. 아비가 사헌부의 수장이니 당연히 만나 봐야 할 것이다. 그런데 그 당연함이 부자연스럽게 느껴졌다. 그는 제 머릿속을 털어 내고, 덕구 아범에게 조용히 일렀다.

"자네는 계속 동정을 살펴, 수시로 보고를 해 주게."

"하지만 저희가 사헌부 쪽으로는 닿아 있는 줄이 없어 놔서……."

"좋은 기회군. 이번에 없던 줄을 만들면 되지 않겠나? 돈은 얼마가 들어도 좋으니까."

"네, 알겠습니다요."

용하는 그를 보내고 명륜당으로 들어갔다. 그곳에는 수많은 유생들이 모여 있었다. 그런데 심각해야 될 시점인데 재회와 관계없는 소란함이 있었다. 가만히 눈여겨보니 그 진원지는 또 재신이다. 엉뚱한 짓을 벌이지 않겠다는 말을 바로 조금 전에 하지 않았던가. 버럭버럭 소리 지르는 재신의 말이 들렸다.

"명첩 내놓으라고, 명첩!"

"아이고, 내 팔자야. 갑작甲作은 뭐 하나, 걸오 저놈 안 잡아먹고. 잠시 눈만 돌리면 사고를 치고 있으니."

용하는 제 머리를 짚으며 그들 속으로 들어갔다. 그사이에 재신은 이미 명첩을 빼앗아 펼치고 그 제일 첫 장의 제일 앞에 자신의 이름과 수결을 기입하였다.

"이보게, 일이라는 것에는 무릇 순서라는 것이 있……."

"난 간다! 뒷일은 알아서 해라."

그리고 휑하니 가 버렸다. 서장의가 허망한 듯 그의 이름을 물끄러미 보다가 그냥 웃어 버리고 말았다. 누가 저 인간을 말릴 것인가. 그나마 제 이름을 남겨 준 것만으로도 감사할 노릇이다. 그것도 노론을 구하는데 소론의 이름이 제일 앞에 떡하니 들어간 셈이다.

재신이 사라진 뒤, 명륜당 안은 다시 엄숙해졌다. 그리고 서장의와 동장의의 주도로 재회는 계속 진행되었다. 윤희는 상재생 중, 제일 나이가 어리다는 이유로 조사가 되어 기록을 담당하게 되었다. 그리고 순서에 따라 상유들의 의견을 모아 유소를 적어 갔다. 동재와 서재가 한입으로 제기하는 문제는 관군이 비밀리에 청재를 수색한 점, 반촌을 넘어 심지어 명륜당에까지 관군이 발을 들인 점, 증거가 충분하지 않음에도 불구하고 유생을 강제 압송한 점 등등이었다. 그 외에도 이를 묵과한 대사성과 학관에 대한 성토도 들어갔다.

유소가 완성되자, 이번에는 대의사大議事가 진행되었다. 이번 유소를 책임질 소임疏任을 정하는 일인데, 제일 우두머리인 소두疏頭를 비롯하여, 소색, 제소, 사소 등을 차출하였다. 그리고 서장의와 동장의가 물러나 앉고, 소두가 제일 윗자리에 올라 제 이름들을 기록하고, 이날 날짜 아래에 봉장封章이라고 썼다. 그런 후, 그의 주도 하에 비로소 작성된 유소와 함께 한다는 의미로, 유생들이 한 명씩 나와서 명첩에 자신들의 이름을 적어 나갔다. 그러니 재신은 이 가운데 순서는 모두 생략하고, 유소 내용조차 확인하지 않은 채로 이름을 써 놓은 것이다. 이들의 재회는 사안이 급한지라, 밤이 늦도록 계속되었다.

대사헌은 기척 없이 스르륵 열리는 방문을 향해 눈길을 주지 않고 책장을 넘겼다.
"예의라고는 먹고 죽으래도 없는 놈 같으니."
"청탁 하나 하러 왔습니다."
대사헌의 손에서 서책이 획 날아가 재신의 다리를 때렸다.
"오랜만에 아비 앞에 얼굴 디밀어 놓고선 제일 먼저 한다는 말이 고작 그거냐!"
"사헌부에서 성균관 유생 한 명을 잡아간 거 아십니까?"
"아니지, 입은 삐뚤어졌어도 말은 바로 하라고 했다. 사헌부에서 잡아온 것이 아니라, 병조에서 잡아들인 걸 사헌부에서는 넘겨받은 것뿐이다."
재신의 앙다문 이가 으드득거렸다. 그리고 꽉 쥔 주먹에는 핏줄이 불거졌다.
"사헌부로 압부된 건 그리 오래전이 아닌데, 사택에 앉아 계신 아버지가 어찌 아시는 겁니까? 고작 유생 한 명의 일을."
"고작 유생 한 명이 아니라, 이선준이니 알아야지. 말이 길어질 것 같구나. 앉아라."
"건드리지 마십시오."

"앉아라!"

재신은 하는 수 없이 시키는 대로 바닥에 털썩 앉았다. 대사헌의 눈은 절도 올리지 않는 아들을 책망하듯 보았다. 소위 청탁 비슷한 것을 하러 왔다. 그러니 굽히고 들어가는 편이 낫지 싶어서 재신은 다시 자리에서 일어나 절을 올렸다. 말썽꾸러기 아들이 앞에 다가와 앉자, 대사헌은 빙긋이 웃으며 작은 소리로 말했다.

"널 이리 손에 쥐는 것도 나쁘진 않구나."

"아무튼 각설하고, 이선준을 풀어 주십시오."

"어찌 공사를 사사로이 진행하겠느냐. 마땅히 살피고 분별한 뒤에 행하여야지."

싱글싱글 웃으며 말하는 것이 재신의 급한 신경을 더 건드렸다.

"살필 필요도 없습니다."

"영원히 오지 않을 기회인 줄 알았다. 워낙에 빈틈없는 인물이라. 그러니 이번을 놓치면 또다시 기회는 오지 않겠지."

"이선준은 홍벽서가 아닙니다!"

"사실이라는 것이 전부가 될 필요는 없다."

"정말 이러실 겁니까! 그릇된 판단으로 인한 뒷감당이 무섭지도 않습니까?"

"그 뒷감당을 할 무렵엔 이선준은 이미 없다."

"아버지! 제가 이 이상 아버지를 혐오하지 않도록 도와주십시오."

"불효막심한 놈. 아비한테 할 말소리냐, 그게?"

말이 통하지 않는 분이다. 이치는 더더욱 통하지 않는다. 그래서 재신은 두 손을 모아 바닥에 엎드려 간곡하게 소리쳤다.

"쟁자諍子 또한 효자라 하였습니다! 언제까지 사사로운 당파에 눈이 멀어 죄 없는 인재들을 죽이실 겁니까? 언제까지 지나간 과거에 얽매여 미래를 죽이실 겁니까? 경종도 이미 죽었고, 사도세자도 이미 죽었고, 영조도 이미 죽었고, 형님도 이미 죽었습니다. 죽고 없는 사람들로 인해 어째서 산 사람들이 죽어 가야 합니까! 미래를 해치기 위해 과거가 존재하는 게 아닙니다!"

"이미 오래전에 노론과 소론은 쪼개졌다. 이제 와서 쪼개지기 전으로 돌아갈 수 없고, 내 아들도 되살아나지 않는다. 이것이 현재다."

"아버지만 아들을 잃은 것이 아닙니다. 저도 형님을 잃었습니다. 저라고 슬프지 않겠습니까? 그럼에도 이러는 건……."

"아들과 형제가 같으냐? 그 슬픔이 같으냐?"

재신은 숨을 죽였다. 부친을 막을 수 있는 건 자신을 밝히는 방법뿐이라는 생각이 들었다. 그래서 깊은 숨을 내쉬며 천천히 힘주어 말했다.

"후회하실 겁니다. 홍벽서는 이선준이 아니라, 바로……."

"너겠지."

깜짝 놀란 재신이 고개를 들었다. 섬뜩하게 웃고 있는 부친의 얼굴이 보였다. 그는 알고 있었다. 홍벽서가 누구인지 알면서도 이선준을 죽이려고 하고 있었다.

"참으로 엉뚱한 놈이야. 제 집 대문에 벽서를 붙이고 달아나는 놈이 세상에 또 있으려고. 아무리 얼굴 한 번 보기 힘들어도, 내가 설마 아들 필체도 못 알아볼 줄 알았느냐, 쯧쯧."

"알고 계시다니, 이야기가 쉽겠군요. 만약에 이선준을 건드리면, 제

입으로 홍벽서임을 발설하고 말 겁니다."

갑자기 대사헌의 웃음이 터져 나왔다. 기분 나쁠 만큼 유쾌한 웃음소리다.

"하하하. 네놈이 홍벽서라는 증거는 있고?"

"이 집 대문에 벽서를 붙이고 달아나던 날, 홍벽서가 옆구리에 창상을 입었던 걸 알고 계실 겁니다. 그 상처가 제게 있습니다. 아울러 이선준에게는 없지요."

"미안하지만, 홍벽서의 옆구리를 창으로 찔렀다던 그 순라군은 자신의 거짓말이라고 증명하였다. 홍벽서를 눈앞에서 놓친 책임을 모면하기 위해서였다고 말이야. 이건 우리 사헌부에서 일부러 거짓으로 조사한 것이 아니라, 순라군을 총괄하는 병조에서 보낸 문건에 그리되어 있었다. 설마 노론이 노론을 해치려고 거짓 문서를 꾸몄겠느냐."

"그, 그런 말도 안 되는……."

"잘 와 주었다. 그러잖아도 네가 오지 않으면 잡으러 가려던 중이었다. 여봐라! 다들 들어오너라."

바깥을 향해 외치는 부친의 목소리에 재신은 정신이 확 들었다. 동물 같은 감각이 위험을 예고했다. 하지만 한발 늦었다. 이미 대기하고 있던 장정 네 명이 순식간에 방 안으로 뛰어 들어와, 재신이 자리에서 일어나기도 전에 그의 몸을 제압해 버리고 만 것이다.

"놔! 이 새끼들아, 놔!"

"밧줄로 묶어라."

그들은 발버둥치는 재신을 강제로 찍어 누르고 손과 발, 몸통을 밧줄로 칭칭 묶었다.

"아버지, 후회하실 겁니다!"

"이 일이 끝날 때까지만 갇혀 있거라."

"제가 비록 사라져도 우리 성균관 유생들이 가만있지 않을 겁니다."

"훗! 그깟 새파란 애송이들? 그들이 할 수 있는 일이라곤 고작 유소나 올리는 것뿐일 테지. 어서 이 녀석 입을 틀어막지 않고 뭐 하는 거냐?"

재신의 입은 천으로 둘러 묶여졌다. 그래서 더 이상 인간의 말소리를 낼 수가 없었다. 하지만 그의 짐승 같은 소리는 끊임없이 새어 나왔다.

"우웁으읍읍!"

그를 향해 대사헌은 애틋한 아비의 목소리로 말했다.

"아들아, 난 아들 하나를 잃은 것만으로 충분하다. 남은 하나마저 앗아 가지 말아 다오. 홍벽서의 정체를 노론에서 알게 될까 봐 졸인 아비의 마음을 네가 어찌 알까. 네가 너를 아끼지 않으니, 난 이럴 수밖에 없었다."

재신의 입에서 짐승 같은 소리가 멎었다. 하지만 눈빛으로 아버지께 말했다.

'결국 제가 가랑을 죽이는 겁니까? 아버지는 아들에게 벗을 죽인 죄를 멍에로 남겨 주시려는 겁니까? 그것은 아버지 손으로 하나 남은 이 아들을 마저 죽이는 것임을 어찌 모르십니까?'

대사헌은 아들의 눈빛을 듣지 못한 채, 광에 가두라는 명령을 내렸다. 재신은 장정들에게 끌려가면서 윤희를 떠올렸다. 그녀의 슬픈 눈동자를 떠올렸다. 다녀오마고 했던 약속을 떠올렸다. 약속을 지켜야 하는데, 그녀 곁에 가랑을 되돌려 줘야 하는데, 몸이 묶여 꼼짝할 수가 없다. 후회가 되었다. 그녀가 시키는 대로 할걸 그랬다. 그녀 말대로 반궁을 나오지 말걸 싶었다. 재신은 끝끝내 윤희에게 비겁한 인간이 되고 마는 것이 견딜 수가 없어, 미친 듯이 발버둥을 쳤다.

"휘이! 물럿거라! 휘이! 물럿거라!"

재직과 반촌에서 힘 좀 쓴다 하는 장정들이 몽둥이를 들고 외치는 소리가 길을 가득 메웠다. 이 소리를 들은 장사치들은 허둥지둥하면서 좌판을 치우거나 가게 문을 닫아걸었고, 주민들은 재빨리 길에 물을 뿌리고 청소를 하였다. 그리고 사람들은 아침부터의 느닷없는 유소 행차가 의아하여 길가에 줄지어 나와 섰다. 한 무리의 반인들이 지나가고 한참 뒤에, 네 개의 청금록 상자와 유소함을 든 사람들을 필두로 하여, 소두와 소임이 선두에 섰다. 그 뒤를 유건을 쓰고 행의를 입은 상유들이 줄지어 걷고, 이들 뒤로 사학 유생들이 따랐다.

동촌을 지날 때, 윤희와 용하는 주위를 두리번거리며 재신을 찾았다. 아침이 되도록 그는 돌아오지 않았다. 행차를 알리는 소리가 그의 집까지 분명 들릴 터인데, 나타나지 않는다. 그것이 여간 이상한 게 아니었다. 다녀오마고 약속했던 그가 이런 급박한 상황에서 증발해 버릴 리가 없기에 불안한 예감은 떨쳐지지 않았다. 재신이 없다는 건 절망과도 같기에, 윤희와 용하는 유소의 행차보다 그에게 더 신경이 쏠려 있었다.

행렬이 궐문 앞에 도착하자마자 유소가 왔음을 알리려 승정원으로 사람을 보낸 사이, 붉은 탁자를 펼쳐 유소함을 놓고, 그 아래에 청금록 상자를 벌려 놓았다. 그리고 유생들은 열을 맞춰 정좌하여 앉았다. 윤희는 이러는 사이에도 선준에게 행여 무슨 일이 벌어지고 있지는 않을까 피가 바짝바짝 말라 들어갔다. 한시가 급한데, 궐문 안에서 승정원 관리로 보이는 사람은 나타나지 않는다.

얼마의 시간이 지났을까. 윤희의 아랫입술이 제 이에 물어 뜯겨 여기저기에 상처가 생기고 난 후에 승정원 관리가 나왔다. 그리고 유소함을 가지고 정문을 지나 어로로 들어가고, 소두는 곁문을 지나, 어로 옆길로 들어갔다. 그들이 사라지고 나니 윤희의 조급함은 더욱 심해졌다. 한쪽 머리, 홍마목 근처에는 식당의 도구들이 옮겨져 형식적으로 설치되고, 도기가 펼쳐졌다. 열 지어 앉아 있던 유생들은 삼삼오오 일어나, 나이와 입관에 순서 없이 이름과 수결을 남겼다.

왕은 아침 업무를 보기 위해 편전으로 나오다가, 승지가 밖으로 달려가는 것을 보았다. 왕이 행차를 하는데 저리 뛰어나가는 것은, 무슨 큰일이 벌어졌음이다. 그래서 선정전으로 들어가 용상에 앉자마자 다른 승지들에게 물었다.

"무슨 일인가? 아침부터 뭐가 이리 어수선해."

"그, 그게……, 송구하옵게도 성균관으로부터 유소가 올라왔다 하옵니다."

"뭐? 요즈음 유소가 올라올 일이 뭐가 있어서."

왕은 유소라는 말에 귀찮은 생각부터 들었다. 그렇다고 안 읽을 수도 없는 노릇이다. 그래서 하는 수 없이 인상을 찌푸린 채로 다른 공문서를 보면서 기다렸다. 잠시 후, 유소함을 든 승지가 선정전으로 들어왔다. 그리고 그 안의 것을 꺼내어 임금 앞에 올렸다. 귀찮은 표정으로 유소를 든 왕의 표정이 읽어 갈수록 서서히 변해 갔다. 급기야 유소를 든 어수가 파르르 떨렸다.

"이게 무슨 소리냐? 홍벽서를 잡아들였는데, 어째서 그자가 이선준이란 말이냐!"

화를 참지 못한 왕이 유소를 집어던졌다. 승지가 그것을 주워서 돌려 읽었다. 그들도 난감한 표정들이다.

"이건 모함이다. 이선준은 그럴 인물이 아니야. 여봐라! 지금 당장 조계朝啓를 할 것이니, 대소 신료들은 모두 이곳으로 들라 이르라! 그리고 홍 아무개의 벽서도 모조리 모아 오도록 해라. 한시도 지체하지 마라!"

"이게 이선준의 글이라고? 모두 까막눈들인가!"

왕이 홍벽서의 글을 읽고 난 뒤에 내어 지르는 진노가, 어느새 다 모여 앉아 머리를 조아리고 있는 대신들의 귀를 때렸다.

"상황과 정황도 필요 없다. 이 글만 보더라도 이선준은 결코 아니니, 당장 풀어 주도록 해라."

"주상 전하! 신, 대사헌 아뢰옵니다! 세상 어디도 그 글만 보고 죄를 판단하는 경우는 없사옵니다. 부디 통촉하여 주시옵소서."

"이선준은 대안 없는 비판은 하지 않는다. 그런데 이 글은 신랄한 비판만 있을 뿐, 이에 대한 대안은 들어 있지 않다. 모르겠는가?"

"허나, 명확한 정황이 있는지라……. 신중하게 살피고 검토하겠사오니, 심려치 마옵소서. 죄가 없으면 마땅히 풀어 줄 것이고, 죄가 있다면 또한 마땅히 벌을 내려야 할 것입니다. 그것이 이 땅에 주상 전하가 계시옵고, 법이 존재한다는 증거가 아니겠사옵니까. 그러니 정에 이끌려 사사로이 다뤄선 아니 될 줄 아옵니다."

"내가 사사로운 정에 이끌려 이선준을 풀어 주라고 한다는 것인가!"

아무리 소리를 높여도 대사헌은 눈도 꿈쩍하지 않는다. 왕은 별다른 뾰족한 수가 떠오르지 않아 당황하였다. 하지만 머리를 짜내야 한다. 비록 노론과 좌의정은 싫지만, 이선준은 잃고 싶지 않다. 더 이상 전대 왕의 노신들이 자신의 신하들을 죽이는 걸 용납할 수 없다.

"의금부로 넘겨라."

"그 또한 아니 되옵니다. 성균관 유생은 아직 관리가 아니니, 의금부에서 담당할 수 없사옵니다."

좌의정은 왕이 너무 미온적이라 애가 탔다. 나름대로 고심하고 있는 것이지만, 마음이 조급한 그에게는 전혀 그렇게 보이지 않았다. 그래서 고개를 숙인 채 이를 갈았다.

이건 계획된 것이다. 자신의 아들을 죽이려고 파 놓은 함정이다. 이런 생각이 들자, 더욱 암담해졌다. 그나마 다행인 건 자신보다 상유들의 움직임이 훨씬 빨랐다는 것이다. 아무리 좌의정이라고 해도 주요 국정 사안이 아니고서야 마음대로 임금에게 면담을 요청할 수 없다. 하물며 아들에 관한 일로 아침부터 뵙자고 할 수는 더더욱 없는 일이다. 그런데 상유들이 하룻밤 사이에 이리 조속하게 유소를 꾸며서 왕의 앞에 갖다 바칠 거라고는 그도 상상하지 못한 일이었다. 아마도 대사헌조차 이것까지는 예상하지 못한 듯하였다.

"정히 그렇다면 사헌부에서 홍벽서에 관한 수사는 하되, 그에 관한 모든 것은 내가 친히 검토할 것이다."

결국 왕에게서는 이런 결과밖에 나오지 못하였다. 왕이 마지막 검토를 한다손 치더라도 수사 보고는 올릴 것만 추려서 올리면 된다. 그러니 대사헌은 고개 숙여, 성심을 다해 분부를 받잡겠다고 큰소리를 칠 수 있었다.

 궐문 밖에 앉은 유생들 앞으로 왕의 비답이 내려오자, 선발된 사람이 앞에 나아가 그 글을 읽었다. 그런데 무릎을 꿇고 비답을 듣던 유생들의 얼굴이 어두워졌다. 너무 애매모호한 답이다. 당장 선준을 풀어 주겠다는 것도 아니고, 단순히 왕이 직접 사건을 지켜보겠다는 것이 전부다. 그중에서 명쾌한 해답이라고 할 수 있는 부분은 고작 성균관에 들어온 관군에 대해 처벌하겠다는 정도뿐이었다. 마음에 차지는 않지만 유생들은 일어나 사배를 올린 후, 우선은 철수를 하였다. 그리고 하루나 이틀 동안 추이를 지켜보다가 다시 한 번 유소를 올리든가, 여차할 시엔 권당捲堂을 행하기로 결의하였다.

2

윤희는 꼬박 이틀 밤을 중이방에서 홀로 지새웠다. 이 방이 이토록 비어 있었던 건 처음이었다. 그나마 순돌이가 방문 앞에서 버티고 있어 주지 않았다면, 낯선 적막함을 견딜 수 없었을지도 모른다. 다녀오마고 나간 재신은 연락도 없이 사라졌다. 간간이 들려오는 선준에 관한 소식은 더욱 절망적이다. 증거는 날조되고, 그가 홍벽서가 아님을 증명할 수 있는 건 무시되었다. 성균관에서는 언제나 윤희와 함께였기에 그녀가 증인으로 나서도 되건만, 이 부분에선 선준이 스스로 증인을 거부하였다. 윤희까지 이 일에 말려들게 했다가 자칫 여자인 것이 들통 나면 사태는 더 심각해질 가능성이 있기 때문이다. 이것이 선준을 더욱 옥죄었고, 이러한 틈바구니 속에서 왕도 어쩌지 못하는 상황이 계속되고 있었다.

윤희는 선준이 남기고 간 행의를 쓰다듬었다. 여전히 눈물은 흐르지 않는다. 차라리 쏟아져 나오면 심장은 눈물에 덜 잠길 터인데, 몸 안의 것들은 주인의 말을 듣지 않았다. 방 안에 있는 모든 선준의 물건이 그녀를 괴롭혔다. 그래서 벽에 기댄 채 눈을 감았다. '곧 돌아온다고 하였다, 곧 돌아온다고 하였다.'라는 윤희의 되뇜은 끊어질 줄 몰랐다. 그러다 입술을 깨물고 갑자기 일어섰다. 곧 돌아온다고 하였으니, 곧 돌아오게 만들어야 한다. 그의 말을 공염불로 만들 수는 없다.

윤희가 다급하게 문을 열고 나가자 순돌이는 깜짝 놀라 대청에서 일어났다. 그녀는 곧장 중일방으로 뛰어 들어갔다. 열심히 골몰하고 있던 용하가 눈이 휘둥그레져서 그녀를 쳐다보았다.

"무슨 일인가?"

"그것 좀 잠시 빌려 주십시오."

"뭘 말이냐?"

윤희가 방우의 눈치를 살피는 걸 보고, 용하는 즉시 그녀가 원하는 것이 홍벽서의 글임을 알아챘다. 그래서 숨겨 두었던 종이 뭉치를 꺼내어 건네주었다. 그것을 가지고 황급히 사라지는 그녀의 뒷모습이 영 수상하다. 곰곰이 생각에 빠졌던 용하는 번쩍 떠오르는 생각을 잡듯이 방을 뛰쳐나갔다. 그리고 급히 중이방으로 들어가려는데 아니나 다를까, 책임감 투철한 방지기 순돌이에게 어깨를 덥석 잡히고 말았다.

"무슨 용무이십니까요?"

"대물 도령이 엉뚱한 짓을 벌이려고 한다."

"네? 엉뚱한 짓?"

순돌이의 머릿속에서 엉뚱한 짓은 더 엉뚱하게 변질되어, 목매달고 자결하는 장면을 떠올리게 하였다.

"선비님, 안 됩니다요!"

문을 벌컥 열고 들어간 방 안에는 윤희가 서안에 앉아 열심히 홍벽서의 글을 읽고 있었다. 용하가 태연히 그녀의 앞에 앉으며, 어리둥절한 표정으로 서 있는 순돌이에게 말했다.

"너도 문 닫고 들어오너라. 긴히 할 얘기가 있다."

윤희는 두 사람을 번갈아 보다가 다시 글을 읽으면서 대수롭지 않게 물었다.

"뭣 때문에 그러십니까?"

"내, 자네 속을 알지. 무슨 꿍꿍이인지도."

"전 아무 꿍꿍이도 없는데요."

"그렇다면 다행이네. 만약에 꿍꿍이가 있다면 그건 바로 실패할 터이니."

윤희는 입을 꾹 다물고 홍벽서의 글만 노려보았다. 용하가 이어서 말했다.

"자네가 홍벽서가 되기에는 우선, 키가 너무 작아."

순돌이가 깜짝 놀라 그녀와 용하를 번갈아 보았다.

"그리고 무엇보다 자넨 홍벽서의 글을 흉내 낼 수 없네. 가짜라는 건 금방 들통 날 터이고, 그러면 일은 더 꼬일걸세."

서안 위에 올려진 그녀의 두 주먹에 힘이 들어갔다. 홍벽서만큼 키가 크지 않은 것이, 신랄한 비판을 할 수 있는 눈을 지니지 못한 것이 억울하고 분했다.

"그럼 어쩝니까? 제가 할 수 있는 일이 아무것도 없는데. 증인이 되겠다는 것조차 거부하면 전 어쩌라고. 차라리 제가 가랑 형님 대신 홍벽서가 되는 편이 낫겠다고 생각했는데, 그것조차 안 된다면 전 어쩌란 말입니까?"

"자네가 그러다 잡히면 가랑과 걸오가 퍽이나 좋아라 하겠구먼."

그녀가 또다시 제 입술을 아프도록 깨문다. 용하는 그것이 가엾어 얼른 뒷말을 이었다.

"하지만 아주 좋은 생각일세."

"네?"

"홍벽서라고 떡하니 잡아 둔 자가 있는데, 또 도성 안에 벽서가 붙으면 감옥에 잡혀 있는 자는 분명 홍벽서가 아니란 의미가 아니겠나. 그보다 명백한 증거는 없지."

"하지만 전 이 글을 흉내 낼 수 없다면서요? 앗! 여림 사형이 대신 글을 지으시면 되겠군요."

"이보게, 이건 자랑이 아니네만, 내가 자네보다 더 흉내 내기는 힘들다네."

"걸오 사형의 생각은 여림 사형께서 누구보다 잘 알지 않습니까? 흉내 내서 비판만 해 주시면 글로 엮는 건 제가 하겠습니다."

"그래 봤자 흉내는 흉내에서 벗어나지 못하네. 이럴 때일수록 진짜가 아니면 안 된다고."

윤희는 갑갑하여 소리를 질렀다.

"그럼 도대체 어떻게 하자고요!"

"진짜가 아니면 안 된다고 하지 않았나. 진짜를 데리고 오면 되지."

자신은 속이 타들어 가는데, 마치 농담하는 양 너무 쉽게 이야기하는 용하가 미워서, 그녀는 짜증을 내었다. 평소에도 말이라면 멀리 빙

빙 돌리는 사람이긴 하지만, 이런 상황에서까지 이러면 듣는 이의 속은 확 뒤집어진다.

"행방불명된 사람을 어디서 데리고 온단 말입니까!"

"걸오는 안 오는 것이 아니라, 오지 못하는 것일세. 왜 못 오겠나? 누군가가 강제로 결박하여 가둬 놓지 않고서야……."

"네? 걸오 사형도 지금 잡혀 있단 말씀입니까?"

"걸오가 부친을 만나러 간다는 게 영 마음에 걸리더군. 어쩐지 짜 놓은 함정으로 걸어 들어가는 기분이라고나 할까. 그래서 생각해 봤네. 우리가 지금 생각하는 것처럼, 진짜 홍벽서가 나타나면 모두 도루묵이 되고 말 텐데, 어떻게 저리도 열심히 가량한테 누명을 씌울 수 있을까 하고 말일세. 그 말인즉슨 그동안 홍벽서가 출몰하지 않도록 만들 자신이 있다는 것 아니겠나?"

"그렇군요! 그럼 지금쯤 걸오 사형은 부친, 그러니까 사헌부의 수장인 대사헌께 잡혀 있겠군요."

"잡혀만 있는 것이 아니라, 가둬져 있을걸세. 다행인 건 대사헌 영감은 홍벽서의 정체를 다른 누군가가 알고 있다는 걸 전혀 예상하지 못했으리라는 거지."

윤희가 자리에서 벌떡 일어났다. 그리고 유건을 벗으며, 물끄러미 쳐다보고만 있는 두 남자를 보면서 말했다.

"왜 그러고 계십니까? 어서 걸오 사형부터 구하러 가야죠."

"지금 당장? 인정이 시작되면 가야지."

"지금 출발해도 인정쯤이면 동촌에 도착합니다."

"그도 그렇겠군. 그럼 나도 옷 갈아입고 옴세."

"선비님이 가시면 저도 갑니다요. 나가서 기다리고 있겠습니다."

두 남자가 나간 후, 윤희는 홍벽서의 글 뭉치를 책 더미 속에 숨겨 두고는 도포로 갈아입으면서 바깥으로 나갔다. 용하도 재빨리 옷을 갈아입고 나오고 있었다. 그런데 같은 동아리 유생 한 명이 동재 쪽에 얼굴을 빠끔히 들이밀고 두 사람을 불렀다. 노론이라 이곳 동재에 선뜻 들어오지 못하는 듯하였다. 용하와 윤희는 마음은 바쁘지만, 어쩔 수 없이 그에게 다가갔다.

"무슨 일인가?"

"잠시 물어볼 게 있어서……."

그는 두 사람의 눈치를 살피며 조금 미적거리다가 넌지시 물었다.

"저기, 혹시나 해서 말인데, 가랑을 구할 다른 방도라도 있나 싶어서……. 재회에서는 유소를 한 번 더 올리니 권당을 하니 어쩌고 하는데, 그 편을 기다리다간 내 숨이 넘어갈 듯허이."

"아직은 딱히 다른 방도는 못 찾고 있는데……."

"그래? 갑갑하구먼. 여럼 자네라면 뭔 일이든 할 줄 알았는데……."

그는 어깨를 축 늘어뜨리고 서재로 몸을 돌렸다. 그런데 갑자기 용하가 그를 불러 세웠다.

"잠깐! 혹시 앞으로 어떤 일이든 벌이게 되면, 자네에게 부탁해도 되겠나?"

"물론이지! 아무리 위험한 일이라고 해도 가랑을 구할 수만 있다면야 뭘 가리겠는가?"

두 사람은 비장하게 웃은 뒤 각자 뒤돌아섰다. 그리고 성균관을 나서면서 용하가 중얼거리듯 윤희에게 말했다.

"어쩌면 사람을 더 모을 수가 있을 것 같네. 어째서 여태 그 생각을 못 했을까? 가랑의 일이라면 우리가 아니더라도 도와줄 이들이 넘쳐 나는데 말일세. 걸오 놈이야 우리뿐이겠지만."

그런데 갑자기 윤희가 걷던 발걸음을 우뚝 멈추었다.

"왜? 뭔가 잊고 온 거라도 있나?"

"아니, 그게 아니라……. 정말 우리뿐입니까?"

"뭐가?"

"지금 걸오 사형을 구하러 가는 일원이 우리 셋뿐이냐고요."

용하는 윤희와 순돌이, 그리고 자신을 꼽아 보았다. 그런 후 뭐가 문제냐는 눈빛으로 그녀를 보았다. 윤희는 기가 막혀 자신의 머리를 짚었다. 이건 세 어중이의 집합이다.

움직임이 날렵함과는 거리가 멀어, 가운뎃다리로 공을 받는 용하. 순라군 한 패와 힘겨루기를 한다면 모를까, 그들을 피해서 숨어야 하는 상황이 닥치면 절대 숨어지지 않는 덩치인 순돌이. 힘이라고는 자기 몸 간수하기만으로 벅찬 윤희.

더군다나 용하의 옷차림은 기생집 나들이 가는 것처럼 호사스럽기 그지없다. 덩치 큰 순돌이보다 더 눈에 띈다. 이런 불안한 구성으로 일을 도모해야 한다니 걱정이 태산 같다. 그렇다고 감옥에 있는 선준에게 도와 달랄 수도, 재신더러 스스로를 구하라고 할 수도 없지 않은가. 윤희는 한숨을 쉬며 다시 발걸음을 옮겼다. 그나마 순돌이의 힘만큼은 의지가 되었다. 그런데 이번에는 용하가 걸음을 우뚝 멈추었다.

"왜요? 여림 사형도 뭔가 잊고 온 것 있습니까?"

"저기, 우리 지금 동촌으로 가고 있는 것 맞지?"

"네. 갑자기 그건 왜……."

윤희가 불안하여 쳐다보자 그는 부채를 만지작거리면서 말하였다.

"자네 혹시 대사헌 댁이 어딘 줄 아나?"

"네에? 여림 사형이 알고 계신 것 아니었습니까?"

"동촌에 있다는 것만 알지, 내가 구체적으로 어찌 알겠나. 동촌 일대가 전부 대사헌 댁인 것도 아니고, 걸오 놈이 제 집에 날 한 번이라도 데리고 가 준 적이 없는데……."

윤희와 순돌이의 입이 동시에 쩍 벌어졌다. 집도 모르는데 이리 자신 있게 길을 나섰단 말인가? 이래 가지고 과연 재신을 구해 낼 수 있을까? 이건 나머지 사람도 붙잡혀 주러 가는 것 같다.

"기, 길 가는 사람들에게 물어볼까?"

"지금 초대받아서 가는 겁니까? 우리 몰래 가는 것 아니었습니까?"

"그렇긴 하지."

기가 죽나 싶었던 용하가 멀리서 오고 있는 덕구 아범을 발견하곤 금세 환해졌다.

"앗! 하늘은 우리 편이로군. 이보게! 여기일세!"

"작은 주인어른. 어쩐 일로 나오셨습니까요?"

그가 다가와 넙죽 인사를 하자마자 용하가 물었다.

"자네, 대사헌 자택이 어디 있는지 알지?"

"네, 대충은. 그런데 그곳은 왜요?"

"자네가 길잡이 좀 해 줘야겠네. 앞장서게."

"초대라도 받으셨습니까요?"

"아니, 몰래 담을 넘어가서 걸오 놈을 구해 오려고."

덕구 아범이 주위를 두리번거리면서 물었다.

"누가 가는 겁니까요?"

"우리가."

"네에?"

윤희는 그가 놀랄 만도 하다고 생각했다. 십분 이해한다. 그가 어리둥절한 표정으로 세 사람을 번갈아 보면서 말했다.

"지금 '몰래'라고 하셨습니까요? 몰래 담을 넘을 거라고요? 세 사람이서요?"

"그렇다니까. 잔말 말고 어서 앞장서게."

그는 하는 수 없이 앞서 걸었다. 그러다가 도저히 못 참겠는지 걸음을 멈추고 돌아보면서 말했다.

"작은 주인어른. 모든 것이 문제지만, 개중에 그 복장이라도 좀 어찌하십시오."

윤희는 자신의 생각을 대신 말해 준 덕구 아범이 그렇게 고마울 수가 없었다. 낯선 사람이지만 급속도로 정이 붙어났다. 하지만 용하는 전혀 개의치 않았다.

"이 옷이 어때서? 내 옷 중에 가장 좋아하는 것인데."

"자객들이 왜 검은 옷을 입는지 모르십니까? 눈에 띄지 않아야 '몰래'라는 것도 성립되고, 누군가를 구해도 구할 수 있을 것 아니겠습니까요. 그 옷을 입고 불편해서 어떻게 움직입니까? 그러잖아도 몸은 다른 사람들 보다 월등히 둔하신 분이……."

'나도 여림 사형은 버리고 가고 싶다오.'

윤희는 속으로 덕구 아범에게 하소연을 하였다. 하지만 용하는 뻔뻔하다.

"난 아주 짧은 찰나라도 아름답지 못한 옷을 내 몸에 걸칠 수 없네!"

"아, 네. 그러시겠지요. 여부가 있겠습니까요. 대신 전 길만 안내해 주고 빠질 겁니다. 잡지 마십시오."

그는 머리를 절레절레 흔들며 포기하고 걸었다. 용하가 핑계랍시고 말했다.

"인정이 시작되고 나서 순라군과 맞닥뜨리면 성균관 유생이라고 둘러대야 하지 않는가. 그런데 옷을 이상하게 입고 있으면 안 되지."

"이 마당에 순라군과 부딪치기까지 하시려고요? 제가 다른 도움말은 못 드려도 이것만은 하겠습니다요. 걸오 유생님을 구하신 뒤에 유생입네 하면서 팔자걸음 하시지 말고, 젖 먹던 힘을 다해서 무조건 반촌으로 뛰십시오. 덩치 큰 하인 덕분에 숨어지지도 않겠지만, 최대한 숨어서 피하시고요. 그래야 '몰래'가 되지 않겠습니까?"

순돌이가 제 가슴을 주먹으로 치면서 자신 있게 말했다.

"선비님은 제가 있으니까 걱정 마십시오!"

'네 덩치가 더 걱정이라니까!'

그런 생각은 덕구 아범과 윤희가 동시에 하였다.

우여곡절 끝에 대사헌의 집이라는 곳에 도착하였다. 큰 대문과 높은 담장이 버티고 있는 집이었다. 도착하자마자 달아나려던 덕구 아범은 용하의 으름장에 잡히고 말았다. 그래서 재수 없게 함께 움직이게 되었다. 반드시 구해 내리라는 투철한 사명이라곤 없는, 여차하면 바로 달아날 어중이 일원이 한 명 더 늘어난 셈이다. 인경이 될 때까지 근처 골목에 숨어 있기로 한 그들은 긴장한 기색이 만연하였다. 그러다가 덕구 아범이 갑자기 생각난 듯 물었다.

"그런데 걸오 유생님은 어디에 갇혀 계신 겁니까?"

"집 안 어디쯤엔가 있겠지."

"자, 잠깐만요. 설마 방에 계실 거라고 생각하시는 건 아니죠?"

"거기 없으면 다른 곳도 찾아봐야지."

덕구 아범의 턱이 떨어졌다. 아무래도 지금이라도 달아나는 편이 제 신수에 이로울 것 같았다. 그래도 확인차 물었다.

"그럼 걸오 유생님 방이 어디쯤인지 정도는 아시겠죠?"

"집 구조야 다 거기서 거기 아닌가. 그놈 나이도 있으니 사랑채 어디쯤이겠지."

"그 사랑채 어디쯤에는 대사헌 영감도 계시다는 것쯤은 알고 계시죠?"

윤희의 등이 식은땀으로 축축하게 젖어 가는데, 용하의 말은 슬그머니 사라졌다. 미치고 팔짝 뛰겠다. 그렇다고 원망을 할 수도 없다. 치밀한 계획 없이 말 나온 김에 무턱대고 구하겠다고 나선 건 그녀가 먼저였지 않은가. 그건 용하가 이미 다 알고 있을 거라는 턱없는 짐작에서 비롯된 것으로, 급한 마음이 불러낸 자기 암시 덕분이었다. 그런데 용하는 그녀의 타들어 가는 마음과는 달리, 끝내 주는 계획이라도 있는 양 태평스럽게 웃고 있었다. 무모하지만 저 표정을 믿어 보는 것 외에 지금으로선 달리 방법이 없다. 또다시 자기 암시에 걸린 턱없는 짐작이더라도 이제 와서 어쩌겠는가. 죽기 아니면 까무러치기다.

인경이 울리기 시작하였다. 윤희는 태어나서 처음으로 월담을 하려니 심장이 두근두근하였다. 네 사람은 일제히 신발을 벗어 허리춤에 차거나 소맷자락에 넣고, 갓을 목 뒤로 넘겼다. 그리고 재신의 집 담벼락에 붙어 안의 동정을 살폈다. 다들 자러 들어간 듯 조용했다. 좀 더 신중하기 위해 담을 따라 한 바퀴 돌았다. 그런데 적막한 공기 속에 간간이 둔탁한 소리가 섞여 울렸다. 그 소리를 귀 기울여 듣던 용하가 싱긋이 웃으며 소곤거렸다.

"저기다! 걸오 놈 소리다."

"네? 그걸 어떻게 아십니까?"

"걸오 놈이 갇힌 채로 가만히 있을 놈인가? 저리 날뛰고도 남지."

그러니까 끝내 주는 계획이 있을 것만 같던 그 표정은 고작 이런 어림짐작이었단 말인가? 윤희와 덕구 아범은 동시에 한숨을 내쉬었다. 아무튼 그의 짐작이었든 계획이었든, 재신일 가능성이 높으므로 소리가 나는 곳으로 가기로 하였다. 덕구 아범은 쉽게 담을 넘어갔다. 그런데 용하는 그를 따라 하려다가 담벼락에 매달린 채로 버둥버둥하였다. 역시 재신이 스스로를 구하는 편이 빠르지 싶다. 결국 보다 못한 순돌이가 그의 허리를 잡아 위로 집어던졌다. 용하는 날아가 담 너머에 떨어졌다. 벌떡 일어선 그는 월장한 주제에 제일 먼저 주위를 살피는 것이 아니라, 제 옷 다듬기에 여념 없다. 덕구 아범의 한숨이 다시 한 번 내쉬어졌다. 윤희는 순돌이의 등을 밟고 담을 넘어왔다. 이제 순돌이만 넘어오면 되었다. 그런데 아무리 기다려도 덜컹거리는 소리만 들릴 뿐 그는 넘어오지 않았다. 윤희가 담에 붙어 작은 소리로 외쳤다.

"순돌아, 어서 넘어!"

"저, 그것이 담이 높아서……."

아뿔사! 그의 힘이 장사이긴 하지만, 몸무게 또한 만만치 않음을 깜박하였다. 용하의 눈빛이 덕구 아범을 향했다. 그가 뜨끔하여 발을 뺐다.

"왜 저를 보십니까?"

"자네뿐이니까 그렇지. 넘어가서 순돌이한테 등을 빌려 주고 다시 넘어 오게."

"저 덩치를 제 허리에 올리란 말씀이십니까? 그러다 삐끗하기라도 하면, 제 마누라가 죽이려 들 텐데요."

"그럼 내가 하랴?"

"그 편이 나을 것 같습니다요. 그리고 작은 주인어른은 안 넘어오셔도 상관없으니까."

말은 이렇게 하였지만, 덕구 아범은 어쩔 수 없이 다시 담을 넘어갔다. 아닌 밤중에 홍두깨라고, 이상한 일에 말려든 자신의 팔자를 원망할밖에.

담 너머에서 그의 허리가 와지끈하는 소리가 들리는 듯하였다. 그리고 순돌이가 낑낑거리며 넘어왔고, 덕구 아범도 처음과는 달리 힘겹게 넘어왔다. 윤희는 믿을 사람이 없어 자신이 제일 선두에 섰다. 그리고 순돌이와 용하가 뒤를 따랐고, 덕구 아범은 제일 뒤에서 허리를 펴지 못하고 손으로 짚은 채로 절뚝절뚝 따랐다.

소리를 쫓아가니 광 앞에 당도하였다. 소리의 정체는 안에 갇힌 사람이 문에 부딪치는 소리였다. 큰 자물쇠가 달려 있는 것으로 보아 재신임이 확실하다. 윤희가 문에 가까이 다가가 소곤거렸다.

"걸오 사형이시죠?"

소리가 멎었다. 그런데 대답은 없고, 웅얼거리는 이상한 소리가 들렸다.

"걸오 사형, 대답해 주십시오."

"대답 못 하네. 재갈을 먹여 놓았어. 부전자전이라더니 참 징하네, 징해."

윤희는 문틈으로 안을 들여다보았다. 재신이 입과 온몸이 묶인 채로 앉아 있었다. 다급하게 자물쇠를 흔들었다. 꿈쩍도 하지 않는다. 세 사람을 돌아보았지만 그들도 딱히 방법을 모르겠다는 표정이다. 광의 주위를 살펴보아도 나무 창살로 막아 놓은 좁은 통기구 외에는 없었다. 그러니 어떻게 해서든 문을 여는 것 외에는 방법이 없었다. 용하가 가는 나뭇가지를 구해 왔다. 그걸로 자물쇠 구멍에 넣어 이리저리 움직여 보았지만, 정교하게 만들어진 것인지 마음먹은 대로 되지 않았다. 그러는 중에도 덕구 아범은 누가 오는지 망을 보느라 눈동자가 몸살 날 지경이었다. 보다 못한 순돌이가 멀리서 장작 패다 놓아 둔 도끼를 가지고 왔다.

"어엇! 안 돼. 소리가 요란하면 사람들이 몰려온다고."

"그럼 어쩝니까요? 다른 수가 있습니까?"

"응? 없지. 없지만 그건 안 되네. 차라리 문을 통째로 떼 내면 소리는 없을 텐데."

순돌이는 도끼를 집어던지고 문을 이리저리 살폈다. 그러더니 문 한 짝을 잡고 있는 힘을 다해 잡아당겼다. 윤희는 땀을 비 오듯 흘리며 애를 쓰는 그를 보면서, 아무리 힘이 장사라고 해도 무리라고 생각하였다. 용하의 실없는 괜한 말에 순돌이만 순진하게 넘어갔다 싶었다.

"순돌아, 하지 마. 그건 무리야."

"으으으라차차."

그의 소리 죽인 기합 소리가 길어졌다. 그런데 투둑투둑 작은 소리들이 늘어났다. 믿을 수 없는 광경이었다. 시간이 지날수록 정말로 문이 뜯겨지고 있지 않은가! 놀란 눈으로 구경만 하던 용하와 윤희도 함께 문을 당겼다. 정말 계획성이라곤 손톱만큼도 없는 무식한 방법이었지만, 결국 문 한 짝을 완전히 떼어 내는 쾌거를 이루었다.

"지, 진짜 떨어졌다."

떨어져 나간 문이 신기하여 순간, 자신들이 무엇 때문에 여기까지 왔는지 깜박 잊고 멍청하게 문을 구경하였다. 그러다가 문 너머에서 휘둥그레진 눈의 재신을 발견하였다. 그도 깜짝 놀라 멍청한 상태였다. 그동안 광 안에서 얼마나 발버둥을 쳤는지, 관자놀이에서는 피가 흐르고 있고, 밧줄이 칭칭 감겨진 몸뚱어리도 엉망진창이다. 이때 멀리서 무슨 소리가 들리는 듯하였다.

"쉿!"

재신을 포함한 다섯 명이 일시에 몸을 낮추었다. 덕구 아범이 작은 소리로 외쳤다.

"우선 걸오 유생님을 어깨에 메고 뜁시다!"

말이 끝나기가 무섭게 순돌이가 그를 어깨에 걸치고 뛰기 시작하였다. 그리고 나머지 세 사람도 그 뒤를 따라 뛰었다. 담에 도착하자, 순돌이는 재신을 내려놓고 용하와 윤희는 하늘로 집어던지듯 넘기고, 재신도 마저 집어던졌다. 그리고 허리 부실한 덕구 아범을 딛고 넘어갔다. 뒤이어 마지막 사람도 넘어갔다.

달리는 순돌이 어깨에서 재신은 계속 소리쳤다. 풀어 주면 제 발로 뛰는 게 빠르다고, 아니면 입이라도 풀어 달라고, 머리가 아래라 피가 더 많이 떨어진다고. 하지만 혼비백산하여 달리는 데 전념을 한 탓에 네 사람 누구도 듣는 이가 없었다. 듣는다 해도 알아들을 수도 없는 소리이긴 하였다. 재신을 제외하곤 모두 겁에 질린 채 뛰면서, 정말로 눈썹이 휘날리는 걸 경험하고 있었다.

길잡이의 실력이 탁월하였다. 순라군들의 순찰을 요리조리 잘 피해서 길을 돌았다. 동촌과 반촌이 가깝기도 했지만, 덕구 아범 덕분에 순라군과 단 한 번도 마주치지 않고 무사히 하마비를 넘을 수 있었다. 그러고도 겁에 질려 한참을 더 달렸다.

반촌에서도 중간에 이르렀을 때, 네 사람은 자리에서 쓰러지듯 드러누웠다. 심장이 터져 나가는 듯 고통스러웠다. 재신이 어서 밧줄이나 풀어 달라고 외쳐도 그들은 손가락 하나 까딱할 수가 없었다. 그의 발버둥이 더 심해졌다. 윤희가 막힌 숨을 감당하지 못하고, 헛구역질을 하고 있었기 때문이었다. 더위도 문제였지만, 그동안 선준 걱정에 속을 끓이느라 제대로 먹지 못한 상태여서 더 격한 반응이 왔다. 그래서 숨을 가라앉히고, 정신을 차리기까지 오랜 시간이 걸렸다. 그사이에 먼저 숨을 가다듬은 덕구 아범이 내일까지 숨어 있을 방을 알아보러 반촌 속으로 사라졌다.

용하는 뒤늦게야 재신을 풀어 주지 않은 것을 발견하였다. 손가락에 힘이 다 달아나 여의치 않았지만, 어찌어찌 입에 물린 끈을 풀어냈다. 그러자마자 재신의 입에서 짜증 섞인 소리가 터져 나와 고막을 뒤

흔들었다.

"야! 너희들 다 바보냐? 죽으려고 환장했어?"

용하는 제 귀를 후비면서 윤희에게 대뜸 물었다.

"어이, 대물. 걸오 놈 입을 다시 묶을까?"

"농담하지 마시고, 어서 풀어 주세요. 그 성격에 얼마나 갑갑하시겠습니까?"

"입을 풀어 주니 기껏 하는 말이 고맙다는 감사의 말이 아니라 '죽으려고 환장했어?'란다. 배은망덕한 놈 같으니, 쯧쯧."

"기가 안 막히게 됐냐? 그 돈 뒀다가 뭐 해? 차라리 사람을 사서 보내지. 대물은 고사하고라도 몸 둔한 여럼까지 끼운 이 일원으로 용케도 구해 냈다. 옷 꼬라지를 고따위로 해 가지고선."

용하는 밧줄을 풀려고 하다 말고 갑자기 손을 멈추었다.

"엇! 그러고 보니 우리 걸오가 꽁꽁 묶여 있군그래."

그의 미소가 심상찮다. 재신이 깜짝 놀라서 물었다.

"야! 너 왜 그래? 무슨 뜻이야, 그거?"

"으흐흐, 이런 기회는 또 없지. 어이, 대물. 그동안 쌓인 것 많을 텐데, 보복할 것 있으면 지금 하게."

윤희는 어이가 없어 고개를 저으며 말했다.

"전 됐습니다. 여럼 사형이나 실컷 하십시오."

"음, 평소에 이놈한테 절대 할 수 없는 짓이 뭐가 있을까?"

"야, 여럼! 뭔 짓이건 했다간 봐라. 나중에 딱 그만큼 돌려줄 테다! 으읍!"

윤희, 순돌이는 그 자리에 얼어붙은 듯 멈춰 서서 경악하고 말았다.

용하가 재신의 얼굴을 강제로 잡고 그의 입술에 제 입을 진하게 맞추는 것이 아닌가! 너무 놀란 나머지 두 사람 모두 고개를 돌리는 것조차 잊어버렸다. 한참 만에 입술을 떼어 낸 용하가 돌처럼 굳은 재신을 보고는 싱긋이 웃으며 말했다.

"남아 일언 중천금. 받은 것만큼 돌려줘야 하네. 어기면 미우이."

"이, 이, 이, 미친 새끼가!"

용하는 그에게서 멀어져, 부채를 펼쳐 들고 너스레를 떨면서 말했다.

"하긴, 그동안 양치하지 않은 자네 입 냄새가 미칠 만은 하지. 하지만 나의 애정의 깊이로 인해 조금도 불쾌하지 않으니 걱정 말게."

"이 밧줄 어서 풀어! 너 진짜 내 손에 죽었어!"

"자네 손에 죽는 건 짜릿한 흥분일세. 허나 그 전에 돌려주겠다는 약속은 지켜야 하네. 이왕이면 지금 당장 말고, 양치 끝낸 뒤, 분위기 있는 곳에서……."

"으악! 복장 터져!"

미쳐서 날뛰는 재신과 너스레를 떨며 그를 놀리는 용하를 보면서, 윤희는 자신의 머리를 감싸 쥔 채 자리에 쪼그리고 앉았다. 이런 대책 없는 사내들과 앞으로 더 큰 일을 도모해야 한다니 까마득하였다. 골이 덜컹거린다.

"순돌아! 두 사형을 너의 그 주먹으로 있는 힘껏 딱 한 대씩만 때려라."

순돌이가 주먹을 앞으로 내어 보이며 말했다.

"있는 힘껏요? 죽여도 된다는 거죠?"

재신과 용하가 일순 조용해졌다. 그의 주먹이 윤희의 머리통보다 크다. 그리고 문짝도 뜯어내는 괴력을 지닌 저 주먹에 맞으면 한 대라고 해도 사망 내지는 병신이다. 이리하여 두 사람은 끽소리 못 하고 조용히 윤희의 말을 따르게 되었다.

3

"이번에는 계획을 철저하게 짜서 움직이도록 합시다."

몇 차례나 되풀이되는 윤희의 다짐에 재신이 귀찮은 듯 퉁명스럽게 대꾸했다.

"이봐, 대물. 홍벽서 자체가 그다지 계획성 있는 놈이 아니었다."

"그때와 지금은 다르지 않습니까! 우리끼리라면 모를까, 함께 동참하는 다른 유생들의 안전도 생각해야지요."

위험을 무릅쓰고라도 가량을 구하겠다고 발 벗고 나선 유생들이 제법 되었다. 용하가 비밀리에 믿을 만한 사람 몇 명을 모았는데, 그들 모두 기꺼이 홍벽서가 되겠다고 결의하였다. 그런 그들을 조금이나마 안전하게 만들 책임을 느끼는 윤희였다. 그런데 무계획이 삶의 전부인 인간이 도통 도움을 주지 않는다.

"안전까지 걱정되면 애초에 이 일을 도모하지 말았어야지. 그리고 계획 같은 거 없었어도 날 구해 냈잖아."

윤희는 그의 관자놀이에 있는 상처를 한 대 퍽 때리면 좋겠다고 생각했다. 밧줄에 묶여 있었을 때 그랬어야 했다.

"그건 실수였고요, 그런 천운은 다시 오지 않습니다."

두 사람의 티격태격 말다툼을 듣고 있던 용하가 웃으면서 윤희를 거들었다.

"그래, 이번에는 대물 말을 따르자고. 원래 사내들이란 것은 가운뎃다리 크기로 대장을 정하지 않는가. 그럼 단연 우리 대물이 대장이지."

윤희와 재신이 동시에 입술을 일그러뜨리며 그를 째려보았다. 용하는 이를 무시하고 계속 말했다.

"그렇다면 대물 자네 계획은 뭔가?"

"계획이라기보다는 갈등입니다. 모두 모인 인원이 우리를 합하면 도합 열두 명입니다. 걸오 사형을 제외하곤 전부 이 일에 있어선 문외한이지요. 그러니 방법을 아무리 설명해 줘도 몇 명은 위험에 빠질 겁니다. 그렇다고 걸오 사형이 전부를 데리고 다닐 수도 없는 노릇이고……."

윤희가 머리를 뜯으며 고심하고 있는데, 자신의 몸을 중이방 문으로 활용하고 있던 순돌이가 누군가 오고 있다는 신호를 보냈다. 낮 동안은 괜찮을 듯하여 동재로 돌아와 있었지만, 경계는 늦추지 않았다. 모두 숨소리를 죽이고 얼마 지나지 않아, 이번에 동참하기로 했던 유생이 기척을 하였다.

"이보게, 여림."

"순돌아, 들어오시게 잠깐 비켜 드려라."

그는 잔뜩 걱정스런 얼굴로 비좁은 방 안에 들어와서 앉았다.

"걱정이 돼서 어찌 되어 가나 와 본걸세."

"인경 이후에 순라군을 피해 벽서를 붙이려고 하니 걱정이 될밖에. 자네 맘 이해하네."

"그게 걱정이 아니라, 홍벽서의 글이 걱정이란 말일세. 자네들이 준비는 하겠대서 기다리고는 있네만, 그게 쉽게 흉내 낼 수 있는 것이어야지."

용하가 싱긋이 웃으며 턱으로 재신을 가리켰다.

"우리에겐 뛰어난 문장가인 걸오가 있지 않은가."

그는 더욱 깊은 한숨을 쉬면서 말했다.

"걸오의 솜씨야 익히 알지. 허나 내가 읽은 이 사람의 글이 몇 가지 안 되는 데다가, 모두 염정시여서 그런지, 아니다 싶네. 걸오의 글, 지나치게 염체이지 않은가. 규방의 여인이 썼대도 믿을 정도니."

재신은 자신의 글 가지고 뭐라고 하자, 귀찮다는 표정으로 고개를 돌려 버렸다. 하지만 용하는 재미있게 그의 말을 받아서 말하였다.

"그러니까! 이놈의 성질머리로 여인의 목소리를 흉내 낼 수 있다면, 제 성질머리와 꼭 닮은 홍벽서의 글 정도야 우습지. 안 그런가, 걸오?"

그는 한쪽 눈썹만 한 번 일그러뜨리고는 대꾸하지 않았다.

"그렇군! 여림, 자네 말을 듣고 보니 그도 그렇겠다 싶네. 그럼 자네들만 믿고, 언제 어느 때고 출발할 수 있도록 대기하고 있겠네."

그가 나가고 나자, 재신이 짜증스럽게 말했다.

"이봐, 여림. 같이 일을 도모하는 동지인데, 왜 저들에게는 내가 홍벽서란 사실을 밝히지 않는 거냐?"

용하가 자신의 품을 감싸 안고 온몸을 비비 꼬면서 말했다.

"자네의 비밀은 나 혼자 소유하고 싶으이. 많은 이들과 공유하면 자네는 더 이상 나만의 것이 아니지 않겠나. 그건 살 떨리는 흥분감이 반감되어 싫으이."

"또, 또 지랄한다!"

"그런데 더 싫은 건 뭔지 아나? 약속 지키지 않는 입술일세. 뒷간 들어갈 때 맘 다르고 나올 때 맘 다르다더니, 돌려주마고 하지나 말지."

"그래, 계속 지랄해라. 물어본 내가 바보고, 상종하는 내가 멍청이다."

"순돌아, 주먹!"

혼자 골몰하던 윤희가 소리를 치자, 방 안으로 순돌이의 거대한 주먹이 쑤욱 들어왔다. 그러자 둘의 입은 다시 닫혔다. 조용해지고 나서, 그녀의 고민은 계속되었다. 그러다가 갑자기 손뼉 소리가 짝! 하며 방 안을 울렸다.

"모두 다 함께 육조 거리로 갑시다!"

대담한 윤희의 발언에 재신과 용하가 아연실색하여 쳐다보았다. '모두 다 함께'라는 것도 어이가 없지만, '육조 거리'는 더 기가 막혔다. 짚을 등에 메고 불구덩이 속으로 들어가자는 셈이다.

"그러니 걸오 사형은 육조와 관련된 글들을 적어 주십시오."

"야, 인마! 난 내가 쓰고 싶은 것만 쓴다. 글이란 게 도깨비 방망이로 뚝딱하는 것처럼 나오는 거냐?"

"이번만큼은 주문받은 대로 쓰십시오."

그리고 자세한 설명을 늘어놓았다. 두 사람은 그녀의 말에 점점 수긍하게 되어 결국 계획에 찬성하였다. 나머지 세밀한 의논도 세 사람의 머리를 합쳐서 계속되었다. 그러던 중, 갑자기 재신이 자신의 입술에 손가락을 갖다 대었다. 창문 쪽에서 누군가가 얼씬거리는 기척을 읽었던 것이다. 그 기척은 한참을 망설이는 듯하더니, 결심이 섰는지 창문을 작게 두드렸다. 윤희가 경계하면서 물었다.

"누구요?"

창문 너머에서 잠시 동안 말이 없다가 기어들어 가는 소리로 말하였다.

"저기, 어험. 그러니까 대물 유생님 계신지……."

서재의 하재생, 임병춘의 목소리였다. 윤희는 내키지 않았지만, 창문을 열고 얼굴을 내밀었다. 그러자 그가 미적미적하면서 말하였다.

"저기, 그러니까, 가랑 사형을 구할 묘책이라도 강구하나 싶어서……."

"그런 건 없다! 재회의 뜻에 따를 예정 외에는. 내일부터 권당을 거행한다고 결의된 걸로 아는데?"

"야! 아니, 이보십시오, 대물 유생님. 가랑 사형이 유생님한테 얼마나 잘해 주셨는데, 손놓고 있습니까? 권당은 재회 일이고, 따로 준비하는 건 있어야죠. 사람이 그러는 것 아닙니다! 이래서 노론 아닌 것들과는……. 헉!"

윤희의 뒤로 재신이 내리뜬 눈으로 나타나자, 그는 숨을 멈추고 얼어붙었다.

"그 뒷말은? 노론 아닌 것들과는, 뭐?"

"그, 그게……. 어? 그런데 걸오 유생님이 계셨습니까? 다들 반궁에 없다고 하던데?"

"그래서? 또 대물과 이상한 소문이라도 퍼뜨리려고?"

"아, 아닙니다! 그래서가 아니라……."

재신과 윤희를 창에서 밀치고 용하가 나타나, 웃으며 말하였다.

"이번에는 이왕이면 우리 셋을 삼각으로 엮어 주게. 소문은 그 편이 훨씬 재미있다네."

"그때 일은 정말 죄송합니다. 다시는 그런 일 없을 겁니다."

"꼴 보기 싫어하는 대물을 제 발로 찾을 정도라면, 자네도 가랑을 구하는 데 일조를 하고 싶은 게로군."

"네! 목숨을 걸고라도 꼭!"

"뭐, 목숨을 걸 것까지야. 그러잖아도 젊고 날랜 놈이 필요했었는데. 자네가 좀 도와줬음 하는 부분이 있긴 하네만……."

"정말이십니까? 묘책이 있긴 있었군요. 역시 권당만 믿고 있진 않을 거라고 생각했습니다. 그럼 전 뭘 하면 되는 겁니까?"

"언제 어느 때 부를지 모르니까, 자네 방에서 대기하고 있게. 나중에 설명해 주겠네. 아참! 비밀일세. 자네 방우들에게도."

그가 고개를 넙죽 숙이고 돌아서자, 용하도 창문을 닫았다. 그에게 윤희가 걱정스럽게 물었다.

"저 하재생을 믿어도 되는 겁니까?"

"자네 일이라면 못 믿지만, 가랑 일이라면 저 녀석보다 믿음직한 놈은 드물지. 이로써 도합 열세 명이네."

나머지 의논이 끝나고 바빠진 건 재신이었다. 저녁이 되기 전까지 육조와 관련한 여섯 개의 글을 써야 했기 때문이다. 하지만 투덜거렸던 것에 비하면 도깨비 방망이로 뚝딱하는 것처럼 순식간에 적어 나갔다. 그리고 저녁이 되기 전에 완성을 하였다. 그는 여섯 개의 글 외에도, 윤희를 보며 고심하더니 또 하나의 긴 글을 적었다.

저녁 무렵에 덕구 아범이 필요한 물품들을 가지고 나타났을 때는 이미 모든 준비가 끝나 있었다. 다른 유생들과 반촌에서 집합을 했다가 다시 흩어져 육조 거리로 가기로 했기에, 우선 성균관을 나가야 했다. 그런데 함께 중이방을 나서던 재신이 대뜸 그녀를 방 안으로 밀치면서 말하였다.

"지금부턴 넌 빠져라."

"네? 갑자기 무슨……. 저더러 비겁해지라고 하는 겁니까?"

"그래, 인생에서는 때론 비겁함이 필요하거든."

윤희는 어이가 없다는 듯 그를 밀치고 나가려고 하였다. 하지만 재신은 문에 버티고 서서 비키지 않았다. 그녀는 얼른 순돌이를 찾았지만, 그도 재신의 편을 들어 도와주지 않았다.

"비키십시오! 저도 함께합니다. 제가 못 미더워서 이러시는 거면 여림 사형은 더 안 되지요."

대청에 서 있던 용하가 갑자기 자기한테 튄 불똥 때문에 따가워했다.

"여림 이놈은 내가 오늘 밤 순라군한테 넘기려고 데려가는 거다. 오해 마라."

"싫습니다. 저도 가랑 형님을 위해서 홍벽서가 될 겁니다. 처음부터 저 혼자 하려던 일에 다른 사람들이 끼어든 것이니 이러지 마십시오."

"누가 너더러 홍벽서가 되지 말라고 했냐?"

그녀의 눈이 동그래졌다. 그가 또 자신을 놀리는 것만 같아 어느새 눈썹이 일그러졌다. 재신은 여섯 글 외에 따로 써 둔 글을 그녀에게 주었다.

"넌 육조 거리가 아닌, 종이에 적힌 글이 붙어야 할 곳을 찾아가라. 너 혼자 해야 되니까 더 위험할 거다. 언제고 내가 꼭 해 보고 싶었던 곳인데, 그곳을 네게 맡기마."

"절 따돌리려고 헛수작하시는 거죠?"

윤희가 접혀진 종이를 펼치려고 하자, 그가 얼른 붙잡았다.

"우리가 가고 난 뒤에 읽어 봐라."

"이봐 이봐, 내 이럴 줄 알았어. 이건 홍벽서의 글이 아닌 거죠? 모두 거짓말이죠?"

"거짓말이면 당장에 육조 거리로 달려와서 우리와 합류해도 좋다. 하지만 홍벽서의 글이 맞는다면, 인경이 울리고 난 뒤, 이 종이에 적힌 글이 뜻하는 곳에 반드시 붙여야 한다. 알았지?"

여전히 불신의 눈초리로 보고 있는 그녀에게, 재신은 덕구 아범이 준비해 온 술병 한 개와 조그마한 짚 뭉치를 건네주면서 말했다.

"언제 우리 아버지가 보낸 놈들이 들이닥칠지 모른다. 그러니 너도 당장 이 방을 비우고 다른 곳에 숨어 있거라. 사람들 많은 향관청이 좋겠군."

그런 후, 용하와 함께 전향문을 나갔다. 윤희가 남았기에 자연히 덩치가 커서 데려가기 꺼려하던 순돌이도 남게 되었다. 그는 그녀가 가지 않아 다행이긴 하지만, 자기가 가지 못하는 건 몹시도 애석해하였다.

윤희는 여차하면 그들 뒤에 따라붙을 생각으로 재빨리 불빛에 종이를 비쳐 보았다. 언문으로 해찰궂게 요리조리 글을 엮어 놓은 건, 분명 홍벽서의 글이 맞았다. 그리고 신랄한 비판이 담긴 것도 홍벽서의 것이 맞긴 하였다. 하지만 읽어 나가는 그녀의 얼굴에 차츰 노기가 서렸다. 글에서 비판하는 대상은 바로 이곳 성균관이었기 때문이다. 윤희는 이를 갈면서 말했다.

"걸오 사형! 나더러 반궁에 박혀 있으란 거지? 날 따돌렸어!"

종이를 접어서 손에 쥐고, 자리에서 일어났다. 그리고 순돌이가 재직들에게 잠시 한눈판 사이 빠져나가, 반촌에서 집합하기로 한 장소를 향해 전속력으로 뛰었다.

용하는 재신과 나란히 걸으며 계속 쿡쿡거리며 웃었다. 한두 번은 괜찮지만 이 웃음소리가 끝나지 않으니 재신도 슬슬 짜증이 나기 시작했다. 그에 한술 더 떠서 용하는 제 팔꿈치로 그의 팔을 놀리듯 꾹꾹 찌르기도 하였다.

"이놈 이거, 의외로 낭만적인데그래?"

"그만 해라!"

"내 눈을 속일 생각 말게. 그 종이, 연모의 마음을 담은 시지?"

"사내가 사내한테 뭔 연모의 시냐!"

"그게 어때서? 나도 자네한테 사랑 시를 받고 싶은데……."

"걸오 사형! 그 자리에 서십시오!"

뒤에서 들려온 분노 어린 윤희의 외침에 두 사람은 걸음을 멈추고 돌아보았다.

"젠장! 빨리도 봤군."

그녀는 헐레벌떡 달려와 그들 앞에 서서 씩씩거렸다.

"이게 뭡니까? 왜 저를 따돌리는 거죠? 이건 저보다 더 도움 안 되는 여림 사형한테 시켜야 하지 않습니까!"

"뭔데 그러는가?"

용하는 그녀의 손에서 종이를 받아 글을 읽었다. 그러더니 팔꿈치로 재신의 등을 사정없이 찔렀다.

"이런 멋대가리 없는 놈. 기껏 써 준 글이 홍벽서의 것인가? 대사성은 빈자리만 지키며 나라의 녹만 축내고, 유생들은 사색당파 짓거리를 하느라 학문은 뒷전인데, 재회가 이를 더욱 부추긴다? 어이구, 대사성 영감이 읽으면 눈 뒤집히겠군. 게다가 반인들은 다 도둑이라 양현고는 매일 강탈당한다? 하긴, 이건 임금께서 아셔야지. 서리와 수복들이 야금야금 빼돌리는 게 여간 문제인가? 에, 또……."

재신은 그의 손에서 종이를 빼앗아 다시 윤희에게 넘기면서 말했다.

"그래, 홍벽서의 글이다. 이봐, 대물. 조금 전에 홍벽서의 글이라면 어쩌기로 약속했지?"

"그건 글을 보기 전의 말이죠. 그렇게 따지면 어제 밧줄 풀기 전에 했던 걸오 사형의 으름장도 지켜야겠군요."

"뭐라고! 그거와 이게 같으냐?"

"다를 게 뭐가 있습니까? 지금 여기서 여림 사형과 입을 맞추면 저도 제가 한 말을 따르겠습니다."

"응? 내 입술을? 대물 자네 정말 멋지군. 그럼, 지킬 건 지키고 살아야지. 하게, 자!"

용하는 제 입술을 그의 앞에 쭈욱 내밀었다. 재신은 얼굴이 일그러진 채 엉거주춤 상체를 빼다가 결심한 듯 그의 얼굴을 잡았다.

"내가 입을 맞추면, 넌 반궁에 그 글을 붙이는 거다. 알았지?"

그리고 정말로 입술이 다가갔다. 입술이 막 닿을 즈음, 윤희가 비참한 목소리로 말했다.

"됐습니다. 그만 하십시오."

재신이 냉큼 용하의 얼굴을 밀치고 떨어지자, 용하가 울상이 되어 소리쳤다.

"됐다니? 그만 하라니? 이보게, 대물. 사내대장부가 말을 물리면 쓰나."

윤희는 이에 상관치 않고 제 할 말을 하였다.

"그렇게까지 하면서 절 굳이 두고 가시겠다면 어쩔 수가 없지요. 제가 그리도 쓸모없는지 몰랐습니다. 정말 비참하게 만드시는군요."

그녀는 그들에게서 차갑게 등을 보이며 뒤돌아서 반궁으로 돌아갔다. 마지막까지 용하의 절규는 계속되었다.

"세상에 줬다 뺏는 게 어디 있나! 대물, 계속하라고 해 주게!"

순간 용하는 입을 다물었다. 옆에 우두커니 서서 살벌한 기운을 내뿜는 재신 때문이었다.

"아, 아니, 그러니까, 내 말은……, 노, 농담일세. 내가 원래 실없는 거 뻔히 알면서. 하하하."

하지만 그의 살벌함은 용하를 향한 것이 아니었다. 오랫동안 제 분을 속으로 삭이던 재신은 결국 윤희의 뒤를 쫓아갔다. 용하는 그 뒷모습을 애잔한 눈길로 보면서 중얼거렸다.

"나도 상처 입은 야생마를 보는 게 썩 유쾌하지만은 않다고. 차라리 미쳐 날뛰는 편이 낫단 말일세."

그리고 그 중얼거림을 한숨과 함께 부채질로 날려 보냈다.

탕평비각을 지날 즈음, 윤희는 재신의 걸음에 따라잡히고 말았다.

그녀의 뒤로 성큼성큼 다가간 재신은 그녀의 등을 탕평비각으로 거칠게 밀쳤다. 그리고 비각의 나무 살을 잡아 자신의 품과 그 사이에 가두었다. 윤희는 깜짝 놀랄 사이도 없었다.

"돌아보지 마라!"

등 뒤에서 외치는 재신의 목소리가 이상했다. 그래서 그의 말을 어기고 돌아볼 수가 없었다.

"비참하다고? 내 앞에서 비참하단 거냐? 그렇다면 나는 어떨 것 같으냐? 감옥에 있는 가랑보다, 여기 있는 내가 더 비참하다는 걸 아느냐? 나의 비참함을 아느냐고!"

잊고 있었다. 지금 그가 누구보다 힘들고 괴롭다는 걸 잠시 잊었다. 용하와 웃고 떠들고 있어서 그녀로 하여금 잊게 만들었다.

"걸오 사형……, 제가 잠시 화가 나서……."

윤희가 돌아보려고 하자, 그는 더 크게 소리 질렀다.

"뒤돌아보지 말라고 했다! 돌아보면 정말 죽여 버린다."

그녀의 등 뒤에서 재신은 눈물을 흘리고 있었다. 하지만 그녀가 볼 수 있는 건 나무 살을 부숴 버릴 듯 꽉 쥐고 있는 그의 양 주먹이었다. 그의 주먹이 비참함을 견디지 못하고 가늘게 떨면서 울고 있었다.

"쓸모없는 놈을 버린다면 네가 아니라 제일 먼저 여럼이었겠지. 그럼에도 불구하고 널 반궁에 남긴 것은 나의 비참함을 조금이나마 덜어 보고자 하는 욕심이었다. 지금으로도 넌 충분히 위험한데, 나더러 널 더 큰 위험에 빠뜨리란 말이냐. 그렇게 하여 나에게 스스로를 혐오하게 만들란 말이냐."

"전 단지 같은 상유로서 함께하고 싶었습니다."

"고집 부리지 마. 그리고 마지막으로 경고 하나 하겠다! 두 번 다시 내 앞에서 먼저 등을 보이고 돌아서지 마라. ……네 뒷모습이 꼭 여인과 같아서 안고 싶어지니까."

나무 살을 잡은 재신의 손이 사라졌다. 그리고 등 뒤에 있던 그의 느낌도 사라졌다. 윤희는 도무지 이해할 수가 없었다. 용하는 되면서 왜 자신은 안 된단 말인가. 무시하는 투가 아니었다. 오히려 협박을 가장한 간곡한 청이었다.

"어째서……?"

그녀의 낮게 읊조리는 의문이 천천히 흩어졌다.

종소리가 약속을 공포하듯 조용한 공기를 가르며 울리기 시작하였다. 어제도 그제도 다름없이 울렸던 소리건만 오늘은 그 소리가 다르게 들렸다. 향관청에 모여 앉아 이런저런 고민을 나누던 유생들이 인경이 울리기가 무섭게 약속이라도 한 듯 하나둘 흩어졌다. 윤희도 그곳을 벗어나 전향문 밖에 있던 순돌이와 합류하였다. 그리고 그에게서 술병을 넘겨받아 허리춤에 매달았다. 그런데 이상한 일이 벌어졌다. 각자 자기 방으로 간 줄 알았던 유생들이 외출복으로 갈아입고 삼삼오오 짝을 지어 성균관 밖으로 나오고 있는 것이 아닌가. 그녀는 한 무리를 잡아서 말을 걸었다.

"무슨 일입니까? 왜 다들 이 시간에 외출을 하십니까? 권당은 내일부터인 걸로 아는데요."

"아, 자네는 건강이 안 좋아서 아무도 말을 안 해 주었나 보군."

"무슨 말이요?"

"나도 자세한 내막은 모르지만, 인경이 울리고 나서 장안을 좀 활보해 달라더군. 누가 퍼뜨린 말인지는 모르겠지만, 여하튼."

윤희가 어리둥절한 표정으로 유생들을 보자, 또 다른 유생이 웃으며 말했다.

"아주 재미있을 것 같아서 그러기로 하였네. 순라군과 맞닥뜨려도 우리 상유들은 괜찮으니까. 만약에 뭔 일이 생겨도 경수소에 하룻밤 구류 살면 그만이고. 이번 기회에 경수소 구경 한번 하는 것도 나쁘지 않을 듯해서 말일세."

"에이, 이보게. 구류로 끝나지 않으이. 초경은 곧 10도의 벌을 받는다네. 하하하."

"내일 성균관이 권당에 돌입한다고 공고까지 하였는데, 어떤 관청이 상유를 건드리겠나? 오히려 눈치 보느라 여념이 없을걸세. 그러니 오늘 밤은 달구경이나 실컷 하면서 장안을 노닐어 보세나. 하하하."

한 유생이 그녀의 허리춤에 매달린 술병을 보면서 위로하듯 말했다.

"자네가 괴로운 건 알겠는데, 술로 몸 버리지 말게."

그리고 다들 서로를 위로하며 반촌을 향해 갔다. 그들도 나름대로 불안함은 있겠지만, 무슨 꿍꿍이를 가진 이가 말을 돌린 것이겠거니 하고 여기는 듯하였다. 성균관을 나서는 이들은 그 수가 상당하였다. 어쩐지 대부분의 유생들이 빠져나가는 것같이 느껴졌다. 외출하는 발걸음이 조금씩 잦아들더니 이내 완전히 끊어졌다. 그리고 다시 반궁 주위가 쥐죽은 듯 고요해졌다. 너무 조용하여 귀가 먹먹해지려는 것을 그나마 기특한 밤 짐승들이 소리를 내어 예방해 주었다.

"순돌아, 우리도 움직이자."

"네!"

윤희는 동삼문 쪽으로 걸어갔다. 그리고 높은 계단을 올라 주위를 살피며 종이를 꺼냈다. 가운데 문의 어느 지점에 붙여야 할지 종이를 이리저리 움직이며 순돌이와 함께 고심하고 있는데 느닷없이 등 뒤에서 사람 소리가 들렸다.

"김윤식 유생! 이 시간에 예서 뭐 하시오?"

윤희와 순돌이가 화들짝 놀라서 등 뒤로 종이를 숨기고 돌아보았다. 거기에는 장 박사와 유 박사가 물끄러미 보고 있었다. 시간이 늦었기에 안에서 나오는 사람을 경계하느라 뒤는 미처 살피지 않았던 탓이었다. 들켰나? 후들거리는 목소리를 힘들게 숨기며 물었다.

"두 분께서는 이 시간에 어쩐 일로 반궁에 오셨습니까?"

유 박사가 아무것도 못 본 듯이 싱긋 웃으며 말하였다.

"지금 퇴궐하였소. 한데 인경이 울릴 시간이라 집까지 갈 순 없고 해서 이리로 온 거요. 상유라면 순라군과 만나도 괜찮겠지만 애석하게도 우린 성균관 유생이 아니라, 성균관 학관이니……."

"그런데 어째 반궁이 텅 빈 듯하군. 권당은 내일부터가 아니었나?"

장 박사는 혼잣말처럼 중얼거리며 천천히 계단으로 올라와 순돌이를 한 번 본 후, 윤희에게 작은 소리로 말하였다.

"김윤식 유생, 홍벽서의 키에 맞추려면 옆의 덩치 큰 하인의 등을 밟고 올라가는 편이 나을 것이오. 이런, 조언을 하였으니 우리도 공범이 되고 말았군."

깜짝 놀란 그녀에게 유 박사도 다가왔다.

"염려 마시오. 우리도 홍벽서 애호가니까. 그럼 계속 수고하시오."

그들은 싱긋이 웃으며 옆의 문으로 들어갔다. 그런데 가던 걸음을 멈춘 장 박사가 넌지시 물었다.

"글을 거기에 붙일 생각이시오?"

"네?"

"하긴, 어디든 뭔 상관이겠소."

이 말만을 남긴 그는 문 안으로 완전히 들어갔다. 뭔 말이지? 윤희는 갸우뚱하면서 순돌이를 보았다. 하지만 마지막 말보다 두 사람에게 들킨 것이 더 신경 쓰였다. 그들 눈치를 보면 안심해도 될 것 같지만, 걱정이 되는 건 어쩔 수가 없다.

"죄송합니다, 선비님. 제가 주위를 더 경계했어야 하는데……."

"아냐, 두 분이라면 괜찮을 것 같구나."

윤희는 더 이상 미적거리지 않고 술병을 꺼내 막아 둔 마개를 뺐다. 언제나 이런 술병을 끼고도 술 냄새가 전혀 나지 않던 재신, 그 비밀은 술병 안에 든 액체에 있었다. 그것을 동삼문의 가운데 문, 위쪽에 뿌렸다. 술이 아닌, 걸쭉한 풀이 문에 철퍼덕 들러붙었다. 다음에 순돌이의 등을 밟고 올라가 소매에 넣어 둔 조그마한 짚 뭉치를 꺼내 붓 삼아 넓게 발랐다. 그리고 그 위에 종이를 정성껏 붙였다.

"다 됐다!"

순돌이의 등에서 내려선 윤희는 멀리 육조 거리가 있는 곳을 바라보았다. 그리고 홍벽서로 나선 유생들과, 달구경하면서 장안을 누비는 유생들 모두 무사하길 빌었다.

육조 거리는 탁 트인 넓은 길로써, 주요 관청이 밀집한 구역이라 순라군의 경비 또한 삼엄한 곳이다. 그래서 그만큼 위험했다. 저녁 무렵부터 근처에 숨어 있는 유생들은 인경이 울리자 하나둘 흩어졌다. 발빠른 재신과 병춘, 그리고 다른 네 명의 유생이 가장 위험한 교란 역할을 맡았다. 발도 발이지만, 잡혔을 때 가장 안전한 아비 권세를 등에 지고 있기 때문이기도 하였다. 각자 맡은 장소에서 마음을 가다듬고 있는데, 시발점을 알리는 재신의 우렁찬 목소리가 조용한 밤하늘로 쏘아 올려졌다.

"웬 놈이냐! 여기 수상한 자가 나타났다!"

이 외침에 길을 순회하던 순라군들이 한꺼번에 우르르 달려왔다. 덕분에 계획했던 대로 공조 앞이 비었다. 이 순간을 놓치지 않고 대기 중이던 용하가 문으로 달려가 순식간에 술병에 든 풀을 뿌리고, 짚 뭉치로 넓게 바른 뒤, 종이를 붙였다. 그리고 재빨리 도망을 쳐 육조 거리를 벗어났다. 그곳을 벗어나 잠시 달리지 않아, 장안을 노닐러 온 유생 무리와 만났다. 그는 마치 자신도 나들이 나온 듯 그들 속으로 태연히 들어가 섞였다. 그러다가 순라군과 만났지만, 오히려 권당을 핑계 대며 큰소리를 치다가 안전하게 반촌으로 내밀렸다.

재신의 목소리가 들렸던 정반대편에서 누군가가 외쳤다.

"수상한 자다! 모두 이쪽으로!"

순라군이 이 소리를 듣고 달려오자, 수상한 기척이 달아나기 시작했다. 그들은 그 뒤를 쫓아 이조 앞을 비웠다. 잠시 뒤, 이조 문에도 눈 깜빡할 사이에 벽서가 붙여졌다. 그리고 이쪽저쪽으로 순라군이 농락을 당하는 가운데 형조, 병조, 예조의 문에 벽서가 붙여졌으며, 호조의 문에 마지막 벽서가 붙여지고 나서야, 육조 거리를 혼란하게 만들었던 수상한 외침과 기척들이 일순간에 종적을 감추었다.

직접 뛰어다니는 유생들의 긴장도 대단하였지만, 이들을 기다리며 반수교에서 발을 동동 구르는 윤희의 피도 새까맣게 타들어 갔다. 일각이 여삼추라더니, 기다리는 고통 또한 만만치 않았다. 그녀를 지키고 선 순돌이의 심정도 마찬가지였다. 그들 중 한 명이라도 실수할 시엔 선준의 운명이 어찌 될지 모르기 때문이다. 그는 윤희도 걱정되었다. 사시나무 떨 듯 떨면서 서성거리는 작은 몸이, 일이 잘 해결되어도 큰 병으로 앓아눕지 싶다.

지옥과도 같았던 긴 시간이 흐른 즈음, 멀리서 네 명의 유생이 돌아오고 있는 것이 보였다. 누구지? 홍벽서로 나선 이들인가? 기다리고 있을 때보다 더 피가 마른다. 그들이 가까워지기를 참지 못하고 윤희는 달려갔다. 그중에 눈에 띄는 사람이 섞여 있다. 용하다!

"여림 사형!"

용하도 반가움에 손을 번쩍 들고 외쳤다.

"어이, 대물! 나, 신나게 놀다 왔네."

그녀는 마음을 애써 진정시키고 주위 유생들에게도 인사하였다. 그들도 즐겁게 인사를 하고 성균관으로 들어갔다. 윤희는 용하와 순돌이만 남게 되자, 금세 태도가 바뀌었다. 용하의 양팔을 붙잡고 눈물이 그렁그렁해져서 물었다.

"괜찮습니까? 다친 곳은 없습니까?"

"다른 사람들은? 내가 처음인가?"

"네, 여림 사형 외에는 아무도 안 왔습니다. 안 다친 거죠?"

"난 괜찮네. 너무 즐거웠어. 한데 우리 대물은 기다리다 피를 말렸구먼. 걸오 놈, 그 머리로 이것까지는 생각 못 할밖에."

"나머지 유생 대부분도 성균관을 나갔습니다. 여림 사형이 퍼뜨린 말이지요?"

"아아, 난 서너 명에게만 부탁했는데, 소문 한번 기가 막히게 퍼졌군그래."

"그런데 홍벽서의 글을 붙이려다가 그만, 장 박사와 유 박사께 들켰습니다."

"아무 문제없네. 그 두 분이 비록 강의는 독해도, 다른 건 우리 유생들과 별반 차이가 없는 분들일세. 도리어 자네가 부러웠을걸."

세 사람은 반수교에 걸터앉아 나머지 사람들을 기다렸다. 용하가 유쾌한 웃음과 농담으로 함께 기다려 주니 그나마 덜 피가 말랐다. 자정이 지나고 나서야, 돌아오는 유생들이 점점 불어났다. 그중에 홍벽서로 나섰던 유생도 한 명씩 섞여 들어왔고, 그때마다 함께 일을 도모했던 동지 간의 기쁨도 나누었다. 거의 대부분의 유생들이 돌아왔다. 그런데 가장 위험한 일을 담당했던 병춘과 걸오의 모습은 나타나지 않았다.

"왜 여태 오지 않는 걸까요?"

"그러게나. 시간으로 치면 이미 왔어야 하는데……. 남아서 기다리는 것이 이렇듯 힘든 것이었구나."

"선비님! 저기 또 누가 오는데요?"

순돌이의 외치는 소리에 용하와 윤희는 벌떡 일어났다. 용하가 어두운 달빛을 빌려 형체를 알아보았다.

"하재생이다!"

용하는 크게 손을 흔들었다. 병춘도 두 사람을 알아보고 달려와서 인사를 하였다. 윤희가 반갑게 웃자, 그도 환하게 받았다. 하지만 이내 머쓱하여 고개를 숙였다. 두 사람 사이가 이번 일로 조금 괜찮아지긴 했지만, 아직 완전히 좋아지진 않았기 때문이다.

"무사해서 다행일세. 혼자 온 건가?"

"네, 여림 유생님. 다른 분들은 다 돌아왔습니까?"

"걸오만 빼고 다 왔네."

"마지막으로 걸오 유생님이 순라군을 유인해 간 틈을 타서 제가 그곳을 빠져나왔는데……."

"자네도 이제야 도착했으니 그렇다면 걸오도 곧 오겠군. 수고했네. 피곤할 터이니 자네는 그만 들어가서 쉬게."

"아닙니다. 저도 같이 기다리겠습니다."

"내가 보기 딱해서 그러네. 씻고 잠 좀 자 둬. 내일 일도 어찌 될지 모르니까."

"네, 그렇다면 먼저 들어가겠습니다."

그는 윤희에게도 허리 숙여 인사한 뒤, 지친 발걸음으로 성균관으로 들어갔다. 하지만 예상과는 달리 아무리 긴 시간이 지나도 재신은 나타나지 않았다. 더 이상 용하의 입에서도 농담이나 웃음이 나오지 못했다.

시간이 지나면 지날수록 용하와 윤희는 안절부절못하고 누가 먼저랄 것도 없이 서서히 미쳐 갔다. 용하의 팔랑거리는 부채는 정신없이 나부끼고, 반수교 위를 오고가는 윤희의 잰걸음도 바쁘게 나부댔다.

불안한 마음이 긴 시간을 부른 거라 여겼다. 그런데 어느새 통행금지의 해제를 알리는 북소리가 울리기 시작하였다.

"파루다!"

"어찌 된 겁니까? 어째서 아직 돌아오지 않는 겁니까?"

"괜찮을 거야. 만약에 순라군한테 잡혀서 못 오는 거라손 치더라도, 큰일은 없을 거야. 괜찮아, 괜찮아."

자신을 안심시키려 급박하게 되뇌는 용하의 괜찮다는 말이 윤희의 불안함을 가중시켰다.

"반촌 앞 하마비까지 나가 봐야겠습니다."

"그러다가 다른 길로 오면 어쩌려고?"

윤희는 어쩔 수 없이 다시 반수교 위를 서성거렸다. 용하도 더 이상 앉아 있지 못하고 그녀처럼 서성거렸다. 순돌이조차 가만있지 못했다. 세 사람은 마치 돌로 만든 반수교를 무너뜨리기라도 할 듯 번갈아 왔다 갔다 하였다.

차차 밤의 어스름이 옅어지고 있었다. 더 태울 피도 한 방울 남아 있지 않을 즈음, 터덜터덜 시건방진 걸음으로 재신이 나타났다. 윤희와 용하는 손을 흔들 힘도, 반갑게 웃을 힘도 남아 있지 않아, 그가 가까워질 때까지 멍하니 바라만 보았다.

"더럽게 할 일 없다. 이럴 시간 있으면 글자 한 자라도 더 보지, 여기서 뭐 하나?"

늦게 온 주제에 말 한번 고약하다. 땀으로 목욕한 듯 범벅이 되어 있는 그의 몰골을 살피느라 두 사람은 대답을 잇지 못하였다. 재신이 윤희를 보면서 안타까움을 숨기고 말했다.

"하룻밤 사이에 피골이 상접했군. 들어가자. 난 씻고 눈 좀 붙여야 겠다."

"왜 이렇게 늦었습니까? 얼마나 걱정했는데……."

"다른 놈들은 순라군과 부딪쳐도 되겠지만, 난 그러면 안 될 것 같아서 피해 다니느라. 그건 그렇고 모두들 무사하냐?"

"네, 모두 일찌감치 돌아와 있습니다."

재신은 그녀의 울먹이는 눈동자를 피해 땅을 내려다보며 싱긋이 웃었다. 그것은 자신이 빠져 있던 비참함에서 어느 정도 벗어난 미소였다. 그 자신감을 담아 솜주먹으로 윤희의 볼을 툭 쳤다. 이제는 적어도 이 여자 앞에서 초라해지지 않아도 된다는 기쁨의 행동이었다. 용하가 팔로 그의 목을 감으며 짓궂게 말했다.

"어서 가세, 내가 등목을 시켜 줄 터이니. 오랜만에 자네 등짝 좀 쓰다듬어 보세나."

"이런, 썩을 놈. 네놈 입을 떼어다 순라군한테 넘겼어야 했는데, 원통하군."

순돌이는 동삼문으로 들어갈 수 없기에 전향문 쪽으로 먼저 돌아가고, 세 사람은 계단을 올랐다. 그런데 재신과 용하가 벽서를 붙여 놓은 것을 보고 입을 쩌억 벌렸다. 용하가 어안이 벙벙한 듯 먼저 말을 하였다.

"동삼문에는 오른쪽 문도 있고, 왼쪽 문도 있건만, 하필 가운데의 거둥문이라니……."

"하하하. 네 녀석은 다른 건 몰라도 간 하나만큼은 실로 대물이다. 나조차도 흉내 내지 못할 대범함이야."

폭소를 하는 재신과 함께 용하도 파안대소를 하며 윤희를 향해 엄지손가락을 치켜들었다.

"사나이 중의 사나이, 우리 대물! 하하하."

앗! 그럼 장 박사의 말도 그런 뜻이었나? 윤희는 제 머리를 쥐어뜯었다. 가운데 임금의 문에 벽서를 붙였다는 건 바로, 임금의 용안에 벽서를 붙인 것과 다름 아니다. 윤희를 남겨 둔 두 사람의 웃음소리가 그칠 줄을 모르고 반궁에 울렸다.

하지만 이들은 등목을 할 시간은 있었으나, 눈을 붙일 시간은 없었다. 권당이 시작되었기 때문이다. 식당고가 울렸지만 어느 유생도 식당으로 들어가지 않았고, 대사성이 장의 등의 대표자들을 명륜당으로 불러 사태를 조율하느라 바빴다. 만약에 유생이 세 명 이상 식당에 차지 않으면 대사성과 동지관사 등은 그 어떤 상황이었던 상관없이 문책을 벗어날 수 없다. 하지만 유소를 올린 이후, 해결된 일이 없거니와, 왕의 비답 또한 더 이상 없었기에 예정된 공관公館을 막을 수는 없었다.

모든 유생이 성균관을 비울 준비를 하고 있을 때, 덕구 아범이 먹을 것을 가지고 숨이 넘어갈 듯 달려왔다.

"헉헉! 자, 작은 주, 주인어른. 헉헉!"

용하가 방에서 뛰어나오자, 그는 또다시 넘어가는 숨으로 힘겹게 소식을 알렸다.

"이선준 유생님께서 곧 석방이 될 거라고. 헉헉. 밤사이에 도성 안, 육조 대문마다, 헉헉. 그러니까 이곳 성균관에도 진짜 홍벽서의 글이……. 헉헉. 그래서 석방이……."

"요점만 말하게! 나왔다는 것인가, 나올 거란 것인가?"

"사헌부에서 석방을 준비하고 있다고요. 오늘 중으로 나오신답니다."

순식간에 성균관이 들썩거렸다. 덕구 아범보다 한발 늦게 달려온 사령이 대사성에게 이 소식을 정식으로 전했다. 성균관 곳곳에서 기쁨이 터져 나왔다. 용하는 기쁨을 주체 못 하고 여기저기 방방 뛰면서 쫓아다녔고, 순돌이는 툇마루에 걸터앉아 소매로 눈물을 닦아 냈다. 그리고 재신은 방에 앉아 벽에 기댄 채로 마음속의 짐을 털어 내는 미소를 띠었다. 하지만 윤희는 조금도 달라지지 않았다. 기뻐하지도 않았고, 긴장을 놓지도 않았다. 선준을 눈앞에 두고 만져 보기 전에는 안심할 수가 없었다. 용하가 그녀에게 다가가서 생각지도 못한 것을 물었다.

"이보게, 대물. 가랑이 바로 여기로 오겠는가, 북촌 집으로 가겠는가?"

그도 궁금해서 물은 것이지만, 그녀라고 알 수 있는가. 윤희의 눈동자가 풀이 죽었다. 어쩌면 당장 볼 수 없을지도 모른다는 생각이, 덜어져야 하는 보고픔을 한층 키웠다. 순돌이도 그 부분까지는 몰라서 자리에서 벌떡 일어섰다. 그리고 집으로 돌아가야 할지, 여기에 남아 있어야 할지 감이 잡히지 않아 갈팡질팡하였다.

선준은 곧장 성균관으로 오고 있었다. 그에게는 잠시 외출했던 것과 마찬가지였으므로 고민은 없었다. 그의 긴 다리는 마음의 요구로 인해 바쁘게 움직였다. 성균관이 가까워질수록 마음의 요구는 더 커졌다. 이제 조금만 더 가면 반촌이다. 그곳만 통과하면 보고팠던 얼굴을 볼 수 있다. 행여나 순돌이를 데리고 마중을 나와 있지 않을까 기대하였지만, 아무리 가도 윤희의 모습은 보이지 않았다. 어쩐지 조금 서운해지는 것 같기도 하였다. 그런데 짧은 거리를 남겨 놓은 한적한 길에서 윤희가 아닌, 효은이 그를 기다리고 있었다. 그녀는 장옷으로 가리고 있던 얼굴을 선준 앞에 드러내며 인사를 하였다.

"도련님, 걱정하였어요. 혹여 몸이라도 상하시진 않았는지……."

"보시다시피 건강합니다. 전 바빠서, 그만."

인사를 건성으로 받으며 급하게 지나쳐 가는 그의 뒷모습을 향해, 효은이 조급하게 말했다.

"잠깐만요! 소녀는 사죄하기 위해 기다렸어요. 말이 이상하게 변질되어 일도 이상하게 되어 버렸던 겁니다. 저희 집 청지기가 아버지께 말씀을 드리는 바람에 오해를 하셔서. 전 아니라고 아뢰었지만 여의치 않았어요. 하지만 제 마음은……."

그녀는 사죄가 아니라 평계를 대기에 급급하였다. 선준이 걸음을 멈추었다. 그리고 몸을 절반가량 돌리고 정중하게 고개를 숙였다.

"제게 사죄하지 않으셔도 됩니다. 그러잖아도 낭자께 죄송한 마음이 남아 있었는데, 그 벌을 받은 걸로 하겠습니다."

"도련님, 소녀는 단지……."

선준은 가마를 지키고 있는 청지기를 보면서 말했다.

"저 사람이 또 어떻게 말을 옮길 줄 모르니 더 이상은 마주치지 않는 것이 좋겠습니다."

"도련님! 전 사죄를 드리고 싶은 것뿐이에요. 그러니 이렇게까지 달아나지 마세요."

"갈 길이 급해서이지, 달아나는 게 아닙니다."

"창피하여 더 이상 얼굴을 마주하기 힘들게 되었어요. 하여 마지막으로 뵈옵고자 온 걸음입니다. 한데 어찌 이리도 매정하시어요?"

두 사람 사이에 바람만 지나갔다. 선준이 잠자코 서 있자, 효은도 차분하게 말을 하였다.

"도련님이 주신 서찰은 모두 불태워 버렸습니다. 세상에 남은 것이 없으니, 도련님과 저 사이에도 무엇 하나 남은 게 없네요. 그러니 원망일랑 마세요. 아울러 우리 아버지도……."

"원망하는 마음은 없습니다. 죄송한 마음뿐이지요."

선준의 진심 어린 목소리가 효은의 마음을 잠재웠다. 그녀는 장옷으로 얼굴을 가리며 뒤돌아섰다. 그리고 흐르는 눈물을 애써 삼키며 마지막으로 인사하였다.

"죄송한 마음조차 비워 주세요. 저도 그리할 겁니다. 너무 창피하여 도련님과의 일은 모두 잊고 싶어요."

선준은 그녀의 뒷모습에 인사를 하였다.

"그럼, 살펴 가십시오."

그리고 그 자리를 떠났다. 선준은 어서 가서 윤희와 단둘이 있고 싶어 발걸음이 빨라졌다. 성균관에 당도하기 전에 윤희의 얼굴이 앞서서 달려왔다. 감옥으로 들어가기 전, 유생들 틈에 섞여 있던 그녀의 넋 나간 눈동자가 자꾸만 어른거린다. 버선발로 쫓아오던 작은 발도 어른거린다.

아직 그녀를 만난 것도 아닌데 벌써부터 콧날이 시큰해졌다.

4

"가랑 유생님이 돌아오고 계십니다!"

수복이 소식을 전해 오기가 무섭게 순돌이는 성균관을 뛰쳐나갔다. 윤희는 그다지 다듬을 것 없는 사내의 매무새이건만, 유건을 매만지고 옷고름도 고쳐 매었다. 그러다 보니 다른 유생들보다 늦게 마중을 나가게 되었다. 얼마 지나지 않아 왁자지껄한 소리가 명륜당에서 들려왔다. 그녀는 전향문을 나가다 말고 방향을 틀어, 명륜당 쪽으로 들어갔다. 그곳에 진짜 선준이 있었다. 갓을 쓰고 도포를 입은 그가 유건과 행의 차림의 상유들에 둘러싸인 채 환하게 웃고 있었다. '곧 돌아온다.'던 말에서 '곧'은 지키지 않았지만 '돌아온다.'는 건 지켜졌다. 윤희는 어서 그에게 안겨 그를 느끼고 싶었다. 그런데 유생들의 벽이 어찌나 단단하게 둘러졌던지 도무지 그들을 제치고 다가갈 수가 없었다. 소란한 틈바구니 속에서 가까이 다가가지 못하는 것이 마치 악

몽을 꾸는 듯 갑갑했다.

선준은 똑같은 차림새의 유생들 틈에서 멀리 있는 윤희를 단박에 찾아내었다. 눈이 마주치자, 그녀의 눈에 눈물이 그렁그렁 맺혔다. 하지만 엉거주춤 서서 가까이 오지 못한 채 발만 동동 구르고 있었다. 선준은 그만 울컥하고 말았다. 저 사람이 언제 저리도 작았던가. 언제 저리도 가녀렸던가. 작고 가녀리고 아름다워, 어서 다가가 안아 주고 싶었다. 다른 사람들의 눈에도 여인으로 보일까 염려되어 어서 숨기고 싶었다. 그런데 주위를 가득 메운 유생들을 뚫고 그녀 곁으로 가는 게 예삿일이 아니었다. 물론 이들이 반갑지 않은 건 아니다. 다만 윤희만큼은 아닐 뿐이다.

억지로 웃고 있는 선준의 입술이 타들어 갈 즈음, 재신이 힘과 협박으로 유생들을 하나둘씩 밀쳐 내고 그에게 다가갔다. 퉁명스런 인사 정도나 하고 말 줄 알았던 재신이 큰 품을 펼쳐 그를 덥석 끌어안았다. 선준도 깜짝 놀랐지만, 구경하던 유생들의 놀라움은 더욱 컸다.

"고맙다, 무사해서."

짧고 간결한 그의 말에는 길고 긴 이야기와 감정들이 녹아 있었다. 그리고 말보다 오랫동안 놓아주지 않는 그의 품이 더 많은 이야기를 하였다. 선준은 그를 떼어 내고 다시 윤희를 향해 갔다. 고지가 눈앞이다. 감격에 겨워 팔을 활짝 펼치는데, 어디 있다가 튀어나왔는지 난데없이 용하가 그녀를 밀치고 품으로 뛰어들었다. 그도 가까이 오지 못하고 노심초사하였던 것이다. 그래서 자신이 밀친 이가 윤희라는 것도 까맣게 모르고, 눈물을 글썽이며 선준의 품에 매달렸다.

선준은 웃으며 그를 안고 감격을 나눈 후, 이제는 정말 윤희를 안아

보고자 손을 뻗었다. 그녀의 팔을 막 잡아당길 찰나, 또 방해꾼이 나타났다. 이번에는 대사성이었다. 선준은 그의 앞으로 가서 정중하게 허리를 숙여 인사를 하였다. 이곳의 제일 큰 어른이니 어쩔 수 없었다. 그런데 인사만 받고 돌아갈 대사성 영감이 아니시다. 그분의 말씀은 오늘도 변함없이 무지하게 길었다. 그래서 한참 동안 붙잡혀 윤희 가까이 가지 못하였다. 억수같이 내리던 대사성의 말이 그쳐 갈 즈음, 이번에는 왕의 방해물이 날아왔다. 유소나 권당이 있은 후, 으레 왕이 친히 반궁에 내리는 술과 음식이 하필이면 지금 도착을 한 것이다.

수복들이 재빠른 동작으로 비천당에 천막을 치는 동안, 한쪽 머리에선 술과 음식을 내려서 펼치느라 바빴다. 그리고 유생들도 비천당으로 들어가 제각각 자리를 정돈하고 앉아, 임금의 성은에 감사하며 궁궐이 있는 곳을 향해 절을 올렸다. 그리하여 윤희와 선준은 단둘이는 되지 못했지만, 그나마 나란히 앉게는 되었다. 그런데 이미 적기는 놓친 후다. 모두가 얼싸안고 기뻐할 때였으면 모를까, 이제 와서 슬그머니 두 사람만 포옹을 한다는 게 조금 이상하게 보일지도 모른다는 조심스런 생각이 들었다. 손잡는 것조차 그럴 것이다. 벌써부터 술잔을 기울이는 상유들 틈에서 두 사람은 동시에 한숨을 내쉬었다.

그것도 잠시, 술잔이 돌아가면서 정돈되어 있는 자리가 차츰 허물어졌다. 그럴수록 윤희는 선준과의 사이에 파고드는 유생들에 떠밀려 그나마 멀어지기까지 했다. 이쯤 되니 선준의 인내도 슬슬 떠나가기 시작하였다. 그러다가 문득 제 딴에는 좋은 착상이 떠올랐다. 그래서 멀어진 윤희더러 들으랍시고 큰 소리로 주위 유생들에게 말하였다.

"잠시 일어나겠습니다. 볼일 좀 보고……."

뒷간 가겠다는 것이다. 윤희도 그의 의도를 알아채고 슬그머니 자리에서 일어나려고 하였다. 그런데 갑자기 소변 마려운 사람들이 많아졌다. 그와 함께 볼일 보러 가겠다며 그녀보다 먼저 여러 유생들이 일어서는 것이 아닌가. 선준은 당황하여 머리를 굴리다가 또 다른 핑계를 만들어 내었다.

"아! 그러고 보니 아직 옷도 갈아입지 않았군요. 방부터 다녀오겠습니다."

이번에는 다행히 어서 다녀오라는 인사말만 할 뿐 따라나서는 이들이 없었다. 두 사람은 직접적으로 눈빛을 주고받진 않았지만, 보이지 않는 은밀함은 나누었다. 선준이 비천당을 벗어날 때쯤, 윤희도 슬그머니 자리에서 일어났다. 그런데 이번에는 용하가 그녀의 팔을 덥석 잡아서 다시 제자리에 앉혔다.

"어이, 대물! 자네도 이번에 마음고생 심했는데, 오늘 확 풀어 버리세."

아까는 정말 모르고 밀쳤지만, 이번에는 다분히 의도적인 장난이 섞여 있었다.

"아, 아닙니다. 저도 잠시……."

적당히 떨치고 일어서려는데, 이번에는 재신의 심술이 가담하였다.

"마셔라. 임금이 하사하신 술을 마시지 않는 것도 불충이다. 단, 한 잔만이다."

그러면서 술이 담긴 잔을 건네 강제로 마시게 하였다. 그리하여 이들에게 붙잡힌 윤희는 끝끝내 선준의 뒤를 못 따라가고 말았다.

동재로 들어선 선준은 눈물을 뚝뚝 흘리며 자신을 맞이하는 순돌이와 만났다. 얼마나 걱정했는지, 얼마나 보고 싶었는지 주절주절 쏟아 내는 그를 보면서 선준은 한숨만 푹푹 내쉬었다. 얼마나 듣고 싶었던 말이고, 얼마나 해 주고 싶었던 말인가. 단지 상대가 윤희가 아니라 순돌이인 것이 문제다. 정작 그녀와는 이야기는 고사하고, 포옹도, 그렇다고 손 한 번 잡는 것도 못 하고 있다. 감옥에 있을 때보다 훨씬 애가 타고 갑갑하다. 선준은 옷을 갈아입고 혹시나 싶어 조금 더 기다렸지만, 그녀의 모습은 결국 나타나지 않았다.

포기하고 다시 비천당으로 가려는데, 전향문으로 건장한 남자 세 명이 들어왔다. 그런데 그자들이 수상하게 중이방 앞을 기웃거렸다. 선준이 의심스러운 눈으로 물었다.

"무슨 일이오? 누구를 찾는 거요?"

"죄송하지만, 문재신 도련님을 찾고 있습니다."

순돌이가 경계를 하면서 선준의 앞을 가로막아 섰다.

"그분은 왜 찾습니까?"

"댁으로 모시고 가려고요. 부친께서 찾으십니다."

"걸오 사형은 지금 비천……."

"잠깐만요!"

선준의 말을 가로막은 순돌이가 그에게 바짝 붙어서 귓속말을 하였다.

"도련님, 말씀드리자면 긴데, 아무튼 걸오 유생님 계신 곳은 말하면 안 됩니다요."

하지만 울림통이 워낙 큰 놈이라 귓속말은 소용이 없었다.

"그리 경계하지 않으셔도 됩니다. 부자간에 잠시 할 말이 있어서 찾으시는 것뿐이라서요."

"그렇다면 기다리시오. 내가 먼저 물어보고 이리로 보내드리겠소."

선준이 비천당으로 돌아가니, 윤희는 재신과 용하에게 붙들려 옴짝달싹못하고 있었다. 용하가 그를 발견하고 눈 꼬리를 음흉하게 하면서 말했다.

"가랑! 벌써 옷 갈아입고 왔는가?"

윤희가 그의 눈치를 살피며, 억울하다는 눈빛을 보냈다. 애가 타고 속이 갑갑함을 넘어, 이제는 슬슬 화도 나는 것 같다. 선준은 그들에게로 가서 은근슬쩍 그녀의 어깨를 짚으며 자리에 앉았다. 이 접촉으로 그나마 속 불은 껐다.

"걸오 사형, 지금 동재에서 춘당 어른께서 보낸 하인들이 기다리고 있습니다."

세 사람이 긴장한 눈으로 서로를 쳐다보았다. 선준은 알지 못하는 그들만의 대화였다. 그는 자신이 풀려나오기까지의 자초지종은 전혀 모르고 있기에 그들의 비밀스러움을 이해하지 못하였다. 재신이 옷을 툭툭 털며 귀찮은 표정으로 자리에서 일어났다.

"집에 좀 다녀오마. 까짓 종아리 몇 대만 맞으면 되겠지, 뭐."

"하지만 혹시라도……."

윤희가 걱정스럽게 쳐다보자, 그는 환하게 웃으며 머리를 쿡 쥐어박았다.

"제 자식을 죽이시겠냐? 집도 가까우니 금방 다녀오마. 밤에 보자."

그러게, 왜 하필 집이 가까우냐 말이다. 윤희는 대사헌이 종아리보다는 저번처럼 광에 가두는 것도 한 번 고려해 봐 주셨음 하고 바랐다. 하지만 이 희망은 부질없다. 이미 그 집 광 문은 순돌이가 박살을 내놓지 않았는가.

"오랜만에 댁에 가시는데, 천천히 다녀오십시오. 춘부장 어른과 화해도 하면서……."

"반드시 일찍 오마! 태학생이 되어서 수업을 빠져선 안 되지."

재신은 평소 행동거지와는 어울리지 않는 말을 남기고 어슬렁거리면서 비천당을 나갔다.

술판이 점점 끝나 갈 즈음, 선준과 윤희는 피곤하다는 핑계를 대며 자리를 떴다. 이제야 말로 단둘이 있게 되나 싶었지만, 용하가 눈치 없는 척하며 두 사람 뒤를 줄레줄레 따라붙었다. 게다가 순돌이마저 중이방 앞을 떡하니 버티고 앉았다. 선준이 감옥에서 갓 나왔기에 쉬고 싶다는 과장된 태도를 보임에도 불구하고, 용하는 그동안 있었던 자신들의 무용담을 신이 나서 떠들었다. 그런데 처음에는 피곤한 듯 듣던 선준의 낯빛이 차차 굳어 갔다. 위험천만한 일에 윤희까지 끼어들었던 게 화근이었다. 용하도 그의 분노를 알아차렸다. 그래서 그녀 또한 선준을 위해 애를 쓰다가 그리 되었음을 설파했는데, 그것이 그를 더욱 화나게 만들었다. 자신이 말실수했다는 걸 깨달았을 때는 이미 늦었다. 선준의 불벼락이 순돌이를 향해 떨어졌기 때문이다.

"네 이놈, 순돌아! 네가 정신이 있느냐, 없느냐?"

순돌이도 당황하여 툇마루에 무릎 꿇고 앉은 채로 안절부절못하였다.

"도, 도련님 그게 아니라……."

"내가 널 이리 보낸 것은 대물 도령을 위험에 빠뜨리지 말라는 뜻이었거늘, 함께 발 벗고 뛰어들었단 말이냐!"

용하는 살벌해진 분위기를 감지하였다. 그래서 일은 자기가 벌여 놓았으면서 수습도 않은 채, 비겁하게 세 사람을 남겨 놓고 저 혼자 꽁무니를 빼고 달아났다. 윤희는 끽소리도 못 하고 방바닥에 손가락으로 이런저런 글자들만 그리며 딴청을 부렸다. 선준의 호통은 겉보기에는 순돌이를 향해 있었지만, 결국 그녀를 야단치는 것이었다. 하지만 윤희 입에서 잘못했다는 말은 나오지 않았다. 자신은 잘못한 것이 전혀 없다고 생각하기 때문이었다. 그래서 그가 이렇게까지 화를 내는 건 단순히 단둘이 있기 위해 용하와 순돌이를 쫓아내는 구실이라고 여겼다.

"귀형도 참. 순돌이가 뭘 그리 잘못했다고……."

"말려도 시원찮을 마당에 같이 일 벌이고 다니는 게 어떻게 잘못이 아니란 말이오! 순돌이 이놈! 내가 그러라고 여기로 보냈더냐?"

"도련님, 제가 잘못했습니다요."

오랜 꾸짖음 끝에 순돌이마저 불벼락을 머리에 꽂고 집으로 쫓겨갔다. 이리하여 힘겹게 단둘이 남게 되었다.

윤희는 방문과 창문을 꼭꼭 닫고 부끄러운 듯 그의 앞에 다소곳하게 앉았다. 이제 선준이 안아만 주면 그동안의 힘들었던 시간이 녹아내릴 터이다. 그런데 겨우겨우 단둘이 되었음에도 그의 화는 가라앉지 않았다. 오히려 더 냉랭해져 있다. 화내는 척했던 것이 아니라 진짜로 화가 난 것인가? 한쪽 눈을 슬그머니 떠서 쳐다보다가 그와 눈이 마주쳤다. 선준의 눈동자가 차디차다.

"저기, 가랑 형님……."

"사람이 어찌 그리도 무모하오? 그러다가 자칫 잘못되기라도 하였더라면 어쩔 뻔했소?"

"하지만 가만히 있을 수는 없었는걸요. 잘못되지도 않았고……."

선준의 냉랭해진 입술이 굳게 닫혔다. 그러자 이번에는 윤희가 화가 나기 시작했다. 이제 겨우 단둘이 있게 되나 싶었는데, 이 좀생이 양반이 분위기를 망쳐 놓는 것에 부아가 치밀었다. 울며불며, 이리 다시 살아 만나게 되어 다행이라느니, 덕분에 살았으니 앞으로 잘해 주겠다느니 하는 감격 어린 상봉까진 바라지 않아도, 이건 심하지 않은가.

"가랑 형님! 이게 그리도 화를 낼 일입니까?"

"화가 났다기보다는 그저 상상만으로도 등골이 오싹하여 그렇소. 한 가지만 약조해 주시오. 두 번 다시 그런 위험한 일에 뛰어들지 않겠다고."

"싫습니다. 앞으로 또 그런 일이 닥치면 전 또 그럴 것입니다."

두 사람 사이에 차가운 기운이 오고갔다. 선준도 윤희도 한 치의 양보 없이 팽팽하게 맞섰다.

"한 가지만 묻겠습니다."

"두 번 다시 위험한 일을 벌이지 않겠다고 약조하기 전에는 난 어떤 대답도 하지 않겠소."

"지금 묻는 것은 저에 관한 것이 아니라, 세상 이치에 관한 것입니다. 이 땅에는 열녀라는 것이 있습니다. 그것이 고귀한 건지, 시답잖은 건지는 내 알 바 아닙니다. 다만 낭군을 잃고 뒤따라 목숨을 끊는 것과, 낭군을 잃기 전에 살리고자 목숨을 걸고 노력하는 것, 이중에 어느 것이 더 열녀라고 생각하십니까?"

할 말 없게 만드는 물음이다. 그렇다고 물러설 수 없다.

"그럼 나도 한 가지 묻겠소. 세상 이치가 아니라, 나에 관한 물음이오. 날 살리려다가 그대가 잘못되었다면, 내 심정은 어떠하였겠소? 그대를 잃고 내가 살 수 있을 것 같소?"

한동안 두 사람은 서로 말이 없었다. 화가 아니라, 다시 보니 부질없는 사랑싸움이다. 그러니 이러고 있는 시간이 아까웠다. 윤희가 먼저 배시시 웃음을 던졌다. 그러자 선준도 어이없는 웃음을 터뜨리며 그리던 여인의 몸을 안았다. 하지만 윤희는 여전히 억울하여 투정 부렸다.

"귀형이 생각하시는 것만큼 위험하지 않았습니다. 걸오 사형이 협박하는 바람에 반궁에 갇혀 있었는걸요. 여림 사형보다 제가 더 잘할 수 있었는데, 지금 생각해도 원통해 죽겠습니다."

곧 죽어도 잘못하지 않았단다. 마지막까지 고집을 놓지 않는 건 그도 마찬가지였다.

"열녀 아내는 내 복에 겹소."

유건과 유건이 어긋나듯 겹쳐졌다. 서로가 느끼는 입술이 까칠하다. 특히 윤희의 입술이 그랬다. 선준은 그녀를 떨어뜨리고 가만히 들여다보았다. 가엾게도 피멍과 상처 자국으로 인해 분홍 빛깔이 사라지고 없었다. 그녀는 그동안 자신의 얼굴을 보지 못하였으니 그런 상태를 알 길이 없었다. 그래서 자신을 향한 애잔한 눈빛을 온전히 이해하지 못하였다.

다시 입술이 겹쳐졌다. 입술이 까칠하여서인지 입속도 까칠하게만 느껴졌다. 하지만 향기는 퇴색되지 않고 도리어 더욱 짙어져 있다. 둘은 긴 시간 동안 서로의 입술을 나누다가 잠시 떨어져, 잊고 있던 말을 속삭였다.

"무사하여서 고맙소."

"그건 제 말입니다. 가로채시면 밉습니다."

눈을 흘기며 맞받아 대꾸하는 말 속에 새침한 여인의 모습이 녹아 있다. 이 사랑스러움이 선준의 손을 옷고름으로 이끌었고, 슬그머니 풀어진 옷고름은 천천히 그의 입술로 옮겨갔다. 윤희의 두 볼이 붉게 달아올랐다. 그것은 그의 손길 때문도 아니고, 입술 때문도 아니었다. 옷고름에 입을 맞추며 그녀를 바라보는 눈빛이 아름답게 음란하여서였다. 선준은 자신의 것과 같은 건 모조리 벗기며, 그 아래에 숨은 여인을 찾아 들어갔다. 윤희가 그의 귓가에 조심스럽게 속삭였다.

"이곳은 판벽이 얇다고 하였는데……."

선준은 아무 말 없이 그녀의 유건을 벗기고, 이불을 끌어당겨 얇은 판벽을 보완하여 덮었다.

아무것도 보이지 않았다. 오직 입술의 감각에만 의지하여 그녀의 입술을 느끼고, 손의 감각에만 의지하여 그녀의 온유향을 느꼈다. 더운 밤, 두꺼운 이불 아래에서 두 사람은 입술을 겹치고 몸을 겹쳐, 뜨거움을 함께하였다. 그런데 선준의 손이 마지막 남은 허리가리개를 풀려는 찰나였다.

"걸오 유생님, 돌아오십니까?"

불현듯 바깥에서 들려온 소리에 두 사람은 화들짝 놀라서 이불을 던져 내고 떨어졌다. 이윽고 중일방에서 뛰어나가 호들갑스럽게 반기는 용하의 목소리도 들렸다.

"아이고, 우리 걸오! 살아온 것만으로도 반가운데 빨리 오기까지 하였나?"

"빨리 오마고 했잖아. 비켜라! 들어갈란다."

폭풍우를 만난 듯 우왕좌왕하는 윤희에게 선준이 차분하게 말하였다.

"적삼만 정돈하시오. 막 잠자리에 들려던 참이라고 하면 되니까."

그녀가 적삼 고름을 매자마자 선준이 제 머리를 쓰다듬은 뒤, 먼저 문을 벌컥 열었다.

"걸오 사형, 어서 오십시오."

너무도 태연한 태도로 말미암아, 재신은 별다른 생각 없이 물었다.

"어둑어둑해졌는데 방 안에 불도 안 켜고 뭐 하나?"

"둘 다 지쳐서 일찍 자려던 참입니다."

용하가 불쑥 끼어들었다.

"다 끝났나?"

윤희가 행의를 껴입으며 당황하여 대꾸하였다.

"뭐, 뭘요?"

"뭐긴, 싸움이지."

"아직 시작도 못 했습니다."

선준의 불평 섞인 단호한 대답이 무엇을 뜻하는지 알아차린 이는 윤희뿐이었다.

"에고, 가랑의 화가 아직 덜 풀렸나 보네."

재신이 방으로 들어오며 어리둥절하여 물었다.

"화라니? 둘이서 싸웠냐?"

용하도 덩달아 따라 들어오면서 조금 전에 있었던 일을 조잘조잘 일러바쳤다. 그러는 사이 윤희의 지시로 재직이 쪼르르 들어와 호롱불을 밝히고 나갔다. 그리고 선준은 말을 듣는 둥 마는 둥 하며, 머릿속에서는 밤이면 인적이 끊어진다는 비복청을 떠올리고 있었다. 고자질이 끝나자, 선준은 정중하게 재신과 용하에게 고개를 숙이고 인사하였다.

"감사 인사가 늦었습니다. 저를 위해 여러모로 애써 주시고, 우리 대물을 지켜 주셔서."

"잠깐! 우리에겐 감사하면서, 대물에겐 화를 내는 이유가 뭐냐?"

재신의 빈정거림에 말문이 막혔다. 그의 빈정거림은 계속되었다.

"그리고 대물이 너의 소유냐? 내가 내 방우를 위해 한 일을 가지고, 왜 가랑 네 녀석에게 감사 인사를 들어야 하느냐고. 듣고 있자니 기분 참 더럽군."

벽에 기댄 채 내뱉은 듯한 빈정거림이 공허하였다. 그리고 공허만을 쥔 재신의 주먹에 힘이 들어갔다.

"그리 들렸다면 죄송합니다."

"죄송할 것도, 감사할 것도 없다. 어차피 날 살리려다가 이리 된 것이니, 그런 인사는 내가 해야겠지만……. 젠장, 그렇고 그런 사이끼리 인사치레는 생략하자."

머쓱하게 말을 끝내려는 그에게 용하가 짓궂게 파고들었다.

"그렇고 그런 사이라니? 그게 뭔지 모르겠는걸."

"야, 이 자식아! 난 벗이라느니, 친우라느니 하는 그따위 말은 낯간

지러워서 못 한다고. 염병할!"

그는 마치 두드러기라도 긁어 대듯 목덜미를 벅벅 긁었다. 어두운 불빛에도 불구하고 시뻘겋게 달아오른 얼굴빛이 선명하였다. 자신의 상태를 그라고 모를 리가 없다. 그래서 더욱 성질을 내며 말하였다.

"에잇! 역시 그러지 말았어야 했어. 성균관에 있을 동안 가랑을 없애겠다고 호언장담을 하였는데, 그 기회를 내가 차 버리다니. 그대로 종적을 감추었다면 손 안 대고 코 푸는 격이었는데 말이야."

재신은 투덜대던 말을 멈추고 환하게 웃고 있는 윤희를 물끄러미 보았다. 그러다가 제 손가락을 부러뜨릴 듯 주먹을 힘주어 쥐면서, 혼잣말처럼 중얼거렸다.

"하하하. 내가 미쳤지. 일석삼조를 놓쳤어."

그리고 마치 그녀를 보고 있기 힘든 양 고개를 반대쪽으로 획 돌려 버렸다. 용하가 낄낄거리며 화제를 돌렸다.

"그나저나 집에 갔던 일은 어찌 되었나? 대사헌 영감께서 화 많이 나셨지?"

재신은 손가락으로 자신의 엉덩이를 가리키며 한쪽 눈을 찡그렸다.

"그건 이 엉덩이에게 물어봐라."

"엥? 진짜 회초리에 맞았는가?"

"회초리가 아니라, 몽둥이로 복날 개 맞듯 맞았다."

"어디, 얼마나 맞았는지 한번 보세. 시원하게 궁둥이 좀 까 봐."

진짜로 바지를 벗길 듯 덤벼드는 용하의 너스레에 재신은 성질을 내었고, 선준과 윤희는 소리 내어 웃었다. 하지만 웃음 속에 숨은 심정은 꺼지지 않는 정염으로 바짝바짝 타들어 갔다. 오죽하면 선준의 머릿속은 온통 비복청뿐이었을까. 그래서 어서 잠자리에 들었으면 하였지만, 여느 때와 마찬가지로 밤이 늦도록 그런 기미는 보이지 않았다.

인경이 울리고 모두가 잠이 든 밤, 꺼지지 않은 중이방의 불빛에 두런두런하는 말소리와 소리 죽인 웃음소리가 어울려 비쳤다. 그런데 이 방 앞으로 긴 총과 검으로 무장한 무리가 발소리도 내지 않은 채 민첩하게 다가와 포위하고 있었다. 마침 안에서는 네 사람이 옹기종기 모여, 이번에 합심하여 붙였던 홍벽서의 글들을 펼쳐 놓은 참이었다. 재신이 방문 밖의 수상한 기척을 알아차렸지만, 이미 방문을 열려고 하는 손길이 앞서 있었다.

"비좁아 미치겠는데 또 어떤 놈이야!"

재신이 냅다 소리를 지르기가 무섭게, 후다닥대며 문서들을 숨겼고, 동시에 방문이 벌컥 열렸다. 선명한 쪽빛 두루마기, 그것은 바깥의 무장한 기척들을 놔두고 홀로 방 안에 들어섰다. 네 사람은 엉덩이 아래에 홍벽서의 글을 깔고 고개를 들어, 무례하게 들어온 얼굴을 보았다. 어두운 불빛에 가까스로 드러난 얼굴은 낯익은 사람이다. 그런데 그 낯익음이 너무도 섬뜩하여 방 안의 어느 누구도 꼼짝할 수도, 숨을 쉴 수도 없었다.

"나에게 놈이라고 한 자가 문재신인가?"

웃음을 머금은 목소리였다. 제일 먼저 선준이 몸을 엎드렸다. 그러자 나머지 세 사람도 얼떨결에 같이 엎드리면서, 비로소 쪽빛 두루마기가 일반 유생이 아닌 임금임을 깨달았다. 그런 순간 네 사람은 긴장하지 않을 수 없었다. 각자의 엉덩이에 깔린 홍벽서의 글이 가장 큰 이유였다. 그들은 제일 윗자리를 내어 주어야 함에도 꼼짝 할 수가 없었다. 더군다나 절은 더더욱 올릴 수 없었다. 그러거나 말거나 네 사람이 있기에도 턱없이 비좁은 방에, 왕은 천연덕스럽게 끼어 앉으며 말하였다.

"좁긴 좁구나. 한데 아래에 깔고 앉은 것들은 무엇이냐?"

모두 화들짝 놀랐지만, 선준은 침착하게 아뢰었다.

"아무것도 아니옵니다. 우선 곡배부터 올리겠사옵니다."

"그것보다 아래에 있는 것부터 내어 놓아라. 자꾸 감추려고 하니 더 궁금하구나."

윤희는 어찌할 바를 모르고 바들바들 떨면서 재신의 등 뒤에 콕 숨었다. 다른 건 두고라도 동삼문의 거둥문에 떡하니 벽서를 붙인 사실이 가장 마음에 걸렸다. 다른 이들도 마찬가지였다. 가만히 기다리던 왕이 농담하듯 말하였다.

"너희들을 보니 내 세손 적 일이 떠오르는구나. 나는 모두가 읽고 본받는 『시전』의 「요아편」을 단지 부덕父德을 칭송하는 글이 있다 하여 금지당하였었다. 한데 그 명을 어기고 상왕 마마 몰래 그것을 읽다가, 벽파의 사주를 받은 내관에 의해 들키고 말았지. 책을 압수당하기 직전, 다행히 홍국영이 위험을 무릅쓰고 그 부분을 칼로 도려낸 덕분에 가까스로 화는 피할 수 있었다. 만약에 그 일이 커졌더라면 지금의 나는 보위에 오르지 못하였을지도 모르지. 나조차 그런 경험이 있는데, 누구든 몰래라면 어떤 글이든 못 읽겠느냐. 지금의 너희들 심정을 누구보다 잘 헤아릴 수 있느니. 혹여 역모를 계획하고 있었다손 치더라도 비밀로 해 줄 터이니, 어서 내어 놓아라."

제 딴에는 농담인 양 서글서글하게 말하였지만, 명색이 왕인지라 듣는 이들에겐 협박처럼 들릴 수밖에 없었다. 그들은 이대로 버티다가 역모로 덤터기 쓰느니, 내어 놓는 편이 낫다는 판단이 섰다. 왕을 능멸하는 말은 어디에도 없는 게 다행이라면 다행일 수 있다. 떨리는 손으로 글을 모아, 결국 벌을 각오하고 임금께 바쳤다. 그것을 눈을 찡그려 가며 읽던 왕이 갑자기 깐깐한 말투로 탈바꿈시키고 말하였다.

"이번에 새로 나붙었다는 벽서로군. 허허, 이걸 청재에서 읽고 있다니!"

"죽을죄를 지었사옵니다. 부디 용서해 주시옵소서."

"내가 비밀로 해 주겠다고 하였으나, 벌을 주지 않겠다고 하진 않았다. 각오하고 있느냐?"

윤희는 땀이 뚝뚝 떨어짐을 느꼈다. 남장한 것을 들킬지도 모르는 자신의 처지보다 이제 겨우 감옥에서 나온 선준이 더 걱정되어서였다. 선준도 그녀 때문에 앞이 캄캄해졌다. 용하가 당황하여 말하였다.

"사, 상감마마. 단지 소신들은 이선준이 억울한 누명을 썼던지라, 호기심에 구해 읽었던 것뿐이옵니다. 통촉하여 주시옵소서!"

"그럴 순 없다!"

제멋대로 성균관에 미행 나온 왕치고는 단호한 말이었다. 게다가 이쪽 심정을 누구보다 잘 헤아린다면서, 오히려 숨통을 더 막히게 하고 있다.

"벌은 이것으로 하겠다. 벽서에는 비판이 가득하니, 너희들이 그 지적에 대한 대안을 연구하도록 하라. 여기 글뿐만 아니라, 그동안 나붙었던 벽서까지 모두. 불시에 내가 또 찾아오면, 그것을 내어 놓도록!"

어라, 이게 끝? 하! 네 사람 모두 기운이 쭉 빠졌다. 왕의 장단에 놀아나 잠시나마 긴장하였던 것이 허무하였다. 하지만 기운은 빠졌어도 대답은 해야 한다.

"성은이 망극하옵니다. 성심을 다해 받들겠사옵니다."

지극히 형식적인 대답이었다. 눈앞의 일이 걷혀지자, 이번에는 왕이 왜 이곳에 앉아 있는지 어리둥절하였다. 용하가 용기를 내어 물었다.

"하온데 상감마마, 이 누추한 곳엔 어인 일로 납시었사옵니까?"

"이선준의 무사한 얼굴도 확인할 겸, 겸사겸사 왔느니."

성은이 망극한 건 맞는데, 선준은 그다지 달갑잖다. 이로써 비복청마저 물 건너가고 만 것이다. 어째서 이놈 저놈 할 것 없이 죄다 방해하는 놈들뿐이냐. 그의 속 타는 심정을 알 길 없는 왕은 잘생긴 얼굴을 보며 무척이나 자애로운 척 말하였다.

"이렇듯 무사하여서 내가 더 고맙구나. 참으로 다행이야. 네가 잘못되었다면, 장안에 목을 매다는 여인들이 즐비하여 나라의 근심이 될 뻔했어."

"성은이 망극하옵니다, 전하."

"방은 좁은데 사람은 북적거리니 덥구나. 어디 조용한 곳 없느냐?"

용하도 갑갑하였던지라 냉큼 대답하였다.

"지금 이 시각엔 벽송정이 조용하고, 시원한 줄 아옵니다."

"그럼 모두 그곳으로 가서 담소를 나누자."

왕의 뒤를 이어 세 사람이 일어났다. 하지만 윤희는 적당히 빠질 요량으로 눈치를 살피며 꿈쩍하지 않았다. 저 혼자 빠진다고 한들, 그다지 티가 나지 않을 것 같았다. 하지만 문 밖으로 나간 왕이 다시 안을 들여다보고 조용히 말했다.

"김윤식은 또 달아날 궁리만 하느냐? 어서 따르지 못할까."

"아니옵니다! 소신도 막 일어나려던 참이었사옵니다."

어쩔 수 없이 윤희도 포기하고 벌떡 일어났다. 이 임금은 잊을 만하면 얼굴을 들이미는 고약함이 있다. 이것은 그녀에게 큰 위협거리가 아닐 수 없다.

호위병들을 멀찌감치 두고 왕과 네 유생은 벽송정에 올랐다. 아래로 달이 비추는 성균관이 적막함과 보조를 맞춰 고고히 빛나고 있었다. 그리고 주위가 온통 소나무로 우거져 밤공기가 상쾌하였다. 그 향기 덕분에 곤두섰던 신경이 가라앉아 머릿속까지 맑아지는 기분이었다.

"너희들은 언제쯤 계수나무 가지를 꺾을 참이냐?"

왕이 느닷없이 던진 질문에 네 사람은 잠자코 섰다. 목소리 속에서 안타까움과 재촉이 느껴졌다.

"백 개의 경문을 외우고 있는 선비보다, 하나의 경문이라도 실천하는 선비가 진정한 선비라고 하였다. 이제 그만 놀고, 백성들에게 경문을 실천하여야지."

임금께옵서 이곳까지 납신 이유가 이것인가? 용하가 싱긋이 웃으며 여유 있게 대답하였다.

"소신들은 죽을 동 살 동 노력하는데, 상감마마께는 노느라 출사하지 않는 걸로 보이옵니까? 급제라는 것이 그리 쉬웠다면 계수나무에 비유하는 말도 생겨나지 않았을 것이옵니다."

"다른 자들은 몰라도 구용하 네놈은 노는 것 맞다."

"상감마마께오서 그리 생각하신다면, 제 잘못이 아니옵고 과거 제도의 잘못일 것이옵니다."

역시 용하답게 말은 뻔지르르하게 잘 돌린다. 다음으로 왕은 나름 대로는 최대한 공손하게 허리를 숙인 재신을 보면서 웃음 섞인 목소리로 말하였다.

"문재신은 이제 그만 말썽 피우고. 재주가 아깝다."

지은 죄가 있는지라 네 사람은 소스라치게 놀랐다. 왕의 말에서 말썽이 뜻하는 바가 무엇인지 감을 잡기에는 그 이유가 손에 꼽기 어려울 정도로 많았다.

"김윤식은 듣자 하니 과거에 열심이라 내가 나무랄 게 없지만, 이선준은 예전부터 여러모로 서운한 점이 많다."

선준이 허리를 숙여 진심으로 말했다.

"소신도 성심을 다해 노력하고 있사옵니다. 하온데 하늘이 주신 이 자리를 빌려 감히 주청 하나를 올려도 되겠사옵니까?"

"오호! 네 입에서 나올 주청이 무엇인지 실로 궁금하구나. 말해 보라."

"다름이 아니오라 규장각 옆에 개유와가 있다 들었사옵니다. 이곳 태학생들도 청에서 들여온 서책을 읽고자 하는 이들이 많사옵니다. 그곳은 집춘문을 지나면 여기와 가까우니, 이용할 수 있도록 윤허하여 주시옵소서."

"아, 맞다! 네가 개유와에 있는 서책에 욕심이 많다고 들었다. 그렇다면 그건 허락할 수 없다. 정히 그 책들이 탐나거든 과거에 급제하여 규장각에 들어오면 될 것이다."

또다시 기운이 쭉 빠졌다. 나름대로 과거 급제를 위한 미끼랍시고 던진 셈이다. 허를 찌르는 엉뚱함이요, 치사함이다. 주청을 올린 선준마저 민망하여진 것은 두말할 나위가 없다. 왕은 시치미를 떼듯 뒷짐을 진 채 궁궐이 있는 하늘을 보면서 천천히 말하였다.

"성균관 유생은 제아무리 뛰어난 인재라도 고작 물고기에 지나지 않음을 모르느냐. 집춘문 너머에는 물고기가 새겨진 연못인 부용지가 있고, 그 위에 바로 어수문과 규장각이 있다. 물고기가 물을 만나 용이 되는 곳, 그곳이 규장각이란 의미다. 내가 너희들이 용이 되어 마음껏 노닐 수 있는 물이 되어 주겠노라. 더 크고 강한 용이 되고 싶다면, 나는 더 깊고 넓은 물이 되어 줄 것이다. 그러니 더 이상 기다리게 하지 말고 어서 와라. 나를 기다리게 만드는 것도 불충이다. 멀리 떨어져 있으면 지켜 주기도 힘들다."

선준이 누명을 쓴 것을 알면서도 아무것도 해 줄 수 없었던 안타까움이 있었다. 그와 더불어 인재를 끌어 모으려는 욕심과 의지도 묻어나왔다. 윤희는 장단 맞추기 힘든 왕이지만, 순간 감동을 받았다. 제 왕이 곧 용인데, 신하를 용으로 만들고 스스로는 물이 되겠다는 임금. 부모를 선택할 수 없듯 왕도 선택할 수 없는 운명으로서, 이런 왕의 신하가 될 수 있음도 축복이리라. 이런 왕의 신하라면 조금이나마 더 나은 조선을 꿈꾸어 볼 수도 있으리라. 윤희는 이 순간만큼은 진실로 사내가 아님이 애석하였다. 자신이 배우고 익힌 것이 쓸모가 없는 것이 아닌, 쓸모가 있는 것으로 만들어 줄 것만 같아서였다. 잠자코 선윤희 옆으로 느닷없이 왕이 다가와, 그녀의 귀 가까이에 얼굴을 가져다 대었다. 뒷덜미에 털이 바짝 섰다. 이런 털을 세운 건 선준도 마찬가지였다.

"대물, 넌 나에게 특별히 할 청은 없느냐?"

왜 없겠는가. 멀리 떨어져 달라는 것부터가 지금 당장의 긴급한 청이다. 하지만 입에서는 멍청한 말만 튀어나왔다.

"어, 어, 어, 없는데요, 가 아니라 없사옵니다."

몸을 주춤 빼려고 하는 그녀의 한쪽 어깨를, 왕은 하해와 같은 임금의 은혜를 과시하려는 의도로 슬쩍 잡았다. 그런데 손바닥에 와 닿은 것이 왜소하여서인지, 눈동자가 잠시 움직여 그녀의 어깨에 머물렀다가 이내 솜털만 보송한 턱으로 옮겨갔다.

"……흠! 김윤식, 혹여 말 못할 비밀이라도 있느냐?"

자그마하게 속삭이는 소리는 윤희만 들었다. 하지만 세상이 마비된 듯한 충격에 의해 어떠한 대답도 하지 못하였다.

"네가 청하면, 환관 자리 중에 하나쯤은 비워 둘 수 있다."

"서, 성은이 망극, 이 아니라, 소신은 대물인데……."

"아! 맞다. 그랬지."

왕은 그녀에게서 떨어지며, 어깨를 잡은 자신의 손등이 마치 번갯불에 지져지는 듯한 따가움을 느꼈다. 시선의 근원지를 따라가니 그곳엔 얼음장 같은 선준의 눈빛이 있었다.

"주상 전하! 소신의 청도 들어주시옵소서."

용하의 외침이 왕의 신경을 분산시켰다.

"그래, 너의 청은 무엇이냐?"

"주상 전하께옵서는 어찌하여 이 좋은 달밤에 사내들만 득실거리는 이곳에 납시었사옵니까? 매일 밤을 중궁전과 후궁 처소로 납셔도 모자란 감이 있사오니, 부디 청컨대 운우의 지극한 즐거움을 누리시옵소서."

"대비전과 조정에서 듣는 잔소리만으로도 지겨운데, 여기서도 또 그 소리냐?"

왕은 퉁명스럽게 말을 받아 넘기며 화제를 돌렸다. 이런저런 담소를 나누던 왕이 돌아가고, 네 사람은 벽송정에 남았다. 그들의 입은 조용하였으나 각자의 머릿속은 제각각 시끄러웠다. 한동안 입을 다물고 각기 다른 곳을 보고 있던 중, 용하가 심각하게 입을 열었다.

"조만간 용방이 열릴지도 모르겠군. 가랑 자네는 명을 받들 것인가?"

"주상 전하의 윤언이 아니어도, 힘써 임해야 하는 나름의 이유가 있습니다."

과거에 임한다고? 이 사람, 가랑답지 않게 어째서 과거에 의욕을 보이는 거지? 윤희는 등골이 오싹해짐을 느꼈다. 재신이 갑자기 돌멩이를 멀리로 걷어차며 소리쳤다.

"가랑이 가면 나도 간다! 아니, 가랑이 가는데 자존심이 있지, 훨씬 연장자인 나라고 못 가겠냐?"

"자네들이 가면 난 뭔 재미로 이곳에 있남? 어쩔 수 없지. 나도 가는 수밖에."

윤희는 머리를 절레절레하며 자신의 이마를 짚었다. 원래도 대책 없는 양반들이지만, 이번도 여지없다. 글쎄, 대과라는 것이 급제하고 싶다고 마음대로 된다던가? 말대로 쉽지 않을 거라고 생각하면서도 한구석에선 덜컥 겁이 났음을 부인할 수 없다. 선준, 재신, 용하, 이 세 사람이 가고 없는 이곳, 성균관에 홀로 남을 걸 생각하니 두려움이 앞

섰다. 그것은 혈혈단신으로 이곳에 들어올 때보다 더한 공포였다. 좀 더 가능성이 큰 것은 선준만 떠나고 재신과 단둘이 한방에서 지내게 될 위험이다. 그녀는 두 주먹을 불끈 쥐고, 콧구멍에서 뜨거운 김을 펑펑 뿜어냈다. 그럴 일은 절대로 없겠지만, 세 사람 모두 이곳을 나가게 될 것을 대비해, 재신과 단둘이 남게 될 것을 피하기 위해, 이제부터 죽었다 여기고 맹렬히 공부만 하리라! 세상과 등지고 공부한다 손 치더라도 제 실력으로 급제는 가당치도 않다. 그래도 이렇게 된 마당에 해 보는 수밖에 없지 않은가.

하지만 이것은 윤희의 근저에 깔려 있던 슬픔을 건드리고 지나갔다. 자신의 과거 급제는 곧, 이들 모두와의 이별을 의미하는 것이므로. 재신과도, 용하와도, 그리고 선준과도…….

용하가 온몸을 쭈욱 늘리며 기지개를 켰다.

"으아아! 모기한테 적선은 그만 하고 들어가세."

옆에서 재신도 하품을 하면서 발걸음을 옮겼다. 하지만 선준은 오히려 정자에 걸터앉았다.

"먼저 들어가십시오. 전 잠시 머릿속을 정리하고 들어가겠습니다."

"그럼, 저도…….'

윤희도 그의 옆에 슬그머니 엉덩이를 갖다 밀면서 앉았다. 그리고 재신과 용하의 눈치를 살폈다. 아니나 다를까 용하가 음흉한 눈빛으로 놀리듯 말하였다.

"피곤하다지 않았나? 한데, 이리 늦은 시간에 이곳에 계시겠다? 그것도 단둘이?"

"두 분도 함께 계시면 더 좋습니다."

"미쳤냐? 모기한테 물어뜯겨 가면서 있게? 난 자러 들어갈란다."

재신이 입술을 일그러뜨리면서 말을 내뱉고는 터덜터덜 걸어서 내려가자, 용하가 이쪽저쪽을 번갈아 보면서 그를 불렀다.

"이보게, 걸오! 모기는 여기나 거기나 마찬가지라고. 차라리 이곳은 시원하기라도 하지 않은가."

그러면서 재신의 뒤꽁무니를 따라 쭐레쭐레 내려갔다. 이윽고 가던 걸음을 멈추고 이쪽을 보면서, 싱글싱글 웃으며 협박 아닌 협박을 하였다.

"일찍들 내려오라고. 시간이 지체된다 싶으면 계간질하는 걸로 알고, 이곳 반궁에 소문 좌악 퍼뜨릴 테니까. 내가 입을 놀리면 반궁만이 아니라, 장안에까지 널리 퍼진다네, 하하하."

용하의 웃음소리가 멀어지고 난 뒤, 벽송정의 맑은 공기 속에는 윤희와 선준, 단둘만이 남았다. 그런데 힘겹게 단둘이 되었건만, 선준의 눈은 줄곧 하늘의 별을 향해 있다. 윤희는 눈동자만 굴려, 앉은 정자를 짚고 있는 그의 손을 훔쳐보았다. 아까까지만 해도 안달하던 마음과, 옷고름을 풀어 내리던 조급한 손길은 어디로 잠적하였단 말인가. 이건 그가 아닌, 갑자기 이곳에 쳐들어온 왕을 원망해야 할 것이다. 그녀는 시큰둥해져 하늘을 보았다.

"별만 예쁘시죠?"

"설마 별만 어여쁘겠소?"

윤희는 기대를 품고 뒷말을 기다렸지만, 그의 입에서는 김빠지는 말이 나왔다.

"그 옆의 달도 어여쁘오."

"별과 달이 귀형의 눈과 마음을 몽땅 사로잡았으니, 전 그만 들어가렵니다."

새침해져 돌려 버린 고개 뒤로 선준의 미소가 닿았다.

"감옥에선 저것들이 보이지 않았소."

"그럼, 그 감옥에 저는 있었습니까?"

그의 웃음소리가 낮게 깔렸다. 그 소리가 조금만 덜 멋있었더라도 휑하니 들어가 버렸을 것이다. 윤희는 다리를 길게 뻗으며 작은 목소리로 물었다.

"저기, 정말 용방이 열릴까요?"

"올해 초에 식년시가 있었는데, 설마 곧 열리겠소? 빨라도 내년 초쯤이 아닐까 하오. 그랬으면 좋겠는데……."

"귀형은 굳이 이번 과거에 응하지 않아도 되지 않습니까? 좀더 이곳 반궁에 있어도……."

이대로 이곳에서 저와 함께 머물러도 되지 않습니까? 이 말은 차마 하지 못했다. 무언가를 다짐하는 듯한 그의 의지 짙은 눈빛이 말을 가로막았기 때문이다. 그래서 쓸데없는 말을 중얼거렸다.

"귀형은 급제를 하겠지만, 전 가당치도 않은데……. 뭐, 어차피 전 이곳에 좀더 머무를 생각이었으니까. 돈벌이도 짭짤하고, 또 신진으로 신방례에 당했으니, 선진이 되어 새로 들어오는 신진에게 복수도 하고 싶고, 또……. 앗!"

찰싹! 윤희는 제 팔뚝을 때렸다. 하필 모기가 들러붙어 있었던 것이다.

"왜 그러오?"

"에이, 모기한테 적선했습니다."

"어디?"

윤희는 자신의 팔뚝을 들어 모기 물린 자국을 가리켰다. 선준이 대뜸 그곳에 입을 맞추고, 혀끝으로 훑았다. 그리고 떨어져 말하였다.

"다른 곳은 물리지 않았소?"

윤희는 시뻘겋게 달아오른 얼굴로, 슬쩍 제 입술을 손가락으로 가리키곤 얼른 밑으로 내렸다. 그가 빙긋이 웃으며 거짓말하지 말라는 눈빛을 보내왔다. 그래서 눈길을 옆으로 돌리며 대꾸하였다.

"모기가 문 것이 아니라, 달빛이……, 에, 또, 야랑의 눈빛이……."

선준은 그녀의 아랫입술을 살짝 깨물었다. 그래 놓고선 능청스럽게 말하였다.

"물린 것이 거짓말은 아니게 되었소."

그리고 팔뚝에 한 대로 입술에도 똑같이 하고 떨어졌다. 하지만 윤희는 불만 가득한 목소리로 말하였다.

"모기란 놈은 작은데 반해 조금 전에 문 놈은 그 크기가 월등하니, 입술을 가져다 대는 시간도 그에 비례해야 된다는 계산이 나오지 않습니까? 도대체 산학이란 것은 배웠다 어디에 쓰시렵니까?"

선준이 큰 소리로 웃으며, 그녀의 허리를 끌어안았다. 그리고 귓가에 속삭였다.

"나더러 이 밤을 입 맞추는 걸로만 끝내란 말이오?"

"별만 보시다가 끝내는 것보다는 낫지 않겠습니까?"

선준은 그녀에게서 떨어져 자리를 털고 일어났다.

"지금쯤 비복청에는 누가 있으려나……."

비복청이 있는 멀리를 쳐다보면서 혼잣말처럼 중얼거리는 말에 따라, 윤희도 벌떡 일어났다. 그리고 상기된 얼굴로 선준의 손을 꼬옥 잡고 아래로 내려갔다.

비복청에 도착하여 선준이 앞서 담을 조심스럽게 넘어갔다. 그리고 윤희가 담을 오르기 위해 막 매달리는 찰나, 물소리와 함께 그의 경직된 목소리가 들렸다.

"두 분 모두 예서 뭐 하십니까?"

윤희의 동작이 얼어붙은 듯 딱 멈추었다.

"웃통 벗고 물 긷는 것 보면 모르겠나? 잠자리에 들기 전에 등목을 하려는 게지."

장난기 가득한 이 빌어먹을 방해꾼의 목소리는 분명 용하의 것이다. 빈정거림 가득한 또 다른 방해꾼의 목소리도 들렸다.

"넌 이 으슥한 비복청에는 뭐 하러 왔나?"

"아, 그게, 저도 등목을 좀 할까 하고……."

그의 목소리에서 당혹감이 느껴졌다.

"감옥에서 나올 때 씻지 않았나?"

"그렇긴 하지만 부족해서……."

"대물은?"

"방에 먼저 들어갔습니다."

에잇! 윤희가 치밀어 오르는 부아를 속으로 삼키며, 도둑걸음으로 살금살금 걸어서 그곳에서 멀어지려는데, 용하가 큰 소리로 외치는 소리가 들렸다.

"어? 내 귀에는 담 너머에서 발소리가 들리는 것 같은데?"

그녀는 화들짝 놀라, 웅크린 채로 발끝을 들고 순식간에 동재로 쪼르르 달렸다. 웬만한 다람쥐도 이보다 빠르진 못할 것이다. 선준은 허탈함을 숨기며, 그들이 있는 우물가로 성난 걸음으로 걸어갔다. 재신이 그에게 참고 있던 짜증을 토로했다.

"여림 이 자식이 뜬금없이 등목하자고 어찌나 졸라 대던지. 하여간 제멋대로거든."

용하는 선준을 보면서 연신 히죽거렸다. 이리하여 이날 밤, 선준은 두 남자 틈에서 차가운 우물물을 몸에 끼얹으며 타올랐던 정염을 씻어 내려야 했다.

終章

용방龍榜

1

 늦은 밤, 비천당 안에 앉아 공부하던 상유들이 한 명씩 각자의 방으로 돌아갔다. 하지만 선준은 곧은 자세로 앉아, 시간의 흐름조차 단절한 채 공부에 몰입해 있었다. 그 앞에 앉은 윤희의 존재도 느끼지 못하는 듯하였다. 그의 이런 상태는 갑작스럽게 증광시가 발표된 이후부터 줄곧 이어졌다. 증광시라 하면 식년시 다음으로 큰 과거로써, 그 일정은 식년시와 똑같다. 그래서 가을인 지금, 소과 초시와 대과 초시를 치르기 위해 몰려든 과유들로 인해 한양은 몸살을 앓고 있었다. 하지만 4인방은 모두 알성시나 성균관시 등을 통해 초시는 합격을 해 놓은 상태였으므로, 내년 초에 있을 회시와 전시를 대비하면 되었다. 그렇긴 해도 성균관의 진도를 따라 가랴, 따로 입시 공부를 하랴 벌써부터 정신이 없었다.

 윤희는 단둘이 남게 되자, 그의 시선을 끌기 위해 부산스럽게 책을 들었다 놓았다 하였다. 하지만 야속하게도 선준은 그녀의 기척을 느껴 주지 않았다. 그녀는 풀이 죽어 서안에 엎드렸다가 다시 고개만 들어서 그를 보았다. 저 얼굴을 만져 본 지 오래되었다. 손을 잡아 본 지도 오래되었고, 눈빛을 마주한 지도 오래된 것 같다. 선준을 온전히 소유한 건 그 망할 놈의 과거밖에 없었다.

흐릿한 등잔불이 만들어 낸 그녀의 그림자가 그를 어루만졌다. 윤희는 자신의 손을 들어 손 그림자를 만들었다. 그리고 그것으로나마 그를 쓰다듬어 보았다. 그러다가 문득 심술이 나서 주먹으로 마구 때리는 그림자도 만들었다.

그림자의 폭행이 아팠는지, 선준이 눈을 들었다. 봤다! 드디어 봐주었다. 윤희는 기쁨에 들떠 다소곳하게 자세를 바꾸고 예쁘게 웃어 보였다. 그가 일어나 이쪽으로 성큼성큼 걸어왔다. 다른 건 바라지도 않는다. 단지 살포시 안아만 주어도 감지덕지다. 그런데 그의 손은 거칠게 서안 위에 펼쳐져 있던 그녀의 서책을 챙겨서 마치 던지듯 그녀의 품에 떠안겼다. 그러고는 그녀를 강제로 일으켜 세워 비천당 밖으로 밀쳐 내곤 문을 닫아 버렸다.

얼떨결에 밖으로 쫓겨난 윤희는 멍하니 서 있었다. 그러다가 떨어지는 한줄기 눈물로 인해 정신을 차렸다.

"가랑 형님, 대체 왜 이러십니까?"

그녀의 원망이 안으로 들어가 대답을 끌어냈다.

"공부에 방해되어 그렇소."

윤희는 문에 기대어 계단에 쪼그리고 앉았다. 그리고 볼을 타고 흐르는 눈물을 쓰윽 닦아 내고 말하였다.

"이제 곧 회시입니다. 그러면 곧바로 전시이고, 그런 뒤는……."

"그러니 더욱 방해하지 마시오."

야속한 사람 같으니. 성균관에서 그의 옆에 조금이라도 더 오래 머물고 싶은 자신과는 달리, 어서 급제를 이루려는 그가 너무도 야속하였다. 점점 그와 함께할 수 있는 시간이 줄어들고 있다. 이렇게 쪼그리고 있는 이 순간조차 아까운데, 선준은 그녀가 아닌 책만 보고 있다.

"귀형은 우리의 시간을 줄이고 있습니다."

"산학에서 배우는 것이 무엇이오? 더하고 빼는 것이 숫자만 해당되는 건 아니오. 우리네 삶 역시도 감해지는 것이 있으면 더해지는 부분이 반드시 존재하는 거요. 단지 그대가 더하고자 하는 시간과 내가 감하고자 하는 시간에 차이가 있을 뿐이오."

"전 그렇게 복잡한 계산은 못 합니다."

"난 좀더 공부할 터이니, 방해는 마시오."

선준은 그녀의 입을 막아 놓고는 자신의 입까지 봉해 버렸다. 윤희의 등 뒤로 흐린 불빛과 그의 단정한 그림자가 한 치의 흔들림 없이 창살문에 그려졌다. 비천당 마당에 떨어진 낙엽이 바람에 굴러가는 것을 한참 동안 바라보던 그녀가 혼잣말로 중얼거렸다.

"밴댕이 소갈딱지! 갑갑한 좀생이 양반 같으니. 칫! 평생 책만 읽다가 죽어라."

시간이 흘러가면서 낙엽은 사라지고, 그 자리엔 새하얀 눈이 쌓여 갔다. 그러면서 원망을 중얼거리는 윤희의 입에서 새어 나오는 뽀얀 입김은 더욱 짙어져 갔다. 선준의 그림자는 계절이 지나감에 상관없이 언제나 그대로였다. 그나마 달라진 점이 있다면, 추위를 가리기 위해 어깨에 두른 누비이불 하나였다. 계단에 쪼그리고 앉아 쌓여 가는 눈을 보고 있는 윤희에게 재신이 눈을 밟으며 성큼성큼 뛰어왔다. 옆구리에 책을 끼고 어깨에 이불을 둘러멘 채였다.

"으……, 추워. 청승맞게 왜 그러고 있냐?"

"아, 걸오 사형? 잠시 잠을 쫓기 위해 나왔다가……."

"가랑은 아직 공부하고? 비천당은 군불을 안 지펴 줘서 냉골인데, 저리 앉아서 공부하는 거 보면 가랑도 여간 독종이 아니거든."

"추위야 잠이 안 온다며, 일부러 여기서 공부하는 거니까요."

윤희는 일어나서 뒤돌아보았다. 시린 손을 호호 불어 가며 책장을 넘기는 선준의 그림자가 보였다. 그의 갑작스런 과거 욕심에 대해 호사가들은 제각각 한마디씩을 하였다. 가랑도 입신양명에 눈먼 소인배와 별반 다르지 않았다고 쑥덕대는 이들도 있고, 성균관에 과거 급제 못 하고 죽은 귀신이 워낙에 많아, 그중 하나가 들러붙었다고 말하는 이들도 있다. 반면에 임금이 이번 대과에 급제를 하지 못하면 벌을 주겠다고 어명을 내렸다는, 제법 그럴듯한 입방아가 돌고도 있다. 하지만 선준은 변함없는 이 그림자처럼 그 어떤 소문에도 아랑곳하지 않았다.

재신이 어깨를 툭 치면서 말하였다.

"대물, 잠이 오면 가랑은 버려두고 따뜻한 방에 들어가서 자라. 이불은 깔아 뒀다."

"아뇨, 다시 들어가서 가랑 형님 곁에 있어야죠. 저의 체온이라도 있어야 그나마 덜 추우실 테니까……."

"그러다가 네 몸이 먼저 상한다."

재신은 추위에 떨고 있는 윤희를 보다가 짜증스런 표정으로 고개를 돌렸다.

"내 앞에서 그렇게 떨지 마라."

'그러면 자꾸만 안아 주고 싶으니까.'라는 말은 차마 하지 못하고 선준의 그림자를 노려보았다.

"누가 저놈의 여편네가 될지는 모르겠지만, 고생문이 훤하다. 솔직히 얼굴만 그럴듯하지, 완전 고집불통 샌님 아니냐. 내 누이라면 악착같이 뜯어말리고야 만다."

윤희는 맞장구를 치듯 빙그레 웃었다. 이때 멀리서 용하가 책을 끌어안고, 호화로운 담비 가죽을 온몸에 두르고 종종걸음으로 다가왔다. 그 뒤로 화로뿐만 아니라, 이것저것 잔뜩 짊어진 수복이 따라왔다.

"빌어먹을 걸오 같으니라고. 공부를 하려거든 저 혼자 하지, 왜 잘 자고 있는 나까지 두들겨 패서 끌고 오냔 말이야. 에퀴!"

수복이야말로 잠에 취한 눈이 안쓰럽다. 그는 용하의 눈짓에 따라 비천당 안으로 들어가서 물건들을 두고, 수복청으로 돌아갔다. 재신은 용하에게서 강제로 담비 가죽을 뺏어 윤희의 어깨에 걸쳐 주었다. 그녀가 사양했지만 막무가내였다.

"아예 내 가죽을 벗겨서 대물을 주지 그러냐?"

"별 쓸모도 없는 네놈 가죽 벗겨 뭐 하게. 그나저나 뭘 저리 많이 가져왔냐? 책과 이불만 가져오랬더니. 난 이사하는 줄 알았다."

"잠깐만요, 사형들. 설마 여기서 공부하려고 오신 겁니까?"

"그럼 안 되나?"

"저기, 조금이라도 시끄럽게 하면 바로 쫓겨날 텐데……."

용하가 입이 찢어져라 하품을 하면서, 윤희에게 걸쳐진 털가죽을 슬그머니 빼앗아 자신의 몸을 꽁꽁 싸맸다.

"얼어 죽기 전에 얼른 들어가세. 계집들 아랫구멍 찾아 헤맬 때를 제외하곤 이 한밤에 깨어 있는 건 내 평생 처음 있는 일이야."

그리고 문을 열고 안으로 들어갔다. 선준은 여전히 꼼짝도 않고 공부에 열중해 있다. 그를 보고 재신이 혀를 끌끌 차면서 말하였다.

"뜨뜻한 구들장 놔두고 이게 뭔 생고생이냐."

선준은 핼쑥한 얼굴로 한번 웃어 보인 뒤, 다시 책에 몰두하였다.

"독한 놈."

재신이 뭐라건, 용하는 뒤뚱거리며 화로를 가운데에 놓고 서안을 챙겨서 자리를 마련하였다. 그래서 화로를 둘러싸고 네 사람이 앉게 되었다. 하지만 용하는 공부는 하지 않고 화로 앞에 쪼그리고 앉아 안을 파서 뒤적여, 잘 구워진 고구마를 꺼냈다.

"내가 이거 때문에 화로를 통째로 가져오지 않았겠나."

그리고 화로 위에 있던 주전자에서 물을 부어 각자에게 돌렸다. 김이 모락모락 나는 물 덕분에 어느새 주위가 따뜻해진 것 같았다. 하지만 선준이 방해하지 말라는 눈빛으로 용하를 노려보자, 윤희는 쫓겨나지 않을까 하여 이쪽저쪽 눈치만 살폈다. 그녀의 조마조마한 마음과는 달리, 용하는 한술 더 떠서 봉지에 든 떡을 주섬주섬 꺼내 화로에 올렸다. 역시나 이 양반은 공부하러 온 것이 아니라 놀러 왔음이 분명하다. 재신마저도 내심 눈치가 보였는지 선준을 힐끔 보며, 손짓으로 그를 말렸다. 용하는 이에 아랑곳 않고 군고구마를 하나씩 돌렸다.

"몸도 따뜻하게 하고, 주린 배도 다독여야 글자가 머리로 들어와 줄 것 아닌가. 이것만 먹고 공부하세나, 응? 그놈의 과거가 사람을 잡지, 잡어. 살인귀가 따로 없다니까."

선준은 윤희의 뱃속을 걱정하여, 어쩔 수 없이 허락하였다. 윤희는 안심하고 뜨거운 군고구마를 쪼개어 후후 불며 한입 베어 물었다. 용하가 넌지시 두 사람을 번갈아 살피다가, 떡을 뒤집으면서 말하였다.

"가랑의 실력으론 쉽게 급제를 할 텐데, 이리 몸 상해 가며 공부할 필요가 있는가? 이런 밤샘 공부는 우리 같은 놈들이나 하는 거지."

한동안 잠자코 있던 선준의 고개가 서서히 숙여졌다. 그리고 서안에 올려진 주먹에 힘이 들어갔다.

"어째서 제가 쉽게 급제를 하리라 여기십니까! 저도 자신이 없는 건 다른 이들과 똑같은데……."

그의 목소리와 어깨가 떨리고 있었다. 윤희를 비롯하여, 재신과 용하는 놀란 눈으로 그를 보았다. 용하가 의아한 듯 안타깝게 물었다.

"무엇이 자네를 이토록 불안하게 하는가? 대체 왜……."

하지만 아무리 기다려도 선준의 대답은 없었다. 대신 비천당 안에는 떡을 굽는 고소한 냄새만이 가득 차오를 뿐이었다. 그리고 겨울의 냄새도 진동을 하였다. 그 속에 겨울잠을 자는 개구리처럼 웅크린 네 사람이 있었다. 하지만 얼마 지나지 않아 겨울은 잠이 덜 깬 개구리를 버려두고, 혼자서만 북쪽으로 달아나 버리고 말았다.

문과 회시가 열리는 날, 초봄의 날씨답게 몹시도 쌀쌀했다. 그래서 응시자 모두 옷깃을 여미고, 입문관이 녹명책을 보고 호명하는 대로 춘당대로 들어서고 있었다. 그들은 날씨 못지않게 쌀쌀했던 조흘강에 대해 이런저런 말들을 수군거렸다.『주자가례』와 『경국대전』의 임문 고강을 통과 못 하여 녹명을 못한 유생도 여럿 된다는 둥, 이번은 특히 『경국대전』만 집중적으로 질문하여 그 피해가 컸다는 둥의 불만들이 대부분이었다. 춘당대에 입시하기 위해 들어오는 과유들은 상유뿐만이 아니라 일반 유생과 현직 관리도 있었다. 이들 250명가량의 사람 중에 계수나무 가지를 꺾게 되는 이는 단 서른세 명뿐이다.

윤희는 쌀쌀한 바람 속에 옷깃을 여미고 과장에 앉았다. 그리고 떨리는 가슴을 진정하지 못해, 자리에 앉아 연신 심호흡을 하였다. 손이 떨려 글씨도 제대로 써지지 않을 것만 같았다. 그래서 마음을 가라앉힐 겸, 옆의 선준을 보았다. 그동안 실성한 사람처럼 과거 공부만 하느라 얼굴이 핼쑥하였다. 그 덕분에 윤희도 과거에만 몰두하였다. 재신도 그와 경쟁하느라 난생 처음 공부벌레 대열에 합류하였다. 그런데 이것은 사람들 사이에서 귀신 이야기들보다 더 기괴한 사건으로 회자되었다. 용하라고 다르지 않았다. 이들과 함께 놀지 않으면 심심하다는 이유로, 팔자에도 없는 공부벌레가 되었던 것이다.

그런데 선준이 이상하였다. 눈을 감고 정좌한 모습은 변함없이 반듯하건만, 허벅지 위에 올려 둔 그의 두 주먹은 미세하게 떨고 있는 것이 아닌가. 소과 때는 이렇지 않았다. 마치 유람이라도 하러 나온 듯 태연자약하기 이를 데 없었던 사람이다. 왜 이렇게 불안해하는지는 여전히 알 수 없다. 그는 언제나 아무 말도 해 주지 않고, 그런 그가 야속할 따름이다.

윤희는 선준의 뒤에 자리 잡은 용하를 보았다. 그의 화려한 옷을 보자 순간 웃음이 쿡 튀어나왔다. 급제를 하기 위해 온갖 속설을 다 이용하려던 그였다. 환관의 아내와 사통하면 등과를 한대서, 이를 실천하려는 걸 힘겹게 말리기도 하였다. 갖은 반대 속에서 결국 그가 선택한 방법은 지난번 대과 급제자 속잠방이를 비싼 값에 사서 입는 것이었다. 지금의 저 화려한 옷 속에는 낡은 속잠방이가 있기에 웃음이 나온 것이다. 재신이 윤희의 등을 툭 치고는 그녀 뒤편 자신의 자리에 앉으며 말했다.

"여유 많구나, 그리 방싯방싯 웃는 걸 보니."

"아, 아닙니다. 그래서가 아니라……."

그는 한쪽 눈썹만 슬쩍 올려 보이고는 먹을 잡았다. 용하가 이쪽을 보며 짓궂은 표정으로 웃어 보였다. 그녀가 자신의 속옷 때문에 웃은 걸 다 안다는 미소였다. 그는 괜히 불편한 듯 옷 춤을 끌어올린 뒤, 그녀에게도 과거를 잘 보라는 눈짓을 하였다. 하지만 그와 재신의 얼굴도 다른 과유와 마찬가지로 긴장한 기색을 완전히 숨기지는 못하였다. 윤희는 다시 한 번 선준을 보았다. 그는 마지막까지 단 한 번도 그녀에게 눈길을 주지 않았다.

드디어 시제가 걸렸다. 그러자 비로소 선준의 눈이 떠졌고, 숨 막히는 시간이 춘당대를 뚫고 지나갔다. 시제를 옮기고 답안을 써 내려가는 이들의 붓 아래로 피 말리는 시간도 쓰이어 나갔다. 이것은 해가 중천에 떴다가 기울어지고, 어스름과 함께 달이 찾아오고도 계속되다가, 인정이 되어서야 완전히 끝이 났다.

그렇다고 과거가 끝이 난 건 아니었다. 성균관에 돌아오자마자 선준은 책을 가지고 비천당으로 가 버렸다. 그에게는 입은 없고, 오직 글을 읽을 눈만 존재하는 것 같았다. 그가 걱정되는 건 윤희만이 아니었다. 용하도 기가 막히는지 한숨을 쉬었다.

"진짜 귀신에 씐 게야. 귀신에 홀리지 않고서야 사람 몸으로선 견뎌내질 못하지. 어찌 저리 자신에게 혹독한지, 원."

"남은 건 전시뿐인데, 무슨 공부를 한다고 저리 가는 거냐?"

윤희는 재신의 말을 뒤로한 채 선준을 따라가기 위해 주섬주섬 책을 챙겼다. 그러자 재신이 냅다 소리를 질렀다.

"야! 너까지 왜 그러냐? 이제 막 회시가 끝났는데, 쉬면 어때서!"

"가랑 형님을 혼자 내버려둘 수는 없잖습니까?"

"그 자식은 포기해! 이미 공부 귀신에 잡아먹혔으니까."

"농담하지 마십시오."

그녀가 자리에서 일어서는 순간, 재신이 손목을 잡아당겨 바닥에 패대기쳤다. 그리고 그 위에 이불을 덮어씌우고 용하를 향해 소리쳤다.

"넌 가서 가랑 잡아 와! 난 대물을 재울 테니까."

"그래 가지고 재울 수나 있겠는가? 그보다 먼저 숨 막혀 죽겠네."

"얼른!"

"내가 무슨 수로 그 고집 센 가랑을 데리고 오나?"

"뭔 수를 써서든지!"

윤희가 이불 속에서 발버둥을 치며 소리쳤다.

"놔주십시오! 공부를 하겠다는데 왜 이러십니까!"

"잔말 말고 있어! 이것들이 오냐오냐해 줬더니, 고작 후진 주제에 선진 알기를 우습게 알아? 말 좀 들어!"

용하는 재빨리 뛰어나갔다. 그러자 윤희도 잠잠해졌다. 재신은 그녀를 덮고 있는 이불 더미를 베개 삼아 베고 누웠다. 그리고 가라앉은 목소리로 말하였다.

"공부 귀신에 잡아먹혀 죽은 놈 여럿 봤다. 급제를 하여야 나가는 이곳 성균관에서 시신이 되어 나갔지. 공부 열심히 하는 건 좋단 말이야. 하지만 오늘까지 이러는 건 제정신이 아닌 거다."

그가 말을 멈추니, 사방이 조용해졌다. 잠시 후, 방문 앞에 돌아온 기척이 두 명인 것을 알아차리고, 다시 말하기 시작하였다.

"가랑은 이번에 급제를 하겠지. 그렇게 되면 넌 어쩔 거냐?"

윤희는 아무 말도 하지 못하였다. 선준만 급제를 하더라도, 세 남자가 한꺼번에 급제를 하더라도, 그녀까지 급제를 하더라도, 그 어떤 결과가 와도 이별은 피할 수 없다. 그동안 이 괴로움으로부터 도망을 치듯 공부에만 매진하였다. 혹시 선준도 그랬던 것일까? 그래서 그녀도 쳐다봐 주지 않고 무엇에 홀린 사람처럼 공부만 했던 것일까? 이불 속에 파묻힌 윤희는 돌아온 선준이 바깥에서 대화를 듣는 것도 모르고 눈물을 삼켰다. 불안한 건 선준만이 아니었다. 윤희의 가슴 또한 언제 터질지 모르는 불안함으로 가득하였다.

이별을 예감한 재신의 목소리가 괴로움을 짓뭉기듯 낮게 깔렸다.

"바보 같은 놈. 참 뒤숭숭한 밤이다. 원래가 과거 보기 전날보다, 과거 본 바로 그날이 더 괴롭지만……."

며칠 뒤, 합격자 서른세 명의 명단이 예조 앞에 붙었다. 소과 때보다 앞에 모인 사람은 물론 명단에 적힌 사람 수도 적어, 확인을 하는 데 긴 시간이 필요한 건 아니었다. 하지만 윤희는 벽보 앞에서 고개를 숙인 채 오랫동안 망설였다. 고개를 들어 이름을 확인하는 것이 두려웠다. 한참을 두려움과 싸운 끝에 결국 고개를 들었다. 이윽고 그녀의 눈에서 눈물이 떨어졌다. 그 눈물을 감당할 수 없어 두 손으로 가리고 다시 고개를 숙였다. 이제는 헤어져야 한다. 감당할 수 없는 슬픔이 윤희를 덮쳤다. 지나가던 상유가 어깨를 툭 치면서 인사를 건넸다.

"대물 도령, 축하하네! 좋으니 눈물이 날밖에. 사내라도 이런 날은 펑펑 울어도 돼."

옆에서 실성한 사람처럼 소리치는 용하의 목소리가 들렸다.

"우와! 됐다, 됐어! 내가 되었다고. 급제를 하였다고. 나도 한다면 하는 놈이라니까. 여보, 마누라! 엇, 왜 제일 먼저 우리 마누라가 떠오르지?"

재신의 목소리도 뒤이어 들렸다.

"남의 속잠방이 입고 급제한 주제에 기뻐하기는. 그나저나 우리 아버지, 너무 기뻐하시다가 뒤로 넘어가지나 않으려는지 걱정이군."

다른 상유들의 축하 소리도 들렸다.

"걸오도 축하하네. 그간 마음잡고 공부를 하더니 기어이 일을 냈구먼."

"난 이번에도 낙방했는데. 휴! 이보게, 걸오. 자네 속잠방이 내게 팔게."

"뭔 미친 소리냐!"

갑자기 목소리의 방향이 윤희로 돌려졌다.

"그럼, 대물 도령. 자네 속잠방이를 팔게. 큰 돈 얹어 줌세."

용하가 폭소를 터뜨리며 가세를 하였다.

"내게 팔게. 더 큰 돈을 주겠네."

"아니, 자네는 급제를 하였으면서 왜 이러나? 우린 절박하다고."

"급제를 하였든 어쨌든 대물의 속잠방이를 갖고 싶은데 어쩌겠나?"

윤희는 두 손으로 얼굴을 가린 채로 꼼짝 않고 있는데, 재신이 흥분하여 소리를 버럭버럭 질렀다.

"이런 썩을 놈들! 누구 속옷을 팔라는 거야? 확 다 부숴 버리기 전에 주둥아리들 다물어!"

그런데 이상하다. 선준의 목소리가 들리지 않는다. 더군다나 사람들이 그를 축하하는 소리도 들리지 않는다. 급하게 눈물을 가렸던 손을 치우고 선준을 찾았다. 그런데 이미 그는 저 멀리 등을 보이며 가고 있었다. 벽보를 확인하려는 찰나, 누군가가 말했다.

"가랑은 별로 놀랍지도 않구먼. 이리 이름이 걸려도 어쩐지 당연하다는 생각부터 드니 말일세. 자신도 그럴 테지?"

"가랑의 속잠방이만 살 수 있다면, 다음 과거는 공부 안 하고도 척 붙을 것 같은데."

"그런데 어쩐지 팔아 달라고 입도 뻥끗 못 할 듯하네. 만약에 준대도 황송해서 감히 입지도 못할 것 같고······."

"그도 그래. 하하하."

윤희는 세 번째에 있는 선준의 이름을 발견하였다. 그의 앞에 이름이 있는 두 사람은 나이 지긋한 상유들이었다. 그녀는 눈물을 닦고 냉큼 그에게로 달려갔다. 잠시라도 떨어지기 싫어서였다. 윤희는 한참을 달려서야 그의 옆에서 나란히 걸을 수 있었다. 축하한다고 말하려는 순간, 선준이 한마디를 툭 던졌다.

"고맙소."

밑도 끝도 없이 뭐가 고맙다는 건가? 그것이 무엇이든 목소리는 참으로 오랜만에 듣는 것만 같다. 이제 곧 이렇게 나란히 걷는 것도 더 이상 함께할 수 없을 것이다. 그와 함께하고 있는 이 한 걸음 한 걸음조차 아까웠다. 그래서 아무 말 없이 걷기만 하였다. 그런데 얼마 가지 않아 재신과 용하가 달려와 두 사람과 합류하였다. 용하가 기쁨을 감추지 못하고 들떠서 말했다.

"어이, 우린 모두 동방同榜이 되었구먼. 인연이 이토록 질기다니. 원래 동방은 형제보다 더 각별한 사이라고 하였으이. 그러니 죽을 때까지 평생 함께해야 하네. 아마 방회榜會가 봄, 가을에 한 번씩 열린다지?"

"에? 그, 그, 그런 게 있습니까?"

당황하여 말을 더듬는 윤희에게 재신이 퉁명스럽게 말하였다.

"몰랐냐? 성질 더러운 우리 아버지도 동방 분들과는 친하시거든. 그나마 소통하는 노론도 동방 분들이 고작이시고."

주위에 과거 급제한 사람들이 없었으니 알 턱이 없지 않은가. 임금께 청하여 멀리 지방 한직으로 가면 모든 것이 끝난다고 생각했는데, 이를 어쩌나? 선준이 대수롭지 않은 투로 어지러운 생각들을 정돈해 주었다.

"외국으로 가게 되거나, 사정이 있으면 몇 년 동안 참석하지 않을 수도 있소. 그런다고 방회에 올려진 이름이 없어지지는 않으니까."

"가랑, 그런 말 말게나. 난 과거 급제보다 자네들과 동방이 된 것이 더 기쁘단 말일세. 평생 봐야 하네, 평생!"

재신이 한쪽 눈썹과 입 꼬리를 치켜 올리며 맞장구를 쳤다.

"나도 여림 놈과 동감이다."

아마 재신과 용하가 의견 일치를 본 건 지금이 처음이지 싶었다. 실로 기념비를 세움 직하다. 문득 재신은 한 사람이 보고 싶어졌다. 김윤식! 평생을 보아야 할 이는 아직 얼굴도 모르는 병약한 그놈이리라.

"동방이라면 훗날 도움을 줄 수 있겠지······."

그의 혼잣말은 들떠서 떠드는 용하의 말소리에 파묻혔다.

"오늘 같은 날 즐기지 않으면 언제 즐기겠는가! 오랜만에 우리끼리 오붓하게 술 한잔하세, 응?"

선준이 여전히 빠른 걸음을 하면서 대답하였다.

"죄송하지만, 전 남은 공부가 있어서 빠지겠습니다. 사형들은 즐기다 오십시오."

"에? 아직 그 과거 귀신이 안 떨어졌는가? 더럽게 질긴 놈일세. 그렇다면 가랑! 내가 이번 전시 시제를 알려 주면 한잔할 텐가?"

선준의 걸음이 우뚝 멈추었다. 그리고 세 사람의 눈이 일시에 용하에게로 쏠렸다. 그의 의기양양한 표정. 순간 솔깃하여 걸음을 멈추긴 하였지만, 불가능함을 깨닫고 물었다.

"아직 출제되지도 않은 시제를 어찌 알 수 있단 말입니까? 아무리 여림 사형이라 하여도 그것만큼은 힘들 것입니다."

"약속부터 하게. 알려 주면 한잔할 텐가, 말 텐가?"

"있을 수 없는 일이니, 약속할 수 없습니다. 독권관讀券官조차 현재는 알지 못하는 시제입니다. 심지어 그들이 누구인지도 모르지 않습니까?"

"전시 시제를 독권관들만 출제한다든가?"

"그 외에는 성상밖에 더 계십니까? 설마……?"

"그렇지, 주상 전하. 어쩌면 이번 독권관들은 품정하는 일만 할지도 모르네."

무언가 감이 잡힌다. 홍벽서의 비난에 대해 대안을 연구해 두라던 임금이었지만, 그때 일에 대해선 지금까지 일언반구도 없었다. 그래서 지나가는 농담쯤으로 생각해 오고 있었다. 윤희는 머리를 감싸 쥐었다. 홍벽서가 던졌던 비난들은 공부가 불가능할 만큼 너무 광범위하다. 이윽고 제일 심각한 문제를 재신이 신경질적으로 내뱉었다.

"설마 답도 없는 문제를 내시려고……."

"비난한 홍벽서는 그 대안을 몰라도 상감마마께오선 알고 계실지도 모르잖은가. 만의 하나 모르신다손 치더라도, 원래가 책문에는 완벽한 정답은 없는 법."

선준이 다시 발걸음을 떼었다. 그런데 멈추기 전보다 더 빨라졌다. 용하가 소리쳤다.

"어이, 이러는 게 어디 있나? 술은 해야지. 하긴, 빨리 반궁에 돌아가야 되긴 하지. 조만간 속잠방이 도둑들이 중이방을 덮칠 터이니. 어떤 잠방이를 잡아도 모두 급제한 놈들 것이 아닌가. 하하하."

선준과 윤희, 재신까지 눈이 뒤집어져서 달리기 시작하였다. 그들이 사수하고자 하는 건 오직 윤희의 속잠방이였다. 차가운 바람이 맞부딪쳐 몸을 휩쓸고, 도포 자락을 보기 좋게 날렸다. 그리고 갓을 뒤로 넘겼다. 바람에 저항하며 재신이 제일 앞서기 시작하였다. 그 뒤를 근사치로 선준이 달리고, 한참 뒤에 윤희가 달렸다. 이들 셋은 얼굴이 경직된 채 이를 악물고 달렸지만, 제일 뒤처져서 헉헉대며 뛰는 용하의 얼굴에는 짓궂은 함박웃음이 가득하였다.

며칠 후, 인정전에서 왕이 지켜보는 가운데 열린 전시는 결국 예전에 내렸던 벌을 검사받는 셈이 되고 말았다. 회시에 급제한 서른세 명이 모여 치르는 이 전시 성적으로 갑과 3인, 을과 7인, 병과 23인으로 각각 등급이 나누어졌다. 이것이 평생의 관료 인생에 큰 영향을 미치기에 응시자 모두 긴장한 채 최선을 다해 책문을 작성하였다.

며칠을 잠으로 허비한 것일까? 전시가 끝나자마자 선준은 별다른 언질도 없이 집에서 보내온 말을 타고 자택으로 돌아갔다. 그래서 윤희도 대강 정리하여 집으로 돌아올 수밖에 없었다. 그런 후, 줄곧 잠만 잤던 것이다. 윤희는 바깥에서 들리는 사람들 소리에 무거운 머리를 겨우 일으켜 앉았다. 어머니와 또 다른 어떤 이의 실랑이였다.

"안 된대도! 우리 아들은 지금 지쳐서 자고 있소."

"당숙모, 딱 한 번만 보게 해 주십시오. 여기 이렇게 선물도 가져왔는데……."

"안 된다면 안 되는 줄 아시오."

윤희는 방문 걸쇠를 건 뒤, 밖을 향해 윤식의 목소리만 넘겼다.

"어머니, 웬 소란입니까?"

"아, 일어났느냐? 누가 너 좀 보재서……."

"누구신지는 모르겠으나, 선물을 가져오셨다면 그냥 돌아가십시오."

"일어났으면 문이라도 열어 주시오. 친척끼리 잠시 인사라도 나눕시다."

그의 사정에도 불구하고 윤희는 단호하였다.

"지금은 여의치가 않으니 차후에 하도록 합시다. 그리고 가져오신 선물은 다시 가져가십시오. 저희가 어려울 때 찾아오셨다면 온정이라 여기고 감사히 받았겠으나, 이제는 뇌물이 되었습니다. 허니, 다음에 쌀 한 톨도 지니지 않고 오시면 친척으로서 만나 뵙겠습니다."

낯선 사람이 포기하고 가는 소리가 들렸다. 그러자 윤식이 건넛방에서 들어왔다.

"누님, 깨셨습니까?"

윤희는 동생을 보았다. 그동안 눈에 띄게 건강해져 있었다. 얼굴과 몸에 살이 올랐기 때문인지 키도 부쩍 자란 듯 보였다. 그래서 제법 사내 티가 났다. 눈과 이마 부위가 아무리 빼다 박았어도, 당장 바꿔치기 하기엔 차이가 너무 난다. 역시 아무도 모르는 지방으로 내려가 몇 년을 지내지 않으면 안 될 것 같다. 사람의 기억도 조금 희미해지고, 동생의 수염이 덥수룩해져 얼굴을 가리면 그때 다시 올라오면 될 것이다. 다행히 윤식은 굉장히 어린 나이에 급제를 한 셈이니, 훗날 가서 조정으로 진입할 기회는 제 손으로 다시 잡으면 된다. 한참을 스스로에게 위로를 하고 있자니, 어머니가 약사발을 들고 안으로 들어오셨다.

"뭔 사람들이 이리 찾아오는지……. 듣도 보도 못한 사람이 당숙모라고 부르지를 않나."

"혹시 사람들이 들고 온 물건 중에서 받은 것 없죠?"

"없어! 네가 절대로 안 된다고 하였잖느냐. 그래서 시키는 대로 다 돌려보냈어. 우선 이것부터 들이켜."

윤희는 어머니가 건네주신 약사발을 얼떨결에 받아 들고 물었다.

"이거 왜 제게 주세요? 윤식이 거 아니에요?"

"네 거야. 돌아온 그날부터 지금까지 매가리 하나 없이 잠만 자는 것 보고 내가 보약 한 첩 지어 왔다. 그리 어려운 과거를 치렀으니 맥이 몽땅 빠질 만도 하지."

윤희는 엉뚱한 데 돈을 썼다고 타박하지 않고, 또한 사양하지도 않고 단숨에 들이켰다. 어머니는 안타까운지 연신 그녀의 등을 쓰다듬다가 토닥였다가 하였다. 이때 바깥에서 또 누군가 찾아온 소리가 들렸다.

"주인 계십니까?"

낯선 여인의 목소리였다. 어머니가 문틈으로 내다보면서 말하였다.

"방물장수 같은데, 이 동네에선 처음 보는 장사꾼이네? 어휴, 사람 내쫓는 것도 지친다, 지쳐."

그리고 바깥을 향해 외쳤다.

"잠시만 기다리시오!"

윤희가 가지런히 접혀 있는 저고리와 치마를 당기면서 말하였다.

"계세요. 제가 나가서 돌려보낼게요."

"응? 그렇게 해서 나가 봐도 되겠느냐?"

"떠돌이 장사꾼이라면 괜찮아요. 너무 오래 누워 있었던 것 같아서 바람이라도 조금 쐬려고요."

윤희는 새앙머리로 말아 댕기로 묶으며 바깥으로 나갔다. 방물장수는 그때까지 가지 않고 집 주변을 두리번거리며 사람이 나오길 기다리고 있었다.

"기다리게 해서 죄송하지만, 저희는 살 물건이 없어요."

"그러지 말고 물건만 한번 보시구려."

"아뇨, 봐 봤자 살 돈이 없어요."

윤희의 거절에 그녀는 기운이 쭉 빠진 듯한 표정으로 사정을 하였다.

"젊은 아가씨, 그럼 잠시 마루에 앉았다가 가게 해 주시면 안 되겠수? 목도 마르고, 아침부터 지금까지 다리 한 번 못 쉬었더니……."

"정 그러시면, 쉬다가 가시는 건 괜찮아요."

윤희는 마루를 가리키며 앉도록 하였다. 방물장수는 천천히 걸어와서 마루 위에 보자기를 올려놓았다. 그런데 고운 손가락에는 영롱한 빛깔의 고급 쌍옥가락지가 끼워져 있다. 그녀는 옷고름이 묶여 있는 저고리 앞섶을 손바닥으로 사뿐히 짚으며 자리에 다소곳하게 앉았다. 그리고 버릇처럼 마치 가체를 정돈하듯 머릿수건을 건드렸다가, 손을 내려 허벅지 위에 포개어 얹었다. 머리에 쓴 수건이나 옷차림은 초라한 행색이건만, 몸에 배어 있는 동작들은 기품이 있었다. 그리고 여느 방물장수와는 달리, 햇빛을 모를 것 같은 새하얀 얼굴은 주름조차 우아한 미소를 머금고 있어 귀부인을 절로 연상케 하였다.

윤희는 의아해하며 잠시 기다리라고 해 놓고 부엌으로 들어갔다. 그리고 따뜻한 숭늉을 떠서 낡은 다반에 올려서 갖다 주었다.

"물 드세요."

"아니, 냉수 한 그릇이면 되는데……."

"날이 쌀쌀해서 따뜻한 걸 찾았는데, 드릴 게 이것뿐이네요."

방물장수는 숭늉 그릇을 따뜻하게 받아 마시면서, 눈은 윤희를 살피듯 주시하였다.

"왜 그렇게 보세요?"

윤희가 방긋이 웃으며 묻자, 그녀는 당황하며 대답하였다.

"응? 아, 아가씨가 너무 고와서, 사람 눈을 못 떼게 하는군요. 내 일찍이 아가씨만큼 어여쁜 이는 본 적이 없다우. 이런 말 자주 듣지요?"

장사꾼의 말투와 품위 있는 말투가 어울리지 않게 섞여 있는 방물장수였다. 누가 들어도 억지로 흉내 내는 듯 자연스럽지 못한 쪽은 장사꾼 말투다. 그리고 주름진 지금도 상당한 미인이지만, 젊었을 적에는 굉장한 미모였을 듯하였다. 윤희는 그녀 옆에 앉으며 물었다.

"아주머니, 진짜 방물장수세요?"

"어, 어? 아니, 그럼 내가 뭐 하는 사람으로 보이우?"

윤희는 방긋이 웃으며 그녀의 손가락을 가리켰다.

"장사꾼이라기엔 고운 손인 데다가, 그 가락지는 굉장히 고급으로 보이는걸요."

그녀는 놀라서 급히 가락지 낀 손을 다른 손으로 가리며 둘러댔다.

"아이고, 내 정신 좀 보게. 팔 물건을 잠시 끼어 봤다가 깜박하였네."

"물건은 각기 제 주인을 정한다잖아요. 그 가락지는 아무리 보아도 아주머니 것 같은데요? 그리고 장사꾼 같지도 않고요."

방물장수는 따뜻한 눈동자로 윤희를 물끄러미 보며 웃는 목소리로 말하였다.

"젊은 처자가 얼굴만 고운 줄 알았더니 눈썰미도 뛰어나군요. 이건 내 것이 맞다오. 그리고 장사꾼 같지 않은 건, 오늘 처음 방물 보자기를 들고 장삿길을 나섰기 때문일 게요. 처음이라 서툴러서인지 여태까지 마수걸이도 못 했고……, 휴!"

"어머, 조금 있으면 날이 저물 텐데 어쩌면 좋아요?"

"아가씨! 물건 사 달라 조르지 않을 터이니 구경이라도 해 봐 주면 안 되겠수? 이제껏 보자기도 한 번 못 풀어 봤수."

그러면서 보자기를 풀어 젖혔다. 윤희는 물건을 살 여력이 안 된다며 한사코 거부했지만, 이미 보자기는 열린 뒤였다. 그런데 거기에 든 물건은 거울부터, 빗, 분까지 하나같이 최고급품들이었다.

"봐, 내가 방물장수는 맞지 않수?"

"저기, 아주머니. 이런 건 비싼 것들이라 우리 집뿐만 아니라, 이 동네에선 파시기 힘들어요. 저기, 위의 북촌이나 동촌 같은 곳이라면 모를까."

방물장수는 난처한 듯 점잖은 미소를 지었다. 그런데 머릿수건 아래로 보이는 웃는 모습이 낯설지가 않다.

"아주머니, 혹시 예전에 제가 뵌 적이 있는 분이신가요?"

"응? 그럴 리가. 난 이곳은 처음 와 본걸요."

윤희는 혹시 윤식이었을 때 본 적이 있을까 봐, 더 이상 깊게 묻지 못하였다. 하지만 세상의 험한 일은 전혀 모르는 듯한 분이 궁금하여 물었다.

"아주머니, 오늘부터 장삿길에 나섰다면, 어제까지는 뭐 하신 분이세요?"

"과거지사를 말해 뭐 하겠수? 말해도 믿겠수?"

서툰 장사꾼 말투 때문인지 이상하게 정이 가는 분이다. 그래서 환하게 웃으며 말하였다.

"아주머니께서 고관대작의 부인이었대도 전 믿을 수 있겠는걸요!"

"오호호, 내가 고관대작 부인도 되어 보고, 기분 썩 좋네."

웃음소리조차 차분하고 점잖다. 방물장수는 여전히 윤희에게서 눈을 떼지 않고 말하였다.

"내가 아무리 고관대작 부인처럼 보이면 뭐 하우. 남편이 벌어다 주는 돈이 없으니, 장사라도 해야지. 비록 글 푼깨나 읽었대도 여자라 써먹을 곳도 없고."

"어머, 글을 아세요?"

"알다 뿐인가. 내 자랑 같지만, 처녀 적엔 이름 높은 양반 댁 여식이었다우. 오라비들이 위로 줄줄이 계신 덕분에, 그 틈에 끼어 글을 익힐 수 있었지. 한데 어려서 철없을 때는, 글을 익혔으니 나도 당연히 과거를 볼 수 있을 줄 알았지 뭐요."

"어머? 저랑 똑같으시다. 저도 어렸을 때 그랬거든요."

"그랬수? 내 눈에도 글줄깨나 읽은 처자로 보이더니. 저기, 내가 우리 영감탱이와 아들한테도 말 안 한 비밀 이야기 하나 해 주오?"

은밀히 건네는 말이 정겨워, 윤희는 호기심 가득한 표정으로 고개를 끄덕였다.

"난 소싯적에 장난삼아 과거 보러 간 적도 있다우."

윤희는 깜짝 놀라서 방물장수를 보았다. 그녀는 여전히 점잖은 표정으로 말을 이었다.

"녹명소에서 받아온 막내 오라버니의 시권을 훔쳐서, 오라버니 옷까지 훔쳐 입고 무작정 과거장에 들어갔었지."

"그래서요? 어떻게 되셨는데요?"

"소과 초시였는데 떨어졌수. 난 속상해 죽겠는데, 집에서는 며칠을 계속 회초리로 때렸고. 막내 오라버니가 나보다 더 실력이 없었기에 어차피 떨어졌을 터인데, 그게 모두 내 탓인 양 어찌나 야단을 치던지. 그때 합격을 했더라면, 여자도 할 수 있는 일 아니냐며 큰소리 뻥뻥 치려고 그랬는데, 오호호."

"아, 정말 아깝다. 그때가 몇 살이셨어요?"

윤희가 동지를 만난 즐거움으로 묻자, 방물장수는 대뜸 정색을 하면서 말하였다.

"이런, 아가씨 보게나. 이리 사람 말을 쉽게 믿어서야. 원. 모두 거짓말이우. 계집이 과거장에 들어가다니, 그게 가당키나 한 말인감?"

"네? 전 아주머니의 앞의 말씀이 더 참말 같은데 어쩌죠?"

방긋이 웃는 윤희를 보며 그녀도 웃었다.

"내 실없는 말 들어줘서 고맙수. 아가씨가 믿어 주니, 장사를 계속할 용기도 나고. 그런데 나도 나지만, 아가씨도 무슨 근심이 있는 듯한데……"

"저한테 근심이 있어 봤자, 어르신들에 비하면 얼마나 크겠어요?"

"모든 인간은 가슴에 추를 하나씩 달고 사는데, 그 무게가 모두 다르다우. 나이가 어리다고 나이 많은 이들보다 그 무게가 꼭 적지만은 않수."

윤희는 언젠가 들은 적이 있는 말인 듯하여 익숙한 눈빛으로 방물장수를 보았다. 그녀는 마치 위로하듯 상냥하게 말을 이었다.

"사람 일은 한 치 앞을 모른다우. 나도 이렇게 방물장수가 될지 누가 알았겠수. 그러니 아가씨도 지금 이 순간은 아득해도 내일 당장 행복한 일이 생길지도 모르니, 내일 일은 내일로 맡겨 두시오. 내가 다른 건 다 거짓말이래도, 관상을 조금 볼 줄 아는 건 참말이거든. 다 잘될 거요."

방물장수는 물건들 중에 빗 하나를 골라서 윤희에게 건넸다.

"이거, 아가씨 줄 터이니 가져요."

"아뇨, 전……."

"어른이 주는 건 거절하면 안 돼요! 따뜻한 숭늉과 다리를 쉬게 해 준 값이라 여기고 넣어 둬요. 무슨 사연인지는 모르나 머리카락이 짧은 듯한데, 이 빗이 언젠가는 긴 머리를 빗게 해 줄 부적일지 어찌 알겠수?"

"저기, 그럼 조금이라도 값을 치를 게요. 그래도 마수걸이인데……."

"어허! 참 고약한 아가씨일세. 그리 마음에 걸리면 이러는 게 어떻겠수? 다음에 다시 만났을 때, 부적이 효력 있다면 그때 가서 값을 비싸게 쳐 주시오."

그러면서 보자기를 급하게 싸서 일어섰다. 그리고 마루에 빗을 던져 놓고 막무가내로 문을 나가 버렸다. 뒤태가 단정할 뿐만 아니라, 걸음걸이도 반듯한 것이 역시 낯설지가 않았다. 윤희는 빗을 손에 들어서 보았다. 자개 장식이 된 것이 거저 받을 수 없을 만큼 고급스러웠다. 그래서 뒤를 쫓아 문 앞까지 갔지만, 방물장수의 모습은 어디에도 없었다. 윤희는 동네 사람들과 마주치는 걸 꺼려, 더 이상 따라가지 못하고 의아해하며 방으로 들어갔다.

"이젠 모두 끝난 거냐?"

어머니의 물음에 그녀는 자리에 앉으며 대답하였다.

"네, 빗만 두고 가 버리셨어요."

"응? 아니, 방물장수 말고 너희 둘 말이야. 이제 각자의 이름으로 돌아갈 수 있는 거냐고."

또다시 어머니의 닦달이 시작되려고 하자, 윤희는 빗을 만지작거리며 힘없이 대꾸하였다.

"……그렇게 되어야죠."

"그럼, 돌아가자마자 혼례부터 치르자. 윤식이도. 그러잖아도 네가 기운 차리면 말하려고 했는데, 어떻게 생각하느냐? 여기저기서 네 혼처와 윤식이 혼처가 들어오고 있단다. 그중에 이름 있는 가문 댁도 있으니까, 골라서……."

윤희는 머리가 복잡해서 그만 성의 없이 대답하고 말았다.

"어머니, 그건 나중에 다시 이야기하면 안 될까요? 지금은 거기까지 신경 쓸 정신이 없는데……."

"그, 그렇긴 하지. 네 나이도 있다 보니 마음이 앞서서 나도 모르게 자꾸……."

어머니의 목소리가 풀이 죽었다. 그러자 윤식이 누이 대신 어머니를 위로하였다.

"어머니, 누님은 안 된다는 것이 아니라 신중을 기해야 한다는 뜻입니다. 지금 들어오고 있는 혼처들 중에 혹시라도 누님 얼굴을 아는 곳이면 큰일이 날지도 모르니까요."

"앗! 그렇구나. 내가 거기까지는 생각 못 했어. 그럼 어떻게 하느냐?"

윤희가 기운 없는 목소리로 마치 스스로를 설득하듯 말하였다.

"지방으로 내려가게 되면 그때 결정해도 늦지 않으니까, 혼처가 들어오거든 생각해 보겠다고 대충 둘러대면서 전부 거절하세요."

윤식은 조금 전 단호하게 뇌물을 내치던 누이를 떠올리며, 어쩌면 늦었을지도 모른다고 생각하였다. 두 사람이 각자의 이름으로 돌아가기에 늦은 것이 아니라, 누이가 보통의 여인으로 돌아가기에 늦은 것이라고. 윤희는 어머니의 실망을 위로하느라 한마디를 더 보탰다.

"지방으로 가서도 한동안은 윤식이 뒤에 제가 있지 않으면 안 되고요."

그리고 어머니를 슬프게 바라보았다. 어머니는 딸의 시선이 이상하게 마음에 걸렸다. 그래서 눈으로 무슨 말이든 해 보라며 재촉을 하였다. 하지만 딸의 입에서 나온 말은 엉뚱한 것이었다.

"어머니, 아버지랑 말이에요. 만약에 가문과 절연하고 도망치지 않았다면, 두 분은 혼인하지 못했겠죠?"

"갑자기 그건 왜 물어봐?"

"그냥! 그럼 우린 못 태어났을 건데, 그랬으면 억울했을 것 같아서요."

"못 했지. 암, 못 하고말고. 네 아비도 입버릇처럼 허구한 날 말했었다. 다른 당파가 한이불 속에서 자는 건 조선 팔도에 우리 내외 외에는 없을 거라고. 에고, 나도 주책이야. 이 좋은 날에 갑자기 웬 눈물이……."

어머니는 쏟아지는 눈물을 주체하지 못하고 돌아앉아서 훔쳤다. 윤희는 어머니 등에 볼을 기대고 앉아 조용히 물었다.

"딸은 모친을 닮는다던데, 외가가 노론이면 저도 노론 아닌가요?"

"얘는……. 당파가 그런 식으로 정해진다던? 네 생각은 네 아비를 빼다 박았는데, 뭐 노론이야? 다른 여인들은 당파가 없을지 몰라도 너는 골수까지 남인이야."

"그럼 어머니는요?"

"난 남인도 아니고 노론도 아니지. 학문도 모르고 정치도 모르는데, 그런 거창한 걸 어찌 알겠느냐. 그저 능력 없던 네 아비의 아내, 우리 윤희와 윤식이 어머니. 이게 내 당파란다."

윤희는 어머니 등에서 떨어져, 이불을 끌어당기면서 누웠다.

"아, 졸려! 저 조금만 더 잘게요."

"또? 뭐 잠을 그리 자?"

"내일 출방례出榜禮 때문에 새벽에 나가야 하니까 이대로 쭉 자 두려고요. 죄송해요."

이불을 머리 위까지 덮었다. 더 이상 잠이 오지 않을 것 같았는데, 거짓말처럼 다시 잠에 빨려 들어갔다. 그 속에서 어머니의 걱정스런 목소리를 꿈처럼 들었다.

"윤식아, 참 이상하지 않느냐? 어째 우리 윤희는 기뻐하는 기색이 없는 걸까? 기뻐하기는커녕 슬픈 사람처럼……."

"염려 마십시오. 너무 피곤해서 그럴 겁니다."

윤식의 목소리도 꿈처럼 들렸다. 동생의 목소리가 마치 제 목소리 같다. 그래서 자신이 대답한 거라 여기며, 부적처럼 빗을 손에 꼭 쥐었다.

윤희 집에서 조금 떨어진 곳에 호화로운 가마가 서 있었다. 이 동네에는 어울리지 않는 것이라 삼삼오오 모여 구경하는 이들도 있었다.

가마를 호위하듯 서 있던 가마꾼과 하인들이 멀리서 오고 있는 방물장수를 보자마자 땅에 코가 닿을 듯 허리를 푹 숙였다. 그리고 여종은 부리나케 달려가 그녀의 보자기를 받아 들었다.

"다녀오셨습니까, 마님."

그녀는 미소로 대답하고 가마로 다가갔다. 다시 한 번 가마꾼들이 넙죽 허리를 숙였다. 여종이 가마 문을 열어 올리자, 방물장수는 우아한 동작으로 익숙하게 뒤돌아 올라탔다. 그리고 여종은 내리덮는 문 너머로 환한 미소를 마지막으로 보았다.

"어서 북촌으로 돌아가자."

"네, 마님!"

힘찬 대답과 함께 가마꾼들이 일사불란하게 가마를 들고는 뛰다시피 걷기 시작하였다. 그 뒤를 여종과 하인 한 명이 따랐다.

2

돈화문 앞, 이번 문·무과 급제자들이 속속 모여들었다. 그 가운데에 잘금 4인방도 옹기종기 모였다. 용하와 재신은 근사한 녹색 청삼靑衫을 입고도 여전히 투덕투덕 말다툼이었지만, 선준은 청녀靑女에게 영혼을 내어 준 사람처럼 홀로 겨울 속에서 꽁꽁 얼어붙어 있었다. 윤희는 그런 얼굴일망정 뚫어져라 바라보고 섰다. 이제 곧 이 사람을 못 보게 될 것이다. 그렇기에 단 한시라도 다른 곳은 볼 수가 없었다.

그런데 문득 그의 작은 떨림이 눈에 들어왔다. 그럴 리가! 윤희는 차라리 자신의 눈을 의심하였다. 재신이 시비를 걸어도, 심지어 왕이 어떤 난처한 농지거리를 걸어도 눈도 꿈쩍 않던 사람이다. 게다가 해가 떠 있어 초봄이라고 해도 그다지 춥지도 않다. 그러니 떨 이유가 없다.

선준은 처음부터 윤희에게 눈길조차 주지 않고 굳은 표정으로 오직 먼 하늘만 보고 있었다. 마치 무언가를 기원하듯 그러했다. 오랜만에 만났는데, 이제 함께 있을 시간은 얼마 남지 않았는데 여전히 눈을 마주치지 않는다.

용하한테 툴툴거리며 성질을 풀어놓고 있던 재신이 그녀를 보았다. 그의 눈썹이 질투로 헝클어졌다. 재신은 느닷없이 윤희를 뒤에서 안듯이 하면서 선준만 바라보고 있는 눈을 가렸다. 그리고 귓가에 대고 소곤거렸다.

"야! 너 미쳤냐? '난 남색입니다.' 하고 아예 대놓고 공고를 하지 그러냐? 가운데에 같은 물건을 달고, 그런 눈빛으로 가랑을 바라보면 누구나 널 이상하게 쳐다본다고."

말을 끝내기가 무섭게 가렸던 눈을 놓았다. 순간 험악한 눈으로 재신을 노려보고 있는 선준과 마주쳤다. 재신이 팔을 반쯤 들어 보이며 비아냥대듯 말하였다.

"아, 알았다고. 떨어지면 될 것 아니냐. 나 참 더러워서. 내가 이렇게 나서기 전에 진즉에 대물을 좀 봐줬으면 됐잖아."

용하가 쿡쿡 웃으며 말하였다.

"그러게나 말일세. 난 가랑 얼굴에 구멍 뚫리는 줄 알았다니까."

겨우 선준과 눈이 마주쳤지만, 이번에는 윤희가 당황하여 고개를 숙일 수밖에 없었다. 재신이 발아래를 툭툭 차면서 마치 건성처럼 말하였다.

"가랑! 좀 많이 봐 두자. 지금까지는 우리 모두 매일 붙어서 지냈지만, 이제 곧 각기 다른 곳에 배정받아 흩어져 지낼 것 아니냐. 멀리 지방으로 가는 놈도 있을지 모르고. 그럼 날을 잡아 모이지 않으면 얼굴 보기 힘들다."

윤희는 눈물이 왈칵 올라오는 것을 애써 눌렀다. 용하가 넌지시 물었다.

"가랑은 하늘만 보고 싶어서가 아니라 여전히 귀신한테 홀려 있는 듯한데? 정말 속 모를 양반일세. 내 살다 살다 이리 속 안 보이는 이는 처음이라니까."

이때 주위의 모든 급제자들이 이쪽으로 오고 있는 누군가를 향해 일제히 허리를 숙여 인사를 하였다. 네 사람도 얼떨결에 허리를 숙였다. 그런데 인사를 받은 사람은 다름 아닌 선준의 부친인 좌의정이었다. 그는 근엄하게 여러 사람들에게 인사를 한 뒤에, 뭉쳐 있던 4인방에게 눈길을 주었다. 그중 재신에게는 살벌한 눈빛을 보냈고, 용하에게는 친절한 눈인사를, 마지막 윤희에게는 놀란 눈빛이었다. 그래서인지 특별히 그녀에게 말을 건넸다.

"이번에 조정을 떠들썩하게 만든 나이 어린 급제자시군. 모두 기대를 가지고 유심히 지켜보고 있으니 앞으로는 더욱 열심히 하시게나."

기대를 가지는 건 괜찮지만, 유심히 지켜보는 건 사양하고 싶은데…….

"합하께오서 그리 과찬하시니 몸 둘 바를 모르겠습니다."

좌의정은 계집보다 예쁘장한 이 인재가 노론이 아님을 애석해하며, 아들을 향해 한마디를 던졌다.

"자신 있느냐?"

"약조는 꼭 지켜 주십시오."

"허허, 녀석도 참. 번복하지 않는대도. 허니 너도 약속은 지켜야 하느니라."

"……네."

"괴과(魁科)에 들기가 어디 쉽나. 아무리 네가 날고뛰어도 아직 너무 젊다. 모두 너에게 뛰어나다 칭찬하는 것은 네 나이에 비례해서 그러는 걸 알아야지."

"애초에 무리라는 것을 알기에 약조해 주신 거 다 압니다."

"안다니 다행이구나. 내 아들이 바보는 아닌 게야. 그래도 급제만 하여도 대단하다. 난 이 이상 바라지도 않는다. 잠시 후에 보자꾸나."

좌의정은 등 돌리고 가면서 아들에게 들으라는 듯이 혼잣말을 하였다.

"주상 전하께옵서 과연 어떤 시권을 갑과로 채택하셨을지 실로 궁금하구나, 하하하."

수수께끼 같은 부자간의 대화였다. 재신이 선준의 어깨에 팔을 걸치고, 어이가 없다는 듯 말하였다.

"우리 아버지와 많이 다르신 분 같았는데 이제 보니 얼추 비슷하시군. 도대체 어째서 두 분이 원수 사이인지 모르겠다. 내가 보기엔 동무 하면 더없이 좋은 사이가 되겠는데. 너무 잘 어울려."

"비슷하니까 싸우는 거지. 한데 가랑 자네, 이번 대과를 두고 좌의정 대감과 내기라도 걸었나? 분위기를 보아하니 기함하고 넘어가시고도 남을 만한 내기인 것 같은데……."

"아닙니다. 부자간의 시답잖은 약속 정도입니다."

괴과(魁科) 과거에서 문과 중에서도 갑과. 즉, 문과 급제자 중에서 1~3등.

"그 약속이 갑과에 들면 된다는 건가? 오호! 좌의정이 세상은 호령해도 제 아들은 호령하지 못한다더니, 그게 헛소문은 아니었군그래."

용하의 말이 선준에게서 윤희에게로 바뀌었다.

"이보게, 대물. 자네 혹시 운이 좋다는 말을 곧잘 듣지 않는가?"

"네? 그러고 보니……, 이렇게 급제를 한 것만으로도 굉장히 운이 좋긴 하지요."

여자인 걸 들키지 않고 성균관을 나오게 되는 것은 더 큰 행운이다. 특히 이 능글맞은 여림과 난폭한 걸오에게 안 들킨 건 그야말로 천운 중의 천운이 아니겠는가, 라고 윤희는 생각하였다.

"이 급제는 운이 아니라, 자네 실력과 노력의 결과고. 남들 3년 공부, 자네는 잠도 안 자 가며 해치우지 않았나. 그걸 운이라고 하면 안 되네. 뭐, 두뇌도 운이라고 우기면 그렇겠지만. 아무튼 홍벽서 덕을 보게 생겼군. 내가 이래서 홍벽서를 사랑한다니까."

"짝사랑이다!"

용하가 재신의 가슴을 팔꿈치로 퍽 치면서 짓궂게 놀렸다.

"짝사랑이든 뭐든, 입술 빚이 남았음을 잊으면 안 되네. 하하하."

"미친 자식!"

웃고 떠드는 가운데 급제자들의 주위로 시위병들이 늘어서고, 주악이 울려 퍼졌다. 그리고 줄지어 돈화문 안으로 들어갔다.

인정전 앞에 문무백관이 좌우로 늘어서 있는 가운데로 급제자들이 입장을 하였다. 빼곡하게 둘러선 시위병들의 위세도 위협적이었지만, 지체 높은 관료들조차 오늘만큼은 허리를 숙이고 이들을 맞는 것이 여간 황송한 것이 아니었다. 그러잖아도 떨리는 발걸음이 헛디뎌져 자빠지지나 않을까 조마조마한데, 하늘 위를 덮듯이 퍼져 나가는 주악은 또 어찌나 장엄한지, 정신을 쏙 빼놓았다. 인정전 안에 앉은 왕은 까마득하여 보이지도 않았다. 하지만 그곳을 향해 급제자 전원은 사배를 올렸다.

왕에게서 내려진 홍패가 이조판서와 병조판서에게, 또 이들의 손에서 이조정랑과 병조정랑에게로 내려졌다. 병조정랑은 왼편에 줄지어 선 무과 급제자에게로 가고, 이조정랑은 오른편에 줄지어 선 문과 급제자에게 와서 각각 홍패를 나눠 주었다. 그리고 다시 왕에게서 내려진 두루마리를 받아 문과 급제자 앞에 선 이조정랑이, 그것을 아래로 펼쳐 내리고 큰 소리로 외쳤다.

"병과丙科!"

그리고 스물세 명의 병과 명단을 발표하였다. 다행히 이 명단에 4인방은 없었다. 윤희는 가슴이 뛰었다. 이름이 호명된 급제자는 뒷걸음질을 하거나 옆걸음을 하여, 줄의 뒤편에 관리들이 지시하는 곳에 정돈하여 섰다. 다음에 또 큰 소리로 외쳤다.

"을과乙科!"

차근차근 호명하는 이름 속에 구용하와 김윤식이 있었다. 그것도 두 번째에 용하, 다섯 번째에 윤희였다. 이것은 굉장히 높은 점수를 받았다는 의미였다. 윤희는 기쁜 건 잠시 두고, 왕이 대체 무슨 안목으로 제 시권을 을과에 채택했는지 어리둥절하기만 하였다. 독권관이 분명 품정한 이후에 왕의 검토가 있었을 테니, 독권관들도 이해 가지 않는 건 마찬가지였다. 역시 용하의 말대로, 홍벽서 덕분에 운이 좋았다고 볼 수밖에 없다. 아마 그가 했던 말의 의미가 이것이리라.

하지만 현 정책의 잘못된 점을 조목조목 정리하고, 보완책을 제시한 것은 분명 그녀 자신의 생각과 의견이었음을 인지하고 있었다. 그럼에도 굳이 운으로 돌리면서 어리둥절하려고 드는 이유는, 제 스스로 욕심을 가지지 않도록 경계하기 위함이다. 김윤식은 결코 자신의 이름이 아니기에, 자신이 할 수 있는 일은 여기까지뿐임을 명심해야 하므로.

잠깐! 을과에도 이선준과 문재신은 이름이 없다. 그렇다는 건 갑과에 들었다는 것이다. 선준이 부친과 한 내기가 무엇인지는 알 수 없지만, 그의 뜻이 이루어지게 되었다.

윤희는 고개를 살짝 들어 앞의 선준을 보았다. 그의 등이 보였다. 그런데 뒷모습에도 표정은 있어, 벅찬 기쁨을 차마 터뜨리지 못한 채 홀로 힘겹게 삭이고 있는 것이 느껴졌다. 그가 행복하다면 그것이 무엇이든 상관없이 윤희도 기뻤다. 이조정랑의 목소리가 또다시 크게 퍼졌다.

"갑과甲科, 탐화探花! 문재신!"

순간 재신의 얼굴은 일그러지고, 용하는 터져 나오려는 웃음을 꾹 눌러 참았다. 임금 앞만 아니었다면 바닥에 데굴데굴 구르며 까르르 웃었을 것이다. 윤희도 웃음이 새어 나오는 것을 참느라 제 입술을 꽉 깨물었다. 그도 그럴 것이 탐화는 갑과에서 3등일 뿐이지만, 왕의 앞에 나가 소위 화동이 되어야 했다. 그런데 그 화동 짓을 어울리지 않는 재신이 한다고 생각하니 벌써부터 웃음이 나는 것이다.

분명 탐화는 이런 역할 때문에 2등인 방안榜眼보다 오히려 영광스런 자리라 칭송하긴 한다. 하지만 재신에게는 쪽팔리는 짓에 불과하였다. 성균관에서는 하지 않겠다고 성질이라도 낼 수 있지만, 여기는 그럴 수도 없기에 더 미칠 노릇이다. 용하와 윤희는 재신의 미쳐 날뛰는 소리가 생생하게 들리는 것만 같았다.

그런데 이 사실이 달갑지 않은 이가 어디 재신뿐이겠는가. 임금 또한 마찬가지였다. 하필 덩치 크고 사나운 놈이 탐화라니, 이왕이면 김윤식이 구색에 맞았을 것이다. 그래도 어쩌겠는가. 외양으로 이 자리를 정하는 게 아니니 애석할 따름이다. 재신은 허리를 숙인 채 걸어서 인정전으로 들어갔다. 그리고 왕이 앉은 용상 아래에 최선을 다해 다소곳한 척하면서 섰다. 노력에도 불구하고 이 시건방진 자태는 숨겨지지 않았다. 대사헌은 제 자식이 탐화가 된 것이 매우 기쁘긴 하였지만, 한편으로는 어울리지 않아 민망하긴 하였다.

마지막으로 장원을 외치면 한 명 남은 사람이 자연히 방안이 되므로 호명은 끝이 난다. 이조정랑의 목소리가 높게 올라갔다.

"장원! 이선준!"

좌의정의 두 주먹에 힘이 불끈 쥐어졌다. 너무 기쁜 나머지 왕의 앞인 걸 잊고 비명을 지를 뻔하였다. 윤희는 마치 자신이 장원을 한 것처럼 기뻐서 눈물이 핑 돌았다. 선준은 차분하게 이조정랑을 따라 인정전으로 올랐다. 성큼성큼 걸어 왕의 앞에 당도하니, 임금은 입이 찢어지려는 것을 애써 감추며 근엄하게 웃었다.

"잘 왔다, 이선준."

그리고 손수 꽂아 주고 싶은 마음을 참으며, 어사화를 내려 주었다. 그것을 재신이 받들어 선준에게로 가서 그의 복두幞頭에 꽂아 주는데, 생전에 섬세함과는 담을 쌓은 놈이니, 경건해야 할 그의 손길은 거칠기 그지없었다. 자칫하다간 어사화를 두 동강으로 뚝딱 꺾어 버릴 것만 같아, 왕을 비롯하여 옆에서 지켜보는 이들이 더 조마조마하였다.

이런 상황에서도 선준의 머릿속과 마음은 홀로 먼 곳에서 노닐고 있었다. 재신의 서툰 화동 짓은 선준이 물러간 다음에 방안에게, 그리고 다른 급제자에게도 계속되었다. 용하는 놀리고픈 걸 참느라 힘겨워했고, 윤희는 행여 눈이 마주치면 웃음보가 터질 것만 같아 입술을 깨물고 악착같이 땅만 보았다. 모르는 사람은 몰라도, 재신을 아는 모든 급제자들은 윤희와 마찬가지였다. 재신도 이들의 상태를 잘 알기에, 얼굴이 점점 더 붉으락푸르락 변해 갔다.

방방례가 모두 끝나고 왕이 물러가자마자, 용하는 자리에 주저앉아 겨우 참고 있던 웃음을 터뜨렸다.

"끅끅! 타, 탐화. 걸오가 화동이라니, 미친 말이 꽃을 든 꼴……. 으으, 허리 끊어질 것 같아……."

그러자 재신이 얼굴이 시뻘겋게 달아오른 채로 그를 걷어차 버렸다. 하지만 이미 여기저기서 터져 나오고 있는 웃음들을 모두 막을 수는 없었다. 선준은 그에게 언어맞기 전에 입가에 가득 차오른 웃음을 숨기듯 먼 곳을 보았다. 그곳에서 좌의정이 오고 있었다. 그는 멀리서부터 팔을 활짝 펼치고 달려와, 아들을 끌어안았다.

"장하다, 내 아들! 장원이라니."

"아버지, 이제 약조를 지켜 주십시오."

"암! 장원을 했는데, 그런 게 대수겠느냐."

"그럼, 지금 당장 집으로 사람을 보내 주십시오."

그는 자신보다 큰 아들을 품에서 놓으면서 말하였다.

"지금 당장? 뭐가 그리 급하냐. 이것저것 준비해야 될 것도 있고……."

"집에 연락만 넣어 주시면 나머지는 어머니께서 모두 알아서 해 주마고 하셨습니다. 이미 모든 준비를 해 두셨습니다."

"허참, 나만 쏙 빼고 모자 지간끼리 한통속이 되어 있었구먼. 내가 지 어미한테 꼼짝 못하는 걸 뻔히 알고선."

"죄송합니다."

"허허, 녀석도 참! 알았다, 지금 당장 서리를 집으로 보내마. 되었지?"

"감사합니다."

"어쨌든 약속이니 지킬밖에. 아비가 되어서 아들한테 존경받지 못할 짓을 하면 안 되지."

좌의정은 큰 소리로 웃으며 광범문 뒤로 사라졌다. 감격에 겨워 선선준의 뒤로 재신을 놀리는 미친 듯한 용하의 웃음소리가 어울리지 않게 계속되었다. 그 뒤를 이어 대사헌이 와서는 아무 말 없이 재신의 머리통을 쥐어박았다. 그리고 선준을 똑바로 보지 않은 상태로 마치 혼잣말처럼 말하였다.

"아비는 아들 하나를 앗아 갔지만, 그 아들이 아들 하나를 돌려준 셈이로군."

그런 뒤, 좌의정의 뒤를 따라 사라졌다. 재신이 그 뒤통수를 쳐다보면서 어이가 없다는 듯 말하였다.

"하아! 저 말이 곧 고맙다는 뜻인 줄 누가 알겠냐."

미친 웃음을 멈추고 용하가 끅끅 넘어가는 소리를 참아 가며 말하였다.

"부전자전이 뭔 말인지는 딱 알겠구먼, 뭘. 큭큭!"

윤희는 이러한 상황에서도 오직 선준만 바라보고 있었다.

의정부 관청에서 급제자들을 위한 은영연恩榮宴이 벌어졌다. 왕이 내린 술과 음식을 앞에 두고, 기생들의 춤과 광대들의 재주를 보면서 급제의 기쁨을 만끽하였다. 시간이 얼마 지나지 않아서부터 용하는 어느새 서쪽 편에 앉은 무과 급제자와 친해져 그 틈에서 놀고 있었다. 이런 소란 사이에 앉은 윤희는 겉으로는 웃고 있었지만, 속은 그렇지 못하였다. 그래서 물에 둥둥 뜬 기름인 양 따로 있는 기분이었다.

윤희는 갑갑한 심정을 잠시나마 털어 보고자, 시끄러운 곳을 벗어나 문 밖으로 나갔다. 육조 거리답게 관복을 입은 사람들이 많이 지나다녔다. 이제 얼마가 남았을까? 알성례謁聖禮가 남았고, 그것이 끝나면 회문연回文宴, 그리고 유가遊街가 남았다. 그 후는……, 헤어짐이 남았다. 그런 마음은 윤희만이 아니었는지, 선준도 뒤따라 나왔다.

"왜 나오셨습니까?"

급제에 한 맺힌 귀신이 완전히 떨어져 나갔는지, 그의 얼굴은 싱글벙글하였다. 그 웃음이 얄미워 견딜 수가 없다. 선준은 주위를 살피면서 그녀의 손목을 잡고, 재빨리 건물을 돌아 뒤로 갔다. 윤희는 얼떨결에 잡혀가면서도 그처럼 환하게 웃지는 못하였다. 의정부 뒤에는 나무가 우거져 한적하였다. 아무도 없는 것을 몇 번이나 확인한 선준은 그녀의 입술에 살포시 입을 맞추었다. 곤충의 더듬이처럼 둥글게 솟은 어사화가 마치 서로의 머리를 끌어안는 듯하였다. 이 야속한 입술이 오랜만인 것 같다. 이 사람의 입술을 느낄 수 있는 것도 얼마가 남았을까? 조금만 더 나눠 주었음 하였지만 그는 입술을 걷어 갔다.

"난 참 입이 가벼운 남자요."

참 뜬금없는 말이다. 윤희가 어이없다는 듯 피식 웃자, 그가 다시 말하였다.

"입이 근질거려 더 이상 참을 수가 없소. 아아, 말해 버릴까?"

"뭘요?"

"그대가 오늘 집에 돌아가면 자연히 알게 될 일이라, 입을 꾹 다물고 있다가 놀라게 해 주려고 그랬는데, 난 왜 이렇게 인내심이 부족한지……."

기가 막힌다. 이 이상 인내심이 강하면 옆의 사람들 속 터져 어찌 살겠는가? 윤희는 퉁명스럽게 말하였다.

"제 인내심은 더 부족합니다. 궁금하니 어서 말씀해 보세요."

"지금쯤 순돌이와 우리 집 집사가 그대 집을 찾아가고 있을 거요."

"네? 거기는 왜요?"

"청혼서를 보내러."

처음에는 무슨 말인지 감을 잡지 못해 어리둥절한 눈으로 그를 빤히 쳐다보았다. 그러다가 차츰 그녀의 눈동자가 커지고 입이 벌어졌다.

"네에? 처, 청혼서요? 그러니까 그게, 청혼한다는, 그 뭐냐……."

"그대도 청혼서는 많이 써 보았으니 그 용도는 알 것 아니오."

그가 싱긋이 웃었다. 하지만 윤희의 머릿속은 여전히 어수선하였다.

"앗! 그럼 좌의정 대감과 했다는 그 약속이란 것이?"

"그렇소. 그대와 혼인하고자 정말 열심히 노력하였소."

"그럼 좌의정 대감도 저에 대해 아십니까? 아까 보니 모르는 눈치셨는데……."

"거기까지는 모르고, 남인 집안의 여식이라고 알고 계시오. 그대 집안 사정도 대강은 말씀드렸소."

"그런데도 허락을 하셨단 말입니까?"

그가 다시 한 번 싱긋이 웃었지만, 윤희는 웃지 못하였다. 도리어 어깨는 힘없이 처지고 고개는 떨어졌다.

"……전 귀형과 혼인할 수 없습니다."

기어들어 가듯 작은 소리였지만 선준은 그 말을 알아듣고, 웃음을 멈추었다.

"무슨 뜻이오?"

"전 귀형과 혼인할 수 없다고요. 제 동생이 윤식이란 이름으로 돌아오게 하기 위해선 전 그 아이의 곁에 있어야 하니까, 그래야 저도 윤희로 돌아갈 수 있으니까……."

"혼례를 올려 놓고 그때까지 기다리면 되오."

윤희는 고개를 저었다. 이 사람을 위해선 그래선 안 되었다. 선준이 화가 난 목소리로 단호하게 말했다.

"그럼 혼례는 올리지 않도록 하오!"

그러고는 그녀의 손을 덥석 잡았다.

"대신 동침 문서는 받아야겠소. 지금 당장 관청에 들어가 붓과 종이를 빌리자고!"

"네에에? 자, 잠깐! 잠깐만요!"

윤희는 강제로 끌고 가려는 그의 손에서 힘겹게 버텼다. 그의 하는 모양은 진짜 그러려는 듯 완강하였다.

"그대는 이미 나의 아내고 난 이미 그대의 낭군이니, 그걸 증명해 줄 문서는 있어야 혼례를 다음으로 미룰 수 있지 않겠소. 그대의 뭘 믿고 무작정 놓아준단 말이오? 혼례도 올리기 전에 홀아비가 될 순 없소!"

"제 말은 그게 아니라……."

선준은 끌어당기던 손에 더욱 힘을 주어 그녀를 품에 안았다. 그의 품은 여전히 다정하였다. 그리고 속삭이는 목소리도 다정하였다.

"기다려 달라는 것보다 더 잔인한 말이라면 하지 마시오. 난 기다리는 것조차 할 수 없는 의지 약한 사람이오."

"그럼 동침 문서를 적어 드리면, 정말 저를 기다려 주실 겁니까?"

"물론이오. 저잣거리에 나가 그 문서를 펼쳐 들고 비가 오나 눈이 오나 기다리고 서 있을 것이오."

"네에? 기다린다는 것이 그런 기다림입니까?"

윤희는 깜짝 놀라 품에서 벗어나려고 발버둥쳤지만, 그의 팔은 조금도 움직이지 않았다.

"설마 아무도 안 보는 곳에 숨겨 두기만 할 줄 알았소? 내 생각에는 그냥 혼례를 올리고 기다리는 편이 서로에게 더 좋을 듯한데."

윤희는 뒤늦게야 협박임을 깨달았지만 이미 그의 팔은 조여들고 있었다.

"놓아주세요. 사람들이 올지도 모릅니다."

"동침 문서를 써 주거나, 혼례를 올리겠다고 대답하기 전에는 사람이 아니라 상감마마께오서 오신다고 하더라도 놓아주지 않겠소. 내가 어떤 각오로 과거 공부를 했는지 안다면, 지금 이 말도 거짓이 아님을 충분히 알 것이오."

그녀의 몸에서 힘이 빠져나갔다. 그러자 선준의 팔에서도 힘이 빠져나갔다.

"왜 이렇게 행복한 협박을 하십니까? 이러면 뒷일은 생각지도 않은 채, 고개를 끄덕이고 싶잖아요."

"뒷일은 내가 생각해 줄 터이니 그대는 고개만 끄덕여 주시오."

윤희는 고개를 끄덕이지 않고 고개를 들어 그의 눈을 보았다. 대답도 고갯짓도 필요 없었다. 검은 눈동자에 동침 문서와 허혼서 모두 빼곡하게 적혀 있었다.

"진즉에 이러지. 괜히 사람 마음이나 졸이게 하고……."

선준의 원망 어린 말에 그녀는 다정하게 마주 안으며 더 큰 원망을 토로하였다.

"그간 저에게 한 잔인함에 비하면 이건 새 발의 피도 안 됩니다."

그러자 갑자기 그동안 쌓였던 설움이 북받쳐 오르기 시작하였다. 처음에는 한두 방울 떨어져 내리던 눈물이 서서히 큰 덩어리로 변했다가 급기야 폭포수처럼 쏟아져 내렸다. 그리고 통곡과도 같은 울음이 터져 나왔다.

"아, 아니 왜 우는 거요? 저기, 그치시오."

당황하여 안절부절못하는 선준을 버려두고 윤희는 쪼그리고 앉아 팔에 얼굴을 묻고 더 크게 울었다.

"엉엉! 이럴 거면서, 어엉! 귀띔이라도 해 주지, 엉엉!"

선준은 따라서 쪼그리고 앉아 달래느라 진땀을 뺐다.

"저, 저기, 어찌 될지 모르는 일이라 나도 미리 말할 수는 없어서……."

"엉엉! 눈도 안 마주쳐 주고, 어엉!"

"그러니까 내가 그러려고 그런 게 아니라……, 그대를 보기만 해도 안고 싶어서, 참느라……. 그만 우시오. 내가 모두 잘못하였소. 두 손 모으고 싹싹 빌 터이니, 응?"

선준은 말과는 달리 두 손 모으고 싹싹 빌기는커녕 자그마하게 웅크린 그녀를 다정하게 안아 주었다.

"나도 그대만 보고 싶었소. 그리고 안고 싶었소. 문득문득 자신이 없어질 때마다 그대를 안고 멀리 달아나 버리고 싶었소. 그랬다면 그대더러 가족도 버리라고 하였을 거요."

윤희는 눈물을 억지로 닦아 내고 그를 노려보았다. 닦아 낸 눈에선 계속해서 눈물이 흘러내렸다. 어처구니가 없어서 원망조차 할 수가 없었다.

"그러게 그리 얼토당토않은 내기를 하랍니까?"

윤희는 그의 눈이 다정해서 다시 안겼지만, 언제 사람이 지나갈지 모르기에 오랫동안 그러고 있지는 못하였다. 겨우 울음을 멈추고 두 사람이 다시 관청으로 돌아오는데, 갑자기 윤희의 발걸음이 우뚝 멈추었다.

"아차! 어머니!"

"무슨 일이라도 있소?"

"혼처가 들어오면 무조건 거절하라고 어머니께 부탁드렸는데 큰일입니다."

"순돌이는 사정 전반을 알고 있으니, 괜찮을 거요. 정 안 되면 그대를 기다릴 것이오."

"하지만 집사까지 사정을 알진 못할 겁니다. 거절하더라는 말이 좌의정 대감 귀에 들어가기라도 하면……."

말을 듣고 보니 선준도 마음이 급해졌다. 어떻게 얻어 낸 허락인데, 조금이라도 언짢게 만들지 않는 편이 옳다. 그래서 두 사람은 재빨리 뛰어 의정부로 들어갔다.

안에는 광대의 놀음이 한창이었다. 이것을 보지 못하고 두 사람은 사람들에게 인사를 하였다. 이들이 급하게 서두르는 모양을 본 용하가 어리둥절하여 윤희에게 물었다.

"왜 그러는가? 먼저 가게?"

"네, 집에 급한 일이 생겨서 급히 가야 합니다."

"두 사람 다?"

선준도 급하게 인사하면서 말했다.

"아, 저도 함께 가 봐야 할 것 같은데……."

"그래? 굉장히 급한 일 같은데, 그럼 내 말을 빌려 줌세. 마침 오늘 아침에 늦어서 말을 타고 왔지 뭔가. 바로 요 앞 육조 거리 밖에 있으니 거기까지만 함께 가세."

용하는 그답지 않게 무슨 일인지 꼬치꼬치 캐묻지 않고, 앞서 일어나 나갔다. 재신도 광대의 재주에 흥미가 떨어진 듯 그들 뒤를 어슬렁거리며 따라 나섰다. 세 사람은 달리는 동안 복두에 꽂힌 어사화를 떼어 손에 쥐었다. 그리고 선준은 꼭 잡은 윤희의 손을 놓지 않았다.

헐레벌떡 달려가 장사 집에 맡겨 둔 말을 꺼내 온 용하는 기꺼이 고삐를 내어 주었다. 선준은 윤희를 먼저 말에 태운 뒤, 자신도 올라탔다. 용하가 그들을 재촉하며 말했다.

"어서 가 보게."

"계속 노실 거죠? 나중에 말을 돌려 드리러 오겠습니다."

"어차피 예궐을 위해 내일 아침에 가랑 자네 집에 모여야 하지 않는가? 그때 돌려받지 뭐. 밤새도록 근처에서 술을 마실 것 같으니까."

"그럼 그렇게 알고 먼저 가 보겠습니다. 내일 뵙겠습니다."

선준은 급히 말을 몰아 달리기 시작하였다. 윤희는 그의 품에 안기듯 있으면서 농담처럼 말하였다.

"이렇게 귀형과 함께 가면, 우리 어머니께서 많이 놀라실 겁니다."

그녀는 행복에 겨워 우실 어머니의 모습이 눈앞에 그려지는 듯하여, 벌써부터 코끝이 시큰해졌다.

"아무리 놀라셔도 우리 아버지만 하실까. 혼례를 올린 뒤, 그대를 보게 될 아버지의 반응이 난 벌써부터 궁금하다오."

"제 얼굴 보시고선 기함하시겠죠? 합부인께서는 어떻게 생각하실지……."

"합부인이 뭐요? 이제는 어머님이지."

그는 별다른 말 없이 다 잘될 거라는 듯 웃기만 하였다.

"어쩜 그렇게 태평하십니까? 전 걱정스러운데."

윤희의 투정에도 아랑곳하지 않고, 그는 함박웃음을 그치지 않았다.

그들의 아래로 말발굽 소리가 잘게 흩어졌다.

용하는 되돌아가는 길에, 한 손에 어사화를 거머쥐고 터덜터덜 걸어오는 재신과 만났다.

"어이! 탐화랑!"

"야! 그 탐화 소리 좀 안 할 수 없냐?"

"왜 나왔는가?"

"그 두 놈은 갔냐?"

용하는 대답은 하지 않고 싱긋이 웃으며 그의 기운 빠진 어깨를 팔로 둘렀다. 재신은 괴로운 흔적이 묻어 있는 입술을 일그러뜨리며, 말을 씹어서 뱉었다.

"술 마시러 가자."

"그러세. 밤새도록 코가 삐뚤어질 때까지 마셔 보자고."

"내일 사은례는 어쩌려고 밤새도록 마시자 하나?"

"상감마마께서는 술 냄새를 풍겨도 이해해 주실걸세. 자, 가자고! 이 근처에서 제일 좋은 술집으로 안내를 함세. 돈은 탐화가 된 기념으로 자네가 내게나."

"야! 그 소리 하지 말랬잖아!"

"탐화를 탐화라고 하지, 그럼 뭐라고 하는가?"

"에잇! 너 이제부터 나한테 공대해! 품계가 팔품인 놈이 칠품인 나한테 아무렇게나 말하면 안 되지."

"그럼 자네도 육품인 가랑한테 공대를 해야겠구먼. 하하하."

용하는 그에게 주먹 찜질을 당해 가면서도 놀리는 걸 그만두지 않았다.

선정전 안에는 왕이 새로 급제한 이들의 배속을 결정하여 올린 문서를 검토하고 있었다. 꼼꼼하게 읽던 왕이 놀란 눈으로 승지들을 향해 물었다.

"김윤식을 먼 지방으로 보내자는 것은 누구 의견인가?"

"상감마마, 아뢰옵기 송구하오나, 김윤식 본인이 지방 발령을 간곡히 희망하였던 터라……."

"뭣이라! 시답잖은 변명은 집어치워라. 성적이 더 아래인 자들은 경관직京官職에 두면서, 김윤식을 지방으로 보내려는 것은, 한미한 가문이라 차별하는 것이 아니고 무어란 말인가!"

왕의 우레와 같은 노여움이 승지들을 덮쳤다. 그들도 억울한지라, 소리를 높였다.

"그것이 아니옵니다. 진실로 김윤식이 사정을 하였사옵니다. 소신들도 안 된다고 하였지만, 집안 여건상 꼭 그리 해 달라기에……."

"분명 걸군 제도가 있긴 하지만, 김윤식이 과연 거기에 해당이 된다더냐?"

승지들은 등에 흐르는 땀은 어쩌지 못하고, 연신 얼굴만 닦아 냈다. 이 난리를 만날 거라 짐작은 하였지만, 이리 크게 부딪칠지는 몰랐다. 왕은 의아함을 떨칠 수가 없었다. 그리 힘들게 공부하여 놓고, 굳이 지방을 희망하는 급제자가 세상천지에 어디 있단 말인가.

"본인이 원했다손 치더라도, 마땅히 살펴서 결정해야 되는 것이 승지들의 역할이거늘. 이 어린 나이와 앳된 얼굴로 지방에 내려갔다간, 향리들의 손아귀에 놀아날 것이 분명한데, 어찌 윤허하겠는가. 김윤식은 비록 급제는 일찍 하였으나, 완전히 여물기에는 아직 한참 모자라다. 허니 규장각에 두어 좀더 배우고 익히게 함이 옳은 듯하다."

더 큰 화를 당하기 전에 그들은 냉큼 고개를 숙이며 기쁨에 들뜬 목소리로 찬동을 하였다.

"소신들도 그것이 마땅하다 생각하였사옵니다."

왕은 다시 한 번 이상하게 여기고는, 계속 문서를 읽어 나갔다. 문재신과 구용하도 규장각으로 결정되어 있었는데, 그것은 아주 흡족하게 생각하였다. 대체로 나이 많은 급제자들은 실무 관직으로 배정한 것에 비해, 규장각에는 젊고 실력이 뛰어난 급제자들을 우선으로 하였다. 하지만 이선준의 이름에서는 고개를 갸웃하였다. 공란이었기 때문이다.

"이선준은 어찌하자는 것인가? 원래 장원은 승정원에 배속되는 것이 관례가 아니었던가?"

"그렇긴 하오나, 이번에 청으로 가는 사은사의 수행원으로 보냈다가, 그곳에서 좀더 머물며 문물을 익히게 함이 어떠하겠사옵니까?"

왕도 익히 염두에 두고 있던 부분이라, 굉장히 솔깃한 제안이 아닐 수 없었다. 그래서 턱을 괴고 앉아 깊은 고민에 빠졌다.

"청 유학이라······."

왕의 눈은 급제자 명단을 다시 읽어 나갔다. 그 눈에 낯익은 이름들이 자꾸 밟혔다.

"혼자 보내는 것보다 한꺼번에 보내는 편이 서로에게 도움도 되고 나라에도 득이 될 듯한데······."

한참을 고심하며 문서에 있는 이름들을 되풀이해서 읽던 왕은 결심한 듯 입을 열었다.

"이선준을 지금 당장 보내는 것은 불가하다. 나라의 근간이 될 인재를 키움에 있어 선진 문물을 익히게 하는 것 또한 중요하다. 허나 그 이전에 우리 조선을 먼저 익히게 하는 것이 순서다. 그래야 보다 효율

적인 변화를 기대할 수 있음이 아니겠는가. 이선준은 규장각으로 배정하도록 하라. 청 유학은 그곳에서 더 배우고 익히게 한 뒤에, 다른 이들과 함께 다녀오게 해도 늦지 않다."

왕은 수정할 수 있도록 승지들에게 문서를 돌려준 뒤, 다시 하교하였다.

"지금 성균관에 나가 있는 박사 장상규와 유창익을 규장각으로 불러들여라. 그리고 실력이 뛰어난 역관을 추천하여 규장각에 증원시키도록 하라."

"네! 조속히 거행토록 하겠사옵니다."

승지들은 규장각으로 배속이 결정된 이름들을 보면서 동정을 감출 수가 없었다. 이제 겨우 성균관에서 벗어나 한숨을 돌리게 되었는데, 더 힘든 곳에 들어가게 된 셈이다. 하지만 한편으로는 경계가 되기도 하였다. 그러잖아도 차차 규장각의 권한이 강력해져, 승정원의 영역에까지 힘이 미치는데, 이번 급제자들 중에 기대되는 인물들은 하나같이 규장각으로 배속되었기 때문이다. 이들의 염려와는 반대로, 왕은 기쁜 마음으로 자신이 기다렸던 이름들을 곱씹고 있었다.

3

따뜻하고 화창한 봄의 어느 날, 재신과 용하는 선정전에서 왕의 앞에 엎드려 있었다. 왕은 쌓였던 문서들을 옆으로 치우고, 옆으로 비스듬히 기대어 편한 자세로 물었다.

"어째서 문재신과 구용하, 둘만 왔느냐? 다른 놈들도 불렀는데."

용하가 더욱 몸을 낮추며 대답하였다.

"아뢰옵기 송구하오나, 이선준은 마침 오늘 혼례가 있사온지라……."

"아! 그러고 보니 그 소식 들었던 것 같구나. 그날이 오늘이었군. 그럼 이선준은 놔두고, 김윤식은 어찌하여 오지 않았느냐?"

"아뢰옵기 참으로 송구하오나, 김윤식 또한 오늘 집안에 혼례가 있다 들었사옵니다."

"김윤식도?"

"김윤식이 아니라, 그 누이의……."

"그래? 오늘이 날이 좋은 게로군. 여기저기서 혼례를 올린다니 말이야. 설마 두 집안이 혼례를 올리는 건 아닐 터이고, 하하하."

"또 아뢰옵기 대단히 송구하오나, 두 집안의 혼사라 들었사옵니다."

왕의 웃음이 뚝 멎었다. 그리고 의아한 듯 연신 고개를 갸웃거리며 물었다.

"김윤식이 남인 쪽인 걸로 알고 있었는데, 이는 내가 잘못 알고 있는 것이냐?"

"김윤식은 남인이 맞사옵니다."

"한데 어떻게? 좌의정이 허락할 리가 없을 터인데……."

"소신들도 자세한 내막은 전혀 알지 못하와 아뢰올 것이 없사옵니다. 더군다나 혼례를 올리는 것을 소신들에게조차 알려 주지 않아, 퇴궐하는 즉시 수소문하여 찾아가려던 참이었사옵니다."

왕의 이마 사이가 잔뜩 찌푸려졌다. 눈두덩 아래에 미세한 경련이 일어난 것을 바닥에 엎드리고 있는 이들 모두 보지 못하였다. 오랜 생각에 빠졌던 왕의 손가락 끝에 무언가가 걸린 듯 움찔하였다. 재신이 굳게 닫고 있던 입을 열었다.

"주상 전하, 소신들을 부르신 연유가 무엇이옵니까?"

"어? 아, 사은례 때도 부산하기만 해서 차분히 이야기를 나누지 못하였잖느냐. 규장각으로 나오기에 앞서, 따로 윤대를 해 두려고 겸사겸사 불렀는데……."

왕은 다시 골똘히 생각에 빠져들었다. 머리가 엉뚱한 곳을 헤매고 있는 이 상태로는 차분한 대화는 힘들 듯하였다. 그러다가 다시 문득 떠오른 생각을 물었다.

"유가행진 때, 김윤식은 몸이 좋지 못하다 하여 참석하지 않았다던데, 그 후로 좋아졌느냐?"

안부를 묻는 듯 대수롭지 않은 물음이었다. 용하가 이에 대답을 하였다.

"그 후로 소신들도 만나지 못하였기에, 걱정하고 있사옵니다. 지금 가서 확인해 보겠사옵니다."

"그래. 보아하니 너희도 갈 길이 급한 듯한데, 내가 잡아 두고 있는 것 같구나. 규장각에 들어오거든 다시 보도록 하지. 그때는 이선준과 김윤식도 함께!"

용하와 재신은 절을 올리고 물러 나갔다. 왕은 그들을 보내 놓고도 오랫동안 빈자리를 초점 없는 눈으로 보고 있었다. 이윽고 입가에 나타나는 수많은 표정을 숨기고자, 손바닥으로 쓸듯이 가렸다. 그리고 손가락 두 개를 세워 이마를 짚어 한쪽 눈도 가렸다. 손가락 사이로 웃음이 삐져나왔다가 굳어지고, 또 슬그머니 웃음이 나왔다가 굳어지기를 번갈아 하였다. 한참을 그러다가 마지막에는 결국 깊은 웃음이 잡혔다.

"여봐라, 조금 전에 나간 구용하와 문재신을 그 자리에 멈추라 일러라."

갑작스런 어명이 바깥으로 전달되어 나갔다. 왕은 손짓으로 옆의 상선 내관을 불렀다. 그가 가까이 다가오자 조용히 말하였다.

"혼례를 축하하는 뜻에서 상의원尙衣院에 일러, 여인의 가체를 김윤식에게, 아니, 그 누이에게 하사하도록 하라."

"네에? 여인의 가체라 하시었사옵니까?"

보통 왕의 하사품은 쌀이나 비단이 고작인데, 뜬금없이 가체라 하여 다시 물은 것이다.

"이유야 어찌 되었건 이선준을 조정으로 끌어와 준 놈이다. 더군다나 이건 노론과 남인과의 혼사가 아니냐. 나의 두 가지 숙원을 이루어 주었으니, 그 정도는 약소한 것이지."

왕의 동문서답을 답이라 생각하고, 상선 내관은 고개를 숙인 뒤 물러 나갔다.

"훗! 그래서 그리도 달아나려고 애를 썼군. 어쩔 것이냐, 김윤식. 이젠 규장각인데……."

왕의 혼잣말이 웃음 아래로 섞여 들어갔다. 그래서 곁에 들리는 소리는 웃음밖에 없었다.

용하와 재신은 겨우 궐에서 벗어나 나란히 말을 타고 윤희의 집으로 향했다. 말의 등에는 왕이 비공식으로 내린 선물함이 실려 있었다. 그 안에 무엇이 들어 있는지는 알지 못하였다. 인상 험악한 재신과는 달리 용하는 계절에 맞지 않는 접선을 펼쳐 들고 어깨춤을 덩실거리면서, 연신 콧노래를 부르며 쫑알쫑알 떠들어 대었다. 말의 엉덩이도 노랫가락에 맞춰 흔들흔들하였다. 결국 참다 못한 재신이 폭발을 하였다.

"야! 시끄러."

"응홍홍, 얼씨구 좋다. 자네가 아무리 고함을 질러도 나는야 좋다, 좋아. 어찌 이보다 좋겠는가."

"대체 계속 뭐가 좋다는 거냐? 하긴 미친놈은 언제나 좋기만 하지."

"미쳤다고 해도 좋다, 좋아. 날씨 화창하니 좋고. 얼씨구! 우리 넷 모두 계속 한곳에서 놀 수 있으니 좋고. 절씨구! 오늘 새신랑을 곯려 먹을 수 있으니 좋고. 얼씨구! 미인이라 칭찬이 자자하던 대물 누님을 뵐 수 있으니 좋고. 절씨구!"

"규장각이 노는 곳이냐? 성균관보다 빡세다더라."

"그래도 우리가 함께 있다면 아무 상관없다네. 앞으로도 쭉 붙어서 규장각 각신으로 즐거운 나날을 보내 보자고. 흐으흥."

끝나지 않는 콧노래가 듣기 싫은 듯 재신은 제 귓속을 비벼 대며 빈정거렸다.

"각신 좋아하네. 그리고 지금 가면 혼례는 다 끝났을 텐데, 가랑과 대물이 엽색가인 네놈한테 퍽이나 누님을 보여 주겠다."

"안 보여 주면 말고. 대물 얼굴만 보지, 뭐."

"야! 그런데 우리 지금 제대로 가고 있는 거 맞냐?"

용하는 느긋하게 대답하였다.

"가다 보면 언제고 닿겠지."

재신은 전안奠雁이 끝나기 전에 그곳에 도착하면 윤희와 윤식, 선준까지 한꺼번에 맞닥뜨리게 되므로, 용하의 눈을 따돌리기 위해선 빨라도 전안은 끝이 난 뒤, 이왕이면 밤이 되어서 도착하길 바랐다. 궐에서 시간을 지체한 것이 그나마 도움이 되는 듯하였다.

"대물 집, 알고는 있나?"

"수소문해서 알아 두긴 하였네. 어디 보자, 약도에 따르면 어디로 가는 게 맞더라?"

용하가 소매에서 약도를 꺼내 보면서, 주위를 두리번거리며 살폈다. 다행히 이 바보는 길을 잘 모른 채 헤매고 있는 것 같아 마음을 놓았다. 헤매고 있는 척하는 건지, 진짜로 헤매고 있는지는 분간이 가지 않지만, 일부러 그럴 까닭은 없지 않은가. 이대로 가면 밤이 되어서야 도착할 것이고, 그러면 새신랑의 첫날밤쯤은 충분히 방해할 수 있을 것이다.

신혼 밤이 하루건 사흘이건 상관없이, 그동안 손목 한 번 못 잡게 해 줄 테다. 재신의 타오르는 심술을 아는 듯 모르는 듯 용하가 천연덕스럽게 말하였다.

"걱정 말게. 모르긴 해도 찾을 수는 있을걸세. 오늘까지 못 가면 내일까지 가면 되고, 그래도 안 되면 모레까지 가면 되는 것이고……. 내 사랑 걸오와 함께라면, 장안이 아니라 팔도를 헤맨대도 행복하리."

"에잇, 저놈의 주둥아리를 그냥, 콱!"

티격태격하는 두 사람과 반대로, 말들은 사이좋게 엉덩이와 꼬리를 흔들며 경쾌하게 걸었다. 그들의 머리 위에는 청명한 푸른 하늘이 드문드문 떠다니는 흰 구름을 장식으로 하여 펼쳐졌다. 그리고 그 하늘 속으로 두 사람의 말소리도 속속 스며들었다.

"참! 자네는 혼인 소식 없나?"

"곧. 지금쯤 사주단자가 오가고 있을걸."

"뭐라고! 도대체 어떤 정신 나간 집안에서 자네한테 딸을 주겠다던가?"

"낸들 아나. 같은 소론 집안이겠지."

"안 돼! 그럴 순 없어! 걸오 자네는 나만의 것일세. 어떤 계집과도 나눠 가질 수 없네."

"아아, 또 지랄한다. 그 병은 약도 없냐?"

"사랑이 약으로 치유되는 것 보았나? 사랑은 사랑으로서만 치유가 가능하다네. 나의 사랑, 나의 걸오!"

과장된 용하의 너스레가 하늘로 스며들었다. 곧이어 재신의 비명도 함께 녹아들어 갔다.

"으악! 어째서 이 자식과 계속 붙어 지내야 되느냐고. 상감마마께오서 내게 억하심정이 계신 게 아니고서야. 염병할."

"이 부족한 나더러 더 부족한 세 놈을 돌봐 주라는 상감마마의 뜻이 아니겠나. 그것이 내 팔자거늘. 하하하."

용하의 웃음소리와 재신이 버럭버럭 내어 지르는 성질을 하늘은 넙죽넙죽 잘도 받아들였다. 그래서 두 사람이 지나가고 난 자리에는 그들이 끊임없이 뱉어 낸 말싸움이 때로는 나뭇가지에 걸리고, 때로는 말발굽에 차이고, 때로는 공기가 되어 보기 좋게 흩어져 갔다.

『성균관 유생들의 나날』 끝

(잘금 4인방의 두 번째 이야기 『규장각 각신들의 나날』로 이어집니다)